Katie Chandler hat das hektische Manhattan verlassen und gegen die Freuden des einfachen Lebens auf dem Land eingetauscht. Sie arbeitet jetzt in der Agrarhandlung ihrer Eltern in Cobb, Texas, mit. Währenddessen versucht der unwiderstehliche Zauberer Owen Palmer in New York seine übernatürlichen Feinde zu besiegen. Selbstlos hat Katie edlen Verzicht geübt, denn sie schien das Böse in Manhattan geradezu anzuziehen, was Owens Job nur schwerer machte. Aber nun scheinen die Probleme Katie nach Hause gefolgt zu sein: Denn obwohl man ihr versichert hatte, dass Cobb völlig frei von Magie sei, bemerkt Katie zunehmend seltsame Vorkommnisse und Erscheinungen. Und nach ihren Erfahrungen in New York erkennt sie faulen Zauber, wenn sie ihn sieht. Als der Erzfeind aus Manhattan Einfluss in Texas nimmt, schlagen Katie und Owen mit vereinten Kräften zurück.

Shanna Swendson, geboren in Fort Sill, Oklahoma, aufgewachsen auf amerikanischen Militärbasen in Deutschland, Texas, Colorado und Louisiana, studierte Journalismus an der Universität von Texas in Austin. Sie hat als freie Journalistin und PR-Texterin gearbeitet und unter einem Pseudonym Liebesromane veröffentlicht. Shanna Swendson lebt als freie Autorin in Irving, Texas. Im Fischer Taschenbuch Verlag erschienen ihre Romane ›Hex and the City‹, ›Alles außer Hex‹ und ›Verzaubert um Mitternacht‹.

Weitere Informationen, auch zu E-Book-Ausgaben, finden Sie bei www.fischerverlage.de

SHANNA SWENDSON

Verhext in Texas

Roman

Aus dem Amerikanischen
von Birgit Schmitz

Fischer Taschenbuch Verlag

MIX
Papier aus verantwortungsvollen Quellen
FSC® C083411
www.fsc.org

Deutsche Erstausgabe
Veröffentlicht im Fischer Taschenbuch Verlag,
einem Unternehmen der S. Fischer Verlag GmbH,
Frankfurt am Main, Juli 2012

Die amerikanische Originalausgabe erschien
unter dem Titel ›Don't Hex with Texas‹
bei Ballantine Books, New York.

Satz: Pinkuin Satz und Datentechnik, Berlin
Druck und Bindung: CPI – Clausen & Bosse, Leck
Printed in Germany
ISBN 978-3-596-19005-8

1

Schon seit Monaten hatte mich niemand mehr retten müssen – weder vor Drachen, hässlichen Monstern aus der Hölle oder bösen Zauberern noch aus einem schrecklich desaströsen Blind Date. Dass ich aus New York City weggezogen war, hatte also auch Vorteile. Egal, was ich sonst über meine Heimatstadt Cobb in Texas (2500 Einwohner) sagen mochte, ich war dort definitiv weniger Gefahren für Leib und Leben ausgesetzt als in meiner letzten Zeit in Manhattan.

Allerdings trage ich zurzeit sehr viel mehr als früher zur Rettung anderer bei.

»Katie!«, rief jemand schrill draußen vor meinem Büro. Ich atmete tief durch und zählte bis zehn, während ich mich auf das Unvermeidliche gefasst machte. Wie erwartet erschien ein schlecht blondierter Kopf im Türrahmen. Er gehörte meiner Schwägerin Sherri, auch bekannt als größte Zimtzicke des Universums. (Dass ausgerechnet Beth, meine andere Schwägerin, die ansonsten ständig die gesamte Menschheit umarmen möchte, sie so getauft hat, spricht Bände über Sherri.)

Glücklicherweise war ich in meiner New Yorker Zeit mit Schlimmerem als Sherri fertig geworden. Wenn man nicht nur Harpyien, sondern auch Leute wie meine Ex-Chefin Mimi erfolgreich abgewehrt hat, spielt Sherri nur noch in der Bezirksliga. »Ja, bitte, Sherri?«, fragte ich betont geduldig.

»Da ist ein Kunde im Laden, den du besser mal vor deinem Bruder retten gehst. Er hat schon so einen glasigen Blick.«

Mir war auch nicht klar, welche spezielle Begabung mich dazu befähigen sollte, mich in dieses Gespräch einzumischen, wenn sie es selbst nicht konnte. Eigentlich versetzte ihr Kleidungsstil sie nämlich eins a dazu in die Lage, für ausreichend Ablenkung zu sorgen: Sie trug eine gefährlich offenherzige Bluse und eine Jeans, die sie womöglich in zwei Teile zerschnitten hätte, wenn sie so etwas Verrücktes versucht hätte, wie sich hinzusetzen oder sich vorzubeugen. Allerdings wäre dies ja fast so etwas wie Arbeit gewesen, also musste Sherri es an mich delegieren.

»Ich kümmere mich drum.« Mit einem tiefen Seufzer stand ich vom Schreibtisch auf und betrat den Laden. Es war unnötig zu fragen, welchen Bruder sie meinte, obwohl ich drei von der Sorte hatte. Frank, der Älteste, sprach für gewöhnlich nie mehr als fünf zusammenhängende Wörter auf einmal, was bedeutete, dass er auch keine Kunden für längere Zeit zutexten konnte. Und Dean, Sherris Ehemann, reagierte wie seine Frau allergisch auf Arbeit, was es höchst unwahrscheinlich machte, dass er sich irgendwelchen Kunden zuwandte.

Blieb also nur Teddy, der Jüngste von den dreien. Teddy betrieb das Geschäft mit Tierfutter, Pflanzendünger und Saatgut sehr, sehr engagiert. Er führte andauernd Experimente durch, um das absolut beste Düngemittel für jeden Typ von Erde oder Feldfrucht zu bestimmen oder herauszufinden, welches Saatgut unter welchen Bedingungen das beste Ergebnis hervorbrachte. Das Problem war, dass es ihn stets danach drängte, sein Wissen in qualvoller Detailfreude an jeden weiterzugeben, der das Pech hatte, auch nur die kleinste Frage an ihn zu richten.

Und tatsächlich. Er hatte einen älteren Herrn in die Enge getrieben, und der arme Mann brauchte definitiv Rettung vor einer klassischen Teddy-Abhandlung zum Thema Ernährung. »Teddy!«, rief ich im Näherkommen. Lächelnd berührte ich den Arm meines Bruders. »Tut mir leid, wenn ich dich unterbreche, aber hast du die Netzwerkverbindung eigentlich wieder hingekriegt?«

Teddy zwinkerte mir zu. »Oh, ich schätze, ich wurde abgelenkt.« Er drehte sich um, wie um sich bei seinem Opfer zu entschuldigen, aber der Kunde hatte sich bereits irgendeinen Pflanzendünger gekrallt und Kurs auf die Kasse genommen. Die dort sitzende Sherri guckte sofort, als fühlte sie sich ausgebeutet. Ich ahnte schon, dass sie bald eine halbstündige Pause brauchen würde, um sich von dem Stress, einen Kunden abkassiert zu haben, zu erholen.

Dies war die Art von Rettungsarbeit, mit der ich in der letzten Zeit beschäftigt war. Statt magische Bedrohungen zu erkennen, damit meine Zauber-Freunde ihnen ausweichen konnten, rettete ich Kunden vor meinem übereifrigen Bruder, die Kassenlade vor meiner bösen Schwägerin, meine Brüder vor meiner Mutter und meine Mutter wiederum vor ihrer Mutter. Außerdem sorgte ich dafür, dass zu Hause und in unserem Agrarbedarfshandel alles einigermaßen vernünftig ablief. Die paar Monate, die ich jetzt zurück in Texas war, hatten mir die Augen dafür geöffnet, weshalb ich in meinem alten Job so gut mit all den magischen Verrücktheiten klargekommen war: Im Vergleich zu dem, was ich zu Hause alles deichseln musste, war das ein Spaziergang gewesen.

»Das mit der Verbindung dauert nicht lange. Gib mir zwei Minuten«, verkündete Teddy, als er unter meinen Schreibtisch kroch.

»Super. Ich muss nämlich heute Nachmittag Bestellungen aufgeben, und dafür brauche ich den Internetzugang.« Das stimmte zwar, aber noch viel dringender wartete ich auf die Rettungsleine zu der Welt, die ich zurückgelassen hatte. Wenn ich allzu lange keine Nachrichten von meinen Freunden in New York bekam, wurde ich kribbelig, vor allem Nachrichten über einen bestimmten Menschen in New York.

Er war der Hauptgrund, weshalb ich zurück nach Hause gegangen war. Nicht etwa, weil er mir das Herz gebrochen oder mich sitzen gelassen hätte oder andere Dinge, die für gewöhnlich dazu führten, dass Frauen Trost am heimatlichen Herd suchten. Nein, Owen Palmer hatte mir seine innige Zuneigung in einem Ausmaß bewiesen, zu dem die meisten Männer niemals die Gelegenheit erhalten. Er hatte wählen müssen, ob er den Schurken das Handwerk legen oder mich retten wollte – und sich für mich entschieden.

Auch wenn ich natürlich unbedingt dafür bin, nicht das Opfer einer magischen Feuersbrunst zu werden, hat Owen unserer Sache durch seine Entscheidung nicht gerade einen Dienst erwiesen. Denn erstens führte sie dazu, dass die Bösewichter entkommen konnten, und zweitens lieferte sie den Schurken einen handfesten Beweis dafür, wer oder was Owens größte Schwachstelle ist. Und wenn man die größte Schwachstelle des Helden ist, dann mag das ja in einem Liebesroman absolut toll klingen, aber im echten Leben ist es nicht annähernd so witzig. Zum einen macht es einen nämlich zu einer begehrten Zielscheibe. Und zum anderen bedeutet es, dass man sich unwillkürlich für alles verantwortlich fühlt, was der Schurke verbricht, weil man selbst nämlich der Grund dafür ist, dass er sich überhaupt noch auf freiem Fuß befindet.

Also hatte ich das getan, was jede edle Heldin mit dem Blick fürs große Ganze tun würde: Ich hatte mich zurückgezogen, damit Owen den abtrünnigen bösen Zauberer und seine Spießgesellen bekämpfen konnte, ohne sich dabei Sorgen um mich machen zu müssen. Die Folge war, dass ich ihm durch meinen Weggang das Herz gebrochen hatte. Zumindest hielt ich das für möglich. Nicht dass ich etwas von ihm gehört hätte. Ich konnte mir nicht recht vorstellen, dass er der Typ war, der mich bitten würde zurückzukommen. Und selbst wenn er es war, hatte ich das Gefühl, dass sein Boss ihm strikte Weisung gegeben hatte, mir nicht nachzulaufen. Was mich jedoch nicht davon abhielt, bei jedem Telefonklingeln zusammenzuzucken oder mich Tagträumen hinzugeben, in denen er in den Laden spazierte.

Das Telefon klingelte, und wie immer bekam ich sofort Herzklopfen, obwohl ich wusste, dass es Tausende andere mögliche Gründe gab, aus denen das Ladentelefon klingelte … und klingelte. Sherri war offenbar in die von mir vorhergesehene Pause gegangen, also nahm ich das Gespräch auf dem Büroanschluss entgegen. »Chandler Agrarbedarf«, sagte ich energisch. »Was kann ich für Sie tun?«

»Katie, bist du's?«

»Marcia!« Marcia war eine meiner Mitbewohnerinnen aus New York, und ihre Stimme zu hören ließ mir beinahe die Tränen in die Augen schießen. Ist es möglich, Heimweh zu haben, wenn man sich an dem Ort befindet, an dem man aufgewachsen ist, umgeben von der Familie? »Was gibt's?«

»Ich hab heute Morgen ein paar Mal versucht, dir eine E-Mail zu schicken, aber sie kamen immer wieder zurück.«

»Ja, mit unserem Server oder unserer Verbindung stimmt irgendwas nicht.«

»Ist gleich erledigt«, kam es erstickt von Teddy, der noch unter meinem Schreibtisch herumkroch.

»Müsste aber gleich wieder gehen«, gab ich an Marcia weiter. »Gibt es denn irgendwas Neues?«

»Ich war gestern Abend mit Rod essen, und ja, es gibt Neuigkeiten.« Rod Gwaltney war Owens ältester und bester Freund, und er war seit Jahresbeginn mit Marcia zusammen. Wenn man bedachte, dass seine vorhergehenden Beziehungen manchmal im Stundentakt gewechselt hatten, bedeutete das wohl, dass es ihm diesmal sehr ernst war.

»Oh, sag schon! Neuigkeiten, in denen ein Ring vorkommt?«

»Wie bitte? Nein! Um Gottes willen. Wir sind ja noch nicht

mal so weit, dass wir uns als feste Partner bezeichnen würden. Wenn ich jetzt von Ringen anfange, nimmt er bestimmt sofort Reißaus.«

»Wow, du hast ihn wirklich voll durchschaut.«

»Owen hat mich ein bisschen gecoacht.«

Mein Herz fing wieder an zu rasen, und ich bekam so ein komisches Gefühl im Bauch. »Du hast ihn getroffen? Wie geht's ihm?«

»Na, da klingt aber jemand neugierig! Ich sag's dir, wenn du dann aufhörst, mir Löcher in den Bauch zu fragen.«

»Tut mir leid! Ich sag auch nichts mehr.«

»Also, wie ich bereits sagte, war ich gestern Abend mit Rod aus, und ich habe einen Lagebericht für dich.« Ich hätte zu gern Zwischenfragen gestellt, aber ich biss mir auf die Zunge, weil ich wusste, dass ich die Neuigkeiten schneller erfahren würde, wenn ich nichts sagte. »Von den Schurken gibt es nichts Neues zu berichten; es sieht sogar fast so aus, als wären sie abgetaucht. Owen glaubt, dass irgendwas Größeres bevorsteht und sie eine neue Strategie aushecken.«

»Ja, so läuft das normalerweise. Haben sie denn irgendeine Idee, was passieren wird?«

»Noch nicht, aber Rod macht sich langsam Sorgen um Owen. Er arbeitet sehr viel und bekommt nicht genug Schlaf. Obwohl wir alle dafür sorgen, dass er was isst, nimmt er, glaube ich, immer weiter ab. Und du weißt ja, dass er ohnehin schon so ein Hemd ist.«

Das zeigte unmissverständlich, wie sehr er sich in diese Sache reinhängte. »Hat er irgendwas über, du weißt schon, *mich* gesagt?« Ich wand mich innerlich, weil es so erbärmlich klang, aber ich musste einfach fragen.

»Nein, eigentlich nicht. Tut mir leid. Aber du weißt ja, dass er ohnehin nicht viel redet.« Ich war mir nicht sicher, was ich eigentlich erwartete. Es war klar, dass ich nicht zurückgehen konnte, bevor die Schurken wirklich und wahrhaftig besiegt waren, ganz egal, wie sehr er mich auch anflehen mochte, und ich wusste, dass er es nicht tun würde. Aber das bedeutete ja nicht, dass ich ihn nicht vermisste.

»Danke für das Update«, sagte ich seufzend. »Mach deine Arbeit weiter so gut und halt mich auf dem Laufenden über ihn … und über dich und Rod.« Marcia hatte erst vor kurzem von der Existenz der magischen Welt erfahren, sich beim Kampf um die Eindämmung der bösen Magie jedoch bereits als phantastische freiwillige Helferin erwiesen – auch wenn ihre Rolle sich bislang darin erschöpfte, Nachrichten zu übermitteln und sicherzustellen, dass ein überarbeiteter Zauberer hin und wieder eine stärkende Mahlzeit bekam.

»Keine Sorge, du wirst es schon erfahren, wenn Rod sich auf was Verbindliches einlässt. Könnte sein, dass Himmel und Erde dann in Stücke reißen. Nicht dass ich momentan auf was richtiges Festes aus wäre. Wir haben Spaß miteinander. Und wir haben noch reichlich Zeit, uns Gedanken darüber zu machen, ob wir was Ernstes anstreben. Außerdem bin ich nicht mal sicher, ob ich dauerhaft mit einem Zauberer zu tun haben will. Könnte sein, dass das einfach zu stressig ist.«

»Ja, da könntest du recht haben.« Ich wusste aus persönlicher Erfahrung, dass es seine Tücken hatte, mit einem Zauberer zusammen zu sein. Vor allem wenn er den Kampf gegen die dunkle Magie anführte. »Aber halt mich auf dem Laufenden. Ich vermisse euch.«

Erst als ich auflegte, fiel mir wieder ein, dass mein Bruder immer noch unter meinem Schreibtisch war und an Modems, Servern und all dem Kram herumbastelte, den er zusammengebaut hatte, um ein Computernetzwerk im Laden zu installieren. Aber ich hatte bestimmt nichts gesagt, woraus man auf meine magischen Verbindungen schließen konnte, und außerdem war Teddy wahrscheinlich der ideale Bruder, um in seiner Gegenwart zu quatschen. Denn wenn er einmal auf irgendetwas konzentriert war, könnte im Büro der Dritte Weltkrieg ausbrechen, ohne dass er ihm irgendeine Beachtung schenkte.

Wenn Marcia recht hatte und Zauberer nur Ärger bedeuteten, konnte sie alles Magische einfach hinter sich lassen, wenn sie wollte. Ich dagegen war nicht sicher, ob ich das konnte. Sie hatte nichts mit Magie am Hut, weder in der einen noch in der anderen Hinsicht, während ich zu der speziellen Klasse von Leuten gehörte, die immun gegen Magie waren. Die Tatsache, dass Magie unter den meisten Umständen keinerlei Wirkung auf mich ausübt, macht mich in der magischen Welt zu einer wertvollen Figur. Eine Firma namens Manhattan Magic & Illusions, Inc. hatte mich einst angeheuert, damit ich ihren Mitarbeitern dabei half, magische Betrügereien in ihren geschäftlichen Transaktionen aufzudecken. Und das Ganze hatte damit geendet, dass ich mitten in einen anhaltenden Kampf gegen einen Schurkenzauberer und seine mysteriösen Unterstützer geraten war. Zu behaupten, ich hätte die Welt gerettet, war mit Sicherheit übertrieben, aber ich hatte immerhin dazu beigetragen, dass einige ziemlich schlimme Dinge nicht passiert waren.

Wenn ich so wertvoll war, was machte ich dann im Büro einer kleinstädtischen Agrarbedarfshandlung? Diese Stadt war so dermaßen unmagisch, dass ich von meiner Immunität gegen Magie überhaupt erst nach meinem Umzug nach New York erfahren hatte. Es musste einfach einen Weg geben, wie ich der Sache dienen konnte – abgesehen davon, dass ich mich von Owen fernhielt. Ich konnte mir nicht vorstellen, untätig zuzusehen, wenn sich am Horizont ein magischer Krieg abzeichnete.

Die Ladenglocke unterbrach meine düsteren Gedanken. Sherri hätte längst aus ihrer Pause zurück sein müssen, aber Sherri war nun mal Sherri. Ich setzte ein Lächeln auf und verließ das Büro, um mich dem Kunden zu widmen. Danach brauchte eine andere Kundin Beratung hinsichtlich der Frage, welcher Dünger für ihre Rosen geeignet war. Das war nicht gerade mein Fachgebiet, aber ich hatte über die Jahre derart viel mitbekommen, dass mir wahrscheinlich schon Flüssigdünger durch die Adern floss.

Als ich mich wieder dem Ladentresen zuwandte, spielte Dean gerade an der Kasse herum. »Ich glaube, die ist kaputt«, sagte er.

»Warum, was stimmt denn damit nicht?«

»Die Lade geht nicht auf.« Er zog daran, um es zu demonstrieren.

»Das liegt daran, dass sie sich nur öffnet, wenn du was eingetippt hast.«

In seinen grünen Augen flackerte Wut auf. »Oh. Das erklärt einiges.«

»Brauchst du denn irgendwas?«

»Nein. Ich schätze, ich sollte das Geld ohnehin besser aus der Wechselgeldkasse nehmen.« Mit anderen Worten aus Moms Portemonnaie, weil ich ihn nicht an die Handkasse des Ladens heranlassen würde, und das wusste er auch. Was ihn jedoch nicht daran hinderte, es zu versuchen. Er schenkte mir sein charmantestes Lächeln. »Du könntest mir doch eigentlich zwanzig Dollar geben.«

»Tut mir leid, Deano, aber ich bin immun gegen deinen Charme.« Wenn man genügend Zeit mit einem Zauberer wie Rod verbracht hat, der früher jeden Trick angewandt hatte, um die Leute mit seinem Charme zu bezirzen, verlieren normale Schmeicheleien ihre Wirkung.

Er zuckte mit den Schultern. »Einen Versuch war es wert. Hast du Sherri gesehen?«

»Sie hat sich vor einer halben Stunde eine Pause genehmigt.

Wenn du sie siehst, sag ihr bitte, dass sie mal wieder an die Arbeit gehen sollte.«

Ich schaffte es kaum bis ins Büro, da klingelte erneut das Telefon. Diesmal hob ich nach dem ersten Klingeln ab. »Hallo! Kannst du dich für eine kleine Mittagspause loseisen?«, fragte die Stimme am anderen Ende. Es war Nita Patel, meine beste Freundin aus der Schulzeit.

»Arbeitest du jetzt wieder tagsüber?« Sie war in dem von den Patels geführten Motel beschäftigt und saß noch mehr in der Familienunternehmen-Falle als ich. Mir war es wenigstens gelungen, nach New York zu entkommen, so vorübergehend das auch gewesen sein mochte.

»Ja, letzte Nacht ist etwas passiert, was meinem Bruder einen Riesenschreck eingejagt hat. Deshalb haben sie mich vorsichtshalber für die Tagschicht eingeteilt. Jetzt hänge ich den ganzen Tag hier am Tresen fest. In den nächsten Stunden checkt hier garantiert niemand ein. Aber es würde mir den Tag sehr versüßen, wenn du irgendwo was zu essen holst, hier vorbeikommst und mir ein wenig Gesellschaft leistest.«

Ein Blick zur Ladentür sagte mir, dass Sherri endlich zurück war. »Super Idee! Worauf hättest du denn Lust?«

»Dad ist nicht da heute. Was meinst du?«

»Okay, dann Dairy Queen. Doppelter Cheeseburger ohne Zwiebeln?«

»Du kannst Gedanken lesen.« Es erübrigt sich zu sagen, dass Nita keine besonders fromme Hinduistin war. Seit sie mit ihrer Familie nach Texas gezogen war, hatte sie eine Vorliebe für Hamburger entwickelt; allerdings musste sie diese hinter dem Rücken ihres etwas altmodischeren Vaters essen.

»Bin gleich bei dir.« Nachdem ich aufgelegt hatte, knuffte ich Teddys Bein unter dem Tisch. »Ich bin zum Mittagessen verabredet und in ungefähr einer Stunde zurück.«

»Okay«, sagte er, aber ich bezweifelte, dass es wirklich bei ihm angekommen war.

Ich schnappte meine Tasche und ging hinaus. Der Pick-up war von Dean auf mich übergegangen, nachdem er einen neuen auf den Parkplatz vor dem Laden gestellt bekommen hatte. Meine New Yorker Freundinnen wären wahrscheinlich ebenso fasziniert wie erschrocken gewesen, wenn sie gewusst hätten, dass ich so einen Wagen fuhr. Und wenn man bedachte, dass ich vor kurzem noch mit der U-Bahn zur Arbeit gependelt war, war die Veränderung auch wirklich ganz schön gravierend. Unser Geschäft lag am Stadtrand, aber in einer Stadt dieser Größe brauchte man nicht mal eine Minute zum Dairy Queen am Rande des Stadtzentrums.

Der mittägliche Andrang hatte gerade erst begonnen, sofern es so etwas in Cobb überhaupt gab. Entsprechend musste ich nicht lange auf die Burger für Nita und mich warten. Sobald sie fertig waren, fuhr ich zum Motel, das sich am anderen Ende der Stadt befand.

Früher hatte sie mal an einer der Hauptrouten zwischen Austin und Dallas gelegen, aber da die Autobahn ungefähr fünfzig Meilen östlich gebaut worden war, kam niemand mehr in diese Stadt, der nicht unbedingt musste. Es war nicht gerade der rentabelste Ort für ein Motel, aber die Patels hatten ihre Sache immer gut gemacht, seit sie hierhergezogen waren. Damals ging ich in die vierte Klasse und wurde von der Lehrerin zu Nitas Patin ernannt, da sie jemanden brauchte, der ihr half, sich an das Leben in einem fremden Land zu gewöhnen. Wir waren schnell beste Freundinnen geworden, und inzwischen war Nita wahrscheinlich amerikanisierter als ich selbst.

»O mein Gott, ich hatte gerade die beste aller Ideen!«, rief sie aus, kaum dass ich die Lobby betreten hatte. Sie öffnete die kleine Schranke, um mich hinter den Tresen der Rezeption zu lassen, und redete dabei weiter: »Wir könnten eine bunte Knabbermischung in jedes Gästezimmer stellen und in der Lobby Bagels und Saft verkaufen. Dann nennen wir das Ganze ›Bed & Breakfast‹ und können zwanzig Dollar mehr für die Übernachtung nehmen.«

»Klingt im Prinzip nicht schlecht«, erwiderte ich. »Aber welcher vernünftige Mensch würde freiwillig nach Cobb kommen?«

Sie nahm einen kräftigen Bissen von ihrem Burger und sagte erst einmal eine Weile gar nichts, während sie ihn genoss. »Das ist ja das Geniale an meiner Idee. Wir tun uns mit dem Antiquitätenladen in der Stadt zusammen, erstellen eine Broschüre und eine Website und bieten Antiquitäten-Wochenenden an. Und ein Wellness-Paket könnten wir auch noch schnüren. Meinst du, Kiki vom Friseurladen Kut 'n' Kurl weiß, wie man kosmetische Gesichtsbehandlungen macht?«

»Wichtiger ist doch die Frage: Würde sich irgendjemand für eine kosmetische Gesichtsbehandlung in einem Laden anmelden, der Kut 'n' Kurl heißt?«

»Guter Einwand. Ich denke noch mal drüber nach.« Ich lächelte, denn ich konnte mir vorstellen, dass sie ungefähr so intensiv darüber nachdenken würde wie über ihre vorherigen wilden Pläne, wie beispielsweise den, die Räume themenbezogen auszustatten und das ganze Motel im Stil der 1930er Jahre umzugestalten, inklusive metallenen Gartenstühlen, die sie bei Ebay gefunden hatte. Ich erkannte in diesen Anwandlungen das Bedürfnis wieder, etwas Größeres und Besseres aus ihrem Leben zu machen, als in einer Kleinstadt rumzusitzen und für das Familienunternehmen zu arbeiten. Sie wollte sich verwirklichen und was dazulernen, hatte aber kein Ventil dafür. Ich kannte dieses Gefühl. Nicht zum ersten Mal fragte ich mich, ob es die richtige Entscheidung gewesen war, aus New York wegzugehen.

Wie ich vermutet hatte, war Nita, noch bevor sie ihren Burger verputzt hatte, bereits auf einen neuen Plan verfallen. »Was hältst du davon, wenn wir hier abhauen und unsere Zelte woanders aufschlagen? Wir könnten uns eine Wohnung in Dallas oder Austin suchen! Ich bin sicher, wir würden da Arbeit finden.« Ich sah sie erwartungsvoll an. »Na ja, kann sein, dass mein Vater sich dann von mir lossagt, aber ich bin fast siebenundzwanzig Jahre alt, also kann er mich auch nicht mehr mit Gewalt zurückholen. Und ich bin sicher, er würde irgendwann darüber wegkommen, vor allem, wenn ich einen netten Inder finde, der mich heiratet. Ist schließlich nicht so, als gäbe es hier viel Auswahl in dieser Hinsicht. Jedenfalls weiß ich ganz genau, dass ich vor Langeweile explodiere, wenn ich noch eine Sekunde länger hier bleibe.«

»Wenn du das tust, haben wir anderen wenigstens eine Weile ordentlich Gesprächsstoff.«

Sie warf einen Salzbeutel nach mir. »Du weißt schon, wie ich das meine. Ich verstehe ja nicht, wieso du zurückgekommen bist. Du warst entkommen. Du warst frei! So schlecht kann New York gar nicht gewesen sein, dass du unbedingt zurückkommen musstest.«

Nita war schon seit einer Ewigkeit meine beste Freundin, und ich hasste es, sie anzulügen, aber die Existenz von Magie war ein Geheimnis, und ich durfte es ihr nicht verraten. »Ach, es gab einfach Komplikationen.«

»Was hältst du denn dann davon, nach Dallas zu gehen, hm?«

In meinem Hinterkopf hegte ich die Hoffnung, irgendwann zurück nach New York ziehen zu können. Es gab zwar keinen speziellen Grund, der mich zwang, mein Exil in Cobb zu nehmen, aber es wäre Nita gegenüber nicht fair gewesen, einem gemeinsamen Umzug nach Dallas zuzustimmen, nur um dann bei der erstbesten Gelegenheit nach New York abzuhauen.

Glücklicherweise war sie schon wieder bei einem anderen Thema, bevor mir einfiel, wie ich es ihr sagen konnte, ohne ihre Gefühle zu verletzen. Aber leider war *ich* dieses andere Thema.

»So, jetzt will ich das aber mal genauer wissen. Was war denn los? Gebrochenes Herz, eine schiefgegangene Liebesgeschichte? Nein, ich weiß! Du hattest eine heiße Affäre mit deinem Chef und musstest den Job hinschmeißen, als er dich für eine andere verlassen hat, wie bei Bridget Jones!« Dieses Gespräch führten wir seit meiner Rückkehr aus New York ungefähr einmal pro Woche, und ihre Theorien wurden immer abstruser. Allmählich klang ihre Version meines Lebens aufregender als die Wirklichkeit, trotz dieses ganzen magischen Krieges.

Ich schaute weg und überlegte, wie ich sie erneut ablenken konnte. Dabei fiel mir auf, dass das Seitenfenster mit einer Kunststofffolie überspannt war. »Ist es das, was deinen Bruder gestern Abend so erschreckt hat?«, fragte ich.

»Ja, das war total seltsam. Ich hatte gerade Schicht, und als ich um kurz vor Mitternacht nach hinten ging, um irgendetwas zu checken, war bei meiner Rückkehr plötzlich die Fensterscheibe verschwunden.«

»Ist denn etwas gestohlen worden?«

»Nicht dass ich wüsste. Der Computer, der Fernseher und auch das Bargeld waren noch da. Ich hab Ramesh angerufen, damit er herkommt, und er hat mich nach Hause geschickt. Er wollte nicht, dass ich alleine nachts arbeite, wenn so was passiert. Also haben wir die Schichten getauscht.«

»Ich nehme an, es gab einiges aufzuräumen.«

»Das war ja das Verrückte: Es lagen überhaupt keine Glasscherben herum. Und auch keine Steine oder so. Es war so, als hätte jemand einfach nur die Scheibe aus dem Fenster genommen. Ist das nicht gruselig?«

»Allerdings.« Sie hatte ja keine Ahnung, wie gruselig das war. Ich hatte so etwas schon mal erlebt. Owen hatte die Glasscheiben aus den Fenstern eines brennenden Restaurants verschwinden lassen, in dem wir uns aufhielten. Damals hatte sich an der Tür ein

Stau gebildet, weil alle Gäste zu fliehen versuchten. Aber irgendwie bezweifelte ich, dass hier etwas Ähnliches passiert war. Denn nicht nur gab es in diesem Teil der Welt keine Magier, sondern es fehlte ja auch nichts. Warum sich also überhaupt Gedanken machen? »Das war bestimmt ein Schülerstreich«, sagte ich, um sie zu beruhigen.

»Ja, du hast recht, aber sag das nicht Ramesh. Ich hasse die Nachtarbeit, also passt mir diese neue Regelung ganz gut in den Kram. Na ja, ich hasse es, hier zu arbeiten, Punkt. Aber bis mein Dad im einundzwanzigsten Jahrhundert angekommen ist und mich wegziehen lässt oder bis irgendein netter junger Inder vorbeikommt und mich mitnimmt – oder bis du einwilligst, mit mir wegzugehen –, hänge ich hier fest.«

Ich fürchtete schon, sie würde weiter nachbohren, warum ich New York verlassen hatte, aber sie tat es nicht. Wir plauderten noch eine Weile darüber, wie sehr uns unsere aktuellen Jobs nervten, bis es Zeit wurde, dass ich mich überwand und in den Laden zurückfuhr.

Sherri hatte es nicht für nötig befunden, auf meine Rückkehr zu warten, bevor sie ihrerseits in die Pause verschwunden war, aber Beth, Teddys Frau, war netterweise eingesprungen und stand mit ihrem Baby auf der Hüfte hinter der Kasse. Sie lächelte mir kurz zu, als ich mich an ihr vorbeiquetschte, um ins Büro zu gelangen. Sobald ich meine Tasche abgestellt hatte, nahm ich ihr das Baby ab. Auf die Kleine aufzupassen war in meinen Augen momentan weitaus attraktiver, als mich im Laden nützlich zu machen.

»Danke«, sagte ich, als der Andrang nachließ. »Sherri hatte Hunger, schätze ich.«

Sie verdrehte die Augen. »Die Frau braucht einen Aufseher.«

»Ach, was. Die Frau braucht einen Gefängniswärter.«

»Ich soll dir von Ted ausrichten, dass der Internetzugang jetzt wieder funktionieren müsste. Frank kommt jeden Moment zur

Nachmittagsschicht, Dean ist wie immer nicht aufzufinden, Dad liefert aus und Ted guckt gerade nach seinen Testbeeten.«

»Dann ist alles immerhin so weit unter Kontrolle, wie es hier möglich ist.«

»Genau. Also setz dich hin und sieh zu, dass du mit dem Papierkram hinterherkommst. Ich kümmere mich um die Kasse, wenn du auf Lucy aufpasst.«

Lucy zahnte gerade, weshalb sie Anstalten machte, sich alles in den Mund zu stopfen, was sie zu fassen bekam. Trotzdem war das ein guter Deal, wie ich fand. Allerdings fiel es mir schwer, mich auf die Buchführung zu konzentrieren, weil ich permanent an Nitas fehlendes Fenster denken musste. Als Owen damals diese Glasscheiben weggezaubert hatte, waren sie nach einer Weile zurückgekehrt. Ich fragte mich, ob das auch diesmal so sein würde. Aber dann erinnerte ich mich daran, dass hier ja keine Magie im Spiel sein konnte. Hier gab es keine Magie. Ich war immun gegen Zauberei, und ich hatte hier noch nie etwas Magisches gesehen, das anderen verborgen blieb. Während des New-York-Besuchs meiner Eltern am letzten Thanksgiving hatte ich entdeckt, dass ich die magische Immunität von meiner Mutter geerbt hatte, und die hatte in ihrem ganzen Leben in Cobb noch nie etwas Magisches bemerkt, was sie auf die Idee gebracht hätte, an Zauberei auch nur zu denken. Das war einer der Gründe, warum ich überhaupt hierhergekommen war, als ich aus New York wegmusste. Dies war der wahrscheinlich letzte Ort, an den meine magischen Probleme mir folgen würden.

»Katie!«, rief Beth aus dem Laden. Ihre Stimme klang weitaus angenehmer als Sherris Gekreische. »Hier ist jemand für dich!« Aus ihrem neckischen Singsang schloss ich, dass, wer immer gekommen war, männlich und gutaussehend sein musste. Mein Herz schlug sofort wieder Purzelbäume, und ich spürte förmlich, wie das Adrenalin durch meine Adern schoss. Als ich aufstand, hielt ich Lucy besonders fest, aus Angst, dass meine plötzlich gummiweichen Glieder sie nicht mehr richtig halten konnten.

Als ich in den Laden trat, wich die Anspannung schlagartig wieder aus mir. Der Mann, der dort auf mich wartete, war nicht dunkelhaarig, blauäugig und ein kleines bisschen kleiner als der Durchschnitt. Er war groß und blond, hatte allerdings auch blaue Augen. »Na, wenn das nicht Katie Chandler ist, frisch zurück aus der großen Stadt!«, rief er in seinem gedehnten Texas-Akzent.

»Ja, ich bin seit Januar wieder da«, erwiderte ich, verlagerte Lucys Gewicht etwas und versuchte, meine Haare aus ihren Fingern zu befreien. Wenn ich mich nicht täuschte, war das Steve Grant, Quarterback, Football-Held und auch sonst großer Zampano auf dem Schulhof. »Wie geht's denn so? Womit kann ich dir behilflich sein?«

Steve beäugte das Baby auf meinem Arm. »Das ist dann wohl der Grund, warum du wieder hier bist, nehme ich an?«

Eine interessante Vermutung, zumal Lucy ihrer Mutter mit ihren roten Locken und auch sonst wie aus dem Gesicht geschnitten war, mir dagegen kein bisschen ähnlich sah. »Äh, nein. Das ist meine Nichte.«

Er sah unglaublich erleichtert aus. »Nun, was immer der Grund war. Jedenfalls schön, dich wieder hier zu haben. Wir sollten mal zusammen ausgehen und die alten Zeiten wieder aufleben lassen.«

Soweit ich mich erinnerte, gab es gar keine gemeinsamen »alten Zeiten«. Gut, wir hatten ein oder zwei Kurse zusammen gehabt, aber ansonsten waren unsere Gemeinsamkeiten darauf beschränkt gewesen, dass ich im Schulorchester war, während er Fußball spielte. Die Chancen, hier noch jemanden für ein Date zu finden, mussten ja arg geschrumpft sein, wenn er ausgerechnet auf mich zurückzugreifen versuchte. »Das heißt dann wohl, dass ich die einzige Single-Frau bin, die in dieser Stadt noch übrig ist«, antwortete ich lachend.

»Wie bitte, was? Nein! Das meinte ich nicht. Ich meine, na ja, ich hab dich heute Mittag in der Stadt gesehen und dachte, dass New York dir gutgetan hat. Du bist so ... mondän.«

Ich war nicht sicher, ob das Wort »mondän« auf jemanden passte, der eine ausgewaschene Jeans und ein T-Shirt mit dem Werbeaufdruck eines Agrarbedarfshandels trug und dessen Haare büschelweise aus dem halbherzigen Versuch eines Pferdeschwanzes heraushingen. »Das ist furchtbar nett, dass du das sagst, Steve, aber ich hab gerade eigentlich gar kein Interesse an einem Date, danke.« Ich hoffte, er wollte keine Details von mir hören, denn es wäre schwierig geworden zu erklären, dass ich immer noch an einem Mann hing, den ich in New York zurückgelassen hatte und mit dem er es auf keinen Fall aufnehmen konnte. Ich hatte zwar nicht vor, ins Kloster zu gehen, wenn die Umstände es mir nicht erlaubten, wieder mit Owen zusammenzukommen, aber ich war einfach noch nicht bereit, den nächsten Schritt zu tun. »Kann ich dir sonst mit irgendwas behilflich sein? Unsere Rasentraktoren sind gerade im Angebot.«

»Nein, danke, heute nicht. Aber wenn du es dir anders überlegst, sag Bescheid. Ich bin sicher, du weißt, wo du mich findest.« Er zwinkerte mir zu und spazierte dann aus dem Laden. Sein Hintern in den Wranglers war nicht zu verachten, das musste ich zugeben, aber er war nun mal nicht Owen, und ich bezweifelte, dass mir in der näheren und weiteren Zukunft irgendetwas anderes gefallen würde.

Ich war noch nicht ganz zurück im Büro, als meine Mutter in den Laden gestürmt kam.

»Ihr werdet nicht glauben, was ich gerade gesehen habe!«, rief sie.

2

Schlagartig fiel mir das letzte Thanksgiving in New York wieder ein. Damals hatte ich den Großteil des Tages damit verbracht, magische Erscheinungen vor meiner Mutter zu verstecken oder mir vernünftig klingende Erklärungen für die Dinge auszudenken, die sie bereits erspäht hatte. Dann erinnerte ich mich wieder daran, wo ich war. Mom hatte wohl eher einen Geistlichen aus Cobb beim Fummeln mit der Schreibkraft der Kirchengemeinde auf dem Rücksitz eines Chevys erwischt. Das wäre tatsächlich mal eine Neuigkeit gewesen, die zu berichten sich lohnte. Und wenn es um so etwas ging, konnte man darauf bauen, dass sie es sofort herumerzählte. Noch nie hatte ich hier jedoch eine Elfe oder Fee gesehen; diese Möglichkeit konnte ich also sicher ausschließen.

»Was denn, Lois?«, fragte Beth fröhlich. Ich nahm mir vor, ihrem Beispiel zu folgen und mich wieder zu entspannen. Meine Schwägerin verhielt sich, als legte Mom solche Auftritte jeden Tag hin, und wie ich meine Mutter kannte, war es wahrscheinlich auch so.

»Ich war gerade in der Apotheke, und Lester Jones hat doch tatsächlich einem seine Medikamente für umsonst gegeben!«

Ich atmete auf. Lester Jones, der Apotheker des Ortes, war ein notorischer Geizhals. Wenn man bei ihm zum Essen eingeladen war und ihn um ein Aspirin bat, knöpfte er einem fünf Cent dafür ab. Beth zog eine Augenbraue hoch. »Hm, interessant. Vielleicht hat er einen Sinneswandel durchgemacht und will jetzt all die Jahre wiedergutmachen, in denen er seinen Kunden zu viel Geld abgeluchst hat. Letzte Woche gab es doch eine Erweckungsversammlung drüben in der Baptistenkirche.«

»Mir war bislang nicht bekannt, dass Lester Baptist ist«, erwiderte Mom abschätzig. »Ich dachte eher, er wäre gar nichts.«

»Ein Grund mehr zu vermuten, dass er bei dieser Versammlung ›bekehrt‹ wurde, wenn er denn da war«, argumentierte Beth.

»Wer war denn der glückliche Kunde?«, erkundigte ich mich. »Vielleicht war es jemand, der etwas Übles über Lester weiß, oder jemand, dem er Geld schuldet.«

»Es war dieser merkwürdige junge Mann – der, der ein Stipendium für die Uni hatte und dann rausgeflogen ist. Beth, du kennst ihn; er war früher mal mit Teddy befreundet.«

»Du meinst Gene Ward?«, fragte Beth stirnrunzelnd. »Das erklärt eine Menge. Seinem Vater gehört die halbe Stadt. Ich frage mich nur, wozu der Medikamente braucht.«

»Seine Hand war bandagiert. Wahrscheinlich Antibiotika oder irgendwelche Schmerzmittel.« Das erklärte sowohl Nitas als auch Moms mysteriöses Ereignis. Nach dem, was ich über Eugene Ward wusste, hatte er wahrscheinlich versucht, das Fenster herauszunehmen, um das Motel ausrauben zu können. Und war dann von Nita überrascht worden und weggerannt, bevor er irgendwas einstecken konnte. Er dachte, er wäre schlauer als andere und würde immer davonkommen, aber gleichzeitig war er ein Riesenschisser. Wenn er geschnappt worden wäre, hätte sein Dad die Patels bestochen und ihn gegen Kaution freibekommen. Wahrscheinlich hatte sein Dad schon die Hälfte aller Geschäftsleute der Stadt ausbezahlt, bei all den verblödeten Aktionen, die Gene sich bereits geleistet hatte.

Dann tauchte mein ältester Bruder Frank auf, und das Thema war erst einmal beendet. »Hallo, Mom«, sagte er, nahm sie in den Arm und küsste sie auf die Wange. »Was führt dich her?«

»Ich komme gerade aus der Stadt und dachte, ich schau mal

rein und frage, ob ihr nicht alle nach der Arbeit zum Essen vorbeikommen wollt. Sind Dean und Sherri auch da?«

»Sherri hat sich vor einer Weile verdrückt«, berichtete ich. »Dean war am Vormittag mal hier, aber keine Ahnung, wo er jetzt ist.«

»Dann werde ich sie wohl aufstöbern müssen, damit sie heute Abend auch kommen. Ohne sie wäre es schließlich kein Familienessen. Ich erwarte euch dann so gegen halb acht.«

Kaum war Mom weg, drehte Beth sich mir zu und sagte: »Du hast jetzt Feierabend, glaube ich. Wenn du mir das kleine Monster zurückgeben möchtest ...«

Freudig überreichte ich ihr das Baby, aber es krallte sich mit feuchten Fingern an meinem T-Shirt fest, bis es merkte, dass es zurück zu Mutti ging. »Ich rufe noch schnell meine E-Mails ab und gebe ein paar Bestellungen auf, bevor ich gehe. Jetzt, wo die Verbindung wieder funktioniert!«

Ich hatte eine E-Mail in meinem privaten E-Mail-Eingang, eine geschwätzige Nachricht von Trix, der Vorzimmerdame des Vorstands von MMI. Sie hielt mich über all den Büroklatsch auf dem Laufenden, den ich verpasste. Hauptsächlich klagte sie über meine Nachfolgerin, Kim, und erging sich in Phantasien darüber, was sie ihr alles antun würde, wenn Kim nicht immun gegen Zauberei wäre. Owen erwähnte sie nicht. Ich machte schnell noch Nachbestellungen bei unseren Hauptlieferanten, dann loggte ich mich aus und fuhr nach Hause.

Das Haus war leer, als ich dort ankam, also war Mom wahrscheinlich noch Lebensmittel einkaufen. Ich hätte wohl meine Hilfe anbieten sollen, aber ich würde ihr ohnehin noch beim Kochen zur Hand gehen, daher musste ich zusehen, dass ich auch noch ein klein wenig Zeit für mich rausschlagen konnte. Ich hatte einigen Papierkram aus dem Büro mitgenommen, um ihn ohne die im Laden üblichen Unterbrechungen zu erledigen.

In einem Punkt übertraf mein gegenwärtiges mein New Yorker Leben mühelos, nämlich hinsichtlich der Wohnfläche. Mein komplettes New Yorker Apartment hätte locker in das Wohnzimmer meiner Eltern hineingepasst – und wir hatten uns die Wohnung zu dritt geteilt! Lustigerweise fühlte ich mich darin mitsamt zwei Freundinnen aber weniger beengt als zu Hause bei meinen Eltern.

Kaum hatte ich es mir mit einem Stapel Quittungen auf meinem Bett gemütlich gemacht, als von unten eine Stimme heraufdröhnte. »Huhu! Jemand zu Hause? Ich hab doch Katies Wagen draußen stehen sehen.« Meine Großmutter.

Vielleicht kam mir dieses Haus deshalb so klein vor, weil es darin zuging, als wohnte man mitten in der Grand Central Station – es gab jede Menge Platz, aber man hatte keine Minute für sich.

Ich legte die Arbeit weg und lief nach unten. Meine Großmutter war in der Küche. »Hallo, Oma«, sagte ich. »Kann ich was für dich tun?«

»Ach, ich komme bloß mal so vorbei. Hatte ohnehin gerade was zu erledigen. Ist deine Mutter nicht da?« Ohne die Antwort abzuwarten, steuerte sie das Wohnzimmer an. Sie trug stets einen Stock bei sich, aber ich konnte mich nicht erinnern, jemals gesehen zu haben, wie sie sich darauf stützte. Meistens dirigierte sie damit andere Leute herum.

»Sie ist vermutlich einkaufen«, antwortete ich und ging ihr hinterher. »Aber sie muss jeden Moment wieder da sein.«

Sie wirbelte herum und ging zurück in die Küche. »Du hast nicht zufällig eine Tasse Kaffee für mich?«

»Ich glaube nicht, dass noch welcher da ist, aber ich könnte dir einen kochen, wenn du möchtest.« Noch bevor ich zu Ende geredet hatte, legte sie einen frischen Filter in die Maschine und löffelte Kaffeepulver hinein. »Oder du fühlst dich einfach wie zu Hause«, fügte ich trocken an.

»Katie!«, rief meine Mutter von draußen. In ihrer Stimme lag ein Hauch von Panik, wohl weil sie den meterlangen Oldtimer meiner Großmutter in der Einfahrt erspäht hatte.

»Da ist sie ja!«, sagte ich fröhlich. »Ich helfe ihr beim Ausladen der Lebensmittel, während du den Kaffee kochst.« Ohne eine Antwort abzuwarten, lief ich aus der Küche und die Stufen der Veranda hinter dem Haus hinunter zur Einfahrt.

Meine Mutter lehnte an ihrem Wagen und wirkte halb ohnmächtig. »Sag jetzt nicht, meine Mutter ist hier«, sagte sie.

»Dann muss ich dich anlügen. Sie macht gerade Kaffee.«

»Das kann ich heute nicht gebrauchen, nicht, wo doch am Abend alle zum Essen kommen.«

Ich nahm ein paar Lebensmitteltüten aus dem Kofferraum. »Wolltest du sie denn nicht einladen?«

»Doch, natürlich. Aber ich hatte eigentlich nicht vor, mir Publikum einzuladen, während ich koche. Sie weiß immer alles besser.«

»Was hältst du davon, wenn ich Molly anrufe und ihr sage, sie soll die Kids herbringen, wenn sie aus der Schule kommen? Die können Oma dann ablenken.«

»Oh, großartige Idee, Katie. Wie kommt es nur, dass ich so eine brillante Tochter habe? Zu schade, dass du keine Kinder hast, sonst könntest du diese Intelligenz an die nächste Generation weitergeben.« Dass ich diese Bemerkung über Kinder einfach an mir abtropfen ließ, zeigte, wie lange ich schon wieder zu Hause war. Wenn man täglich dazu gedrängt wird, doch zu heiraten und Kinder zu kriegen, gewöhnt man sich irgendwann daran.

»Beth hat mir übrigens erzählt, Grant wäre im Laden gewesen, um dich zu besuchen«, sagte sie. Womit sie schon wieder beim Thema war.

»Ja, er hat mich im Dairy Queen gesehen und wollte wissen, was ich jetzt mache.«

»Er ist noch unverheiratet. Nicht zu fassen, dass noch kein

schlaues junges Mädel gekommen ist und ihn sich unter den Nagel gerissen hat.«

»Ja, ich weiß.« Dann waren wir im Haus. Ich stellte die Lebensmittel auf dem Küchentisch ab und flitzte zurück zu Moms Auto, um die nächste Ladung zu holen, während Oma sich Mom vorknöpfte. Das war einer dieser Fälle, in denen es besser war, sich rauszuhalten.

Als ich mit den nächsten Tüten reinkam, sagte Mom gerade: »Und ist es nicht unglaublich, dass Lester sie ihm umsonst gegeben hat? Beth meint, es hätte damit zu tun, dass Genes Vater die halbe Stadt gehört.«

Ich ging wieder hinaus und hoffte, dass sie bei meinem nächsten Auftauchen das Thema gewechselt hätten, da ich dann fertig war und keinen Vorwand mehr haben würde, mich davonzuschleichen. »So, das war's«, sagte ich und stellte die Tüten auf den Tisch.

»Katie, ich erzähle Mama gerade, was ich draußen vor der Apotheke gesehen habe. Ich schwöre, auf dem Parkplatz haben Leute getanzt, direkt auf dem Gerichtsplatz! Das hat mich an dieses Deli erinnert, in das du mich eingeladen hast, als wir in New York waren, und wo die Kellner diese Tanznummer aufgeführt haben.«

Mir wurde schlecht. Dieser Laden war durchaus keins der Restaurants gewesen, in denen das Personal aus Schauspielern vom Broadway bestand. Die spontane Tanznummer ging auf Phelan Idris' Konto; und er war der schurkische Zauberer, den Owen bekämpfte. Er hatte alle Menschen in diesem Deli verzaubert und sich daran ergötzt, sie für sich tanzen zu lassen. »Bist du sicher, dass das nicht eine Cheerleadertruppe war, die Spendengelder sammeln wollte?«, fragte ich. Schließlich war Zauberei in diesem Landstrich doch absolut unwahrscheinlich. Cobb war wirklich nicht der Ort, in dem die Leute ohne Grund plötzlich durch die Straßen tanzten.

»Nein, das war hundertprozentig keine Cheerleadertruppe. Alle Leute, die aus dem Laden kamen, haben nämlich mitgemacht. Es war total albern.«

»Oh, da waren bestimmt Frühlingsgefühle im Spiel«, meinte Oma und schenkte sich eine Tasse Kaffee ein. »Damals in der Heimat haben wir den Frühling begrüßt, indem wir mit den Luft- und Erdgeistern tanzten.« Ihr Texas-Akzent verwandelte sich in einen nachgemachten irischen Tonfall.

»Mutter, du bist nie in dieser angeblichen Heimat gewesen«, konterte Mom. »Du bist in Texas geboren und hast diesen Staat kein einziges Mal verlassen. Woher um alles in der Welt willst du wissen, was die Menschen früher in Irland gemacht haben?«

»Nur weil ihr die alten Traditionen vergessen habt, müssen wir anderen das ja nicht auch tun«, hielt Oma dagegen.

»Die alten Traditionen, die du kennst, sagen dir höchstens, wie du mir am besten den letzten Nerv rauben kannst«, grummelte Mom leise.

»Ich rufe mal Molly an«, sagte ich, da ich der Meinung war, dass mein Urenkel-Ablenkungsplan jetzt genau das Richtige war. Die Vorstellung, mal wieder einen Streit zwischen meiner Mutter und meiner Großmutter schlichten zu müssen, gefiel mir ganz und gar nicht. Mom war jünger, größer und stärker, aber Oma war bewaffnet und meistens hemmungsloser.

Es dauerte nicht lange und meine Neffen und Nichten, die Kinder von Frank, tobten durchs Haus. Sie rissen sich lautstark im Wohnzimmer um Oma und zeigten ihr alles, was sie in der Schule gemacht hatten. Mom, Molly und ich nutzten die relative Ruhe, um das Essen vorzubereiten. Mom redete immer noch davon, wie verrückt diese Vorkommnisse auf dem Parkplatz vor dem Supermarkt waren.

»Kannst du dir das vorstellen?«, fragte sie Molly.

»Hast du denn sonst noch jemanden da gesehen?«, wollte ich

wissen. »Vielleicht fanden ja gerade irgendwelche Dreharbeiten statt, für einen Werbefilm für den Supermarkt zum Beispiel.«

»Das könnte natürlich sein.«

»Schon komisch«, sagte Molly. »Ich bin auf meinem Weg hierher auch im Supermarkt gewesen, aber es hat niemand was gesagt. Man sollte doch meinen, dass alle Welt darüber redet.«

»Und das ist noch nicht alles«, erwiderte Mom. »Ich hätte schwören können, dass eine der antiken Straßenlaternen auf dem Gerichtsplatz sich vor meinen Augen in Luft aufgelöst hat und dann plötzlich wieder dort stand.«

Molly lachte. »Wahrscheinlich hattest du nur kurz die Augen zu. Dann verschwinden die Dinge nämlich auch mal für kurze Zeit.«

»Ich weiß doch, was ich gesehen habe«, gab Mom schnippisch zurück. Molly zog erschrocken den Kopf ein und sah mich hilfesuchend an. Da ich nicht wusste, was ich sonst tun sollte, zuckte ich mit den Schultern. Zwar war es durchaus möglich, dass Mom allmählich den Verstand verlor, andererseits wusste ich jedoch, dass es so etwas wie Magie gab und Dinge, wie Mom sie beschrieben hatte, tatsächlich passieren konnten.

Auch wenn ich nicht mehr selbst im Mittelpunkt der Handlung stand, sah es doch ganz danach aus, als wäre es mal wieder an der Zeit, dass ich Ermittlungen anstellte. Wenn ich seltsame Dinge in der Stadt beobachtete, wusste ich, dass Magie im Spiel war. Wenn nicht, mussten wir Mom entweder zum Arzt bringen oder ihr ein Hobby besorgen. Keine dieser Optionen behagte mir.

Sobald das Essen vorbei war und die Gäste weg waren, kündigte ich an, dass ich noch ausgehen würde. Da ich ein erwachsener Mensch war und mehr als ein Jahr lang in Manhattan gelebt hatte, hoffte ich, dass niemand wissen wollte, wohin ich fuhr und aus welchem Grund. Sicherheitshalber beeilte ich mich aber, aus der Tür zu kommen, bevor überhaupt jemand fragen konnte. Ich fuhr in die Stadt, parkte auf dem Gerichtsplatz und stieg aus, um ein bisschen herumzuspazieren.

Soweit ich das beurteilen konnte, befand sich alles da, wo es hingehörte. Alle antik aussehenden Straßenlaternen waren an Ort und Stelle, ebenso wie alle Statuen und Denkmäler für verschiedene Kriege und örtliche Helden. Die Gargoyles auf dem Dach des Gerichtsgebäudes regten sich nicht. Nicht einer von ihnen zwinkerte mir zu. Als ich all diese leblosen Bildhauerarbeiten sah, vermisste ich plötzlich Sam, meinen Wasserspeier-Freund aus New York. Selbst einer seiner weniger fähigen Kollegen wäre mir ein willkommener Anblick gewesen.

Einen Moment lang schloss ich die Augen, um meine anderen Sinne zu öffnen. Ich bemühte mich, das Kribbeln zu spüren, das mir verriet, dass irgendwo in meiner Nähe magische Kräfte im Einsatz waren. Das war nicht etwa eine übernatürliche Fähigkeit von mir. Jeder kann die Spannung wahrnehmen, die in der Luft liegt, wenn Magie benutzt wird, aber da die meisten Leute nicht wissen, dass Magie existiert, missdeuten sie die Empfindung und glauben, dass ihnen wohl gerade ein Schauder über den Rücken gelaufen sein muss. Mir lief hier höchstens bei dem Gedanken ein Schauder über den Rücken, dass Mom diesmal vielleicht tatsächlich den Verstand verlor.

Der Supermarkt gegenüber vom Gerichtsgebäude hatte bereits geschlossen, weshalb der Parkplatz davor leer war. Owen wäre in der Lage gewesen, dort eventuell noch verbliebene Spuren magischer Kräfte aufzuspüren, ich jedoch spürte gar nichts. Also beschloss ich, dass es an der Zeit war, den sichersten Verrücktheits-Detektor einer Kleinstadt aufzusuchen: das Dairy Queen.

An einem lauen Abend wie diesem standen die Chancen gut, dass viele Leute ausgegangen waren, um einen Banana-Split zu essen oder einen Milchshake zu trinken. Und wenn sich irgendetwas auch nur ansatzweise Ungewöhnliches ereignet hatte, würde es dort mit Sicherheit Thema sein. Der Parkplatz war tatsächlich fast voll, als ich ankam, und um die Tische draußen drängten sich die Leute förmlich. Ich ging hinein und bestellte ein Schokoeis, dann schaute ich mich nach einem Sitzplatz um, von dem aus ich so viele Gespräche wie möglich belauschen konnte.

»Hallo, Katie, hier drüben!«, rief jemand. Als ich mich umdrehte, erblickte ich Steve Grant; er saß mit einigen Freunden zusammen. Eine Sekunde lang fühlte ich mich in die Schulzeit zurückversetzt. Dieselbe Truppe hatte ich schon unzählige Male an diesem selben Tisch des Dairy Queen sitzen sehen. Aber früher hatten sie mich natürlich nicht aufgefordert, mich zu ihnen zu setzen. Und wenn sie es getan hätten, wäre ich wahrscheinlich auf der Stelle tot umgefallen. In der Schulzeit sprachen solche Jungs nicht mit Mädchen wie mir, es sei denn, sie brauchten Hilfe bei den Englischhausaufgaben.

Inzwischen sahen sie etwas anders aus als früher. Wir waren noch keine zehn Jahre aus der Schule, aber sie hatten schon ausgeprägte Geheimratsecken und gingen insgesamt sichtlich in die Breite. Ich wollte Steve keine falschen Hoffnungen machen, aber ihr Tisch stand an einer zentralen Stelle, und wenn jemand darüber Bescheid wusste, ob sich etwas Aufsehenerregendes ereignet hatte, dann diese Jungs.

Ich ging zu ihrem Tisch, blieb aber alle paar Schritte stehen und naschte an meinem Eis, damit ich nicht etwa übereifrig wirkte. »Hallo«, sagte ich. »So trifft man sich wieder.«

»Was treibst du denn so?«

»Ich bin gerade meinen Eltern entflohen. Und ich esse ein Eis.«

Steve klopfte neben sich auf die Bank. »Willst du dich zu uns setzen? Ich hab dir einen Platz freigehalten.«

»Das war aber nett von dir.« Ich setzte mich ans Ende der Bank, so weit von ihm weg wie nur irgend möglich, was aber trotzdem nicht sonderlich weit war, da er keinerlei Anstalten machte, rüberzurutschen und mir mehr Platz einzuräumen. Mein Gefühl sagte mir, dass er das eher mit Absicht denn aus Taktlosigkeit tat. Ich nahm noch einen Löffel von meinem Eis, um ein unwillkürliches Kichern zu unterdrücken. Das letzte Mal, als Männer so scharf auf meine Gegenwart gewesen waren, hatte ich verzauberte Schuhe angehabt. Irgendwie bezweifelte ich jedoch, dass meine verschlissenen alten Turnschuhe irgendeinen Attraktionszauber auf sie ausübten. »Also, Jungs, was gibt's Neues heute Abend?«, fragte ich.

»Nichts«, grummelte der Typ mir gegenüber. Ich konnte mich an seinen richtigen Namen nicht mehr erinnern. In der Schule hatten sie ihn Panzer genannt, und wie es aussah, tat er als Erwachsener alles, um seinem Spitznamen gerecht zu werden. Seine einsilbige Antwort führte mir einmal mehr vor Augen, warum ich von den Footballhelden an der Schule nie sonderlich beeindruckt gewesen war.

»Sieht ganz so aus, als wäre nicht viel passiert, während ich weg war«, sagte ich.

»Sehr, sehr wenig«, erwiderte Steve und streckte seinen Arm auf der Rückenlehne der Bank aus. »Aber du hast dich verändert, so viel steht fest.«

Ich war ziemlich sicher, dass er mit mir flirtete, hatte aber keine Ahnung, wie ich darauf reagieren sollte. Einerseits wollte ich gern hören, inwiefern er mich verändert fand, andererseits wusste ich ganz sicher, dass ich mich auf eine Art verändert hatte, die zu erkennen er ohnehin niemals in der Lage gewesen wäre. »Das ist nun mal so, wenn man erwachsen wird«, gab ich zurück. Und bevor er einen neuen Versuch unternehmen konnte, mit mir zu flirten, fügte ich hinzu: »Ich nehme an, dass die Bürgersteige hier immer noch ziemlich früh hochgeklappt werden. Hier tanzt keiner durch die Straßen oder so was.«

Sie sahen mich alle verständnislos an, woraus ich schließen

konnte, dass der Parkplatztanz, von dem Mom erzählt hatte, überhaupt nicht stattgefunden hatte. Oder aber der Zauber war, wenn es ihn denn gegeben hatte, gut genug gewesen, um die Erinnerung der Beteiligten daran so weit auszulöschen, dass sie nicht darüber reden konnten. So funktionierten diese Zauber für gewöhnlich. Da ich bislang keinen anderen eindeutigen Beweis von Magie gefunden hatte, neigte ich jedoch Ersterem zu.

»Die große Stadt ist dir wohl nicht besonders gut bekommen, was?«, sagte Steve und sah mich mitleidig an.

Ich hätte mich beinahe an einem Schokostückchen verschluckt. »Wie bitte?«

»Na ja, ich meine, du bist ganz schön schnell wieder hier gewesen. Wie lange warst du weg, ein Jahr oder so?« Er tätschelte meinen Oberschenkel. »Aber mach dir keine Sorgen, hier denkt niemand schlecht über dich. Manche Leute sind einfach nicht dafür gemacht wegzugehen. Du bist der Heimatstadt treu. Du gehörst hierher, zu uns.«

»Ich … nein … was?« Ich war zu überrascht, um einen zusammenhängenden Satz bilden zu können, was wahrscheinlich auch das Beste war. Wenn ich irgendetwas gesagt hätte, dann wäre es eine Standpauke gewesen, die sich gewaschen hatte. Aber als ich endlich eine angemessene Antwort im Kopf formuliert hatte, hatte ich mich schon wieder so weit beruhigt, dass ich ihm nicht mehr die Augen auskratzen wollte. »Die Firma, für die ich arbeite, nimmt gerade ein paar Umstrukturierungen vor«, erwiderte ich kühl, »was zur Folge hat, dass meine Stelle vorübergehend auf Eis gelegt wird. Und da mein Dad im Laden Hilfe gebrauchen konnte, dachte ich, ich komme her und fasse mit an, bevor ich in New York rumjobbe, bis die Firma mich wieder braucht.« Ich hatte diese Geschichte inzwischen so häufig erzählt, dass ich sie fast schon selbst glaubte, obwohl es immer schwieriger wurde, mich und alle anderen davon zu überzeugen, dass das Ganze »nur vorübergehend« war.

»Hey, schon gut, ich wollte dich nicht beleidigen oder so. Ich freue mich einfach, dass du wieder da bist. Wir sollten mal was zusammen machen.«

»Tut mir leid. Aber ich glaube, dazu hab ich keine Zeit.«

»Wie, hast du einen Freund oder was?« Die Jungs lachten alle.

»Ja, den hab ich allerdings.« Nun ja, strenggenommen stimmte das nicht, da ich im Interesse des Allgemeinwohls mit ihm Schluss gemacht hatte, aber ich hing noch immer an ihm, was irgendwie ja auch zählte.

»Und der ist schätzungsweise noch in New York, was? Na ja, was er nicht weiß, macht ihn nicht heiß.«

Ich grinste ihn mit gebleckten Zähnen an. »Aber es könnte dir am Ende leidtun.«

»Dann ist er wohl groß und stark, was?«

Ich schenkte Steve ein enigmatisches Lächeln und aß mein Eis so schnell auf, dass ich einen Kältekopfschmerz bekam, verabschiedete mich hastig und fuhr nach Hause.

Nach einigen Tagen kehrte wieder Ruhe und Normalität ein. Am Dienstagmorgen darauf kam Sherri wie üblich zu spät zur Arbeit, weshalb ich die erste Stunde vorn im Laden verbrachte, bevor ich auch nur die Chance hatte, meine Mails abzurufen und mit der Büroarbeit anzufangen. Als Sherri schließlich kam, ergriff ich die Gelegenheit, mich an den Computer zu setzen. Zuerst kümmerte ich mich um die geschäftlichen Dinge, überprüfte den Status meiner Bestellungen und benachrichtigte die Kunden, deren Lieferungen an diesem Tag bevorstanden.

Dann ließ mich ein plötzlicher Aufruhr vorn im Laden hochschrecken. Ich eilte hinaus und sah Mom schwer atmend vorn am Tresen lehnen und um Hilfe rufen. Von Sherri war natürlich weit und breit nichts zu sehen.

»Mom? Was ist los?«, fragte ich und lief zu ihr. Sie war totenbleich, ihr Gesicht schweißnass. Sie klappte den Mund auf, um etwas zu sagen, verdrehte dann aber die Augen und sackte in sich zusammen. Nur mit Mühe gelang es mir, sie aufzufangen, als sie ohnmächtig zu Boden sank.

3

So vorsichtig wie möglich legte ich Mom auf dem Boden ab und rief: »Teddy? Sherri? Ist jemand da? Ich brauche Hilfe!« Ich versuchte mich an alles zu erinnern, was ich in meinem Erste-Hilfe-Kurs bei den Pfadfinderinnen gelernt hatte, und prüfte ihren Puls und ihre Atmung. Beides schien in Ordnung zu sein, wenn auch ein bisschen beschleunigt. Dann beugte ich mich über sie und berührte sanft ihr Gesicht. »Mom? Mom, kannst du mich hören?«

Sherri kam ausgerechnet in diesem Moment zurück in den Laden spaziert und kreischte nach einem Blick auf die am Boden liegende Mom hysterisch los. Einen Augenblick lang dachte ich, sie würde ebenfalls ohnmächtig, und erwartete sekündlich ihren Aufprall auf dem Boden, doch den Gefallen tat sie mir leider nicht. Teddy kam angerannt. »Was ist passiert?«, fragte er und sank sofort neben Mom auf die Knie.

»Ich weiß nicht genau. Sie sah aus, als wäre sie einem Gespenst begegnet, dann ist sie vor meinen Augen aus den Latschen gekippt.«

»Meinst du, das hat irgendwas mit dem Zeug zu tun, was sie gestern erzählt hat?«

»Keine Ahnung.«

»Ganz normal war sie ja noch nie, aber das ist selbst für sie ein bisschen krass.«

Ich wollte gerade zustimmen, als mir auffiel, dass Moms Augenlider zuckten. Kein Wunder – Teddy musste gerade beim Abladen von Düngemittel gewesen sein und verbreitete chemische Düfte, die stark genug waren, um wie Riechsalz zu wirken. Mom schlug die Augen auf und flüsterte: »Was ist passiert?«

»Du bist ohnmächtig geworden. Ich weiß nicht, warum. Du bist nicht mehr dazu gekommen, es mir zu erklären, bevor du umgekippt bist.« Sie wollte sich aufsetzen, aber ich drückte sie wieder zurück auf den Boden. »Vielleicht lässt du es besser erst mal ruhig angehen. Gib dem Blut doch mal eine Chance, zurück in dein Gehirn zu fließen.« Ich drehte mich um, weil ich Sherri bitten wollte, ein Glas Wasser zu bringen, aber sie war nirgends zu erspähen. Wie ich sie kannte, war sie wahrscheinlich draußen und hatte gerade ihren eigenen Ohnmachtsanfall auf dem Bürgersteig, wo mehr Leute sie sehen konnten.

Dass hier im Laden ständig die ganze Familie ein und aus ging, bedeutete glücklicherweise, dass jeden Moment noch jemand – und zwar jemand Nützlicheres – auftauchen musste, und tatsächlich kam Molly kurz darauf mit ihrem quengelnden Vierjährigen im Schlepptau herein. Als sie Mom auf dem Boden liegen sah, wurde sie blass und stützte sich am Tresen ab. Ich hoffte, dass sie mir nicht auch noch umfiel. »Was ist denn passiert?«, fragte sie.

»Mom hatte einen kleinen Ohnmachtsanfall. Es scheint ihr schon wieder besserzugehen, aber könntest du ihr vielleicht ein Glas Wasser holen?«

»Na klar.« Sie ließ die Hand ihres Sohnes los und sagte: »Mommy muss schnell mal Wasser für die Oma holen. Sei ein lieber Junge und bleib hier bei Onkel Teddy und Tante Katie.« Kaum war Molly außer Sichtweite, hörte er auf zu jammern und machte sich daran, alle erreichbaren Regale in seiner Nähe auszuräumen. Ich hatte gerade zu viele andere Sorgen, um ihn davon abzuhalten.

Teddy war allerdings weniger geduldig. »Davy!«, schimpfte er.

Das Kind schaute ihn an, überlegte, ob es ihn testen sollte oder nicht, führte eine Hand zum nächsten Gegenstand im Regal, schaute noch mal zu Teddy hin, ließ es dann aber dabei bewenden und steckte den Daumen in den Mund.

Dann kam Molly mit einem Glas Wasser zurück, und ich half Mom, sich aufzusetzen und es zu trinken. »Mir geht's gut, mir geht's gut«, beteuerte sie, nachdem sie das Glas geleert hatte.

»Leute, denen es gutgeht, fallen aber nicht in Ohnmacht«, sagte Molly. »Also, was ist passiert?«

»Ich war auf dem Weg zum Friseursalon und hab den Gerichtsplatz überquert. Da stand ein Mann in einem Umhang. Es sah aus, als führte er eine Art Tanz auf, weil er mit den Armen durch die Luft ruderte. Und dann bewegten sich plötzlich die Statuen auf dem Platz, ich schwöre! Nicht viel, aber mehr, als Statuen sich normalerweise bewegen. Außer mir schien es niemand zu bemerken, obwohl da jede Menge Leute waren. Aber das Einzige, was sie getan haben, war, diesem Typen Geld zu geben, wenn sie an ihm vorbeikamen.«

»Das muss so eine Illusion gewesen sein, wie dieser David Copperfield sie vorführt«, sagte Teddy. »Du weißt schon, der so Sachen macht, wie die Freiheitsstatue im Fernsehen verschwinden zu lassen, zum Beispiel. Wahrscheinlich wollte er mit seinem Zaubertrick Geld zusammenschnorren.«

»Hast du mir zugehört?«, giftete Mom. »Ich sagte, es hat nicht mal jemand hingeguckt, als die Statuen sich bewegten. Wenn es keiner merkt, warum sollten die Leute ihm dann Geld dafür geben? Das war so verrückt, dass ich es so schnell wie möglich jemandem erzählen musste.«

Jetzt, wo seine Mutter zurück war, fing Davy wieder an, fröhlich die Auslage vorn im Laden auseinanderzunehmen. »Ach, Schätzchen, lass das doch«, stöhnte Molly, was ihn aber keineswegs davon abhielt weiterzumachen.

Es war ein Zeichen dafür, wie durcheinander Mom war, dass sie eine geschlagene Minute brauchte, um sich umzudrehen und ihrem Enkel zu drohen: »David Chandler, wenn du nicht sofort damit aufhörst, darfst du nie mehr in den Laden deines Großvaters kommen.« Das wirkte, in zweierlei Hinsicht. Davy hörte auf sie, und sie selbst schien wieder ganz zu sich zu kommen. In ihre Wangen kehrte die Farbe zurück, und ihre Augen sprühten wieder vor Leben.

»Also, wie ich schon sagte, das war absolut meschugge. Ich fühlte mich, als befände ich mich mitten in einem Traum. Da passieren ja auch immer so merkwürdige Dinge, und ich war die Einzige, die was gemerkt hat – vielleicht war ich auch die Verrückte und alles andere war normal.« Ich kannte dieses Gefühl selbst nur zu gut. So fühlte ich mich häufig bei der Arbeit – in meinem richtigen Job als eine der wenigen Immunen, die für eine Zauberfirma arbeiten. Aber hier durfte so etwas doch eigentlich gar nicht vorkommen. Hier sollte alles vollkommen normal zugehen.

»Vielleicht hast du ja wirklich geträumt«, schlug Molly vor. »Und bist im Schlaf umhergewandert oder so was. Ich hab schon von Leuten gehört, die sich im Traum was zu essen kochen oder Auto fahren.«

»Ich hab aber nicht geschlafen«, beharrte Mom. »Ich hab es gesehen!«

In dem Moment kam Sherri herein. »Ich hab dir Kaffee mitgebracht«, sagte sie. Sie musste ins Starbucks in Waco gefahren sein, um ihn zu holen, wenn man bedachte, wie lange sie dafür gebraucht hatte, und die Tatsache hinzuzog, dass hinter dem Ladentresen immer eine volle Kanne Kaffee stand.

»Oh, wie großartig«, sagte Mom und nahm ihn. »Das ist ja reizend von dir, dass du dich so um mich kümmerst.«

Sherri strahlte vor Stolz, aber als sie sich aufrichtete, schwankte sie plötzlich und legte sich eine Hand an die Stirn. »Ich glaube, der Raum dreht sich. Vielleicht liegt irgendwas in der Luft. Wir werden alle vergiftet.«

Ich musste mich sehr zusammennehmen, um sie nicht auszulachen, und wagte es nicht, meinem Bruder in die Augen zu sehen. Wir hätten uns sonst nicht mehr halten können, und Mom wäre sauer auf uns geworden. »Hilf mir mal auf, Katie«, forderte Mom mich auf. Und als Teddy auf ihre andere Seite trat, sagte sie: »Du riechst wie eine Chemiefabrik, Teddy, mein Schatz. Wahrscheinlich ist Sherri deinetwegen schwindlig.« Als sie wieder auf den Beinen war, schüttelte sie uns ab und sagte: »Das hättet ihr mal sehn sollen!«

Und dann fing sie an, das Ganze vorzuführen. Sie war gerade mittendrin, den mysteriösen Mann im Umhang dabei darzustellen, wie er den Platz verzauberte, als ein Kunde hereinkam. Und nicht irgendein Kunde. Es war der Pfarrer aus der Kirche meiner Eltern. Nach einem Blick auf meine herumtanzende, ihre Arme durch die Luft schwingende Mutter runzelte er die Stirn, doch bevor er etwas sagen konnte, hatte Sherri sich schon auf ihn gestürzt. Er war noch ziemlich jung – dies war erst sein zweiter Job nach der Ausbildung – und sah nicht schlecht aus. Aber irgendwie bezweifelte ich, dass Sherri geschnallt hatte, dass er ein Geistlicher war. Es war auch nicht so, als hätte sie besonders häufig eine Kirche betreten.

Wenn er überhaupt etwas zu Moms rasch beendeten Mätzchen sagen wollte, vergaß er es sofort wieder, weil er eine gefärbte Blondine in hautengen Klamotten buchstäblich am Hals hatte. Sherri verkaufte Gärtnereibedarf, als müsste sie teure Autos an den Mann bringen, will sagen, sie setzte ihren Sexappeal ein, obwohl sie dabei, ehrlich gesagt, vor allem sich selbst anpries. Ich erwartete, dass Mom Sherris Verhalten kommentieren würde, aber das war offenbar aussichtslos. Wenn ich nicht ganz sicher gewesen wäre, dass Mom immun gegen Magie war, hätte ich geschworen, dass Sherri in Wahrheit eine Hexe war, die Mom verzaubert hatte.

Trotz Sherris »Hilfe« bekam der Pfarrer seine Gemüsesamen und ging wieder. Wir machten da weiter, wo wir aufgehört hatten, nur dass Mom es aufgegeben hatte, die Gerichtsplatzszene nachzuspielen. »Meinst du, das war ein Schlaganfall oder so was in der Art?«, fragte Teddy mich leise.

»Nein, das glaube ich nicht. Sie benimmt sich nicht wie jemand, der einen Schlaganfall hatte. Ich glaube, sie ist einfach überspannt.«

»Vielleicht solltest du für alle Fälle mal mit ihr zum Arzt gehen. Ich finde, sie sollte nicht Auto fahren, bis wir sicher sind, was das war.«

»Meinst du, sie hat vielleicht Diabetes?«, fragte Molly. »Fällt man nicht manchmal in Ohnmacht, wenn man so was hat?«

»Ich dachte, das passiert nur, wenn die Wirkung des Insulins nachlässt«, sagte Teddy. »Dann fällt der Blutzuckerspiegel ab.«

»Es könnte auch Epilepsie sein«, schlug Molly vor.

Mom stemmte ihre Hände in die Hüften und sah uns wütend an. »Ich wäre euch dreien wirklich sehr verbunden, wenn ihr aufhören würdet, über mich zu reden, als wäre ich gar nicht da. Mir ist nur vor lauter Aufregung ein wenig schwindlig geworden. Ihr könnt euch eure Diagnosen also sparen.«

»Ja, ich verstehe gar nicht, wie ihr so gemein zu Mom sein könnt«, gurrte Sherri. »Ihr solltet sie wirklich respektvoller behandeln.«

Hätte Dave sich nicht diesen Moment ausgesucht, um das von ihm komplett ausgeräumte Regal umzustoßen und dabei vor Vergnügen laut zu kreischen, hätte ich mich womöglich kaum davon abhalten können, Sherri die Augen auszukratzen.

»Ach, Davy«, stöhnte Molly. Um weiteren Katastrophen dieser Art vorzubeugen, hob Teddy den protestierenden Davy vom Boden auf und trug ihn vom Ort des Geschehens weg, während Molly eilig wieder alles geraderückte.

»Ich finde trotzdem, du solltest …«, begann Teddy, wurde aber durch einen plötzlichen Aufschrei von Mom unterbrochen.

Ich betete im Stillen dafür, bei Verstand zu bleiben und nicht die Geduld zu verlieren, bevor ich mich umdrehte, um nachzusehen, was jetzt wieder los war. Wie war ich nur jemals auf die Idee gekommen, dass das Leben zu Hause ruhiger und einfacher sein würde? Es stellte sich heraus, dass Gene Ward hereingekommen war, die Hauptfigur aus Moms Apothekengeschichte.

»Hallo, Teddy«, sagte er und hakte die Daumen in seine Gürtelschlaufen. Eine davon riss sofort ab.

»Hallo, Gene«, antwortete Teddy, während er versuchte, Davy zu beruhigen. »Was kann ich für dich tun?«

Gene war in Teddys Abschlussklasse gewesen, musste jetzt also so um die dreißig sein. Abgesehen von seiner reineren Haut, einigen kleinen Fältchen um die Augen und einem leicht nach oben verschobenen Haaransatz sah er jedoch aus, als hätte er die Zeit seit der Schule in einer Art Winterstarre verbracht. Ja, er schien sogar noch dieselben Klamotten zu tragen wie damals. Er war immer ein hoffnungsloser Nerd gewesen – klug, aber mit keinerlei sozialer Intelligenz gesegnet. Vielleicht war er sogar der erste Mann unter sechzig, dem Sherri sich nicht sofort an den Hals warf, sobald er zur Tür hereinkam.

»Mein Dad schickt mich. Ich soll ein paar Sachen holen«, sagte er achselzuckend und reichte Teddy einen Zettel. Selbst jetzt benahm er sich, als hinge er in einer Zeitschleife fest; er wirkte wie ein schlechtgelaunter Teenager, der für seine Eltern Besorgungen macht.

Mom starrte ihn an, als erwartete sie, dass ihm Hörner aus dem Kopf sprießen würden, und er blickte ein- oder zweimal argwöhnisch zu ihr hin, während Teddy Davy an dessen Mutter weiterreichte und Genes Bestellungen zusammensuchte.

Ich beschloss, dass es wahrscheinlich das Klügste war, Mom

aus dieser Sache herauszuziehen. Schließlich wollten wir nicht mit den negativen Konsequenzen konfrontiert werden, die Genes Dad uns androhen würde, wenn sie irgendetwas Verrücktes sagte oder tat. »Mom, ich brauche mal deine Hilfe im Büro«, verkündete ich.

Sie riss ihre Augen von Gene los. »In Ordnung«, antwortete sie. Sie klang ein wenig zittrig und bei weitem zu lammfromm.

Sobald wir außer Hörweite waren, fragte ich sie: »Was war denn da draußen mit dir los? War Gene derjenige, den du auf dem Platz gesehen hast?«

»Ich weiß es nicht. Ich konnte sein Gesicht nicht sehen. Aber ich bin ziemlich sicher, dass er nicht solche Schuhe trug.«

»Aber warum hast du dann aufgeschrien, als du ihn gesehen hast? Und warum hast du ihn so schief angesehen?«

»Meine Nerven liegen im Augenblick ziemlich blank. Er hat mich einfach erschreckt. Und was den merkwürdigen Blick angeht: Gab es jemals einen Jungen, der es mehr verdient hat, schief angesehen zu werden? Er ist in Teddys Alter, wohnt aber immer noch bei seinen Eltern, macht nichts aus seinem Leben und geht nirgendwohin.« Ich sah davon ab, sie darauf hinzuweisen, dass ich nur wenige Jahre jünger war und auch bei meinen Eltern wohnte und für sie arbeitete.

»Du hast uns jedenfalls allen einen ganz schönen Schrecken eingejagt. Vielleicht solltest du mal zum Arzt gehen, und ich möchte nicht, dass du Auto fährst, bis wir wissen, was mit dir los ist.« Ich wusste zwar, dass das, was sie beschrieb, absolut möglich war; es klang für mich sogar erschreckend nach den Dingen, die meine Feinde gerne taten. Und wo ich so darüber nachdachte, hatten meine Freunde anfangs einige ähnliche Sachen gemacht, um meine Immunität zu testen. Sie hatten ein immer verrückteres Spiel mit mir getrieben, bis ich gar nicht mehr anders konnte, als darauf zu reagieren. Und das war dann für sie der Beweis gewesen, dass ich

Dinge sah, die vor normalen Leuten eigentlich durch Magie verborgen sind.

Das Problem war nur, dass es hier so etwas gar nicht gab. In New York erwartete man verrücktes Zeug, egal ob magisches oder sonst welches, aber niemand Geringerer als Merlin persönlich hatte mir versichert, dass meine Heimatstadt praktisch eine magiefreie Zone war.

Selbst wenn all das jetzt durch Magie zustande kam, durfte ich niemandem von dem Geheimnis erzählen; also konnte ich auch nicht viel tun. Wenn ich Mom recht gab, würden alle anderen glauben, ich wäre ebenso meschugge wie sie. Aber irgendjemand musste dieser ganzen Sache auf den Grund gehen, und es war wahrscheinlich das Beste, zuerst die einfachsten Erklärungen auszuschließen. So ging Owen immer bei der Lösung von Problemen vor.

»Komm schon, Mom, ich bringe dich zum Arzt, damit wir sicher sein können, dass alles in Ordnung ist.«

»Aber zuerst musst du mich zum Friseur fahren. Ich komme nur ein kleines bisschen zu spät zu meinem Termin.«

Es war eine dieser Situationen, in denen mich eine Diskussion nur Zeit und Mühe kosten würde, also beschloss ich, es einfach zu tun. Mom reichte mir ihre Autoschlüssel, und wir fuhren zusammen zum zentralen Platz des Ortes, an dem auch der Friseursalon lag. Obwohl ich normalerweise niesen musste, wenn ich Dauerwellenlösung und Haarspray in die Nase bekam, blieb ich im Salon, während Mom frisiert wurde, damit ich ein bisschen Klatsch mitbekam. Wenn an diesem Morgen überhaupt irgendetwas auf dem Platz passiert war, dann würden diese Frauen darüber tratschen. Mir fiel auf, dass Mom sehr schweigsam war. Wahrscheinlich war sie es leid, dass die Leute sie behandelten, als wäre sie verrückt.

Leider hatte das Gesprächsthema im Salon nichts mit den merkwürdigen Vorkommnissen auf dem Gerichtsplatz zu tun. Stattdessen war ich der Star der Show. »Lois, du hast ja so ein Glück, dass deine Kleine zurück nach Hause gekommen ist«, sagte eine Frau, während die Friseurin ihre Haare in Alufolie einwickelte.

»Dann hat sie wohl in New York keinen Mann gefunden«, rief eine andere unter ihrer Trockenhaube hervor.

»An Thanksgiving dachten wir ja, dass es kurz davor sei«, erwiderte Mom, »aber daraus wurde dann nichts. Was wirklich bedauerlich war. Er war Anwalt, und er hatte einen Mercedes.«

»War nicht meine Idee, mit ihm Schluss zu machen«, murmelte ich, doch dann fiel mir auf, dass ich gerade zugegeben hatte, verlassen worden zu sein, was nicht viel besser war. Ich war diejenige gewesen, die die Sache mit Owen beendet hatte, aber da ich nie jemandem in meiner Familie von Owen erzählt hatte, musste ich das natürlich auch verschweigen.

»Ach, weißt du, manche Mädchen haben eben einfach kein Glück in der Liebe«, sagte die Friseurin und warf mir einen mitleidigen Blick zu. Ich war nicht ganz sicher, ob sie mich für meinen traurigen Single-Status bemitleidete oder für meine Haare, die dringend mal einen guten Friseur hätten gebrauchen können. Aber da ich so etwas hier wohl kaum finden würde, begnügte ich mich erst einmal mit einem Pferdeschwanz. Zumindest war das besser als hochtoupierte Haare oder Korkenzieherlocken, die beiden Spezialitäten des Hauses.

Schließlich tauchte Mom mit ihrer höchsteigenen aufgebauschten Frisur auf, und ich fuhr sie zu der Arztpraxis ein paar Blocks vom Platz entfernt. Da ihr zuzutrauen war, dass sie zwar hineinging, dann aber plötzlich behauptete, dass ihr gar nichts fehle, bestand ich darauf, sie in den Behandlungsraum zu begleiten. Dr. Charles war früher auch mein Arzt gewesen, und ich konnte ihn immer noch nicht anschauen, ohne an Auffrischungsimpfungen zu denken.

»Wo drückt denn der Schuh, Mrs Chandler?«, fragte er und blickte uns über seine Lesebrille hinweg an.

»Och, mir geht es eigentlich gut«, sagte Mom.

Ich wusste es. »Sie ist vor kurzem in Ohnmacht gefallen«, mischte ich mich ein. »Sie ist im Laden umgekippt und war mehrere Minuten nicht bei sich. Wir dachten, da wäre es vielleicht eine gute Idee, sie mal durchchecken zu lassen.«

»Hm, ja, das würde ich auch sagen.« Er maß ihren Blutdruck und ihren Puls, hörte Herz und Lunge ab und machte all diese typischen Tests, die Ärzte nun mal machen. »Ihr Blutdruck ist ein bisschen niedrig«, sagte er, »aber ansonsten scheint alles gut zu sein. Haben Sie denn eine Idee, warum Sie ohnmächtig wurden? Haben Sie irgendeinen emotionalen Schock erlitten?«

Sie sah mich an, runzelte die Stirn und blickte dann zum Arzt zurück. »Ich dachte, ich hätte etwas gesehen, was mich erschreckt hat. Frank würde sagen, dass meine Phantasie mit mir durchgegangen ist.«

»Es passiert zwar häufiger in Filmen, dass die Leute vor Schreck in Ohnmacht fallen, als im wirklichen Leben, aber es kann durchaus vorkommen. Ich schlage vor, Sie ruhen sich eine Weile aus. Legen Sie die Füße hoch, und lassen Sie sich mal von den Jungs bedienen. Und geben Sie mir sofort Bescheid, wenn es erneut passiert.«

»Ich hab doch gesagt, es ist nichts Ernstes«, sagte Mom.

»Vorsicht ist besser als Nachsicht«, erwiderte ich. »Danke, Dr. Charles.«

»Sie haben gut daran getan, sie hierher zu bringen. Es ist immer besser, wenn man plötzliche Ohnmachten nicht auf die leichte Schulter nimmt.«

Der Arzt hatte zwar gesagt, Mom solle sich von den Jungs bedienen lassen, aber ich wusste schon, an wem diese undankbare Aufgabe hängenbleiben würde. Ich konnte einen Teil von dem Bürokram auch zu Hause erledigen, weshalb wir auf dem Heimweg noch mal am Laden vorbeifuhren, um ein bisschen Arbeit für mich zu holen. Zu Hause verfrachtete ich Mom mit einem heißen Tee und einigen Zeitschriften ins Bett. Aber bevor ich den Raum verlassen konnte, rief sie mich schon zurück.

»Du glaubst doch nicht wirklich, dass ich verrückt werde, oder, Katie?«, fragte sie.

Ich lächelte sie so beruhigend an, wie ich konnte. »Nicht verrückter als sonst.«

»Ich schwöre, dass ich das alles wirklich gesehen habe. Es war fast so wie damals in New York, total seltsam und schön zugleich. Ich hätte bloß nicht gedacht, dass man so was auch hier zu sehen kriegt.«

»Vielleicht bist du seit dieser Reise geübter darin, ungewöhnliche Dinge zu erkennen, und siehst deshalb auch mehr davon.«

Sie schüttelte den Kopf. »Aber warum fange ich dann erst jetzt damit an?« Mit einem nervösen Lachen fügte sie hinzu: »Ich würde mich auch nicht wundern, wenn mir meine Phantasie einen Streich spielen würde. Ich meine, sieh dir meine Mutter an. Sie hat sie auch nicht immer alle beisammen, und ich bin mir nicht sicher, ob es jemals anders war, wenn man bedenkt, was sie über das Land unserer Vorväter und das Elfenvolk und all den Kram erzählt. Wenn ich verrückt bin, dann habe ich das garantiert von ihr. Der Apfel fällt nicht weit vom Stamm, heißt es doch so schön.«

Erst in dem Moment dämmerte es mir, dass meine Großmutter womöglich auch immun gegen Magie war. Owen hatte mal gesagt, so etwas würde vererbt. Das würde auf jeden Fall die wilden Geschichten erklären, die sie zum Besten gab. Vielleicht hatte sie tatsächlich Elfen und Feen gesehen. »Dann droht mir dieses Schicksal ja wohl auch«, sagte ich zu meiner Mutter.

»Nein, du bist doch mein schlaues Mädchen«, sagte sie. »Wer sagt denn, dass Verrücktheit nur auf die Frauen übergeht? Ich glaube ja, das habe ich eher an einen deiner Brüder vermacht. Du bist viel zu vernünftig, um nach deiner Mutter oder Großmutter zu kommen.«

Wenn du wüsstest, dachte ich, als ich den Raum verließ.

Am Nachmittag kam Sherri hereingeschneit, wahrscheinlich um anderer Arbeit aus dem Weg gehen zu können, während sie die Gelegenheit nutzte, um sich einzuschleimen. Ich ließ sie mit Mom allein, damit ich in die Stadt zurückfahren konnte. Wenn Moms mysteriöser Mann im schwarzen Umhang Geld von den Pendlern am Gerichtsplatz hatte einsammeln wollen, würde er bestimmt auch zur Stoßzeit am späten Nachmittag wieder da sein, und ich wollte ihn mit eigenen Augen sehen. Bevor ich das Haus verließ, ging ich in mein Zimmer und schloss mein Schmuckkästchen auf. Ich hob den Deckel an, ignorierte die sofort einsetzende blecherne Musik und die Ballerina, die sich um ihre Achse drehte, und nahm den Gegenstand heraus, den ich brauchte.

Owen hatte mir das Medaillon zu Weihnachten geschenkt, aber in diesem Moment ging es mir nicht um den sentimentalen Wert, den es besaß. Es war ohnehin eher ein Zauberwerkzeug als ein bedeutendes Liebesunterpfand. Dieses Medaillon verstärkte die Wahrnehmung im Einsatz befindlicher magischer Kräfte, so dass ich ein verlässlicheres Instrumentarium bei der Hand hatte als ein undeutliches Kribbeln auf der Haut. Ich legte es an und steckte es unter mein T-Shirt, dann fuhr ich mit Moms Auto in die Innenstadt.

Ich parkte an einer Ecke des Gerichtsgebäudes, die es mir erlaubte, zwei Seiten gleichzeitig im Auge zu behalten. Die einzigen Menschen, die ich sah, waren ganz normale Angestellte in Anzügen oder etwas lockererer Bürokleidung. Keine Statuen, die sich bewegten, keine Männer in schwarzen Umhängen und niemand, der sich merkwürdig verhielt – außer mir selbst natürlich. Ohne ersichtlichen Grund, allein in einem Auto vor einem Gerichtsgebäude zu sitzen, war nicht unbedingt eine normale Art, den Nachmittag zu verbringen.

Bald wünschte ich mir, dass ich unterwegs beim Dairy Queen angehalten und mir einen Malz-Milchshake geholt hätte. Doch dann erspähte ich etwas, was mich stutzen ließ. Wenn ich mich nicht täuschte, hatte eine der Art-déco-Büffel-Skulpturen am neuesten Flügel des Gerichtsgebäudes seinen Kopf gedreht. Ich blinzelte und versuchte, meine Augen scharfzustellen, aber da war der Bulle schon wieder eine ganz normale Skulptur unter vielen. Wenn man in der Nachmittagshitze saß und zu lange in der Gegend herumstierte, konnte man sich auch schon mal etwas einbilden, beschloss ich. Meine Halskette hatte nicht vibriert, also war wahrscheinlich auch keine Magie im Einsatz. Natürlich nicht, erinnerte ich mich. Ich war schließlich in Cobb und nicht in New York. Hier gab es keine Magie.

Ich stieg aus dem Wagen, um ein wenig herumzulaufen. Die frische Luft würde mir helfen, einen klaren Kopf zu bewahren, hoffte ich. Da das Gerichtsgebäude aus einem bunten Mix architektonischer Stile bestand, war schwer zu sagen, was wirklich dazugehörte und was vielleicht neu oder ungewöhnlich war. Die einzelnen Gebäudeteile waren in verschiedenen Phasen erbaut worden und die älteren Teile überdies über die Jahre immer wieder auf seltsam ungeschickte Art und Weise erneuert worden, weshalb heute gotische Gargoyles auf Art-déco-Bögen saßen. Mir fielen all die Vorträge aus der Schule wieder ein, von den Tagen, an denen wir Ausflüge zum Gerichtsgebäude gemacht hatten, um es zu zeichnen. Zu dumm, dass ich diese Zeichnungen nicht mehr besaß. Sie hätten mir mehr Sicherheit gegeben, ob das, was ich sah, auch wirklich dort hingehörte.

Am entgegengesetzten Ende des Gerichtsgebäudes, in der Nähe des kleinen, zum Bürgerkriegsdenkmal gehörenden Pavillons erblickte ich eine männliche Gestalt, die dort nicht hinzugehören schien. Sie trug einen groben Umhang mit Kapuze, der sie mehr wie einen Jedi-Ritter denn wie einen Zauberer aussehen ließ. Allerdings hatte ich, außer auf Kostümpartys, noch nie Zauberer gesehen, die Umhänge trugen. Selbst Merlin trug heutzutage Anzüge. Ich versteckte mich hinter einem Busch und beobachtete den Mann.

Er tanzte herum und schwang die Arme durch die Luft. Ich glaubte so etwas wie einen Sprechgesang zu hören, war aber viel zu weit weg, um ihn deutlich zu verstehen. Offensichtlich strengte er sich weit mehr an, als ich es je bei den Zauberern gesehen hatte, die ich kannte. Für gewöhnlich wedelten sie nur kurz mit der Hand durch die Luft und murmelten ein paar Wörter, um das zu bekommen, was sie wollten. Mein Medaillon summte leise, aber das war die schwächste Reaktion, die ich jemals an ihm bemerkt hatte. Nach einer Weile zitterten plötzlich die Arme der Statue vor dem Umhang-Mann und die gesamte Statue schien aus ihrer Starre zu erwachen. Die Gestalt in dem Umhang hüpfte vor Freude auf und ab. Aber noch während er hüpfte, nahm die Statue wieder ihre übliche Haltung ein und erstarrte. Als er es bemerkte, hörte ich ihn ziemlich deutlich frustriert aufstöhnen.

Die Uhr im Turm des Gerichtsgebäudes schlug fünf, und bald strömten all die Angestellten aus dem Gericht und die Stufen herunter. Die Gestalt in dem Umhang wandte sich dem Gehsteig zu und schwang energisch die Arme durch die Luft. Mein Medaillon vibrierte kaum merklich. Niemand schien irgendetwas Ungewöhnliches zu bemerken. Hin und wieder bekam einer der Vorbeieilenden eine Sekunde lang glasige Augen, warf ein paar Münzen vor dem Mann auf den Boden und ging dann weiter. Ein paar Stufen später stolperte derjenige dann, sah einen Moment desorientiert aus und setzte seinen Weg fort.

Ich biss mir auf die Zunge, um nicht laut nach Luft zu schnappen. Ich hatte so etwas schon mal gesehen. Und zwar als Owen einen von Phelan Idris' Kontrollzaubern ausprobiert hatte.

Ich hätte es nie geglaubt, wenn ich es nicht mit eigenen Augen gesehen hätte, aber es sah ganz so aus, als hätte der unmagischste Ort der Welt jetzt einen Zauberer.

4

Mein erster Impuls war, zu diesem Zauberer hinzurennen und ihm seinen Umhang herunterzureißen, um herauszufinden, wer er war, aber ich hielt mich zurück. Vielleicht würde er mir mit seiner Zauberformel nicht gefährlich werden, aber er konnte mir ganz real die Knochen brechen. Abgesehen davon stellte ein tätlicher Angriff einen Straftatbestand dar, und ich befand mich an genau dem Platz, an dem der Bezirks-Sheriff und die städtische Polizeidienststelle angesiedelt waren. »Aber er hat magische Kräfte benutzt«, würden sie dort wohl kaum als Entschuldigung gelten lassen.

Und dann wurde mir bewusst, dass es vielleicht auch nicht die beste Idee war, diesem Typen nachzuspionieren. Nach den fehlenden Reaktionen der Passanten zu urteilen, versteckte der Zauberer sich und seine Aktivitäten definitiv vor nichtmagischen Menschen. Ich dagegen genoss keinen solchen Schutz. Jeder, der vorbeikam, würde sehen, wie ich ohne ersichtlichen Grund vor dem Gericht herumlungerte. Ich hätte auch zu ihm hingehen und ihn ansprechen können, um herauszufinden, welche Absichten er verfolgte, aber für den Fall, dass er nicht zu den Guten gehörte, wollte ich mich ihm nicht als gegen Magie Immune zu erkennen geben. Das war meine Geheimwaffe, mein As im Ärmel. Ich musste mehr wissen, bevor ich irgendwelche Maßnahmen ergreifen konnte.

Eine aus dem Gericht kommende Frau schaute mich merkwürdig an, und ich beugte mich demonstrativ vor, um einen blühenden

Strauch zu untersuchen. Dann lächelte ich sie an und sagte: »Der neue Dünger, den wir dem Bezirk verkauft haben, lässt die Azaleen dieses Jahr aber besonders schön blühen.« Als sie vorbeigegangen war, drehte ich mich um, um zu sehen, was der Zauberer machte, aber er war verschwunden. Nirgendwo auf dem Platz konnte ich noch eine Spur von ihm entdecken. Da seine Zauberkraft schwach zu sein schien, bezweifelte ich, dass er sich auf magischem Wege teleportiert hatte. Aber möglicherweise hatte er seinen Umhang ausgezogen, während ich ihm den Rücken zudrehte, und sich in den Strom der Angestellten eingefädelt, die das Gericht nach der Arbeit eilig verließen.

Ich machte einen Rundgang um den Platz und blieb immer wieder vor verschiedenen Pflanzen stehen, um mein seltsames Benehmen zu bemänteln. Da Teddy so etwas regelmäßig tat, würde es niemand allzu merkwürdig finden, wenn er mich dabei beobachtete. Manchmal hatte es Vorteile, aus einer Familie zu kommen, die für ihre verschrobenen Seiten bekannt war. Als ich schließlich davon überzeugt war, dass mir meine Beute durch die Lappen gegangen war, lief ich zurück zu Moms Auto, um zum Laden zu fahren.

Wie sich herausstellte, waren kurz vor Ladenschluss keine Kunden mehr dort, dafür aber umso mehr Familienmitglieder. Selbst Dean war da. Er lehnte am Ladentresen und hatte beinahe genügend Schweißtropfen auf der Stirn, dass ich mir vorstellen konnte, dass er an diesem Nachmittag vielleicht tatsächlich echte Arbeit geleistet hatte. Mom und Sherri waren die Einzigen, die nicht da waren. »Wow, hat jemand beschlossen, ein Familientreffen einzuberufen, ohne mir Bescheid zu geben?«, fragte ich.

»Wir sprachen gerade über deine Mutter«, sagte Dad feierlich.

»Mom geht's gut. Sie ist nur ein bisschen überreizt.«

»Und das nicht zum ersten Mal«, sagte Molly leise.

»Sie benimmt sich genauso wie in New York. Da hat sie auch dauernd erzählt, sie hätte seltsame Dinge gesehen«, fügte Dad hinzu.

Natürlich hatte sie in New York seltsame Dinge gesehen. Sie war immun gegen Magie, und dort wimmelte es nur so von Angehörigen der magischen Welt. »New York kann aber auch manchmal verrückt sein«, witzelte ich. »Ihr glaubt doch nicht ernsthaft, sie hätte den Verstand verloren, oder?«

Ich blickte in die Runde. Alle wirkten tief besorgt. Selbst Beth runzelte die Stirn, und sie war gewöhnlich die Optimistischste der ganzen Sippe. »Wir machen uns Sorgen, dass sie ihre Gesundheit aufs Spiel setzt«, sagte Teddy und legte einen Arm um seine Frau. »Dieser Ohnmachtsanfall heute war kein gutes Zeichen.«

»Was schlagt ihr denn vor, was wir tun sollen?«, fragte ich. »Sie für eine Weile aus dem Verkehr ziehen?«

Dad schüttelte den Kopf. »Nein, das nicht, jedenfalls noch nicht. Aber vielleicht täte es ihr gut, professionelle Hilfe in Anspruch zu nehmen. Dann könnte man auch herausfinden, was mit ihr nicht stimmt, und etwas dagegen tun.«

Das Komische war, dass die Behandlung, die sie dann erhielte, ihr wahrscheinlich tatsächlich helfen würde. Das lag daran, dass Psychopharmaka tendenziell eine dämpfende Wirkung auf magische Immunität hatten. Wenn Mom so etwas verschrieben bekäme, würde sie so oder so aufhören, verrückte Dinge zu sehen. Das würde uns anderen sicherlich das Leben erleichtern, aber wäre es auch gut für Mom? Da sich möglicherweise ein magischer Krieg zusammenbraute, gefiel mir die Vorstellung, dass niemand Magie gegen meine Mutter zum Einsatz bringen konnte, eigentlich ziemlich gut. Ich persönlich war in den Phasen, in denen meine Immunität außer Kraft gesetzt worden war, den größten Gefahren ausgesetzt gewesen. Außerdem hatte es Nebenwirkungen, wenn man über längere Zeit solche Medikamente einnahm, und ich fand es nicht gut, dass sie so etwas nahm, wenn sie doch eigentlich gar nicht krank war.

»Für mich klingt das ziemlich extrem dafür, dass sie bislang bloß ein-, zweimal wirres Zeug geredet hat«, beharrte ich. »Oma spricht schon seit Jahren über Elfen und Feen, und sie haben wir deshalb doch auch noch nicht unter Psychopharmaka gesetzt oder eingewiesen.«

Beth kam durch den Raum zu mir und nahm meine Hände. »Katie, ich weiß, dass es schwer ist, so über deine Mutter zu denken, aber wir müssen wirklich überlegen, was das Beste für sie ist.«

Unter anderen Umständen wäre ich die Erste gewesen, die zugab, dass Mom von Zeit zu Zeit einen Schlag hatte, aber das lag nun mal in ihrer Persönlichkeit begründet. Ich wusste jetzt ganz sicher, dass Mom höchstwahrscheinlich nicht verrückt war und dass alles, was sie gesehen hatte, wirklich da gewesen war. Aber unglücklicherweise war es unmöglich, den anderen zu erklären, dass Mom nicht verrückt war, ohne selbst noch verrückter zu klingen. Zu verkünden, dass man merkwürdige Dinge gesehen hat, ist das Eine. Aber es ist etwas ganz anderes zu sagen, dass man ganz genau weiß, was diese merkwürdigen Dinge sind und dass sie auf Zauberei zurückzuführen sind.

»Wir reden ja nicht davon, dass wir sie morgen ins Krankenhaus einliefern wollen«, sagte Dad. »Wir wollen nur die nächsten Wochen ein Auge auf sie halten, um sicherzugehen, dass mit ihr alles in Ordnung ist.«

»Wahrscheinlich ist sie nur übermüdet und völlig gestresst«, sagte Beth beruhigend und drückte meine Hände. »Eine Woche Ruhe oder so, und sie ist wieder ganz die Alte.«

Das würde höchstwahrscheinlich der Fall sein, jedenfalls wenn es nach mir ging. »In Ordnung«, willigte ich ein. »Zwei Wochen, und dann reden wir noch mal. Aber jetzt sollte ich zusehen, dass ich ein bisschen Arbeit nachhole, während Sherri nach Mom sieht.« Die Runde löste sich auf, und alle wandten sich ihren Aufgaben zu, damit der Laden für diesen Tag geschlossen werden konnte. Glücklicherweise kam niemand mit mir ins Büro. Denn bei dem, was ich vorhatte, konnte ich keine Zuhörer gebrauchen.

Es gab nur eine Möglichkeit sicherzustellen, dass Mom aufhörte, verrückte Dinge zu sehen, für die man dann am Ende sie für verrückt hielt: Ich musste die Magie beseitigen. Es war nicht normal, dass es hier Magie gab, und ich war mir ziemlich sicher, dass mein früherer Chef über diese Situation informiert werden wollte. Mom das Leben zu erleichtern würde dann als Bonus herausspringen.

Nach einem letzten Blick über die Schulter griff ich zum Hörer und wählte die Nummer meines alten Büros. In New York war schon längst Büroschluss, aber mein Boss hatte einen siebten Sinn für besondere Ereignisse, und da er im Bürogebäude wohnte, hatte ich gute Chancen, ihn noch dort anzutreffen.

Und tatsächlich drang seine tiefe Stimme schon nach einem Mal Klingeln durch den Hörer. »Hallo, Katie. Schön, von Ihnen zu hören.« Als ich Merlin kennenlernte, hatte er noch einen ziemlich unverständlichen Akzent gehabt, aber damals war er auch gerade erst aus einem sehr langen magischen Schlummer erwacht und noch dabei gewesen, sich das moderne Englisch anzueignen. Ja, ich meine *den* Merlin, den aus Camelot. Er ist mein Boss – nun ja, mein ehemaliger Boss. Sein Akzent hatte in der Zwischenzeit merklich nachgelassen. Jetzt klang er kaum noch fremd. »Was gibt es denn für ein Problem?«

Ich blickte noch mal über die Schulter, dann erzählte ich ihm die ganze Geschichte mit dem Zauberer am Gerichtsplatz. »Und jetzt glaubt die ganze Familie, Mom sei verrückt. Ich darf nicht zulassen, dass sie Medikamente bekommt oder weggesperrt wird, wenn ich doch weiß, dass sie reale Dinge sieht. Darf es in dieser Gegend hier überhaupt Zauberer geben?«

»Ich habe noch nie davon gehört. Aber ich werde bei der Aufsichtsbehörde anfragen, ob sich einer für die Region hat registrieren lassen. Allerdings finde ich es höchst verdächtig, dass ausgerechnet jetzt einer in Ihrer Heimatstadt auftaucht.«

»Glauben Sie, Idris und seine Bande haben herausgefunden, wo ich bin, und sind mir gefolgt, um Ärger zu machen? Genau das wollte ich ja eigentlich vermeiden, indem ich aus New York weggegangen bin.«

»Um das zu beurteilen, haben wir noch zu wenige Informationen, aber wir sollten es auf jeden Fall untersuchen. Angesichts unserer anhaltenden Probleme mit Schurkenmagie sollten wir hier besser Vorsicht walten lassen.«

»Danke. Ich habe mir gedacht, dass Sie sicherlich gern über die Vorkommnisse informiert werden wollen. Bislang scheint dieser Typ nichts zu tun, was irgendwie gefährlich sein könnte, außer dass er Mom in Aufregung versetzt und die Angestellten bei Gericht um den einen oder anderen Dollar bringt. Schätzungsweise bin ich vor allem deswegen beunruhigt, weil seine Zaubertricks mir fürchterlich bekannt vorkommen. Sie sind wie die Art von Zauberformeln, die Idris versucht hat zu verkaufen. Zumindest lehrt uns das vielleicht, dass er die landesweiten Märkte zu erschließen versucht.«

Idris hatte früher mal für MMI gearbeitet, war aber gefeuert worden, weil er zu viel Zeit auf die Entwicklung ethisch fragwürdiger Zauberformeln verwandt hatte. Daraufhin hatte er ein eigenes Unternehmen gegründet und diese Formeln in finsteren Seitengassen verkauft. Uns war es gelungen, dem einen Riegel vorzuschieben, indem wir sicherstellten, dass er nichts verkaufen konnte, was er in seiner Zeit als Angestellter von Manhattan Magic & Illusions entwickelt hatte. Mit Hilfe beträchtlicher Finanzhilfen war ihm jedoch ein Comeback gelungen. Diesmal verkaufte er ein breiteres Spektrum von Zauberformeln, aber er konzentrierte sich immer noch auf die Art von Magie, die MMI geächtet hatte. Beispielsweise bediente er sich magischer Kräfte, um andere Menschen zu seinem persönlichen Vorteil zu beeinflussen.

»Ich schicke sobald wie möglich jemanden, der die Sache untersucht«, sagte Merlin.

»Großartig!« Dann fügte ich, weil ich einfach nicht widerstehen konnte, hinzu: »Und wie läuft es sonst so? Gibt es irgendwelche neueren Entwicklungen?«

»Mr Idris ist wie immer schwer zu fassen. Seit Sie weg sind, ist es zu keinen weiteren Begegnungen gekommen, was es schwierig macht, Fortschritte zu erzielen.«

»Vielleicht reicht es ja aus, dass ich mich von der Stadt fernhalte, und Sie haben einfach keinen weiteren Ärger mehr«, murmelte ich.

»Das glaube ich kaum. Er und die Leute, die ihn offenbar beauftragt haben, haben wahrscheinlich eher etwas Neues ausgeheckt, das uns überraschen und in Erstaunen versetzen wird.«

»Oh. Dann bleiben Sie wachsam.«

Nach unserem Gespräch schaute ich mir aus reiner Neugier die Flugpläne der Fluggesellschaften an. Wenn derjenige, den Merlin mir schickte, ungefähr eine halbe Stunde brauchte, um seine Sachen im Büro zusammenzuräumen, konnte er innerhalb einer Stunde zu Hause sein. Dann benötigte er vielleicht noch eine halbe Stunde zum Kofferpacken, und zum Flughafen LaGuardia brauchte man um diese Tageszeit mindestens eine Stunde. Das hieß, wenn er die normalen Transportwege nutzte. Den Angehörigen der magischen Welt standen auch andere Mittel zur Verfügung. Das Teleportieren beispielsweise oder fliegende Teppiche. Aber ich beschloss, lieber auf Nummer sicher zu gehen mit meiner Schätzung. Ich hielt nach Flügen innerhalb der nächsten Stunden Ausschau und sah, dass es am Abend noch mehrere Möglichkeiten gab, nach Texas zu fliegen.

Sie kamen spätabends am Flughafen Dallas / Fort Worth an, und dann brauchte man noch zwei Autostunden bis hierher.

Ich zwang mich aufzuhören, mir die Reise vor dem geistigen Auge minutiös vorzustellen, bevor ich mich damit noch verrückt machte. Denn ich hatte ja keine Ahnung, für wie dringend sie diesen Notfall überhaupt hielten. Niemand würde direkt zum Flughafen eilen und in einen Flieger steigen, nur weil ich angerufen und berichtet hatte, dass in einer abgelegenen Kleinstadt seltsame Dinge vorgingen. Außerdem bezweifelte ich, dass es die Person sein würde, die zu sehen ich am allermeisten hoffte. Warum sollten sie einen ihrer Top-Leute schicken, um einen unbedeutenden Fall von Amateur-Zauberei in der tiefsten Provinz aufzuklären? Owen würde in New York bleiben, um dort die strategischen Aktionen zu leiten, und nicht nach Texas eilen, um dort kleinere Brandherde auszutreten. Wahrscheinlich hatten sie sogar Spezialisten, die sich um neue Zauberer an überraschenden Orten kümmerten. Und wollte ich ihn eigentlich wirklich sehen?

Nun ja, ich wollte schon. Ich bekam schon Herzflattern, wenn ich nur daran dachte. Die Frage war nur, ob es eine gute Idee war, ihn zu sehen. Ich konnte mich nobel und stoisch fühlen, weil ich die tapfere Entscheidung getroffen hatte, zum Wohl unserer Sache den Mann zu verlassen, in den ich mich gerade verliebt hatte. Wenn ich ihn wiedersah, würde es mir womöglich nicht mehr so leichtfallen, nobel zu sein. Und es gab immer die Möglichkeit, dass er mich gar nicht sehen wollte. Ich hatte keine Ahnung, wie er über meine Handlungsweise dachte, ob er sie verstand, oder ob er wütend darüber war. Demnach war Owen wohl die Person, die zu sehen ich gleichermaßen erhoffte wie befürchtete.

Am nächsten Morgen hielt ich im Laden die ganze Zeit den Atem an und zuckte jedes Mal zusammen, wenn ich die Ladentür aufgehen hörte. Es war sehr gut möglich, dass mein Beistand, wen immer Merlin geschickt hatte, inzwischen angekommen war. Aber dann war es doch jedes Mal bloß ein Kunde. Ich verbrachte mehr Zeit vorn im Laden als gewöhnlich; um im Büro sitzen zu bleiben, war ich viel zu nervös.

Gegen Mittag hielt ich die Warterei nicht mehr aus und überlegte mir, dass die Person von MMI sicher sofort auftauchen würde, sobald ich mal für eine Weile hier verschwand. Also holte ich mir mein Mittagessen im Dairy Queen und fuhr dann rüber ins Motel, um mit Nita zusammen zu essen. Sie saß an der Rezeption und hatte die Nase ganz tief in ein pinkfarbenes Buch mit einem Martini-Glas auf dem Cover gesteckt. Als bei meinem Eintreten die Glocke bimmelte, fuhr sie hoch. »Was führt dich denn her?«, fragte sie.

»Ich brauchte mal eine Pause von meiner verrückten Familie«, antwortete ich vollkommen ehrlich. »Manchmal mache ich mir Sorgen, dass der Wahnsinn auf mich überspringt und ich genauso schlimm werde wie sie.«

Sie stöhnte auf. »Wem sagst du das! Du hättest mal die Zeremonie sehen sollen, die Mom hier heute Morgen abgehalten hat. Mit Räucherstäbchen, Gesang und allem Drum und Dran.«

Der Raum roch anders als sonst, nicht nach dem üblichen Putzmittel und Raumspray. »Warum? Was ist passiert?«

»Dad hat sich die Bänder der Überwachungskamera von neulich Nacht angesehen, als das Fenster plötzlich verschwunden ist. Es war niemand da in der halben Stunde vor und nach dem Zeitpunkt, an dem ich mir sicher bin, etwas gehört zu haben. Die Bilder sind zu pixelig, als dass man genau sagen könnte, wann das Fenster verschwand. Mom hat natürlich einen Anfall gekriegt. Ich glaube ja, die Zeitangabe der Überwachungskamera stimmt nicht. Sie wurde vor einigen Jahren nicht auf die Sommerzeit umgestellt und seitdem geht sie immer falsch. Aber Mom hat sich darauf versteift, dass böse Geister ihre Finger im Spiel hatten.«

»Deine und meine Mom trinken anscheinend die gleiche Teesorte«, sagte ich und gesellte mich auf ihre Seite des Tresens. »Meine Mom ist neuerdings davon überzeugt, dass in der Stadt verrückte Dinge vor sich gehen.« Auch wenn sie ja recht hatte. Es war ihre Begeisterung dafür, merkwürdige Dinge zu entdecken – und die Möglichkeit, dass sie das in Schwierigkeiten bringen würde –, die mich beunruhigte. Und jetzt fragte ich mich, ob dieses fehlende Fenster vielleicht irgendetwas mit dem hiesigen Zauberer zu tun hatte.

»Das kommt daher, dass diese Stadt so unglaublich langweilig ist, dass man sich Dinge einbilden muss, um überhaupt mal was Aufregendes zu erleben. Wenn mein Dad jedes kulturelle Klischee erfüllen und unbedingt ein Motel führen musste, warum konnte es dann nicht wenigstens eins in einer richtigen Stadt sein? Wir könnten in der Nähe von einem großen Freizeitpark wohnen. Oder einer bedeutenden Sehenswürdigkeit.« Nita wedelte mit dem Buch durch die Luft. »Das ist nicht fair! Warum kann ich nicht so ein Leben haben und mit meinen Freundinnen nach der Arbeit Cocktails in einer Bar trinken und heiße Dates mit erfolgreichen Männern haben? Wenn ich mir vorstelle, dass du längst an dem Punkt warst und das alles hinter dir gelassen hast!«

»Es ist nicht ganz so, wie es einem die Bücher suggerieren.«

»Du bist also nicht mit deinen Freundinnen ausgegangen und hast keine Dates gehabt?«

»Doch, schon. Aber es war gar nicht so spaßig, wie das in Büchern immer klingt. Ich hatte eine Menge Blind Dates, die alle in die Hose gegangen sind. Einige waren sogar richtige Katastrophen.«

»Du weißt doch, wie es immer so schön heißt: Man muss viele Frösche küssen, bevor man seinen Prinzen findet.«

Ich erschauderte. »Das ist nicht so effektiv, wie man meinen sollte«, murmelte ich leise.

»Was soll das heißen?«

»Ich meine, Quantität heißt nicht unbedingt, dass man irgendwann Qualität findet.« Außerdem tendierten Männer, die Frösche gewesen waren, dazu, nachhaltige Probleme zu haben, wenn der Zauber aufgehoben war und sie sich wieder in Männer zurückverwandelt hatten.

»Klingt trotzdem besser, als das Leben an einer Motel-Rezeption zu verbringen. Ist ein einziges Date denn zu viel verlangt?«

»Du hast noch nie ein Date gehabt?«

»Ach, komm schon, Katie, du warst doch auf derselben Schule.«

»Ja, aber seitdem?«

»Okay, vielleicht eins oder zwei in meiner Zeit am College, als meine Eltern es nicht mitbekommen haben. Aber seitdem nicht mehr. Wen gibt es denn hier schon, mit dem ich ausgehen könnte?«

»Steve Grant ist offenbar noch Single.«

Sie lachte laut auf. »Ha, ha, der war gut! Der ist ja auch wirklich voll mein Typ!« Als sie sich wieder unter Kontrolle hatte, sagte sie: »Wenn du schon nicht mit mir in die nächste große Stadt abhauen willst, können wir ja vielleicht einfach mal für ein paar Tage zusammen wegfahren. Dann könnten wir tagsüber shoppen und abends was trinken gehen und ein bisschen flirten. Was meinst du?«

»Klingt gut. Es gibt allerdings gerade ein paar Familienangelegenheiten, die ich vorher noch erledigen muss.«

»Ich hab schon von dem Ohnmachtsanfall deiner Mom gehört. Geht es ihr gut?«

Neuigkeiten verbreiteten sich in dieser Stadt wirklich wie ein Lauffeuer. »Ja, der Arzt sagt, dass wahrscheinlich alles in Ordnung ist mit ihr. Aber wir halten zur Sicherheit mal eine Weile ein Auge auf sie.«

»Okay, dann versuche ich mal, mir ein paar freie Tage zu sichern. Dann geht's auf in die Stadt! Was meinst du denn, Dallas oder Austin? In Dallas kann man besser einkaufen. Nicht dass ich mir viel leisten könnte, aber es macht bestimmt auch Spaß, nur zu gucken. Und Austin hat das bessere Nachtleben. Ich schaue mal in die Reiseführer, und dann suchen wir uns was Schönes aus.«

Und schon legte sie los. Das war mal ein Plan, den sie vielleicht sogar umsetzen würde, dachte ich, als ich sah, wie ihre Augen leuchteten. Ich wusste ja, wie eingesperrt ich mich hier fühlte. Da konnte ich mir nur allzu gut vorstellen, wie sich ihr Leben anfühlen musste. »Gib mir einfach Bescheid, wenn du was gefunden hast. Dann versuche ich auch, mich hier mal für eine Weile loszueisen.«

Als ich ein Auto die Auffahrt hochfahren hörte, wirbelte ich herum. Es war eine relativ neue, nichtssagende Limousine, wahrscheinlich ein Mietwagen. Aber ich bekam sofort Herzklopfen. Vielleicht hielt er hier, um sich eine Unterkunft zu sichern und sich ein wenig frisch zu machen, bevor er mich dann im Laden besuchte, um sich meinen Exklusivbericht anzuhören. Das hier war das einzige Motel der Stadt. Die einzigen anderen Unterkünfte gab es in einem Bed-and-Breakfast in einer alten Villa nahe dem Gerichtsplatz. Zu meinem und Nitas großem Bedauern war der Mann, der aus dem Wagen stieg, aber weder jung noch ein Inder noch Owen. Es war irgendein Handelsreisender mittleren Alters, der irgendjemanden in seiner Firma gegen sich aufgebracht haben musste, wenn er auf dieses stinklangweilige Gebiet angesetzt war.

Ich schüttelte den Kopf über meine eigene Dummheit. Warum wurde ich nervös, wenn ich einen Mietwagen sah, wo ich doch fast sicher war, dass sie ohnehin nicht Owen schicken würden? Tief im Innern hoffte ich offenbar immer noch, dass er darauf bestanden hatte, die Untersuchungen in Cobb zu leiten, weil er mich ebenso gern treffen wollte wie ich ihn. Wie es aussah, hatte Nita kein Monopol auf romantische Phantasien.

Während der Mann eincheckte, arrangierte ich unser Mittagessen auf dem Tisch hinter der Rezeption. Dann schnappte ich mir eine der Zeitschriften aus einem in der Nähe stehenden Korb und blätterte sie durch. Es handelte sich um eins von diesen regionalen Tourismusmagazinen, die häufig in Hotelzimmern ausliegen, und enthielt einige Artikel über die lokalen Sehenswürdigkeiten, einen Veranstaltungskalender und jede Menge Anzeigen. Da in jeder Ausgabe dieselben Artikel abgedruckt waren, wandte ich meine Aufmerksamkeit gleich den Werbeanzeigen zu in der Hoffnung auf etwas Interessantes zu stoßen. Und was ich fand, war mehr als interessant. Es war regelrecht bizarr.

Auf einer Seite voller Anzeigen von Privatschulen aus der Gegend gab es eine, in der stand: »Können Sie das hier lesen?« Da ich es konnte, las ich weiter.

Wenn Sie einer der ausgesucht wenigen Menschen sind, die diese Anzeige lesen können, haben Sie möglicherweise besondere Fähigkeiten! Mit dem richtigen Training können Sie diese natürlichen Talente entwickeln. Dann steht Ihrem Ruhm und Reichtum quasi nichts mehr im Weg!

Sie erinnerte mich an diese Anzeigen, in denen einem erklärt wurde, man sei für eine Ausbildung zum Kinderbuchillustrator prädestiniert, wenn man eine Schildkröte zeichnen könne. Nur dass diese Anzeige hier nichts weiter verlangte, als dass man sie lesen konnte. Ich beugte mich tief über das Blatt, bis meine Kette es fast berührte und das leise Vibrieren des Medaillons mir die Präsenz eines sehr schwachen Zaubers anzeigte. Hier wurden magische Talente gesucht, da war ich sicher. Die Anzeige musste durch einen Trick verschleiert sein, damit nur Leute mit magischen Fähigkeiten – oder magischer Immunität – sie lesen konnten. Plötzlich dämmerte mir, wo unser örtlicher Zauberer herkam. Irgendjemand hier in der Gegend musste den Leuten beibringen, wie man magische Kräfte einsetzte.

Nita wies dem Motelgast ein Zimmer zu, dann setzten wir

uns zum Essen hin. Ich ließ die Zeitschrift offen auf dem Tisch liegen, so dass die Anzeige gut sichtbar war. »Was hältst du davon?«, fragte ich und zeigte in die ungefähre Richtung besagter Anzeige.

Sie beugte sich vor und warf einen flüchtigen Blick auf die Seite. »›Miss Rochesters Akademie für junge Damen‹«, las sie vor. »›Wir bilden Mädchen in gutem Benehmen aus, damit sie später einen kultivierten Lebensstil pflegen können.‹ Das soll ja wohl ein Scherz sein. Ich bin froh, dass meine Mutter diesen Quatsch nicht gesehen hat, als ich noch auf der Schule war. Wenn sie geglaubt hätte, in einer Privatschule würde ich dazu erzogen, artig und sittsam zu sein, hätte sie mich da sofort angemeldet.«

Wenn Nita die Anzeige nicht sehen konnte, musste sie verborgen sein. Das bedeutete außerdem, dass Nita weder magisch noch immun war. »Klingt irgendwie so viktorianisch, findest du nicht?«, fragte ich. Ich aß auf und verabschiedete mich dann unter dem Vorwand, zurück in den Laden zu müssen. »Kann ich die behalten?«, fragte ich und nahm die Zeitschrift.

»Wieso? Glaubst du, du brauchst Unterricht in gesellschaftlichen Umgangsformen?«

»Nein, da ist ein Artikel drin, der Teddy vielleicht interessieren könnte.«

»Klar, nimm mit«, antwortete sie und wedelte mit der Hand durch die Luft. »Ich kriege sie jeden Monat stapelweise. Und sie sind zum Verschenken gedacht.«

Wenn ich einmal im Ermittlungsmodus war, fiel es mir schwer, mich zu bremsen. Also fuhr ich auf dem Heimweg am Gerichtsplatz vorbei, um zu sehen, ob da irgendwas los war. Es schien einer jener Tage zu sein, die eine Kleinstadt zu einem »verschlafenen Nest« machen. Es rührte sich so gut wie nichts, vor allem kein Zauberer in einem Umhang. Die Statuen verharrten beruhigend starr in ihrer Haltung.

Dann warf ich noch einen Blick aufs Dach. Auf einem Teil des Gerichtsgebäudes saßen Gargoyles, dabei konnte ich mich nicht erinnern, auf dieser Seite schon mal welche gesehen zu haben. Ich erstarrte, als einer von ihnen die Flügel ausbreitete und zu Boden segelte. Das hatte ich die Gargoyles an diesem Gebäude mit Sicherheit noch nie tun sehen. Die Gargoyles in New York dagegen häufig, und vor allem diesen einen.

»Sam!«, rief ich und rannte auf ihn zu, um ihn zu umarmen. Ich musste mich ein wenig vorbeugen, weil Gargoyles nicht so groß sind, und er legte seine Flügel um mich. Erst in dem Moment wurde mir klar, dass ich ihn noch nie vorher berührt hatte. Er fühlte sich seltsam an, zugleich steinig und ledrig. »Ich bin froh, dass sie dich geschickt haben«, sagte ich, als wir uns wieder voneinander lösten.

»Na, das hätte ich mir doch um alles in der Welt nicht entgehen lassen, Katie-Maus. Außerdem: Was dachtest du denn, wen sie schicken, wenn nicht ihren Top-Schnüffler?«

»Ich bin froh, dass sie mir den Besten geschickt haben!«

»Was ist hier denn eigentlich los?«

Ich erklärte ihm schnell, was Mom gesehen und was ich beobachtet hatte. Sam nickte, als ich fertig war. »Gut, sieht also so aus, als sollte ich den Platz mal eine Weile im Blick behalten, um eine Ahnung davon zu kriegen, was der Täter im Schilde führt. Dann kann ich mir überlegen, was zu tun ist.«

»Das ist doch ein Plan! Ich habe noch etwas anderes entdeckt, was ich überprüfen muss.« Ich berichtete ihm von der Zeitschriftenanzeige.

Er machte ein pfeifendes Geräusch, das so klang, wie wenn der Wind über eine Colaflasche bläst. »Das klingt nicht gut. Glaubst du, dass unser Zauberer darauf hinauswill?«

»Könnte sein? Da ist eine Internetadresse angegeben. Ich werde mir die Seite also mal ansehen und halte dich auf dem Laufenden, wenn ich irgendetwas herausfinde. Möchtest du, dass ich in regelmäßigen Abständen vorbeikomme?«

»Nee, mach dir darüber keine Gedanken. Ich bin offiziell auf den Fall angesetzt, damit du dich entspannen kannst. Wenn ich dich brauche, finde ich dich schon. Dieser Ort hier ist ja nicht mal ein Zehntel so groß wie Manhattan. Ich werde dich schon auftreiben.« Die Gesamtfläche von Cobb war eigentlich nicht so viel kleiner als Manhattan, aber ich wusste, was er meinte.

»Okay, na dann. Gib mir Bescheid, wenn du irgendwas brauchst. Ach ja, und sei vorsichtig. Den Menschen hier fallen merkwürdige Dinge vielleicht schneller auf, auch wenn sie geringfügig sind, und sie fragen eher nach, was es damit auf sich hat, als in New York. Neuigkeiten verbreiten sich sehr schnell. Außerdem ist meine Mom immun, und ich glaube, meine Großmutter auch. Ich hab auch noch andere Verwandte hier, und man kann nie wissen, wie weit das Merkmal in der Familie verbreitet ist.« Es wäre eine ganz schön verrückte Nummer, wenn sich herausstellen würde, dass diese Stadt die Immunen-Welthauptstadt war, weil sich hier mehr Immune aufhielten als irgendwo sonst auf der Welt. Aber das würde dann erklären, warum dieser Ort so langweilig war.

»Alles klar. Jetzt aber husch! Weg mit dir, damit ich meinen Beobachtungsposten beziehen kann.«

Als ich zurück im Büro war, dauerte es eine Weile, bis ich Zeit hatte, nach dieser Magieschule im Internet zu suchen. Es gab viel Kundschaft im Laden, und als die Stoßzeit am Nachmittag endlich vorbei war, kamen dauernd Familienmitglieder ins Büro. Irgendwann waren sie jedoch alle mit ihrer eigenen Arbeit beschäftigt. Also zog ich die aufgerollte Zeitschrift aus der Handtasche und gab die Webadresse in den Browser ein.

Es dauerte ewig, bis die Seite geladen war, so dass ich mich wunderte, welche Bandbreite Magie wohl erforderte. Die Startseite sah ganz ähnlich aus wie die Anzeige, aber anstelle der Kontakt-Info gab es hier einen Button, auf den man klicken sollte, wenn man die Anzeige aufrufen und mehr darüber wissen wollte. Ich klickte ihn an und wartete, bis die nächste Seite geladen war.

Als sie sich öffnete, erkannte ich oben auf der Seite das Spellworks-Logo. Mein Magen machte einen Flickflack und schnürte sich dann fest zusammen. Diese Firma war unser Feind, und das bedeutete, dass Phelan Idris hinter dem steckte, was gerade in meiner Heimatstadt vor sich ging.

5

Ich musste die Luft anhalten, um mich richtig konzentrieren zu können, und meine Hände zitterten so sehr, dass es mir schwerfiel, die Maus meines Computers zu bewegen. Die Website besagte, dass, wer sie lesen könne, über magische Kräfte verfüge. Das war, wie ich sehr gut wusste, nicht ganz korrekt, aber man durfte wohl nicht erwarten, dass sie gleich im ersten Absatz, »Magie existiert«, das Prinzip magischer Immunität erklärten. Da musste noch etwas anderes auf der Seite versteckt sein, um Leute wie mich auszusondern. Sie beschrieb all die Vorteile, die magische Kräfte mit sich brachten, darunter die üblichen Sachen wie Reichtum, Einfluss auf andere und dass man die Welt nach seinen eigenen Vorlieben gestalten konnte. Natürlich wurde mit keinem Wort erwähnt, dass man erst einmal den richtigen Umgang mit solchen Kräften lernen musste. Aber andererseits waren von einer Werbebotschaft wohl kaum moralische Richtlinien zu erwarten, deshalb kreidete ich Idris dieses Versäumnis mal nicht an.

Zu einem Einstiegspreis von fünfhundert Dollar und dann einem monatlichen Betrag von zweihundert Dollar konnte man lernen, seine Kräfte einzusetzen. Die Website versprach, dass man innerhalb von zwei Monaten mit Hilfe von Zauberei mehr Geld verdienen könne, als der Kurs kostete. Der Unterricht würde per Video über das Internet erteilt werden, und es gab Online-Foren, in denen man mit dem Lehrer und anderen Schülern Kontakt aufnehmen konnte. Der Rest bestand aus den üblichen Aufrufen à la

»Jetzt zugreifen!« sowie Hinweisen, wie man seine Kreditkarte für die monatlichen Raten einsetzen sollte.

Ich klickte auf der Website herum, um weitere Informationen aufzutreiben, aber alles schien passwortgeschützt zu sein. Komischerweise fand ich nichts, worauf man klicken konnte, um sich für die Kurse einzuschreiben. Wahrscheinlich war das die Falle, mit der Immune ausgeschlossen werden sollten. Der »Jetzt einschreiben«-Button war bestimmt eine Illusion, die ich nicht sehen konnte.

Das war ein Ding. Wenn Idris den Leuten seine Art von Magie beibringen wollte, war die Welt ganz schön in Schwierigkeiten. Spontan googelte ich alle Suchbegriffe, die mir einfielen, um Kurse in Zauberei zu finden, aber in den Ergebnissen tauchte nie die Spellworks-Website auf. Wenigstens schien es nicht so zu sein, dass Leute im Internet zufällig auf die Website stoßen würden. Die Frage war nur, wo machten sie überall Reklame dafür? War es nur hier? Und welchen Zweck hatte es, einem Haufen Amateure ein paar belanglose Hinterzimmer-Tricks beizubringen?

Als ich Feierabend hatte, fuhr ich direkt zum Gerichtsgebäude, um Sam zu treffen. Ich stopfte Ausdrucke von der Spellworks-Website in eine Illustrierte und setzte mich auf eine Bank, damit es so aussah, als säße ich zwanglos da und blätterte in einer Zeitschrift. Sam flog vom Dach herab und setzte sich zu mir. »Der Täter hat anscheinend schon von mir gehört und sich davongemacht«, sagte er mit einem Grinsen in seinem grotesken Gesicht. »Kein Härchen von ihm zu sehen. Und meine Güte, ist dein Städtchen verpennt oder krieg ich was nicht mit?«

»Das kannst du wohl sagen. Ob du's glaubst oder nicht – für hiesige Verhältnisse ist es im Moment ganz schön aufregend. Aber ich hab hier was, was du dir ansehen solltest.« Ich zog die Ausdrucke aus der Illustrierten. »Es sieht nicht ganz so aus wie auf der Website – vielleicht kommt die Magie auf dem Drucker nicht so raus –, aber ich denke, du kannst dir ein Bild machen. Sie werben neue Zauberer an. Geht das überhaupt? Gibt es wirklich Leute, die nicht wissen, dass sie magische Kräfte haben?«

Er zuckte mit den Schultern. »Tja, da kenn ich mich nicht so aus. Ich bin ja nur für die Sicherheit zuständig. Aber da draußen müssen welche sein, die nicht wissen, dass sie in Wirklichkeit Zauberer sind. Wir kriegen sie einfach nicht alle. Und das hier sieht für mich absolut danach aus, als ginge es um mehr als einen vereinzelten bösartigen Zauberer. Wahrscheinlich ist es hier einfacher, dem ein Ende zu machen als in New York.«

»Wie das? Alle deine Mitarbeiter und Ressourcen sind doch in New York.«

»Aber hier ist kein Kraftfeld. Die magischen Ströme sind hier in der Gegend schwach. Deshalb habt ihr auch keine große magische Gemeinde. Magische Leute neigen dazu, sich in der Nähe der magischen Ströme niederzulassen. Wir haben ein paar von unseren großen Nummern hier, die sehr gut ausgebildet sind und ihre eigenen Kraftreserven haben, und die können die Bösewichter mit einem Fingerschnippen bekämpfen. Aber in New York ist so viel Kraft in der Luft, dass alle einigermaßen gleich stark sind. Wir müssen nur rausfinden, wer der hiesige Zauberer ist, ihn uns schnappen und dann dazu benutzen, um Idris aus der Deckung zu locken.«

»Cool.«

»Hey, ganz schön komisch, dass du hier hingezogen bist, um von all dem wegzukommen, und dann holt es dich trotzdem ein.«

»Ja, ich amüsiere mich prächtig.« Danach zu urteilen, was Sam gesagt hatte, waren die Details meiner Entscheidung, New York den Rücken zu kehren, nicht allgemein bekannt. Ich war der Magie vielleicht nicht entronnen, aber ich hatte mich zumindest weit genug von Owen entfernt, damit er nicht in Versuchung kam, in einem Kampf meinetwegen eine falsche Entscheidung zu treffen.

Ich fand, dass ich durch meinen Weggang immerhin etwas erreicht hatte. »Sagst du im Hauptquartier Bescheid, was hier los ist?«

»Mach dir keine Gedanken, ich hab das im Griff.«

Ehe ich darauf reagieren konnte, rief jemand von der anderen Seite des Platzes vor dem Justizgebäude meinen Namen. Ich drehte mich um und sah, wie Nita mir zuwinkte. Dann rannte sie in voller Geschwindigkeit auf mich zu – so schnell, dass Sam sich beeilen musste, von der Bank zu verschwinden, bevor sie sich auf ihn fallen ließ. »Was machst du denn hier?«, fragte sie.

Ich gab mir Mühe, Sam auf seinem Flug zurück aufs Dach des Justizgebäudes nicht hinterherzuschauen. »Ach, ich häng nur so rum.«

Sie zog eine Augenbraue hoch. »Vor dem Gerichtsgebäude?«

»Der Platz ist doch schön – wie ein Park. Und meine Familie ist nicht hier.«

»Das ist natürlich ein Argument.«

»Und du? Was machst du hier?«

»Mom hat mich einkaufen geschickt. Heute ist der Tag, an dem ich ›früh‹ Feierabend habe.« Sie malte mit den Fingern Gänsefüßchen in die Luft. »Das bedeutet, dass ich nach einem normalen Arbeitstag zu einer normalen Zeit nach Hause komme. Dad übernimmt solange die Rezeption, bis Ramesh zur Nachtschicht antritt. Das ist für mich praktisch wie Wochenende.« Sie wirbelte in halbherziger Feierlaune mit den Fingern in der Luft herum. »Hurra. Hey, ich hab eine Idee! Lass uns heute Abend was unternehmen!«

Ich schaute mich auf dem verschlafenen Platz um und breitete dann die Hände aus, um das große Nichts anzudeuten. »Und zwar?«

»Wir könnten was essen gehen und dann ins Kino. Diese Woche läuft ein Film mit Tom Cruise.«

»Igitt!« Ich verzog das Gesicht. »Den kann ich nicht ausstehen.« Abgesehen davon, dass einen dunkelhaarigen, blauäugigen

Typen anzusehen, der nicht Owen war, das Letzte war, worauf ich Lust hatte.

»Was kann ich denn dafür, dass du keinen Sinn für Ästhetik hast? Der sieht gut aus, solange er den Mund hält. Außerdem haben wir ja keine besonders große Auswahl. Es gibt einen Kinosaal in dieser Stadt, und was anderes zeigen sie gerade nicht. Alternativ könnten wir mit meiner Mom zusammen Bollywood-Musicals oder Krimis mit meinem Dad gucken. Oder wir suchen uns ein leeres Zimmer im Motel und gucken Pay-TV.«

Wir hatten auf diese Art als Kinder einige coole Pyjama-Partys gehabt, aber die Vorstellung war jetzt nicht mehr so attraktiv wie damals.

»Okay, einverstanden. Abendessen und Kino.« Abgesehen davon hatte ich beim Ausgehen die Gelegenheit, etwaige weitere magische Merkwürdigkeiten im Auge zu behalten. Das war beinahe so, als wäre ich richtig an der Ermittlung beteiligt.

Nita sprang auf. »Cool! Dann müssen wir jetzt nur noch ein paar Lebensmittel einkaufen und zu Hause bei Mom abliefern, und dann sind wir frei.«

»Ich könnte ja hier auf dich warten.« Ich wollte noch mal mit Sam reden, und der Zauberer schien um diese Tageszeit besonders aktiv zu sein.

Sie schüttelte entschlossen den Kopf, packte mich am Arm und zog mich von der Bank hoch. »Nein, du musst mich begleiten, damit ich entkommen kann. Wenn ich dich schon dabeihabe, kann Mom sich keinen Vorwand ausdenken, damit ich zu Hause bleibe.«

Wir kauften ein und fuhren mit Nitas steinaltem Escort zu dem kleinen Haus hinter dem Motel, in dem die Patels wohnten. Mrs Patel begrüßte mich mit der gewohnten Mischung aus Wärme und Misstrauen. Ich hatte immer den Eindruck, dass sie mich mochte, sich aber nicht sicher war, ob ich ihrer Tochter Ärger einbringen würde – ganz zu schweigen davon, dass es in Wirklichkeit fast immer genau andersrum war. Nita bewegte sich in Höchstgeschwindigkeit durch die Küche, packte die gekauften Vorräte weg und plapperte ohne Unterbrechung von unseren Plänen, so dass ihre Mutter nicht die leiseste Chance hatte, einen Einwand vorzubringen. Bis wir wieder draußen im Auto saßen, war ich schon allein vom Zusehen außer Atem.

Bei unserem Eintreffen war das Café am Gerichtsplatz fast voll – nicht dass dort überhaupt besonders viele Tische gewesen wären. Dean und Sherri waren da; sie saßen vorn in der Mitte. Ich winkte ihnen zu, während wir zu unserem Tisch gingen, blieb aber nicht stehen, um mit ihnen zu sprechen. »Ich fasse es immer noch nicht, dass er sie geheiratet hat«, sagte Nita, während wir uns hinsetzten. »Er war so ein toller Typ, er hätte jede haben können.«

»Nita, er ist mein Bruder!«

»Na und? Er ist noch immer sexy, und ich bin nicht mit ihm verwandt. Na gut, er ist ein ziemlicher Blödmann, und ich hätte mich nackt auf ihn stürzen können, ohne dass er es bemerkt hätte, aber das bedeutet noch lange nicht, dass ich ihn mir nicht gerne anschaue.« Sie richtete sich ein wenig in ihrem Stuhl auf, um bessere Sicht zu haben.

»Das hier und deine Schwärmerei für Tom Cruise sagen mir, dass du häufiger vor die Tür gehen solltest.«

»Danke! Das sage ich doch schon seit Ewigkeiten!«

Widerstrebend bestellte sie ein vegetarisches Gericht. Sie meinte, ihr Dad würde bestimmt Wind davon bekommen, wenn sie einen Schmorbraten bestellte und in der Öffentlichkeit verspeiste. Ich bestellte den Schmorbraten, nicht zuletzt um ihr ein oder zwei Bissen abzugeben. Solange wir auf unser Essen warteten, plauderten wir über ihren jüngsten Modernisierungsplan für das Motel, und die Teller wurden gereicht, bevor sie auf mein Liebesleben zu sprechen kommen konnte. Als wir zum Nachtisch Zitronenkuchen aßen, gab es an den vorderen Tischen Unruhe.

Ich zuckte zusammen, als ich bemerkte, dass Dean und Sherri sich wieder mal zankten.

»Ich schwöre, Dean Chandler, du musst ein Loch im Portemonnaie haben!«, schrie Sherri. Alle Köpfe im Raum wandten sich dem Streit zu.

»Du verdienst doch dein eigenes Geld! Warum soll ich dann dein Abendessen bezahlen?«

»Weil ich die Einkäufe erledige und die Rechnungen bezahle, weil du dich ja dazu nicht bequemen kannst. Und weil du meinen Geburtstag vergessen hast. Mal wieder! Du bist mir einfach ein Abendessen schuldig!«

»Das geht jetzt nicht, Sherri. Ich hab überhaupt kein Geld dabei, also bezahl endlich die verdammte Rechnung!«

Sie warf ein paar Scheine auf den Tisch und rauschte aus dem Café. Als sie draußen war, setzte er sich wieder hin und bestellte bei der Kellnerin noch eine Tasse Kaffee. Sobald die Show beendet war, glotzten alle Anwesenden mich an, als wollten sie sehen, wie ich reagiere. Ich zuckte mit den Schultern und verdrehte die Augen. »Tja, wer hätte gedacht, dass wir zum Abendessen auch noch eine kleine Vorstellung geboten bekommen«, witzelte ich gegenüber Nita. »Jetzt können wir uns das Kino sparen.«

»So leicht kommst du mir nicht um den Film herum!«

Das Kino war ein Relikt aus der Vergangenheit. Keine ansteigenden Sitzreihen, keine digitale Projektion, kein Surround-Sound. Es war dasselbe Kino, in dem meine Eltern als Kinder samstagnachmittags für zehn Cent Western im Doppelpack gesehen hatten, und seitdem hatte sich nicht viel verändert. Praktisch der einzige Unterschied bestand in den Eintrittspreisen, aber die waren verglichen mit New Yorker Kinos noch immer ein Schnäppchen. Hier konnte ich mir nach dem Kauf der Eintrittskarte sogar noch etwas zu naschen leisten. Nita und ich kauften Popcorn und Süßigkeiten und versuchten dann im Saal zwei benachbarte Sitze zu finden, die nicht kaputt waren und bei denen die Sprungfedern nicht durch den abgewetzten Samt hervortraten. Als der Film anfing, befanden sich außer uns noch ganze zehn weitere Besucher im Kino. (Und natürlich saß der Größte von ihnen genau vor mir.)

Ich dämmerte vor mich hin, aß meinen Süßkram und achtete kaum auf den Film, in dem vor allem herumgerannt wurde und Dinge explodierten. Das Soundsystem war genauso vorsintflutlich wie das ganze Kino, was die Betreiber dadurch wettzumachen versuchten, dass sie die Lautstärke so weit aufdrehten, dass mein ganzer Körper vibrierte. Nita ging voll mit, dessen war ich mir sicher. Doch als ich zu ihr hinsah, stellte ich überrascht fest, dass sie tief und fest schlief. Wahrscheinlich hatte sie in letzter Zeit zu viel gearbeitet. Im gleichen Moment sackte dem großen Typen vor mir das Kinn auf die Brust, und aus der Reihe hinter mir vernahm ich lautes Schnarchen. Es war ja sicher nicht der beste Film aller Zeiten, aber ein Schlafmittel war er nun auch wieder nicht.

Da bemerkte ich, wie ein Schatten durch den Kinosaal schlich. Eine Explosion auf der Leinwand erhellte den in einen Kapuzenumhang gekleideten Zauberer, der auf den großen Typen vor mir zusteuerte. Ich kauerte mich in meinem Sitz zusammen, fischte ein Pfefferminz aus meiner Schachtel mit Süßkram und flitschte es dem schlafenden Typen in den Nacken. Der schreckte hoch, rieb sich den Nacken, und der Zauberer ließ sich zu Boden fallen. Er hatte wahrscheinlich einen Schlafzauber zum Einsatz gebracht, um das Publikum leichter beklauen zu können. Ich stieß Nita kräftig meinen Ellbogen in die Rippen.

»Willkommen im Cobb Inn!«, platzte sie heraus, sobald sie zu sich kam. Dann klapperte sie mit den Augenlidern und sah sich um. »Bin ich eingeschlafen?«, flüsterte sie mir zu.

»Du hast den Film ausgesucht«, gab ich mit einem Schulterzucken zurück. Sie richtete ihren verträumten Blick erneut auf Tom Cruise, während ich bemerkte, dass der Zauberer wieder durchs Kino schlich. Ich lehnte mich zu ihr hinüber und flüsterte: »Ich gehe mal aufs Klo.« Die Augen auf die Leinwand fixiert, rang sie sich ein kaum merkliches Nicken ab.

Ich lief gebückt zum Ende der Sitzreihe und versuchte, meinen Kopf unterhalb der Rückenlehnen zu halten, während ich mich gleichzeitig bemühte, außer mit den Füßen mit keinem Teil meines Körpers den Boden zu berühren, der von der verschütteten Limonade der letzten Jahrzehnte klebte. Sobald ich eine Stelle erreichte, an der ich außer Sicht war und zugleich ein freies Schussfeld auf den Rest des Publikums hatte, begann ich Pfefferminzbonbons auf die Schlafenden zu werfen, um sie aufzuwecken. Nacheinander schreckten alle hoch und rieben sich verdutzt die Augen. Ich hatte das Ansteigen magischer Kräfte nicht bemerkt – vermutlich, weil jede Vibration meiner Halskette im Krach des Soundsystems untergegangen war –, doch ich fühlte ihre Abwesenheit, als der Zauber plötzlich erlosch. Genau in dem Moment wandte ich den Kopf und sah die umhangtragende Gestalt durch den Notausgang an der Vorderseite des Saals entwischen. Ich war versucht, sie zu verfolgen, doch ich wusste, dass ich nicht die Richtige war, um einen Zauberer zur Strecke zu bringen. Sam war draußen auf dem Platz und hielt nach Umhangträgern Ausschau, also überließ ich ihm die Aufgabe und ging zurück zu meinem Platz.

Jetzt, wo der Schlafzauber aufgehört hatte, war ich es, die am Ende des Films per Ellbogenstoß geweckt werden musste. Als das Licht anging, rief jemand aus den hinteren Reihen: »Meine Brieftasche ist weg!« Aber gleich antwortete ein Zuschauer von vorne: »Ist es die hier?« Der Besitzer erhielt seine Brieftasche also schnell wieder zurück, allerdings war kein Bargeld mehr darin.

»Das war bestimmt irgendein Teenager«, meinte Nita, als wir das Kino verließen. Sie mampfte die Überbleibsel unseres Popcorns. »Die Kriminalitätsrate ist im vergangenen Jahr deutlich angestiegen. Einige der Jugendlichen haben sogar versucht, eine

Gang zu gründen. Sie wussten zwar nicht, was sie als Gang anstellen sollten, aber Streiche dieser Art kommen immer häufiger vor. Ich weiß noch, wie man während eines Films seine Handtasche auf den Nachbarsitz stellen konnte und sie völlig sicher war.«

»Tja, die Jugend von heute.«

Wir kicherten beide noch darüber, dass wir uns wie zwei Alte anhörten, als Nita plötzlich aufschrie. »Was ist?«, fragte ich.

Sie gab keine Antwort. Stattdessen schnappte sie sich das hölzerne Werbeschild vor dem Antiquitätenladen neben dem Kino und schlug es ein paarmal auf den Boden. Dabei schrie sie: »Nimm das, und das, und das!« Dann packte sie mich am Arm, schrie erneut auf und rannte quer über den Platz davon. Ich hatte Mühe, ihr zu folgen.

»Was ist denn los?«, fragte ich, als wir endlich wieder so langsam geworden waren, dass ich sprechen konnte.

Sie zeigte zitternd auf den Bürgersteig vor dem Kino. »Die Schlange! Da! Bürgersteig! Jetzt erledigt!«

»Du hast vor dem Kino eine Schlange erschlagen?«, übersetzte ich.

Sie nickte wütend, und ich schaute mich unwillkürlich nach etwas um, worauf ich klettern konnte, um mich in Sicherheit zu bringen. »Was für eine Schlange denn?«

»Eine tote. Wenn du's so genau wissen willst, kannst du ja nachgucken gehen, aber ich glaube, es ist nicht mehr viel vom Kopf übrig.«

»Ich glaube dir ja.« Nichtsdestotrotz hatte ich das Gefühl, dass da nichts zu sehen sein würde. Ich hatte überhaupt keine Schlange bemerkt. Vielmehr hatte ich den Verdacht, dass es nichts anderes als eine Illusion gewesen war. Aber war Nita das Angriffsziel gewesen oder ich? Ich schaute nach oben und sah Sam auf einem Ast ganz in meiner Nähe sitzen. Sogleich fühlte ich mich viel sicherer. Es war sein Job, Leute vor magischen Bedrohungen zu schützen, und ich hatte so eine Ahnung, dass er auch wusste, wie man Schlangen unschädlich macht. »Alles in Ordnung?«, fragte ich Nita.

»Ich brauche jetzt ein Eis«, verkündete sie. »Schlangen totschlagen macht mich hungrig.« Wir stiegen in ihr Auto, fuhren zum Dairy Queen, kauften uns Eisbecher und kehrten dann zum Gerichtsplatz zurück, damit ich mit meinem Wagen nach Hause fahren konnte. Dummerweise war mein Pick-up aber nicht da.

»Na, mit der Verbrechensstatistik hast du wohl recht«, sagte ich und starrte die leere Parklücke an. Der alte Pick-up war mir nicht so wichtig, deshalb war ich wegen des Diebstahls nicht besonders geknickt, aber ich ärgerte mich über die Umstände, die ich jetzt haben würde.

»Guck mal, da liegt was auf dem Bordstein«, sagte Nita. Auf dem Bordstein flatterte ein Stück Papier unter einem Stein, der es beschwerte.

Ich hob das Blatt auf und trat damit unter eine Straßenlaterne. Ich las laut vor: »Schwesterherz, hab mir den Pick-up ausgeliehen, weil Sherri mich sitzen gelassen hat. Hatte noch einen Schlüssel und bringe ihn dir später zurück. Lass dich von Nita nach Hause fahren. Dean.« Ich schaute Nita an. »Kannst du mich nach Hause bringen?«

»Aber sicher. Auf die Art bin ich länger weg, das finde ich gut. Echt schade, dass es in dieser Stadt keine Bars gibt, sonst könnten wir einen richtigen Mädels-Ausgeh-Abend machen.«

»Wir müssen morgen beide früh aufstehen«, erinnerte ich sie, »und ich glaube kaum, dass wir noch lange durchhalten würden; schließlich sind wir schon während des Films eingeschlafen. Abgesehen davon, würde deine Mutter dich umbringen, wenn du einen trinken gehen würdest, und dann wäre sie davon überzeugt, ich hätte dich auf die schiefe Bahn gebracht.«

»Ich muss einfach weg von hier! Ich bin noch zu jung, um mich wie eine Rentnerin zu benehmen. Na ja, dann lass uns gehen.«

Als wir wieder in ihrem Auto saßen, schlug ich vor: »Fahr doch zuerst an Deans Haus vorbei. Es wäre am bequemsten, wenn ich den Pick-up gleich wieder mitnehmen könnte.« Aber der Pick-up war nicht da, nur die beiden Autos von Sherri und Dean. Es sah so aus, als hätte Dean an der Fassade des Hauses ein ehrgeiziges Bauprojekt begonnen und dann vergessen. Vielleicht erklärte das, warum Sherri so sauer auf ihn war. »Na ja, was soll's? Du fährst mich wohl am besten nach Hause. Allerdings frage ich mich, wo Dean sich rumtreibt.«

Der Pick-up stand in der Einfahrt meiner Eltern, was keine besonders große Überraschung war. Jedes Mal, wenn er und Sherri sich zankten, rannte Dean schnurstracks nach Hause. Nita warf mir einen Blick zu und sagte: »Wenn du dich irgendwo verstecken willst – wir haben noch freie Zimmer im Motel.«

Ich löste meinen Sicherheitsgurt. »Danke für das Angebot, aber ich glaube nicht, dass es allzu schlimm wird. Ich gehe einfach in mein Zimmer und ignoriere das alles. Und vielen Dank fürs Ausgehen, hat Spaß gemacht.«

»Na ja, Spaß würde ich das nicht unbedingt nennen, aber es kam dem so nahe, wie es hier eben möglich ist. Danke, dass du mitgekommen bist. Bis bald!«

Dean saß drinnen am Küchentisch und ließ sich von Mom mit verschiedenem Gebäck trösten. »Eines Tages wird sie zu schätzen wissen, was du ihr alles bietest«, sagte sie, während ich durch die Küche schlich. Mom sprach nur dann schlecht über Sherri, wenn Dean und Sherri Krach hatten, was bedeutete, dass ich mindestens einmal im Monat hören durfte, wie Mom Sherri kritisierte.

»Gute Nacht zusammen«, warf ich beiläufig ein, sobald ich das sichere Wohnzimmer erreicht hatte.

»Wie war's im Kino?«, fragte Mom.

»Ganz prima. Aber woher weißt du das?«

»Ich hab gesehen, wie ihr vom Café aus da hingegangen seid«, gab Dean zu. Mit anderen Worten, er hatte gepetzt, dass ich ausgegangen war. Aber schließlich war ich erwachsen und durfte mit einer Freundin ausgehen. Andererseits bedeutete das auch, dass Mom wusste, wo ich war, und nicht in Panik geraten war, so dass ich mich diesmal nicht beschwerte. Die magischen Aktivitäten, die ich gesehen hatte, machten mir viel größere Sorgen. Einiges davon war regelrecht kriminell, verglichen mit den relativ harmlosen Manipulationen, deren der Zauberer sich vorher befleißigt hatte.

Sobald ich mir sicher war, dass alle im Haus tief und fest schliefen – einschließlich Dean in dem Zimmer, das er früher mit Teddy geteilt hatte –, tat ich etwas, was ich seit der Schulzeit nicht mehr gemacht hatte: Ich öffnete mein Fenster und kletterte auf das Vordach, von wo aus ich einen nahe stehenden Baum erreichte, der mir einen relativ leichten Abstieg zum Boden erlaubte. Die Jungs hatten diesen Fluchtweg weitaus häufiger genutzt als ich, aber ich hatte mich ihnen ein paarmal angeschlossen. Das war der einzig sichere Weg aus dem Haus, ohne meine Eltern aufzuschrecken; auf der Treppe gab es nämlich eine laut quietschende Stelle, die jeden aufweckte, wenn man drauftrat, und wir hatten nie eine Möglichkeit gefunden, sie zu umgehen.

Dean hatte den Pick-up weit genug entfernt abgestellt, so dass ich ihn anlassen konnte, ohne irgendwen zu wecken. Also fuhr ich wieder auf den Gerichtsplatz, wo ich Sam antraf. »Ich wusste gar nicht, dass du eine Nachteule bist«, bemerkte er nach seiner Landung neben dem Wagen.

»Ich musste mit dir reden und dachte, jetzt wäre die einzige Gelegenheit, wo wir es ungestört tun können. Ich kann mich hier praktisch nie auch nur für ein paar Minuten loseisen.« Ich berichtete ihm, was im Kino vorgefallen war, und von Ninas Schlangenerlebnis vor dem Kino. Er flog schnell zu der Stelle auf dem Bürgersteig, sah sich ein bisschen um und kam dann zurück.

»Nichts«, meinte er. »Wenn da Blutspuren gewesen wären, hätte irgendjemand sehr gründlich sauber gemacht. Das Schild ist allerdings ziemlich mitgenommen. Meinst du, der Schurke hat es auf dich abgesehen?«

»Wenn er es auf mich abgesehen hat, dann aber nicht, weil er mich wegen meiner Arbeit für MMI kennt. Dann hätte er nämlich gewusst, dass ich immun gegen Magie bin und die Schlangenillusion gar nicht sehen kann. Es war bestimmt Zufall – er hat zwei Frauen ausgesucht, die beim Anblick einer Schlange normalerweise gekreischt hätten und weggerannt wären. Er konnte nicht damit rechnen, dass Nita einen derartigen Hass auf Schlangen hat.«

»Die Sache gefällt mir trotzdem nicht. Das kann doch kein reiner Zufall sein. Warum hier, und weshalb scheinen all diese Dinge im Umfeld deiner Familie zu passieren?« Ich klappte den Mund auf, um ihm zu antworten, aber er bedeutete mir mit einem Flügel zu schweigen. »Es ist mein Job, Antworten auf diese Fragen zu finden. Du bist da raus. Halte natürlich die Augen offen, aber das ist jetzt nicht mehr deine Sache. Und nun fahr nach Hause, damit du deinen Schönheitsschlaf bekommst. Ich kümmere mich um alles.«

Auf das Vordach raufzukommen war ein bisschen schwieriger als runter, aber ich schaffte es trotzdem sicher zurück in mein Schlafzimmer und trug nur ein oder zwei Schrammen davon. Ich war aus der Übung, was diese Art von Herumschleichen anging. Anfangs konnte ich nicht einschlafen, aber ich sagte mir, dass Sam die Lage unter Kontrolle hatte. Ich musste lediglich dafür sorgen, dass Mom nichts sah, was sie nicht sehen sollte, bis Sam fertig war und die Schurken dingfest gemacht hatte.

Während der nächsten ein, zwei Tage widerstand ich der Versuchung, jedes Mal, wenn ich in die Stadt musste, am Platz vorbeizufahren. Ich bot meiner Mutter noch häufiger an, für sie einkaufen zu gehen, als damals, als ich in einen der Jungen verknallt war, die die Tüten packten. Das war die einzige Methode, sie komplett von der Zone der größten magischen Aktivität fernzuhalten.

Am Freitagmorgen hatte ich das Vergnügen, mich um einen der weniger glanzvollen Aspekte unseres Geschäfts kümmern zu müssen (und das Geschäft war ohnehin schon nicht besonders glanzvoll). Dean war nirgends aufzufinden, und Dad machte Auslieferungen, so dass ich Teddy und Frank beim Entladen eines LKWs helfen musste. Als wir fertig waren, war ich schweißgebadet. Ich fand in meinem Büro ein T-Shirt mit Werbung für Viehfutter, das ein Vertreter dagelassen hatte, und zog es an, um nicht den ganzen restlichen Tag streng zu riechen. Da ich mich nicht traute, in einem Spiegel zu überprüfen, wie meine Haare und mein Gesicht aussahen, versteckte ich mich im Büro und erledigte Papierkram.

Kurz nach Mittag tauchte Beth auf. Ich nahm ihr Lucy ab, solange sie an der Kasse saß. Gerade wollte ich mich auf den Heimweg machen, als Beth mir aus dem Verkaufsraum zurief: »Katie, Besuch für dich!«

Auf die Nachricht, dass ich Besuch hatte, reagierte ich wie üblich – erhöhter Blutdruck, Herzklopfen, leichtes Schaudern –, aber der Effekt ließ schneller nach als sonst. Da Sam sich in der Stadt befand, waren die Aussichten, dass irgendjemand anders auftauchte, gering. Wahrscheinlich war es nur ein Vertreter oder – bitte nicht! – Steve Grant.

Ich setzte Lucy auf meine Hüfte und trat in Erwartung eines Vertreters mit einem aufgesetzt freundlichen Lächeln in den Verkaufsraum. Und dann fiel ich vor Schreck fast tot um.

Owen Palmer stand leibhaftig mitten in Chandlers Agrarbedarfshandel.

»Oh. Du«, war alles, was ich herausbrachte.

6

Wir starrten uns einen langen Moment einfach nur gegenseitig an. Ich hatte gedacht, ich wäre ganz gut darin geworden, Owen einzuschätzen, aber in diesem Augenblick hatte ich nicht die leiseste Idee, was ihm durch den Kopf ging. Normalerweise konnte ich mich an der Intensität der Röte orientieren, die auf seinem Gesicht aufstieg. Da er jedoch der Sonne und dem texanischen Klima ausgesetzt gewesen war, wusste ich nicht, welcher Anteil seiner Gesichtsfarbe von Emotionen herrührte und welcher möglicherweise von Sonnenbrand und Hitze.

Beth, die mitfühlende Seele, trat einen strategischen Rückzug auf die andere Seite des Ladens an und begann Regale aufzuräumen, die sich bereits in ausgezeichnetem Zustand befanden. Das war sehr nett von ihr, allerdings schien es weder Owen noch mir zu nützen, denn keiner von uns brachte ein Wort über die Lippen.

Endlich zeigte er den Hauch eines Lächelns, und in seinen Augen glimmte ein Funken Humor auf. Er gestikulierte in Richtung Lucy. »Mir ist schon klar, dass du noch nicht so lange weg bist.«

Ich brauchte eine Sekunde, um mich daran zu erinnern, dass ich noch immer das Baby im Arm hielt. In der Zwischenzeit stieß ich einen tiefen Seufzer der Erleichterung aus. Auf jeden Fall hörte es sich nicht so an, als würde er mich hassen. »Das ist meine Nichte«, erklärte ich. »Sie gehört zu Beth. Das ist die, die gerade so nett war, uns allein zu lassen. Beth ist die Frau meines jüngsten Bruders.«

In all meinen Tagträumen, in denen ich mir unser erhofftes Wiedersehen ausgemalt hatte, war mir niemals in den Sinn gekommen, dass ich ihm als Erstes meine Familienverhältnisse erläutern würde. Es hatte auch nicht so ausgesehen wie das hier. Warum musste er ausgerechnet auftauchen, wenn ich am schlimmsten aussah, mit meinen schmuddeligen Jeans, einem drei Nummern zu großen T-Shirt, einem sich gerade auflösenden Pferdeschwanz und ungeschminkt? Das war ganz und gar nicht fair.

Das Telefon klingelte, aber nur einmal, was bedeutete, dass Beth abgehoben hatte und uns mithin nicht besonders aufmerksam belauschen konnte. Das musste ich ausnutzen. »Ich hatte gar nicht mit dir gerechnet«, sagte ich. »Ich meine, weil Sam doch schon hier ist.«

»Da Idris involviert ist, reicht es nicht, wenn ein Mann vor Ort ist. Ich will dieser Sache auf den Grund gehen.« Er sprach mit leiser Stimme, und das war sicher eine gute Idee, denn Beth hatte beim Versuch, uns zu belauschen, obwohl sie am Telefon war, förmlich Elefantenohren bekommen. Ich meinte einen bitteren Unterton in seiner Stimme zu hören, aber vielleicht lag das auch nur an meinem schlechten Gewissen. Er machte kein finsteres oder böses Gesicht.

»Ja, ähm, schön dich zu sehen«, sagte ich.

Er setzte an, etwas zu erwidern, sah Beth in unsere Richtung kommen und bremste sich. Nach einer Pause meinte er dann: »Ganz schön heiß hier, oder? Ich meine, für April?«

Ich zuckte beiläufig mit den Schultern. »Es ist eben der April in Texas.« Eigentlich befanden wir uns mitten in einer schlimmen Hitzewelle, und es war für die Jahreszeit außergewöhnlich heiß, aber das hier war ein Spiel, das wir Texaner mit Yankees, die sich über die Hitze beschwerten, einfach spielen mussten, sogar wenn wir selbst fast genauso litten.

»Katie, kannst du mir mal kurz helfen?«, fragte Beth, als sie bei uns ankam. Der bedauernde Ausdruck auf ihrem Gesicht wirkte ehrlich.

»Entschuldige mich einen Moment«, sagte ich zu Owen und wollte Beth folgen, doch sie blieb stehen und runzelte die Stirn.

»Du musst die Hände frei haben.« Sie nahm mir das Baby ab und reichte es an Owen weiter. »Können Sie sie einen Augenblick nehmen? Danke.«

Ich hätte in Owens Namen protestieren sollen, doch Beth zerrte mich zu schnell davon. Es war nicht anzunehmen, dass er viel Erfahrung mit Babys oder Kleinkindern hatte. Er war ein Einzelkind, und keiner seiner Freunde, die ich kannte, hatte Kinder. Ihn mit einem Baby stehen zu lassen war wie eine grausame und ungerechtfertigte Bestrafung, aber für Beth war der Umgang mit Kindern so selbstverständlich, dass sie gar nicht bemerkte, dass es nicht jedem so ging.

»Was ist denn los?«, fragte ich Beth, noch ehe sie selbst Fragen über den unglaublich gutaussehenden Typen stellen konnte, der mich besuchte.

»Gleich kommt ein Kunde etwas abholen, und das liegt auf dem obersten Regalbrett.«

Ich wusste gleich, worum es Beth ging. Ihre einzige mir bekannte Schwäche bestand darin, dass sie unter schrecklicher Höhenangst litt. Sogar auf Trittleitern stieg sie ungern. »In Ordnung, ich hole es. Was ist es denn?«

»Ich halte die Leiter fest«, fügte sie schnell hinzu, »ich brauche das Vogelhäuschen aus Zedernholz da oben.«

»Du meinst das, das vom letzten Herbst übrig geblieben ist? Das wir nicht verkaufen konnten? Wozu braucht jemand um diese Jahreszeit ein Vogelhäuschen?«

»Ich frage nicht, ich verkaufe. Wahrscheinlich gibt es Leute, die das ganze Jahr über die Vögel füttern, um sie beobachten zu können.«

Als ich halb die Leiter hoch war, fragte sie: »Also, wer ist er?«

Ich wusste nicht, was ich ihr sagen sollte. Owens Anwesenheit erklären zu wollen konnte nur schiefgehen. Wenn ich behauptete, er wäre geschäftlich hier, würden alle wissen wollen, was für Geschäfte ihn ausgerechnet in unsere Gegend führten und was er denn beruflich mache. Wenn ich aber erklärte, er wäre mein fester Freund, würde sich die ganze Familie auf ihn stürzen, und das wäre für uns beide eine höchst unangenehme Situation. Schließlich war ich diejenige, die mit ihm Schluss gemacht hatte, und es sah nicht gerade danach aus, als wäre er gekommen, um mich zu bitten, mit ihm nach New York zurückzugehen. Und die Wahrheit zu sagen kam natürlich gar nicht erst in Frage.

»Ich kenne ihn aus New York. Aber ich hatte noch keine Chance, ihn zu fragen, was er hier macht, da mich jemand von ihm weggezerrt hat, damit ich eine Leiter raufsteige!«

Als ich mit dem Vogelhäuschen in der Hand wieder unten ankam, hatte sie wenigstens den Anstand, ordentlich rot zu werden. Mit ihrer hellen Haut und ihren roten Haaren konnte sie bei den seltenen Gelegenheiten, wenn ihr etwas peinlich war, beinahe noch stärker erröten als Owen. »Entschuldige. Und nein, das war kein Vorwand. Ich brauche das wirklich. Mr Ward kommt es gleich abholen, und du weißt ja, wie er ist. Wenn es nicht auf der Ladentheke bereitsteht, wenn er eintrifft, wird die ganze Stadt erfahren, wie lausig unser Service ist. Ich traue ihm sogar zu, dass er auf dem Weg hierher über rote Ampeln fährt, damit wir es nicht rechtzeitig bereitstellen können. Deshalb hab ich mich nicht getraut zu warten.«

»Schon gut, mach dir keine Gedanken. Ich hoffe nur, Owen überlebt deine Tochter.«

Zu meiner Überraschung hatte sich Lucy selig an Owens Schulter geschmiegt. Nicht dass ich ihr daraus einen Vorwurf machen konnte. Sie hatte eben schon im Alter von neun Monaten einen guten Männergeschmack. Owen wirkte nicht ganz so entspannt wie sie, aber er war auch nicht so ängstlich, wie ich befürchtet hatte.

»Entschuldigung«, sagte Beth zu Owen und stellte das Vogelhäuschen auf der Ladentheke ab. »Kleiner geschäftlicher Notfall. Und jetzt befreie ich Sie wieder von meiner Tochter.« Sie streckte die Arme nach Lucy aus, aber die krallte sich verzweifelt wimmernd an Owens Hemd fest. »Na so was, du wirst mich doch nicht jetzt schon abschreiben, oder?«, fragte sie das Baby. »Komm zurück zu Mama! Du kannst später noch mit … ähm?« Sie warf mir einen bedeutungsvollen Blick zu.

»Beth, das ist Owen Palmer, ein Freund aus New York. Owen, das ist meine Schwägerin Beth. Und dein neuer Fan ist Lucy.«

»Freut mich, Owen!« Beth strahlte ihn an. »Lucy, du kannst später noch mit Mr Owen spielen, okay? Aber jetzt wollen er und Tante Katie sich erst einmal unterhalten.«

Nur mit vereinten Kräften schafften wir es, das jammernde Kind von Owens Hemd zu lösen. Beth ging schnell mit ihr weg, ehe sich das Wimmern in einen Schreikrampf verwandeln konnte. »Na, du wickelst die Frauen ja ganz schön um den Finger«, neckte ich Owen. Zu meiner großen Erleichterung lief er rot an. Das bedeutete, dass er sich nicht allzu sehr verändert hatte, seit ich aus New York weg war.

Aber in anderer Hinsicht hatte er sich tatsächlich verändert. Ich erkannte deutlich, was Marcia gemeint hatte, als sie sagte, er sähe mager und müde aus. Dadurch wirkte er älter und ernster, als ich ihn in Erinnerung hatte. »Ich nehme an, du bist hierher geflogen?«, fragte ich. »Ich meine, nicht selbst, nur …«

»American Airlines«, beendete er meinen Satz. Dabei blitzte in seinen Augen ein weiterer Funke auf, der mich beinahe hätte ohnmächtig werden lassen. Offensichtlich hatte seine Wirkung auf mich kein bisschen nachgelassen.

»Gut, gut«, nickte ich. »Und hattest du einen guten Flug? Bist du nach Dallas / Fort Worth geflogen und hast dir da ein Auto gemietet?«

»Nein, für den Teil der Reise hab ich meinen Fliegenden Teppich rausgeholt.«

»Ehrlich?«

Zum ersten Mal, seit er den Laden betreten hatte, lächelte er jetzt wirklich. »Nein. Das kostet jede Menge Kraft, und die magischen Kraftfelder hier sind so schwach, dass ich mich lieber schonen wollte. Ich hab einen Mietwagen genommen. Das war eine interessante Fahrt. Ich glaube, ich habe einen großen Teil des Staates gesehen.«

»Ja, das stimmt, die Strecke ist schön, ein guter Querschnitt durch Texas.« Während ich die belanglose Plauderei fortsetzte, hätte ich vor lauter Frust laut schreien können. Er hatte mir in den letzten vier Monaten schrecklich gefehlt, aber hier standen wir und quasselten über seine Reise, anstatt über uns zu reden und den Anlass, der ihn hergeführt hatte.

Und dann war es zu spät, auf die wichtigen Dinge zu sprechen zu kommen, denn meine Familie begann uns zu umkreisen. Wäre ich mir nicht absolut sicher gewesen, dass Beth so etwas niemals machen würde, hätte ich fast den Verdacht geschöpft, sie hätte sie alle angerufen, um von dem Besucher zu erzählen. Aber ich ahnte, dass es schlicht und einfach Pech war. Als Erste tauchte Sherri auf. Sie kam mindestens eine halbe Stunde zu spät aus der Mittagspause zurück und stöckelte in ihren hochhackigen Sandalen über den unebenen Holzboden im Laden. Ihre hautenge Caprihose machte den Eindruck, als wäre sie eigentlich eine ganz normale Jeans gewesen und dann beim Waschen drastisch eingelaufen. Nach einem Blick auf Owen zog sie den Bauch ein und warf sich in die Brust.

»Oh, hallo!«, gurrte sie. Ich konnte ihr keinen Vorwurf daraus machen, dass sie auf ihn abfuhr, denn er war einfach hinreißend. Allerdings nicht genau das, was man einen Traumtypen nennen würde, denn dabei denkt man gemeinhin an große und muskelbepackte Männer. Owen hingegen war nicht besonders groß und eher schmal, aber trotzdem muskulös. Zumindest nahm ich das an. Abgesehen von dem einen Mal, als ich seine verletzte Schulter verbunden hatte, hatte ich ihn noch nie ohne Hemd gesehen. Aber wenn er mich in den Arm nahm oder in der U-Bahn stützte, spürte ich unter seinen Kleidern recht solide Muskeln. Passend zu diesem Körper hatte er das Gesicht einer Skulptur, mit kantigem Kinn und kräftigen Wangenknochen.

Was ich Sherri jedoch sehr wohl vorwerfen konnte, war, dass sie offen mit ihm flirtete, obwohl sie mit meinem Bruder verheiratet war. Zum Glück stand Owen kein bisschen auf Frauen wie Sherri – ein weiterer Grund, weshalb ich ihn so mochte. Er trat fast unmerklich einen Schritt zurück und warf ihr einen Blick zu, den er normalerweise für unappetitliche Dinge auf dem Gehweg reserviert hatte. »Sherri, das ist mein Freund Owen aus New York«, sagte ich steif. »Owen, das ist meine Schwägerin. Sie ist mit meinem mittleren Bruder Dean verheiratet und arbeitet auch hier.«

Bevor sie sich ihm richtiggehend an den Hals schmeißen konnte, kam Teddy aus dem hinteren Teil des Ladens nach vorne gerannt und schwenkte ein Blatt Papier. »Ich hab die Formel gefunden!«, brüllte er. »Doppeltes Wachstum, aber kein Unkraut! Ist Dad da? Das wird er sehen wollen!« Und damit verschwand er.

»Das war Teddy«, erklärte ich Owen, »mein jüngster Bruder. Egal, was passiert, frag ihn niemals nach Düngemitteln oder wie man grüneres Gras bekommt, wie man seinen Ernteertrag verbessert oder was man am besten anbaut. Das meine ich ernst.«

Owen nickte leicht verstört. In dem Moment tauchte Molly auf, die einen schreienden Davy hinter sich herschleppte. »Ist Frank da? Er muss mir Davy für eine Weile abnehmen.«

»Soweit ich weiß, liefert er gerade aus.« Wohlweislich bot ich nicht an, auf meinen Neffen aufzupassen, auch wenn es sicher interessant gewesen wäre zu sehen, was Owen mit ihm anfangen konnte. Er hatte Drachen gezähmt, also konnte ein ungezogenes Vorschulkind ja wohl nicht so viel schwieriger sein.

Da bemerkte sie Owen. »Oh, Entschuldigung, störe ich gerade? Ich sollte hier nicht so reinplatzen, wenn du Kundschaft hast.«

Pflichtschuldigst machte ich sie miteinander bekannt. Sherri näherte sich Owen und fragte: »Und wie lange bleiben Sie in der Stadt?« Noch bevor er antworten konnte, betrat George Ward den Laden, und Sherri machte sich an ihn ran. Mr Ward war etwas älter und außerdem verheiratet, aber dafür reich. Diese Eigenschaft machte ihn in Sherris Augen besonders wertvoll. Sie wusste es nicht, aber Owen wog George Ward gleich mehrfach auf, und ich hatte nicht vor, ihr das mitzuteilen, denn sonst hätte sie Owen womöglich eins übergebraten und ihn in ihren Bau verschleppt.

»Ich frage mal nach, ob Beth auf Davy aufpassen kann«, bot Molly an. »Sie und Teddy haben ein gutes Händchen für ihn. Nett, sie kennenzulernen, Owen.«

Owen wirkte leicht benommen. »Kannst du mir vielleicht mit einem Stammbaum aushelfen?«, fragte er leise.

»Ich zeichne dir einen.«

Unsere kurze Ruhepause endete, als Mom auftauchte. Jetzt wurde es richtig spannend. Mir war nicht ganz klar, was sie im Laden wollte, wo sie sich doch eigentlich erholen sollte, aber sie hatte eine Art Radar für interessante oder peinliche Vorkommnisse im Leben ihrer Kinder. Sie hielt geradewegs auf uns zu, als hätte sie schon gewusst, dass Owen hier war.

Dann stutzte sie und tat überrascht. Der Auftritt war derart überzeugend, dass er wohl kaum ungeplant sein konnte. »Oh!«, rief sie, als sie Owen sah. »Meine Güte! Katie, willst du mir deinen Freund nicht vorstellen?«

Wenn ich ihn nicht schon mit dem Rest der Familie bekannt

gemacht hätte, hätte ich vielleicht versucht, ihn als Kunden auszugeben und aus dem Laden zu bugsieren. Doch stattdessen biss ich die Zähne zusammen und wiederholte meine Standard-Vorstellung. Owen verfügte zwar nicht über Rods natürlichen (und manchmal übernatürlichen) Charme, aber er war genau der adrette und höfliche Typ, auf den Mütter einfach stehen. »Freut mich, Mrs Chandler«, sagte er.

Sie wurde tatsächlich ein bisschen rot. Das musste das erste Mal sein, denn ich hatte bisher immer angenommen, dass ihr nichts peinlich war. Jedenfalls benahm sie sich in unserer Gegenwart immer so, als wüsste sie nicht mal im Ansatz, was Peinlichkeit war. »Oh!«, stieß sie hervor und fächelte sich mit der Hand Luft zu, »bitte nennen Sie mich Lois! Sie sind also den ganzen Weg aus New York gekommen, um unsere Katie zu besuchen? Dann sind Sie ja bestimmt ein *ganz besonderer* Freund?« Ihr Tonfall erlaubte keinen Zweifel daran, was sie mit »ganz besonders« meinte.

Nun war es an Owen, rot anzulaufen, und auch ich spürte, wie meine Wangen sich erhitzten. Ich wusste nicht, was ich sagen sollte, und erstarrte in Panik. Owen trat einen Schritt näher an mich heran und sagte: »Ja, Katie ist sehr besonders.« Ich dachte, ich müsste auf der Stelle tot umfallen.

»Ohhhhh!«, stieß Mom hervor, und ihre Augenbrauen schossen nach oben. »Wo übernachten Sie, während Sie in der Stadt sind? Sie müssen natürlich bei uns wohnen! Seit die Jungs ausgezogen sind, haben wir ein paar ungenutzte Schlafzimmer. Katie ist die Einzige von der Rasselbande, die nicht verheiratet ist – *noch* nicht!« Sie klapperte mit den Augenlidern und warf bei dem Wort »noch« einen bedeutungsvollen Blick in Owens Richtung. Sie ließ keinen Zweifel an ihrer Erwartung aufkommen, dass er jeden Augenblick vortreten und um meine Hand anhalten würde.

»Das ist ein sehr freundliches Angebot.« Owen blickte zögernd zwischen ihr und mir hin und her.

»Ich bestehe darauf! Sie wollen doch wohl nicht in dem schäbigen alten Motel übernachten.«

»Mom!«, zischte ich. »Das Motel wird von meiner Freundin betrieben.« Es war zwar nicht gerade eine Vier-Sterne-Residenz, aber es war sauber, ordentlich und sicher, außer als die Bürofenster verschwunden waren, und selbst da war nichts gestohlen worden. Und noch besser: Meine Eltern wohnten nicht dort, genauso wenig wie ich selbst. Ich würde also nicht permanent seine Anwesenheit unter demselben Dach spüren und ihn nicht morgens als Erstes sehen müssen. Ich würde auch nicht an all die verhassten Gründe erinnert werden, weshalb wir nicht zusammen sein konnten. Abgesehen davon fand ich nicht, dass es eine gute Idee für ihn war, allzu nah bei mir zu sein. Jedenfalls, sofern er mich jetzt nicht hasste. Soweit ich das beurteilen konnte, hatte er nämlich keine Schwierigkeiten, meiner Nähe zu widerstehen.

»Ich bin sicher, es ist in Ordnung, aber wir haben jede Menge Platz, und es ist viel gemütlicher.«

»Im Hotel gibt es gratis Breitband-Internet«, erklärte ich. Nita bezeichnete es als ihre Lebensader. »Und Kabelfernsehen. Sogar Pay-TV.«

»Katie, ich nehme an, Owen ist nicht so weit gereist, um im Internet rumzuspielen und fernzusehen«, erwiderte Mom und ergriff Owens Arm. »Selbstverständlich wohnen Sie bei uns. Ich wäre gekränkt, wenn Sie es nicht tun.«

Es sah aus, als ob sie ihn aus dem Laden zerren wollte. In diesem Augenblick trat Rettung in Gestalt von Dad auf den Plan, der Frank jr. im Schlepptau hatte. »Ich höre, Teddy hat die Formel gefunden«, sagte er.

»Frank!«, rief Mom und schleifte Owen zu ihm. »Das ist Owen. Er ist Katies *Freund*. Aus *New York*.« Sie betonte ungefähr jedes zweite Wort, anscheinend um ihrer Aussage besondere Bedeutung zu verleihen.

»Das ist ja nett«, sagte Dad. »Freut mich, Owen.« Dann wandte er sich wieder an Mom. »Und was machst du hier draußen? Solltest du dich nicht ausruhen?«

»Ich bin nicht krank, Frank. Das hat der Doktor bestätigt. Ich musste ein paar Erledigungen machen.«

Damit es nicht noch verrückter wurde, mischte ich mich ein. »Wenn Owen bei uns übernachtet, dann bringe ich ihn besser dort hin, damit er nicht den ganzen Tag hier zu warten braucht.« Mom war zu sehr mit dem Triumph über die gewonnene Auseinandersetzung beschäftigt, um zu bemerken, dass Owen ihr entkam. »Du kannst mir bis zum Haus hinterherfahren«, erklärte ich ihm. »Es steht am Ortsrand.«

Bei dem Stichwort trat Mom wieder in Aktion. »Warum fährst du nicht einfach mit Owen, Katie? Deinen Pick-up kann doch jemand anders nach Hause fahren. Du willst doch wohl nicht, dass *er* sich verfährt, *oder*?« Jetzt ging das mit diesen seltsamen Betonungen schon wieder los! Diesmal hatte ich den Eindruck, dass sie mir bedeuten wollte, diesen Mann nicht mehr aus den Augen zu lassen. Nie mehr.

Owen brauchte keine weitere Ermutigung, um den Laden zu verlassen. Als wir uns in seinen Mietwagen setzten, meinte er: »Du bist also des Friedens und der Ruhe wegen nach New York gezogen.«

Ich musste lachen, und die seltsame Anspannung zwischen uns verschwand. »Du hast mir gefehlt«, sagte ich. Ich hätte ihn gerne umarmt, aber er fuhr, und außerdem hatte ich die merkwürdige Befürchtung, meine Berührung könnte den Zauber zerstören, und er würde sich vor meinen Augen in magischen Dunst auflösen.

»Wohin soll ich fahren?«

Ich zeigte ihm den Weg durch den Ort zu uns und bemühte mich, nicht verletzt zu sein, weil er gar nicht auf das reagierte, was ich eben gesagt hatte. »Du wirst es bestimmt noch bereuen, bei uns abgestiegen zu sein. Wenn du ein Zimmer im Motel genommen hättest, wärst du erheblich sicherer und hättest auch besser arbeiten können.«

»Es klang aber nicht so, als hätte ich eine Wahl.«

»Nein, wahrscheinlich hattest du tatsächlich keine. Womöglich hätte sie dich aus dem Hotel entführt. Andererseits war es vielleicht keine so gute Idee, ihr den Eindruck zu vermitteln, wir hätten eine Beziehung.«

»Und wie wolltest du sonst erklären, warum ich hier bin? Es sieht nicht danach aus, als könnte man hier besonders viele Geschäfte machen, und der Ort ist auch keine touristische Attraktion. Die einzige vernünftige Erklärung für meine Anwesenheit ist, dass ich dein fester Freund bin.«

Das war das erste Mal, dass er diese Formulierung in meiner Gegenwart benutzte, aber die Umstände waren nicht eben die besten. So hatte ich mir unser Wiedersehen jedenfalls nicht vorgestellt. Zugegeben, ich hatte mir gerne ausgemalt, wie wir auf einer blumenübersäten Bergwiese aufeinander zurannten oder dass er in den Laden kam und mich einfach in seine Arme nahm und wegtrug. Meine Vorstellungen von unserer Wiedervereinigung waren also nicht direkt realistisch gewesen. Aber dennoch, selbst meine vernünftigsten und nüchternsten Wiedersehens-Phantasien waren nicht annähernd so gewesen wie das hier. Meine Lieblingsvorstellung war die, in der ich heimlich nach New York zurückkehrte und zu seinem Schrecken und seiner Begeisterung bei einer Besprechung in der Firma auftauchte, als sei nichts geschehen.

Ich hatte in den letzten Monaten viel Zeit für Tagträume gehabt und sie nicht vergeudet.

»In Ordnung«, nickte ich, als würden wir uns über eine geschäftliche Abmachung verständigen. »Du bist mein fester Freund aus New York, der mich besuchen kommt. Und wie erklären wir, dass ich dich bisher mit keinem Wort erwähnt habe?«

»Hast du nicht?«

»Du hast meine Mutter kennengelernt. Würdest du ihr irgendwas erzählen?«

»Wahrscheinlich nicht.«

»Und du hast gedacht, deine Familie wäre komisch.« Seine Adoptiveltern waren ein wenig einschüchternd, aber im Gegensatz zu meiner Familie würden sie nie jemanden in einen Nervenzusammenbruch treiben.

»Dann habe ich dir wohl das Herz gebrochen, woraufhin du zu deiner Familie geflüchtet bist, und du hast es verschwiegen, weil du für deinen Liebeskummer kein Mitleid wolltest.«

»Aber das hört sich an, als wärst du ein mieser Typ, der mich so bitter enttäuscht hat, dass ich nach Hause gerannt bin. Das würde bei meinen Brüdern nicht so gut ankommen, und das wiederum wäre die Garantie dafür, dass du nicht zum Arbeiten kommst. Wie wäre es mit etwas, was der Wahrheit näher kommt, zum Beispiel dass wir gerade dabei waren, uns kennenzulernen, als ich der Arbeit wegen weg musste. Und jetzt hast du gemerkt, wie sehr ich dir fehle, und bist gekommen, um mich zu sehen.«

»Das geht auch. In Ordnung, lass es uns so machen.« Na toll, jetzt durfte ich ihn endlich als meinen festen Freund bezeichnen, aber es war alles nur Show. Das Schicksal konnte manchmal ganz schön grausam sein.

Ich zeigte ihm die Straße zu unserem Haus. Im Auto trat für eine lange Weile Schweigen ein. »Es war genau umgekehrt, weißt du. Ich meine, von wegen dass du mir das Herz gebrochen hättest«, sagte ich leise.

»Ich weiß.« Ich hatte den Eindruck, dass in diesen zwei Worten mehrere Bedeutungsschichten steckten. Es hörte sich so an, als meinte er, dass nicht mein Herz gebrochen worden sei.

»Ich wollte dir nicht weh tun. Ich wollte dir helfen.« Darauf reagierte er nicht, und ich biss mir für den Rest des Weges auf die Unterlippe. Ich sprach ihn erst wieder an, als ich ihm zeigen musste, in welche Einfahrt er abbiegen sollte.

Er stieg aus und bewunderte das Haus. »Wow. Und du warst von meinem Haus beeindruckt?«, sagte er. Unseres war ein ausladendes Farmhaus im viktorianischen Stil mit einer umlaufenden Veranda.

»Es ist nur ein Farmhaus«, sagte ich.

»Ist das da eine Denkmal-Plakette?«

»Alles, was in Texas älter als ein paar Jahre ist, wird als historisches Denkmal betrachtet und bekommt eine Plakette. Es würde mich nicht überraschen, wenn man meiner Oma eine auf den Leib tätowiert hätte.«

Er nahm einen kleinen Koffer und etwas, das wie eine übergroße Aktentasche aussah, aus dem Kofferraum. Dann führte ich ihn durch das Rudel neugieriger Hunde und ging mit ihm durch die Küchentür ins Haus. »Ich würde dich durch die Vordertür reinlassen, wie es sich gehört, aber ehrlich gesagt, weiß ich nicht, ob die überhaupt noch aufgeht. Wir benutzen sie nie. Ich glaube, ich gebe dir das ehemalige Zimmer von Dean und Teddy.« Wir stiegen die Treppe hinauf, und ich führte ihn zu dem größten Gästezimmer, in dem zwei Doppelbetten und etliche Trophäen von Wissenschaftswettbewerben standen. »Das ist nicht unser übliches Gästezimmer, aber dafür kann man von hier aus leichter flüchten.«

Er schaute aus dem Fenster. »Auf das Vordach, dann auf den Ast und den Baum runter?«

»Du hast's erfasst.«

»Gibt es ein Problem mit der Treppe, das diesen Weg erforderlich macht?«

»Sie quietscht wie verrückt, sogar noch schlimmer als die Stelle auf dem Flur bei deiner Familie, und es sind mehrere Stufen hintereinander. Du kannst die quietschenden Stufen nicht einfach auslassen. Das Schlafzimmer von Mom und Dad ist genau an der

Treppe, so dass keiner hier rein oder rauskommt, ohne erwischt zu werden.«

»Mit vier Kindern, und drei davon Jungs, wette ich, dass deine Eltern das absichtlich nicht repariert haben.«

»Genau. Ich bin mir immer noch nicht sicher, ob Mom und Dad von dem Fluchtweg wissen, aber Dean hat ihn jedenfalls reichlich genutzt. Der einzige Nachteil dieses Zimmers besteht darin, dass Dean es eventuell brauchen könnte. Er zieht ab und an immer wieder mal nach Hause zurück. Aber wenn Sherri ihn rauswirft, solange du hier bist, kann er ja Franks Zimmer nehmen.«

»Komplizierte Beziehung?«

»Frag besser nicht. Also, hier auf dem Flur sind zwei Bäder, und unter der Treppe ist noch eins. Mom wird dir sagen, du sollst dich wie zu Hause fühlen und dir alles aus der Küche nehmen, was du essen oder trinken möchtest. Aber wahrscheinlich wird sie dir ohnehin den ganzen Tag Essen aufdrängen, weshalb es so weit gar nicht erst kommen wird. Aber jetzt sollten wir uns besser unterhalten, bevor die ganze Meute nach Hause kommt. Der Laden macht heute um sechs zu. Das wird den größten Teil der Familie aufhalten, aber Mom ist bestimmt schon früher zurück. Sie macht wahrscheinlich gerade eine Runde durch die Stadt und erzählt allen, dass ihr zukünftiger Schwiegersohn gekommen ist. Wir haben also ein bisschen Zeit. Lediglich meine Oma kann jeden Augenblick hier aufkreuzen.«

Owen erbleichte leicht, während ich aufzählte, welche Mitglieder meiner Familie wahrscheinlich über uns herfallen würden, und ich merkte, dass er es sich noch einmal überlegte, ob er wirklich bei uns bleiben sollte. Er setzte sich auf eins der beiden Doppelbetten, stützte seine Hände auf die Knie, und fragte: »Du bist unserem Verdächtigen aber nicht mehr begegnet in der Zwischenzeit, oder?«

Ich meinte, einen Anflug von Sorge in seinen Augen zu erkennen. »Nein, seit vorgestern nicht. Ich glaube auch nicht, dass er es speziell auf mich wegen meiner Fähigkeiten abgesehen hatte. Schließlich greift man keinen Immunen mit einer Illusion an.« Ich unterdrückte ein Erschaudern. »Wahrscheinlich hat der Typ bloß mit mir flirten wollen. Was hat Sam denn herausgefunden? Ich hab mit ihm seit Mittwochabend nicht gesprochen.«

Owen schaltete auf professionell um. So war er auch in Besprechungen bei der Arbeit, wenn er offensichtlich seine Gefühle von der Situation abkoppelte. »Sam hat den Verdächtigen zwei Tage lang observiert. Aber er war noch nicht in der Lage, ihn zu identifizieren, also könnte es notwendig werden, den Täter direkt zu konfrontieren.«

»Also ein magisches Duell auf der Hauptstraße?«

»Nicht, wenn ich es vermeiden kann. Ich würde lieber ein freundliches Gespräch über den verantwortungsvollen Umgang mit Magie führen und ihn daran erinnern, dass er sich zentral registrieren lassen muss. Und dann würde ich versuchen, über ihn an Idris heranzukommen. Wenn er darauf nicht eingeht, muss ich vielleicht andere Saiten aufziehen. Wer magische Kräfte besitzt, muss sich an die Regeln halten, egal ob er von ihnen weiß oder nicht.«

»Tja, dann müssen wir uns wohl als Detektive betätigen.« Meine Laune besserte sich schon bei dem bloßen Gedanken, und mir wurde klar, wie sehr ich mich abseits der magischen Welt gelangweilt hatte.

»*Ich* muss mich als Detektiv betätigen. Du bist nicht mehr dabei.« Ich zuckte innerlich zusammen, aber bevor ich etwas zu meiner Verteidigung vorbringen konnte, wurden wir unterbrochen.

»Hallo! Wer ist denn da?«, erklang die Stimme meiner Oma aus dem Erdgeschoss. »Ich kenne dieses Auto nicht, also wenn Sie uns gerade berauben, sollten Sie wissen, dass ich bewaffnet bin!«

»Und das ist meine Oma«, seufzte ich. »Ich wusste ja, dass uns nicht viel Zeit bleiben würden.« Ich stand auf und rief nach unten: »Ich bin's nur, Oma. Ich hab einen Freund zu Besuch.«

»Das indische Mädchen aus dem Hotel?«

»Nein, ein Freund von außerhalb ist zu Besuch gekommen.« Ich gab Owen ein Zeichen, und er stand auf und folgte mir nach unten. »Oma, das ist Owen. Er ist aus New York. Owen, das ist meine Großmutter, Mrs Callahan.«

Owen wollte ihr die Hand geben, aber sie stützte beide Hände auf ihren Gehstock und musterte ihn in aller Ruhe von Kopf bis Fuß. »Bei dieser Hautfarbe müssen sie wohl irisch sein«, sagte sie. »Schön, mal jemanden aus der alten Heimat zu treffen.«

Ich biss mir auf die Zunge, um sie nicht im üblichen Stil meiner Mutter daran zu erinnern, dass sie nie einen Fuß in die alte Heimat gesetzt hatte. Aber ich nahm an, dass ihr texanischer Akzent ausreichte, damit jemand von Owens Klugheit es auch so begriff. Noch hatte sie ihren nachgemachten irischen Tonfall nicht aufgesetzt. »Ich bin mir nicht sicher, was ich für eine Abstammung habe«, antwortete er. »Aber es könnte etwas Irisches dabei sein.« Owen hatte übrigens nicht die leiseste Ahnung, wer er war. Er war als kleines Kind verwaist und wusste nichts über seine Eltern. Ich kannte nicht alle Details, aber ich stellte mir vor, wie er als Baby in einem Korb auf den Stufen einer Kirche ausgesetzt worden war. So passierte das jedenfalls immer in Büchern.

»Ach, Sie sind irisch, da bin ich mir sicher. Ich glaube, durch Ihre Adern fließt sogar ein bisschen Magie.« Und damit schaltete sie auf den irischen Akzent um. »Ich vermute, Sie begegnen auch hin und wieder Angehörigen des Elfenvolks.« Sie tippte mit einem ihrer knotigen Finger in ihren Augenwinkel. »Ich weiß so was, wirklich. Es heißt, ich hätte das zweite Gesicht.«

»Mutter, du erzählst Owen doch wohl nicht diese Geschichten?«, drang die Stimme meiner Mom aus der Küche. Dann erschien sie im Wohnzimmer. »Kannst du uns vielleicht einen Kaffee machen, Mutter? Ich bin sicher, dass Owen nach der langen Fahrt einen Energieschub gebrauchen könnte.« Oma warf Owen noch einen langen, fragenden Blick zu und verschwand schließlich in die Küche. Mom senkte ihre Stimme zu einem Flüstern: »Lassen Sie sich nicht täuschen. Sie hat nie einen Fuß aus Texas rausgesetzt. Wir haben zwar irische Vorfahren, aber alles, was sie über die alte Heimat weiß, hat sie aus Spielfilmen. Und falls sie das zweite Gesicht hat, ist das garantiert genauso vom grauen Star in Mitleidenschaft gezogen wie ihre Augen.«

»Sie hat nur sehr selten recht«, stimmte ich zu, aber Oma hatte mit ihrer Feststellung richtig gelegen, dass Owen Magie in sich trug. Hatte sie das wirklich gesehen, oder war das nur eine ihrer üblichen Plappereien gewesen?

»Jetzt entschuldigt mich«, meinte Mom, »ich muss mich ums Abendessen kümmern. Ich habe die ganze Familie eingeladen, damit wir Sie besser kennenlernen.«

So wie es aussah, würde es eine echte Herausforderung werden, Ermittlungen anzustellen – von der Klärung unseres Verhältnisses zueinander ganz zu schweigen.

7

Zum Glück reagierte Owen nicht so, wie ich es am liebsten getan hätte; er rannte nicht schreiend aus dem Haus. Er reagierte auch nicht so, wie ich fast vermutet hatte, nämlich mit einer plötzlichen Schockstarre. Stattdessen sagte er leise, aber mit einem bestimmten Unterton: »Das ist sehr nett von Ihnen, Mrs Chandler, aber ich hatte mich darauf gefreut, den Abend mit Katie zu verbringen.« Mit diesen Worten legte er seinen Arm um mich und bewies damit, dass er wirklich hier war und nicht nur aus einer magischen Nebelwolke bestand. O ja, er war definitiv wirklich und sehr, sehr präsent, und ich wollte den Abend noch weniger mit der Familie verbringen. Ich hatte ganz vergessen, wie gut es tat, wenn er seinen Arm um mich legte.

Mom zögerte. »Oh. Das hätte ich mir eigentlich auch denken können. Ja. Ich nehme an, Sie sind ohnehin müde von der Reise. Sie haben ja schon die ganze Familie kennengelernt. Ich gönne Ihnen besser ein wenig Ruhe, bevor Sie lernen müssen, sie alle auseinanderzuhalten. Geht nur, ihr zwei, und viel Vergnügen heute Abend.«

»Vielen Dank für Ihr Verständnis. Ich glaube, ich packe jetzt erst einmal zu Ende aus, und dann würde ich mir gern von Katie die Stadt zeigen lassen.« Den Arm immer noch um mich gelegt, steuerte er mich zurück in Richtung Treppe.

»Wow, das war ein starker Trick«, sagte ich, kaum dass wir sicher wieder in Deans und Teddys ehemaligem Zimmer waren. »Wenn ich nicht wüsste, dass sie immun ist, hätte ich gedacht, dass du Magie einsetzt. Allerdings bist du ja ein Drachenflüsterer, und Mom ist nicht allzu weit davon entfernt.«

»Du kennst ja Gloria – ich hab eine Menge von ihr gelernt. Auf die Art setzt sie sich immer durch: Sie ist höflich und bestimmt zugleich und bittet dann um etwas, wozu man nicht nein sagen kann, ohne gemein zu sein.« Gloria war seine Adoptivmutter und eine ziemlich respekteinflößende Person. Es wäre bestimmt gefährlich, sie zusammen mit meiner Mutter in einen Raum zu stecken; das würde womöglich in einem Ringkampf enden, für den wir Eintritt verlangen könnten.

»Tja, du hast genau den richtigen Punkt bei ihr getroffen«, sagte ich und setzte mich auf eins der Betten. »Das Einzige, was sie sich noch mehr wünscht, als dich allen vorführen zu können, ist, uns genug Zeit zu geben, damit schließlich etwas ganz Bestimmtes eintritt. Und mit ›etwas ganz Bestimmtes‹ meine ich ein Ereignis, für das man eine Kirche, Blumen und ein weißes Kleid braucht. Nur so als Vorwarnung.«

Er hängte seine Kleidung in den Schrank und schob dafür die Mäntel und anderen Wintersachen, die darin aufbewahrt wurden, zur Seite. »Mach dir deshalb keine Gedanken. Auf dem Gebiet hab ich auch eine Menge Erfahrung. Du weißt ja, wie es Weihnachten war.«

Als wir über Weihnachten in seinem Heimatort gewesen waren, hatten sich die Mütter aller heiratsfähigen Töchter des Ortes buchstäblich um ihn geprügelt. Okay, da war Magie mit im Spiel gewesen, aber ich hatte stark den Eindruck, dass die entsprechenden Neigungen ohnehin knapp unter der Oberfläche geschwelt hatten. »Es ist nie langweilig, nicht wahr?«, fragte ich.

»Manchmal gebe ich mich Tagträumen von Langeweile hin.« Er kniete neben seinem großen Koffer und fragte: »Gibt es einen sicheren Ort, an dem wir ihn verstecken können, ohne Angst zu haben, dass ihn jemand aufzumachen versucht? Normalerweise würde ich ihn einfach unters Bett schieben und unsichtbar machen, aber da deine Mutter magisch immun ist, nützt das nichts.«

»Meine Oma vielleicht auch. Oder sie ist verrückt. Oder beides. Wieso, was ist denn da drin?«

»Arbeitsgeräte und Nachschlagewerke. Mehr oder weniger alles Magische, was ich dabei habe. Er ist abgeschlossen, aber als Gastgeber würde mich ein verschlossener Koffer wie der hier vielleicht misstrauisch machen.«

»Du kannst ihn in meinem Zimmer verstecken. Sie wird vielleicht neugierig und kommt hier rein, um zu sehen, was sie über dich in Erfahrung bringen kann, aber über mich glaubt sie schon alles zu wissen.«

»Gute Idee, danke.«

Ich streckte den Kopf in den Flur, um zu sehen, ob die Luft rein war, gab ihm dann ein Zeichen und führte ihn zu meinem Zimmer. Erst als er über die Schwelle trat, begann ich an meinem Vorschlag zu zweifeln. Das bedeutete, dass er mein altes Kinderzimmer sehen würde. Es war pink. Sehr pink, so als wäre eine Farbenfabrik explodiert. Alles war voller Rüschen und Spitzen, wie in dem Zimmer einer Märchenprinzessin. Als Teenie hatte ich den Effekt mit Hilfe von Postern zu dämpfen versucht, welche die pinke Tapete verdeckten. Aber da die Poster Schlösser zeigten oder von romantischen Liebesfilmen stammten, half das auch nicht viel. Ich hatte meine Umgebung kaum wahrgenommen, seit ich wieder hier war, aber jetzt, während ich das Zimmer gemeinsam mit Owen betrat, traf mich seine Scheußlichkeit wie ein Schlag ins Gesicht.

»Du musst wissen, dass ich mir diese Deko mit fünf ausgesucht habe«, gab ich vorauseilend zu bedenken.

»Ich hab doch gar nichts gesagt.«

»Aber gedacht.«

»Ich weiß schon, wann ich besser den Mund halte. Wo soll ich ihn hinstellen?« Er hob den Koffer hoch. »Er soll sich ja nicht mit deiner Einrichtung beißen.«

»Sehr komisch.« Ich hob die pinke und mit Rüschen versehene Tagesdecke auf meinem Bett an. »Hier, schieb ihn unters Bett, am besten am Kopfende. Selbst wenn jemand verrückt genug ist, hier staubsaugen zu wollen, ist er da wegen des Nachttischs am besten versteckt.«

Er kniete sich hin und platzierte den Koffer so, wie ich gesagt hatte. Dann stand er auf und sah sich im Zimmer um. »Ich hatte mir dich nicht als den pinken Typ vorgestellt.«

»Die Phase hat nur zwei Jahre gedauert. Zwei Jahre später stand ich auf Lila, aber Mom hat mir nicht erlaubt, das Zimmer umzustreichen. Als ich in der Highschool war, wollte ich ganz auf modern machen, mit Rot, Schwarz und Weiß. Heute würde ich das Zimmer wahrscheinlich in Hellblau und Weiß einrichten.«

Er zog eine Augenbraue hoch, verkniff sich aber weitere Kommentare. »Wollen wir los?«

»Ich brauche noch fünf Minuten, um mich umzuziehen. Es ist von der Arbeit alles ganz schmuddelig.« Sobald ich ihn sicher auf der anderen Seite meiner geschlossenen Zimmertür wusste, riss ich mir hektisch meine Sachen vom Leib und zog mir eine bessere Jeans und ein sauberes T-Shirt an. Dann machte ich meinen Pferdeschwanz auf und bürstete mir die Haare. In Sachen Make-up beließ ich es bei einem bisschen Lipgloss, schließlich sollte es ja nicht so aussehen, als wäre ich übereifrig.

Sogleich fühlte ich mich viel besser und holte Owen in Deans und Teds Zimmer ab. Ich zeigte ihm auf die Schnelle das Haus, mied aber die Küche, in der Mom und Oma lauerten. Im Garten liefen die Hunde schnurstracks zu Owen. Ich war ein bisschen beleidigt, dass meine eigenen Hunde mir so wenig Beachtung schenkten. Sie begleiteten uns bis zum hinteren Rand des Gartens, von wo aus wir die Felder mit ihren Streifen in verschiedenen Grüntönen überschauen konnten. »Wir bauen eigentlich nichts mehr gewerbsmäßig an«, erläuterte ich, »aber das hier sind Teddys Testpflanzen. Er sät verschiedene Sorten aus und probiert dann alle möglichen Arten von Dünger an ihnen aus, um zu sehen, was am besten funktioniert.«

»Das ist dann diese Formel, von der er gesprochen hat?«

»Genau, und denk dran, dass ich dich davor gewarnt habe, ihn darauf anzusprechen. Das ist so, als ob dich einer fragt, wie Magie funktioniert. Und da hinten ist die Scheune, die benutzen wir hauptsächlich als Lagerschuppen. Wir haben ein paar Rinder – auch um verschiedene Futtersorten zu vergleichen – und ein paar Pferde, die mehr Haustier sind als alles andere. So, das war's. Sollen wir jetzt mit Sam sprechen?«

Er holte die Schlüssel des Mietwagens heraus und sagte: »Ja, wir sind in einer Viertelstunde mit ihm verabredet.«

»Dann bin ich also doch Teil der Ermittlungen?«

»Nur weil es verdächtig aussähe, wenn ich schon so kurz nach meiner Ankunft alleine hier rumlaufen würde. Da würden bei deiner Familie zu viele Fragen aufkommen.«

Das war zwar nicht gerade eine besonders enthusiastische Einladung, aber ich stieg trotzdem mit ihm ins Auto. Ich konnte ihm nicht vorwerfen, ein wenig verletzt und verärgert darüber zu sein, wie sich die Dinge entwickelt hatten, aber ich war mir sicher, dass er es verstand. Und hey, für mich war es auch nicht gerade ein Zuckerschlecken gewesen!

Als wir wegfuhren, bemerkte ich, wie sich die Küchenvorhänge bewegten. Wir wurden beobachtet. Mom und Oma dachten bestimmt, wir würden zu einem romantischen Abend aufbrechen, aber abgesehen von dem Augenblick, als er seinen Arm um mich gelegt hatte, hatte Owen sich alles andere als verliebt benommen. Er wirkte fast so distanziert, als wäre er noch in New York und nicht direkt hier neben mir.

»Fahren wir zum Gerichtsplatz?«, fragte ich, als das Schweigen im Auto unerträglich wurde.

»Nein, das ist zu öffentlich für eine Besprechung. Man braucht zu viel Kraft, um etwas so Komplexes zu verschleiern. Wir treffen uns woanders.« Es war meine Heimatstadt, aber so, wie er ohne zu zögern in Seitenstraßen abbog, schien er sich bereits bestens auszukennen. Wir hielten schließlich hinter der katholischen Kirche, auf deren Dachfirst ein einsamer Gargoyle hockte. Er flog zu uns herunter.

»Ah, das ist schon besser!«, meinte Sam. »Ich muss mich immer mal wieder auf einer Kirche erholen. Ich hatte schon Angst, dass ich mich in einen Anwalt verwandele, wenn ich noch länger auf dem Gerichtsgebäude hocke. Also, was ist der Plan, Boss?«

»Du hast den Täter immer noch nicht identifizieren können?«

»Hey, unsere Katie-Maus hier ist die Einheimische«, wandte er sich an mich. »Du kennst die Leute in der Stadt. Erinnert dich der tanzende Umhangträger an irgendwen?«

»Er hatte keine besonderen Merkmale. Es wäre hilfreich gewesen, wenn er gehinkt hätte oder auf sonst eine besondere Art gegangen wäre, oder wenn er ausgefallene Cowboystiefel unter seinem Umhang getragen hätte. Aber ich habe seine Füße nicht mal gesehen.«

»Was ist denn deine Einschätzung von unserem örtlichen Zauberer?«, fragte Owen Sam.

»Ziemlich einfache Magie. Eher holprig angewendet, keine besonders große Kraft oder Kontrolle. Meine größte Angst ist ja, dass er seine Magie zum Taschendiebstahl verwendet.«

»Ja, aber das würde ihn näher an die dunkle Seite heranrücken, und das ist keine gute Einführung in die Magie«, dachte Owen laut. »Ich würde mir diese Lektionen und ihre Funktionsweise gerne mal ansehen. Wir haben nur selten Leute, die als Erwachsene zaubern lernen.«

»Wie erfahren die Leute denn normalerweise, dass sie magiebegabt sind?«, fragte ich.

»Das ist erblich. Meistens sind die Eltern magisch und wissen dann, wie sie es bei ihren Kindern erkennen.«

»Aber was ist, wenn jemand durch den Rost fällt und gar nicht weiß, dass er magiebegabt ist? Kommt so was vor?«

»Wahrscheinlich gibt es Leute, die ein latentes magisches Talent besitzen, es aber nie erfahren haben. Familien können sich entfremden und ihre Traditionen vergessen, und wenn sie sich dann nicht an Orten mit starken Kraftfeldern aufhalten oder keine anderen magischen Leute kennen, von denen sie lernen können, dann wäre es möglich, dass sie niemals merken, zu was sie fähig sind. Ich schätze, wir haben es mit jemandem zu tun, der gemerkt hat, dass er merkwürdige Dinge tun kann, und die damit verbundene Macht genießt.«

»Und genau dem musst du einen Riegel vorschieben«, knurrte Sam. »Wenn irgend so ein Irrer sich aufspielt, kann das für den Rest von uns alles ruinieren.«

Owen nahm meine Hand, und mir lief ein Schauer über den Rücken – und dabei handelte es sich nicht um das magische Kribbeln, das ich aufgrund von Sams Anwesenheit verspürte. Ich hörte in einer angrenzenden Straße ein Auto vorbeifahren, langsamer als gewöhnlich. »Das ist das dritte Auto in den letzten paar Minuten«, konstatierte Owen. »Sam können sie nicht sehen, und wir sehen aus, als würden wir eine intensive Unterhaltung führen.«

Ich war voll und ganz dafür, ihnen richtig etwas zu bieten, aber meine Hand zu halten war offenbar das Äußerste, wozu Owen gerade bereit war. »Meine Mom hat inzwischen bestimmt schon erfahren, dass ich mit einem Mann hinter der katholischen Kirche stehe.«

Owen wandte sich wieder Sam zu, und ich erkannte im Gesicht

des Gargoyles Anzeichen von Amüsement. »Wir schauen uns mal um, ob irgendjemand danach aussieht, als wäre er unser Übeltäter. Du hältst die Augen nach magischer Aktivität offen und sagst mir Bescheid, falls irgendwas passiert.«

Sam salutierte mit einem Flügel. »Alles klar, Chef.«

Als wir wieder ins Auto stiegen, meinte Owen: »Wenn du mich in der Stadt herumzeigst und mich Leuten vorstellst, gibt uns das einen Vorwand, mit etwaigen Verdächtigen zu sprechen. Hast du irgendjemanden unter Verdacht?«

»Nicht viele. Da ist dieser komische Typ, mit dem Teddy mal befreundet war. Mom schwört, dass er den Apotheker dazu gebracht hat, ihm seine Medikamente kostenlos zu geben. Ich bin mir immer noch nicht sicher, ob das eins der magischen Vorkommnisse ist, die sie beobachtet hat, oder ob sie sich das alles nur einbildet. Ehrlich gesagt glaube ich, dass er zu faul ist, um zu lernen, wie man richtig zaubert. Er ist von der Uni geflogen, also dürfte er wohl kaum klug genug zum Zaubern sein. Und dann ist da natürlich noch Sherri, aber ich glaube, sie ist nicht die magische Sorte von Hexe.«

»Hier handelt es sich ohnehin nicht um Hexerei. Das ist was ganz anderes.«

»Als Erstes müssen wir zum Motel, damit du Nita kennenlernst.«

»Ist sie eine Verdächtige?«

»Nein, aber meine beste Freundin hier. Es würde doch komisch aussehen, wenn ich meinen gutaussehenden Freund aus New York in der ganzen Stadt herumzeige, ohne ihn zuerst meiner besten Freundin vorzustellen. Abgesehen davon ist vor ein paar Tagen etwas Merkwürdiges im Motel passiert. Da ist eine Fensterscheibe verschwunden, so wie damals, als du die Scheiben von dem Restaurant hast verschwinden lassen. Es lagen keine Scherben herum, und es ist auch nichts gestohlen worden.«

»Das Motel ist dieses pinke Gebäude am Nordrand der Stadt, oder?«

»Genau.«

»Das muss dir also ganz besonders gut gefallen.«

Ich stöhnte auf. Das pinke Mädchenzimmer würde ich wohl nie wieder loswerden. Aber immerhin zeigte Owen einen Anflug von Humor, statt noch steinerner zu sein als Sam.

Nita saß an der Rezeption und las ein Buch mit pastellfarbenem Umschlag und einem Fuß mit Stöckelschuh auf dem Cover. Als die Türglocke bimmelte, blickte sie auf, erspähte Owen und starrte ihn mit offenem Mund an. Anscheinend brauchte sie eine geschlagene Minute, um zu bemerken, dass ich seine Begleitung war, und das schien sie nur umso mehr umzuhauen. Wie üblich lief Owen knallrot an und wurde dadurch sogar noch anbetungswürdiger.

»Hallo, Nita.« Ich fragte mich, ob ich sie wiederbeleben oder zumindest ihren Puls überprüfen sollte. »Ich möchte dir Owen vorstellen, meinen Freund aus New York, der zu Besuch ist. Owen, Nita und ich sind Freundinnen seit der vierten Klasse.«

Owen schenkte ihr ein Lächeln, das einem die Knie weich werden ließ, und sagte: »Freut mich, Sie kennenzulernen.«

»Häh? Ähm, New York, ah ja«, stammelte sie. Dann riss sie sich zusammen. »Und du bist aus New York weg? Während er da war? Und hast mir kein Wort über ihn erzählt?«

Owens Röte vertiefte sich. »Das ist eine lange Geschichte«, erklärte ich. »Ich wollte nicht wirklich drüber reden.«

Ihre Augen weiteten sich noch ein bisschen mehr. Dann blinzelte sie mir bedeutungsvoll zu. Mit anderen Worten: Wir würden uns später noch unterhalten. Inzwischen hatte sie sich gefasst und war wieder ganz keck sie selbst. Sie fragte Owen: »Und wie lange bleiben Sie?«

»Ein paar Tage.«

»Suchen Sie ein Zimmer? Wir haben welche frei. Jede Menge sogar.«

»Mom hat ihn sich schon geschnappt«, fiel ich ein. »Er schläft in Deans und Teddys altem Zimmer.«

»Ich muss wohl mal ein ernstes Wörtchen mit ihr reden, dass sie mir Konkurrenz macht, aber ich kann es Ihnen nicht verübeln. Wir haben hier nicht mal Frühstück. Ich versuche immer noch, meinen Vater zu überzeugen, dass wir auch Frühstück anbieten sollten.«

Ich schaute mich um und sah, dass die Plastikfolie weg und die Fensterscheibe wieder da war. »Hey, ihr habt das Fenster reparieren lassen.«

»Ja, ich nehme an, Ramesh hat das heute Nacht gemacht, als die Langeweile groß war. Du meine Güte, wie öde die Nachtschicht sein kann! Jedenfalls war die Scheibe schon drin, als ich heute Morgen meine Schicht angefangen habe.«

Owen trat an das fragliche Fenster heran und legte wie aus beiläufigem Interesse eine Hand an die Scheibe. Nina nutzte den Umstand, dass er beschäftigt war, um die Absperrung an der Rezeption hochzuklappen, in die Lobby zu schießen, mich zu packen und in die gegenüberliegende Ecke zu zerren. »O mein Gott, Katie, der ist ja umwerfend! Warum hast du kein Wort gesagt? Ich wusste doch, es war Liebeskummer! Und jetzt ist er gekommen, um dich zu holen! Du musst mir alles erzählen, sobald sich eine Gelegenheit findet!«

»Später«, versprach ich. Dann erhob ich meine Stimme auf Zimmerlautstärke. »Wir müssen jetzt weiter. Ich zeige Owen heute die Stadt.«

»Und ich wette, ihr geht deiner Mom aus dem Weg«, fügte Nita hinzu. »Welche Größenordnung hat das Familienessen, das sie für heute Abend zu arrangieren versucht hat?«

»Die volle Dröhnung, aber wir haben eine eintägige Gnadenfrist erhalten.«

Sie lächelte Owen an und schüttelte ihm die Hand. »Es war sehr, sehr nett, Sie kennenzulernen. Viel Spaß noch!« Im Hinausgehen blickte ich über die Schulter zurück und sah, wie sie mir stumm signalisierte: »Ruf mich an!«

»Und?«, fragte ich Owen, als wir wieder im Auto saßen.

»Magie«, bestätigte er. »Ziemlich nachlässig angewandt; sie kam aus allen Ritzen hervor, aber ich glaube, ich habe die Überreste des Zaubers wiedererkannt.«

»Selbst wenn unser Verdächtiger nicht wissentlich und absichtlich böse Magie einsetzt, benutzt er sie also auf jeden Fall, um Verbrechen zu begehen. Aus welchem Grund sollte er sonst das Motel-Fenster verschwinden lassen? Wahrscheinlich wollte er es ausrauben, aber Nita hätte ihn fast erwischt.«

»Das könnte übel werden«, murmelte Owen.

»Als Nächstes fahren wir am besten zur Apotheke«, schlug ich vor. »Da arbeiten einige mögliche Verdächtige, außerdem hat Mom den Eindruck gehabt, Gene würde seine Medikamente gratis bekommen. Wenn einer bei der Gelegenheit magische Kräfte verwendet hat oder es zumindest liebend gern tun würde, um Leuten das Geld aus der Tasche zu ziehen, müsste das eigentlich Lester, der Apotheker, sein. Er ist ein böser alter Geizkragen. Stell dir Scrooge vor, bevor ihm die Geister erscheinen, nur mit weniger Haaren auf dem Kopf und einem Lager voll Medikamente.«

»Und wer ist dein anderer Verdächtiger?«

»Ist vielleicht ein wenig weit hergeholt, aber da ist diese Hippie-Tante, die in der Apotheke den Grußkarten- und Geschenke-Stand betreibt. Bei der könnte ich mir hundertprozentig vorstellen, dass sie mit Zauberei experimentiert. Auf jeden Fall kann ich mir ohne weiteres vorstellen, wie sie in einem Umhang über den Gerichtsplatz tanzt. Allerdings bin ich mir nicht sicher, ob sie böse oder gierige Seiten hat. Es könnte aber sein, dass sie das Geld für wohltätige Zwecke gesammelt hat. Wie funktioniert das denn überhaupt? Erkennst du, ob jemand magiebegabt ist, wenn du nur mit ihm redest?«

»Leider ist es nicht ganz so leicht; es sei denn, ich wäre dabei, wenn sie gerade Magie anwenden. Ich versuche erst einmal ein Gefühl für die Lage zu bekommen. Dann fällt mir vielleicht auch ein, wie ich sie testen kann.«

Ich bat ihn, auf dem Rathausplatz zu parken. Dann gingen wir in die Apotheke. Als wir eintraten, traf uns eine Wolke aus Räucherstäbchenduft, hinter der sich Rainbow verbarg. Ich war ziemlich sicher, dass das nicht ihr echter Name war.

»Seid gegrüßt und gesegnet!«, trällerte sie. »Kann ich mit irgendetwas behilflich sein? Ich habe gerade eine Lieferung heilender Aromatherapie-Kerzen hereinbekommen, die euch vielleicht gefallen. Einige balancieren eure Energie harmonisch aus, und andere unterstützen das vollständige Erblühen der Liebe.«

Owen wurde gleich wieder knallrot, allerdings war ich mir nicht sicher, ob es wegen der erblühenden Liebe war oder weil er von dem schweren, aromatisierten Rauch hustete und nach Luft rang.

»Nein, danke«, gab ich zurück. »Wir wollten nur schnell was gegen seine Allergie besorgen.« Damit zerrte ich den noch immer keuchenden Owen in den steriler riechenden Teil der Apotheke herüber.

Lester trat hinter seinem Tresen hervor, noch ehe wir die vordersten Regale erreicht hatten – nicht so sehr, weil er erstklassigen Kundenservice bieten wollte, sondern weil er fürchtete, wir könnten Ladendiebe sein. Dabei war es egal, dass er mich praktisch von Geburt an kannte; das Wort »Vertrauen« kam in seinem Wortschatz gar nicht erst vor.

»Was brauchen Sie?«, fragte er. Wenn sich jemals eine der Apothekenketten in der Stadt niederließ oder überhaupt irgendjemand eine zweite Apotheke aufmachte, würde Lester gewaltige

Probleme bekommen, jedenfalls solange die anderen elementare Servicestandards beherrschten.

Ich schnappte mir eine Schachtel Benadryl von einem nahegelegenen Regal. »Wir wollen nur ein paar Antihistamine für ihn kaufen. Er ist zum ersten Mal in Texas.« Owen hustete wie auf Kommando und Lester starrte ihn an.

»Was wollen Sie denn hier?«, fragte er.

»Ich bin aus New York und besuche Katie«, keuchte Owen.

Das war keine gute Antwort. Lester traute den Ortsansässigen nicht, die er schon sein ganzes Leben lang kannte, und mithin traute er einem Fremden von der Ostküste schon gar nicht. Er riss mir die Schachtel aus der Hand und tippte ihren Preis in die Kasse ein. Owen bezahlte, noch bevor ich meine Handtasche aufmachen konnte, und beim Anblick von Bargeld taute Lester ein ganz klein wenig auf. »Bleiben Sie lange?«, fragte er.

»Nur ein Besuch«, antwortete Owen vage.

»Wenn Sie etwas Stärkeres als das hier brauchen, habe ich ein paar verschreibungspflichtige Antihistamine auf Lager. Normalerweise müssen Sie erst zum Arzt, wenn Sie sie haben wollen, aber ich bin mir sicher, dass wir uns auch so einigen könnten.«

Bevor wir den Geschenkestand erneut passierten, holte Owen tief Luft und atmete erst aus, als wir sicher wieder auf dem Gehsteig angekommen waren. »Kauf bitte keinen ihrer Aromatherapie-Artikel.« Er rang nach Luft. »Ich bin nicht sicher, ob ich das vertrage.«

»Tja, ihre Aromatherapie unterstützt bei dir wohl nicht gerade das vollständige Erblühen der Liebe, oder?«

»Na ja, da ist ein wenig Magie drin, aber sie wurde nicht ganz richtig angewendet. Deshalb wirkt sie auf eine magische Person etwas anders als eigentlich geplant.«

»Wie, ist das Zeug etwa echt?«

»Die Räucherkerze, die sie brennen hatte, enthielt ein wenig von einem gutartigen Beeinflussungszauber. Du würdest das natürlich nicht bemerken. Bei einem normalen Menschen könnte er ein Wohlgefühl unterstützen. Aber für eine magische Person ist es wie … Nun ja, es ist als hätte man das absolute Gehör und würde jemandem zuhören, der ein ganz kleines bisschen schief singt. Die meisten Leute fänden es völlig in Ordnung, aber jemand mit absolutem Gehör geht die Wände hoch.«

»Wenn sie magische Produkte verkauft, dann muss sie wohl eine unserer Verdächtigen sein.«

»Eigentlich nicht. Wenn sie das aushält, ist sie nicht magiebegabt. Vielleicht ist es etwas, was ihr Lieferant gemacht hat, und sie hat keine Ahnung, dass Zauberei im Spiel ist. Wahrscheinlich fällt ihr nur auf, dass die Kerzen ihr guttun. Für alle Fälle solltest du noch mal ohne mich reingehen und eine Kerze kaufen, damit die Firma sie untersuchen kann. Ich kann da jedenfalls nicht mehr rein.«

»Ha, da haben wir doch unseren Test für magische Personen! Wir scheuchen die ganze Stadt durch die Apotheke und achten darauf, wer Hustenkrämpfe bekommt.«

»Das könnte tatsächlich funktionieren. Vielleicht kannst du ja ein paar mehr Kerzen kaufen, und dann stellen wir eine Falle auf.«

»Abgesehen davon ist es ein Anzeichen dafür, dass Lester nicht unser schurkischer Zauberer ist. Er verkauft zwar offenbar verschreibungspflichtige Medikamente unter der Ladentheke, aber er kann nicht magisch sein und den ganzen Tag in der Nähe dieser Kerzen überleben.«

»Es sei denn, er ist deswegen so gereizt, weil er ihnen permanent ausgesetzt ist. Was hast du als Nächstes auf deiner Liste?«

»Den Supermarkt. Mom schwört, davor hätten Leute getanzt, aber anscheinend hat das sonst niemand gesehen. Idris hat so ein Spektakel aufgeführt, als Mom in New York war, deshalb dachte ich, es könnte eine von seinen Zauberformeln sein. Wenn es denn tatsächlich passiert ist.«

Wir gingen um den Platz herum zum Supermarkt. Owen bog vom Bürgersteig auf einen der leeren Parkplätze vor dem Laden ab, schüttelte den Kopf und kam auf den Bürgersteig zurück. »Falls hier noch Restmagie vorhanden war, ist sie inzwischen verflogen. Aber wenn es tatsächlich passiert ist, könnte jemand, der in dem Supermarkt arbeitet, unser Übeltäter sein. Er hätte Zugang zum Platz, und der scheint ja das Zentrum der magischen Aktivitäten zu sein. Das allein ist allerdings noch kein Beweis dafür, dass die Person weiß, was sie tut. Der Platz ist der Ort mit der schwächsten Magie in der Umgebung. In diesem Park am Bach würde alles viel besser funktionieren.«

Offen gestanden konnte ich mir beim besten Willen niemanden im Supermarkt als bösartigen Schurkenzauberer vorstellen. Das waren alles nette Leute aus dieser Kleinstadt, die ihre Kunden mit Namen kannten und jeden wie einen lange verschollenen Verwandten begrüßten. Ich musste Owen mindestens ein halbes Dutzend Mal vorstellen und war mir darüber im Klaren, dass sie sich alle an seinen Namen erinnern würden, wenn er das nächste Mal hereinkam. Wir kauften ein paar unverderbliche Artikel, um unseren Besuch zu rechtfertigen, und gingen wieder.

»Das war ein Fehlschlag«, seufzte ich. »Dann bleibt uns wohl nur noch das Dairy Queen. Bei der Gelegenheit können wir auch gleich zu Abend essen. Wir müssen nur aufpassen, worüber wir reden, denn jedes Gespräch da drin ist praktisch so, als würde man der Lokalzeitung einen Artikel diktieren. Dafür können wir eine Menge mithören. Abgesehen davon ist das Dairy Queen eines von ungefähr drei Restaurants der Stadt und damit vielleicht unsere beste Chance, auswärts zu essen.«

»Zeig mir einfach den Weg.«

Ich war mir nicht sicher, ob ich mir jemals hätte vorstellen können, dass Owen in das Dairy Queen von Cobb passte. Er war so glanzvoll und gutaussehend wie ein Filmstar, und selbst wenn man nicht wusste, dass er ein mächtiger Zauberer war, konnte man nicht anders, als zu bemerken, dass er etwas Besonderes an sich hatte. Aber erstaunlicherweise fügte er sich beinahe genauso gut ein wie ich. Natürlich wurde er von allen Frauen wahrgenommen, aber keine von ihnen schien ihn als Außenseiter zu betrachten. Er kam eben selbst auch aus einer Kleinstadt, nur lag die in einem anderen Teil des Landes.

Kurz nachdem wir bestellt und uns an einen Tisch gesetzt hatten, tauchte Steve mit seinen Kumpels auf. Sein Gesichtsausdruck, als er mich mit Owen erspähte, war ein Fest für mich. Ich empfand es als eine persönliche Genugtuung, mit einem Mann am Tisch zu sitzen, der wie ein Filmstar aussah. Ich hoffte, Steve würde seine Niederlage einsehen und mich in Ruhe lassen, aber nachdem er bestellt hatte, trat er an unseren Tisch.

»Na, Katie, wer ist denn dein Freund?« Er schob seine Daumen durch die Gürtelschlaufen seiner Hose und nahm eine herausfordernde Haltung ein.

»Das ist Owen, er besucht mich aus New York, und Owen, das ist Steve. Wir sind zusammen zur Schule gegangen.«

An der Theke wurde unsere Nummer aufgerufen, und Owen stand auf, um unser Essen zu holen. »Dann lass ich euch bei eurem heißen Date wohl besser mal allein«, sagte Steve. Wenn er der Typ dafür gewesen wäre, hätte er bei den Worten »heißes Date« mit den Fingern Gänsefüßchen in die Luft gemalt. Dann schlenderte er davon. Ich hätte schwören können, dass er meinetwegen beim Gehen die Hüften schwang.

»Exfreund?«, fragte Owen, der mit zwei Körbchen Steak-Sticks zurückkam.

»Ach was! Ich glaube nicht, dass er damals in der Schule überhaupt wusste, dass ich existiere, außer als die kleine Schwester von meinem Bruder. Ich bin bloß eine der wenigen ledigen Frauen in seinem Alter, die in dieser Stadt noch übriggeblieben sind, und die paar anderen sind von ihm auch nicht gerade beeindruckt. Deshalb ist er ein wenig verzweifelt.«

Während des Essens diskutierten wir verstohlen das magische Potential der anderen Gäste, allerdings nicht ganz ernsthaft. »Grauhaarige Frau auf drei Uhr – drei Uhr von dir aus«, flüsterte ich. »Ich weiß, dass sie einen erstklassigen Kräutergarten hat. Sie braut bestimmt Zaubertränke.«

»Und was ist mit den Junior-Vampirjägern rechts von dir? Wenn die zaubern könnten, würden sie es sicher tun.«

Ich wandte meinen Kopf ein ganz klein wenig, um die Gruppe Teenies sehen zu können, die sich komplett schwarz angezogen und mit weißem Make-up und schwarzem Lippenstift ausstaffiert hatten, Jungen und Mädchen gleichermaßen.

»Ach was«, flüsterte ich, »wenn die in Umhängen vor dem Gerichtsgebäude tanzen, dann machen sie es um Mitternacht und nicht am helllichten Tag, und außerdem in der Gruppe. Nonkonformismus macht schließlich keinen Spaß, solange es nicht alle machen.«

Er grinste, und zum ersten Mal seit er aufgetaucht war, hatte ich das Gefühl, wirklich meinem Owen gegenüber zu sitzen, dem Mann, der einer meiner besten und vertrautesten Freunde geworden war, während ich zugleich total in ihn verknallt war. Ungeachtet der wohligen Schauer, die mir jede unserer Berührungen über den Rücken jagte, war ich in seiner Gegenwart immer ganz entspannt und natürlich. Jetzt fiel mir auf, was an ihm anders gewesen war, als er am Nachmittag unser Geschäft betreten hatte: Er hatte sich mir gegenüber verschlossen.

»Weißt du, ich bin aus New York weggezogen, weil ich wirklich fand, dass es das Beste für uns beide sein würde«, sagte ich. »Ich wollte dich nicht noch mal in so eine Situation bringen.«

»Ich weiß. Ich habe mir deswegen schon ein paar Predigten anhören müssen.«

»Also verstehst du es?«

Er schwieg einen langen Moment und sah mich forschend an, so als suchte er nach den richtigen Worten. Schließlich meinte er: »Ich verstehe, warum du geglaubt hast, es tun zu müssen.«

Das war nicht direkt eine Antwort auf meine Frage. Er lavierte immer noch um das eigentliche Thema herum. Aber vielleicht verlangte ich auch zu früh zu viel, immerhin war er praktisch gerade erst gelandet. »Danke, dass du gekommen bist«, sagte ich und bemühte mich, meine ganze Aufrichtigkeit und all meine Gefühle in diese Worte zu legen.

Er wurde so rot, dass es fast schon violett war, und zuckte mit den Schultern. »Wann immer du mich brauchst, bin ich da, das weißt du doch. Egal, worum es geht.«

Seine Intensität raubte mir den Atem. »Ja, das weiß ich«, flüsterte ich. Doch dann wurde ich abgelenkt, so sehr ich diesen Moment auch festhalten wollte. »Sieh nicht hin, aber soeben hat einer unserer Hauptverdächtigen das Restaurant betreten.«

8

»Ich würde gerne mit ihm sprechen«, murmelte Owen. »Versuch ihn zu uns zu lotsen.«

Ich wartete ab, bis Gene an der Theke fertig war, und sprach ihn an, als er an uns vorbeischlenderte. »Hey, Gene, wie geht's?«

Bevor er sich mir zuwandte, schaute er sich um, als versuchte er herauszufinden, wer ihn angesprochen hatte. Dann sah er mich misstrauisch an und fragte mit einem trotzigen, herausfordernden Unterton: »Wieso?« Ich nahm mir vor, Teddy zu fragen, ob er sich mit Gene zerstritten hatte oder ob sie nur über die Jahre auseinandergedriftet waren. Gestern im Laden war er mir nicht feindselig vorgekommen, aber die Art, wie er mich jetzt musterte, ließ mich vermuten, dass er etwas gegen die Chandlers, Teddy oder sogar gegen mich hatte.

»Ich wollte nur hallo sagen«, erwiderte ich achselzuckend. »Oh, das hier ist mein Freund Owen aus New York. Owen, Gene und ich sind zusammen zur Schule gegangen.«

Owen stand auf und streckte ihm die Hand entgegen, doch Gene ignorierte es. »Ich war in einer viel höheren Klasse als du«, murmelte er.

»Ja, er und mein Bruder Teddy waren die Stars der zwölften Klasse, als ich nur eine einfache Neuntklässlerin war. Aber wir waren alle zusammen im Schulorchester.«

»Ja, na ja, bis dann«, grunzte er und verschwand.

»Scheint nett zu sein«, sagte Owen. Seine Lippen zuckten, als versuche er, nicht zu grinsen.

»Sehr charmanter Typ. Ich glaube, Teddy war mit ihm vor allem deshalb befreundet, weil Gene der einzige Mitschüler war, der verstanden hat, wovon Teddy redete. So, sollen wir gehen, oder möchtest du noch ein Eis?«

»Können wir das Eis auf die Hand nehmen und einen Spaziergang machen? Ich würde mir gern diesen Bach mal ansehen und den Uferweg entlanggehen.«

»Na klar. Ich kann dir das Schokoladeneis empfehlen.«

Während wir der Bedienung dabei zusahen, wie sie hinter der Theke unsere Eisbecher fertigmachte, betrat Dean das Restaurant. Alle weiblichen Wesen im Lokal wandten sich ihm zu. Weil er mein Bruder war, bemerkte ich es normalerweise gar nicht, aber er sah fast so gut aus wie Owen. »Na, wenn das nicht meine kleine Schwester ist!«, rief er, umschlang mich mit einem Arm und gab mir einen Kuss auf den Scheitel. »Offensichtlich bist du für heute Abend entkommen. Und das muss dein Freund sein, von dem ich schon so viel gehört habe. Hallo, ich bin Dean, der mittlere Bruder.«

Ich wand mich aus seinem Griff und stellte sie einander vor.

Dean reichte Owen die Hand. »Willkommen! Wir freuen uns, dass Sie hier sind. Vielleicht quälen wir Sie ein bisschen, damit wir sicher sein können, dass Sie auch gut genug für unsere kleine Katie sind, aber das ist bloß eine Formalität. Sie schleppt so selten einen Mann an, dass wir kein Risiko eingehen können, ihn abzuschrecken – es sei denn, er gehört abgeschreckt.«

»Dean!«, protestierte ich und knuffte ihm meinen Ellenbogen in die Rippen.

»Ich mach doch nur Spaß, Kitty-Kat. Du weißt doch, wie gern ich dich hab. Sagt mal, seid ihr zwei vielleicht zum Abendessen hier?« Ich hatte den Verdacht, dass Dean eigentlich nur darauf wartete, dass wir ihn einluden und jemand anders für sein Essen zahlen würde.

»Tut mir leid, Bruderherz, aber wir sind gerade fertig. Und jetzt müssen wir gehen, denn wie's aussieht, sind unsere Eisbecher fertig. Aber mach dir keine Sorgen – Mom hat vor, das Kalb zu schlachten und morgen zur Feier der Tatsache, dass ich einen Mann an der Angel hab, eine Riesen-Party zu schmeißen. Da kannst du Owen dann immer noch ausquetschen.«

Owen reichte mir einen der beiden Becher, die gerade für uns auf die Theke gestellt worden waren. »War nett, Sie kennenzulernen, Dean«, sagte er. »Ich bin sicher, wir haben noch Gelegenheit, uns zu unterhalten.« Als wir über den Parkplatz gingen und zum Park abbogen, sagte Owen: »Ich habe das Gefühl, er ist nicht so nett, wie es scheint. Du warst in seiner Gegenwart ziemlich angespannt.«

»Oh, du bist echt gut! Na ja, er ist eigentlich ganz in Ordnung. Allerdings versucht er sich ausschließlich mit seinem Charme durchzulavieren, anstatt sich die Mühe zu machen, andere Fähigkeiten zu erwerben. Gegen ihn wirkt Rod wie ein blutiger Anfänger. Als wir Kinder waren, sind wir prima miteinander ausgekommen, aber ich glaube, seine Frau hat einen schlechten Einfluss auf ihn. Er hätte mehr aus sich machen können, wenn sie ihm nicht so ähnlich wäre.«

»Seine Frau ist Sherri, nicht wahr? Die Blonde in den engen Klamotten?«

»Hey, ich brauche dir wohl doch keinen Stammbaum aufzumalen.«

»Doch, vor dem großen Familienessen hätte ich ihn gerne, und zwar mit allen Namen und Verwandtschaftsgraden.«

»In Ordnung, ich kümmere mich darum. Aber was willst du denn eigentlich unten am Bach?«

»Da ist das magische Kraftfeld stärker.«

»Wirklich? Das heißt, wir sind hier gar nicht völlig magiefrei?«

»Keine Gegend ist völlig frei von Magie, es gibt nur in manchen

Gegenden mehr als in anderen. Hier konzentriert sich die Magie auf ein paar Stellen, vor allem um fließendes Wasser herum. Die Kraft kommt aus dem Boden, nicht aus der Luft, und deshalb ist sie stärker ortsgebunden, und man kann sie nicht so leicht nutzen.« Am Ufer des Baches beugte er sich übers Wasser. Mit halb geschlossenen Augen streckte er eine Hand aus. Schließlich hielt er die Hand ins Wasser und ließ sie eine Weile von der Strömung umspülen. Dann stand er auf, schüttelte die Tropfen ab und legte die Hand an einen wenige Schritte entfernten Baum.

Ich schaute ihm zu, während ich mein Eis löffelte. »Kann ich dir bei der Suche irgendwie helfen?«, fragte ich nach einiger Zeit, als er meine Anwesenheit vergessen zu haben schien. Es sah ganz danach aus, als wäre er wieder auf Distanz gegangen. Oder womöglich konzentrierte er sich auch nur auf seine Arbeit. Er war schließlich nicht nur hergekommen, um mich zu sehen.

»Ist dir hier jemals etwas Ungewöhnliches aufgefallen?«

»Wie gesagt, ich habe nie irgendwas gesehen, was mit Magie zu tun hatte, bevor ich nach New York kam. Gibt es etwas Bestimmtes, was ich hätte bemerken sollen?«

Er sah sich weiter suchend um, stieß mit dem Fuß Grassoden los und schaute zwischen die Äste des Gebüschs. »Irgendwelche unbekannten Wesen? Oder kursierten vielleicht irgendwelche Geschichten über merkwürdige nächtliche Ereignisse hier unten?«

»Wesen? Du meinst Feen und so?«

»Nicht ganz so wie die, die du kennst. Die hier müssen wilder sein. Es könnte hier in der Region ein paar isolierte Arten geben.«

»Ich weiß nicht. Ich hab nie welche gesehen, und als Kind hab ich ständig hier unten gespielt.«

»Warst du denn jemals im Dunkeln oder bei Dämmerung hier?«

»Nein, das nicht. Als ich in der Schule war, war das hier zwar die beliebteste Stelle zum Knutschen, aber da war ich außen vor.

Soviel ich weiß, kommen die Jugendlichen heute hierher, um zu trinken und Drogen zu nehmen.«

»Dann kannst du gar nichts gesehen haben.«

»Wahrscheinlich ist das die Erklärung dafür, dass meine Oma immer vom Elfenvolk erzählt. Und wenn sie zu den entsprechenden Zeiten hier war, sagt das eine Menge darüber, wie sie ihre Jugend verbracht hat. Ganz schön flotter Feger, meine Oma.«

Er sah sich weiter suchend um, und ich fragte mich, ob ich ihn vielleicht unterstützen sollte, aber er hatte auf mein Angebot gar nicht reagiert. Also überließ ich ihn lieber sich selbst, zumal ich ja keine Ahnung hatte, wonach er suchte. »Vielleicht halten sie sich überhaupt nicht mehr hier auf«, meinte er schließlich. »Sie haben sich bestimmt von den Säufern und Drogensüchtigen vertreiben lassen. Von den Auras der Liebespaare müssten sie angezogen worden sein, aber Säufer haben zu viel negative Energie.«

»Inwiefern würde es uns helfen, wenn wir diese Kreaturen finden würden?«

»Das könnten unsere Verbündeten sein. Oder vielleicht haben sie etwas gesehen, das uns hilft. Aber das ist nur eine Idee, weil wir sonst so wenig Anhaltspunkte haben.«

»Wir könnten ja auch ein paar von diesen Kerzen besorgen und dann Mom dazu bringen, die ganze Stadt einzuladen.«

»Gute Idee, auf die müssen wir vielleicht später noch zurückkommen.«

»Ist dir denn an unseren Verdächtigen irgendwas aufgefallen?«

»Eigentlich nicht. Außerdem kann es natürlich auch jemand sein, den du nicht kennst.«

»Es gibt hier nicht allzu viele Leute, die ich nicht kenne. Das ist nicht die Art von Stadt, die Fremde anzieht.«

»Mir gefällt es hier. Es ist wie in einem alten Film.«

»Ja, aus der Zeit gefallen, das sind wir. Wir sind die texanische Ausgabe von Brigadoon aus dem Musical. Und jetzt bekommen wir auch noch die passende Zauberei dazu. Was tun wir denn jetzt?«

»Wir warten darauf, dass unser Zauberer seinen nächsten Schachzug macht, und versuchen daran etwas zu erkennen.«

Wir spazierten zurück zum Dairy Queen, wo Owen seinen Wagen geparkt hatte. Deans protziger neuer Pick-up stand auch noch da, und ich fühlte mich ein klein wenig schuldig, weil ich erleichtert war, dass er nicht in diesem Moment nach draußen kam. Die Erleichterung verstärkte sich noch, als mir Sherris kleines Cabrio auffiel, das ganz in der Nähe parkte. Wenn sie sich zum Abendessen zu ihm gesellt hatte, wollte ich den beiden noch weniger begegnen.

Das galt erst recht, nachdem ich einen Blick durchs Fenster in den Gastraum geworfen hatte und sah, dass Dean und Sherri sich gegenseitig anschrien; offenbar waren sie mal wieder in aller Öffentlichkeit in Streit geraten. »Oh, oh«, sagte ich. »Könnte sein, dass du heute Nacht in ein anderes Gästezimmer umziehen musst, es sei denn, Dean macht es nichts aus, in Franks altem Zimmer zu schlafen.«

»Wieso?«

»Er fetzt sich gerade wieder mit seiner Frau. Es ist immer das Gleiche: Sie haben einen Riesenkrach, und sie schmeißt ihn raus. Ein paar Tage später vertragen sie sich wieder, und alles fängt von vorne an. Sie scheinen ja damit zurechtzukommen, aber für mich klingt es wie die Hölle.«

Zu Hause angekommen, plauderten wir noch ein wenig mit Mom und Dad, bis Owen gute Nacht sagte. Ich blieb noch unten, um das Verhör endlich hinter mich zu bringen. Mom wartete kaum ab, bis Owen oben angekommen war, ehe sie loslegte: »Warum hast du kein Wort von ihm erzählt?«, fragte sie.

»Na ja, mit dem letzten Mann, den ich kennengelernt habe, ging es nicht besonders lange. Deshalb wollte ich diesmal nichts erzählen, solange ich mir nicht ganz sicher war, wo wir stehen. Sein Besuch hier hat mich komplett überrascht.« Mehr oder weniger war das meiste davon sogar die Wahrheit.

»Aber dass er so weit reist, nur um dich zu sehen! Er muss dich wirklich gern haben. Oder steckt noch was anderes dahinter?« Sie stieß Dad mit dem Ellenbogen an. »Was sagst du dazu, Frank?«

Dad wandte seine Aufmerksamkeit kurz vom Fernseher ab. »Er wirkt doch ganz nett. Aber vielleicht wartest du besser noch, bevor du die Kirche reservierst. Du willst doch nichts überstürzen.« Damit richtete er seinen Blick wieder auf Leute, die am Schauplatz eines Verbrechens Spuren aufnahmen.

»Woher kennt ihr euch denn eigentlich?«

»Von der Arbeit. Und bevor du fragst: Wir kennen uns noch nicht so lange. Wir gehen seit der Woche vor Weihnachten miteinander aus, und dann bin ich ja gleich im neuen Jahr zurück hierhergezogen, so dass sich die Dinge nicht besonders weit entwickelt haben. Wir haben noch nicht einmal übers Heiraten nachgedacht, also schlag dir das gleich wieder aus dem Kopf. Ich war Weihnachten mit ihm bei seinen Eltern, die sehr nett waren. Gibt es sonst noch was, was ihr über ihn wissen wollt? Jetzt ist Fragestunde.«

Mom klappte den Mund auf und dann wieder zu, und ich konnte entkommen, bevor ihr noch eine Frage einfiel.

Mitten in der Nacht erwachte ich von einem klackernden Geräusch an meinem Fenster. Da es nicht aufhörte, kletterte ich aus dem Bett und zog die pinken Rüschengardinen zur Seite. Owen hockte auf dem Vordach. Ich machte das Fenster auf und murmelte: »Was ist denn?«

»Sam sagt, dass unser Verdächtiger irgendwas im Schilde führt.«

»Und du konntest nicht von drinnen an meine Tür klopfen, um mir das mitzuteilen?«

Wenn es draußen nicht so dunkel gewesen wäre, hätte ich ihn bestimmt knallrot anlaufen sehen. Das Mondlicht spiegelte sich in seinen Brillengläsern, so dass ich seine Augen nicht sehen konnte. »Ich wollte mich nicht von deinen Eltern dabei erwischen lassen, wie ich in dein Zimmer schleiche.«

»Ich bin sicher, es macht ihnen im Gegensatz dazu nichts aus, wenn du auf dem Dach herumkraxelst.«

»Du hast mir doch verraten, wie man aus dem Zimmer rauskommt!«

»Gib mir eine Sekunde, damit ich mir was anziehen kann. Dann komme ich sofort.« Jetzt, in richtig wachem Zustand, war ich ein bisschen weniger kratzbürstig. Ich zog eine Jeans, ein T-Shirt und Turnschuhe an und band meinen Pferdeschwanz neu, damit nicht so viele lose Strähnen heraushingen, wenn ich aus dem Fenster aufs Vordach kletterte. Während wir zum Baum schlichen, blieb Owen an der Außenseite des Daches. Er ließ sich zuerst herunter und wartete dann unten, als wollte er mich auffangen, falls ich den Halt verlor. Als alter Profi bei dieser Aktion hatte ich seine Hilfe aber nicht nötig.

Sein Auto war weit genug vom Haus entfernt geparkt, dass das Motorengeräusch niemanden wecken würde. Abgesehen davon war der Motor seines Mietwagens viel leiser als der von meinem Pick-up. Wir brauchten nur ein paar Minuten in die Ortsmitte. Er parkte einen Block vor dem Gerichtsplatz, und wir gingen zu Fuß weiter.

Kein Umhangträger tanzte im Mondlicht auf dem Platz, aber wir merkten sofort, dass jemand da gewesen war. Das laute Heulen der Alarmanlage des Juweliergeschäfts war der erste Anhaltspunkt. Die Schaufensterscheiben der meisten Geschäfte rund um den Platz fehlten. Und es sah so aus, als würde das Gleiche für einen Großteil der Waren in den Geschäften gelten.

Sam stieß von seinem Aussichtspunkt auf dem Gerichtsgebäude zu uns. »Ich hab ihn erst bemerkt, als er in das letzte Geschäft eingebrochen ist«, berichtete er. »Er hat sich ziemlich gut getarnt – vielleicht sogar mit einem Tarnzauber –, so dass ich ihn nicht früher sehen konnte. Tut mir leid. Und als ich dann versucht habe, ihn einzuholen, ist er verschwunden. Anscheinend hat er inzwischen gelernt, wie er sich sogar vor magischen Leuten tarnen kann. Er ist aber nicht in der Lage, mehrere Sachen gleichzeitig zu tun und sich unsichtbar zu machen, während er Magie anwendet.«

»Jetzt ist er jedenfalls weg«, sagte ich. »Ich sehe ihn nicht.«

»Weit kann er nicht sein«, meinte Owen. Er hob die Hände und sagte etwas in einer Fremdsprache. Ich spürte einen starken Anstieg magischer Kräfte, sah aber keinerlei Veränderung.

»Hey!«, protestierte Sam. »Du hebst meine Tarnung auf! Ich dachte, der Boss hätte dir gesagt, dass du solche Nummern lassen sollst!« Ich schlussfolgerte, dass Owen gerade jede magische Tarnung in unserem Umkreis aufgehoben hatte, darunter die von Sam. Als Owen das zuletzt getan hatte, war es mitten in Manhattan zu einem Aufruhr gekommen, der ihm einigen Ärger eingebracht hatte.

Owen machte eine Handbewegung, mit der er Sams Tarnung wiederherstellte. »Das hier ist ein Gerichtsplatz in der Provinz um Mitternacht und nicht der Times Square. Wer soll dich hier schon sehen? Schau dich mal um, ob du irgendwas finden kannst.«

In der Ferne waren Martinshörner zu hören, die vermutlich auf den Einbruchsalarm beim Juwelier reagierten. »Wir sollten besser gehen«, gab ich zu bedenken. »Wenn uns hier jemand sieht, machen wir uns verdächtig.«

»Sie werden uns nicht sehen.«

»Ach ja, Magie, Unsichtbarkeit, und so.« Da ich uns alle sehen konnte, fühlte ich mich angesichts der nahenden Polizei mitten vor einem ausgeraubten Juwelierladen mit fehlenden Fensterscheiben nicht gerade wohl. Owen schien das gar nichts auszumachen. Er stand einfach da und suchte den Himmel nach Sam ab.

Der Gargoyle kam einen Augenblick später zurück. »Ich hab nichts gefunden. Bestimmt ist er irgendwo untergeschlüpft. Luftüberwachung ist nicht narrensicher, weißt du. Man braucht nur unter irgendwas drunterzukriechen, und puff ist man verschwunden.«

Ein Polizeiauto bog auf den Platz ein. »Dann müssen wir wohl zu Fuß suchen«, meinte Owen. Er kniete sich hin und legte die Handflächen flach auf den Boden. Ich spürte durch meine Fußsohlen wieder magische Kräfte aufsteigen. Das näher kommende Polizeiauto wurde immer langsamer, bis zum Stillstand. Owen erhob sich und sagte: »Teilt euch auf und durchsucht die umliegenden Blocks.«

Sam legte den Kopf zur Seite. »Bist du sicher …«, fing er an, doch Owen fiel ihm ins Wort.

»Darüber reden wir später. Los!«

Wenn er in diesem Ton sprach, gab ich lieber keine Widerworte. Auch wenn ich wusste, dass er bei mir mit Magie nichts ausrichten konnte, klang er doch mächtig und einschüchternd. Ich entschied mich für die Seite des Platzes mit dem Supermarkt und lief los, um den Parkplatz dahinter in Augenschein zu nehmen. Nichts bewegte sich – und zwar nicht bloß deshalb, weil es Mitternacht in einer Kleinstadt war, in der selbst mittags nichts los war. Es bewegten sich nicht mal die Dinge, die sich normalerweise bewegten. Eine Plastiktüte, die der Wind aufgewirbelt hatte, hing reglos in der Luft. Eine Hauskatze war mitten im Sprung gestoppt worden, nur Zentimeter von einer erstarrten Maus entfernt. Durch eine so eingefrorene Umgebung zu laufen, war ganz schön irre. Leider fand ich nichts Erstarrtes in Menschengröße und kehrte unverrichteter Dinge zum Platz zurück.

Owen kam als Nächster. An der Haltung seiner Schultern und

den zu Fäusten geballten Händen konnte ich seinen Frust ablesen. »Du hast auch nichts gefunden, oder?«, fragte er.

Ich schüttelte den Kopf. »Tut mir leid. Und was hat das hier überhaupt zu bedeuten?« Ich wies auf den in Reglosigkeit erstarrten Platz.

Er senkte den Blick, als wäre ihm etwas peinlich, was mich erleichterte. Wenigstens besaß er den Anstand, über das Unglaubliche, das er vollbracht hatte, verlegen zu sein. »Es war nur eine Theorie«, sagte er mit einem Schulterzucken. »Es hat was mit Energie-Rückfluss und magisch herbeigeführter Trägheit zu tun.«

Sams Rückkehr bewahrte mich vor genaueren Erklärungen. »Nichts zu sehen«, berichtete er. »Dein Zauber reicht so ungefähr drei Blocks weit? Wahrscheinlich ist der Typ weiter gekommen. Also solltest du vielleicht besser die Zeit weiterlaufen lassen, bevor es wirklich komisch wird.«

Owen kniete sich wieder hin und legte erneut die Hände auf den Boden. Alles veränderte sich. Als mir die abendliche Brise ins Gesicht wehte und ich all die leisen nächtlichen Geräusche wahrnahm, die verstummt gewesen waren, wurde mir erst richtig klar, wie versteinert alles unter dem Zauber gewesen war. Das Martinshorn kreischte laut auf, als das Polizeiauto plötzlich wieder losfuhr und dann quer auf einer Reihe von Parkbuchten vor dem Juwelierladen anhielt. Owen zeigte in die Richtung, in der er sein Auto geparkt hatte, und wir rannten los. Sam flog in geringer Höhe hinter uns her.

Kaum hatten wir das Auto erreicht, ging Sam auf Owen los: »Was zum Teufel sollte denn die Nummer?« Owen klappte den Mund auf, um zu antworten, aber Sam schnitt ihm mit einem Flügelschlag das Wort ab. »Ich will die Theorie gar nicht hören. Ich will bloß wissen, was dich geritten hat, das auch nur auszuprobieren. Mit solchen Sachen spielt man nicht rum, auch wenn du so ungefähr der Einzige bist, der so was durchziehen kann.«

Gut. Ich war also nicht die Einzige, die das Ganze ein bisschen erschreckt hatte. Aber jetzt wurde mein Schrecken nur noch größer, denn ich hatte Sam noch nie so außer sich erlebt. Sam kannte die Details der magischen Welt in- und auswendig. Und wenn Sam sich über das, was Owen getan hatte, Sorgen machte, hatte ich erst recht allen Anlass dazu.

»Es war ein kalkuliertes Risiko«, begann Owen, sobald Sam ihn zu Wort kommen ließ. »Das hier ist eine nichtmagische Gegend, und es waren nicht viele Zivilisten anwesend. Je eher wir diesen Typen schnappen, desto geringer ist unser Risiko aufzufallen. Ich weiß, was ich tue, und ich fand, es war den Versuch wert. Es ist in diesem Fall entscheidend, schnell zu reagieren, Sam.«

Sam verschränkte die Arme vor der Brust und faltete seine Flügel auf dem Rücken zusammen. »Hmmm. Werd bloß nicht übermütig, mein Lieber. Ein außer Kontrolle geratener Zauberer reicht.«

»Ich glaube nicht, dass ich Gefahr laufe, mich an meiner Macht zu berauschen. Im Gegenteil, ich bin eigentlich sogar ziemlich erschöpft.«

»Wir müssen diesem Typen Einhalt gebieten«, warf ich in der Hoffnung ein, das Gespräch auf den Anlass zurückzuführen, dessentwegen wir hier waren. »Unser hiesiger Zauberer ist auf gewisse Weise sogar schlimmer als Idris, denn soweit ich weiß, haben wir Idris nie dabei erwischt, wie er Magie regelrecht zu kriminellen Zwecken eingesetzt hat. Idris' Zauberformeln mögen ja auf der moralischen Schattenseite sein, und vielleicht regt er auch andere dazu an, schlimme Dinge anzustellen, aber wir haben nie erlebt, dass er Magie zum Stehlen eingesetzt hat, oder?«

»Das muss er gar nicht, solange er andere Leute dazu bringen kann, für ihn die Drecksarbeit zu erledigen«, erwiderte Owen. »Wahrscheinlich nimmt er eine Kommission.«

»Also bleiben wir dran«, sagte Sam. »Ich behalte den Platz im Auge, passe auf, wann die Glasscheiben zurückkommen, und sorge dafür, dass sonst niemand die Lage ausnutzt. Und ihr zwei verschwindet jetzt besser von hier, bevor euch jemand sieht.«

»Und bevor meine Eltern merken, dass wir nicht da sind«, fügte ich hinzu.

Am nächsten Morgen stand ich früh genug auf, um meine Haare einmal anders zu tragen, als zum Pferdeschwanz gebunden. Sie waren inzwischen mehr als schulterlang und schienen nichts Besseres im Sinn zu haben, als leblos von meinem Kopf herunterzuhängen. Ich gab alles und legte auch noch ein wenig Make-up auf. Am Tag davor mochte Owen mich ja vielleicht unvorbereitet angetroffen haben, aber ich wollte ihm beweisen, dass ich mich nicht völlig hatte gehenlassen. Ich wusste, es war eine blöde Idee, auch nur daran zu denken, wieder mit ihm zusammenzukommen. Wir mussten unsere Beziehung strikt auf der beruflichen Ebene belassen, aber ich wollte natürlich auch in einer geschäftlichen Beziehung gut aussehen. Jedenfalls redete ich mir das ein, während ich Lipgloss auftrug.

Unten angekommen fand ich Owen bereits am Küchentisch vor, wo er sich mit meinem Vater die Tageszeitung teilte und schweigend Kaffee trank. Mom bereitete ein üppiges Frühstück zu. Sie plapperte vor sich hin, während die Männer sie mehr oder weniger ignorierten. Hin und wieder reichte Dad einen Teil der Zeitung an Owen weiter. Soweit ich erkennen konnte, hatte nichts in Moms Plaudereien mit etwaigen Verdächtigungen betreffend unseres nächtlichen Ausflugs zu tun.

»Katie!«, begrüßte mich Dad, als ich die Küche betrat. Owen sah auf und lächelte mich an. Er war bereits vollständig angezogen und hatte seine Kontaktlinsen eingesetzt.

»Guten Morgen zusammen!« Ich steuerte auf direktem Wege

die Kaffeekanne an, schenkte mir eine Tasse ein und setzte mich neben Owen an den Tisch.

»Nimm dir doch heute frei, damit du den Tag mit deinem Freund verbringen kannst«, schlug Dad vor. »Wenn man bedenkt, dass ich dir außer Unterkunft, Verpflegung und Taschengeld kein richtiges Gehalt zahle, hast du schwerer geschuftet, als du eigentlich müsstest. Außerdem ist heute Samstag, und wir haben ohnehin nur den halben Tag geöffnet. Wenn jemand schon den ganzen Weg aus New York kommt, dann solltest du auch Zeit für ihn haben.« Ich schloss aus diesen Worten, dass Dad von Owen voll und ganz angetan war.

»Na gut, wenn du drauf bestehst«, gab ich zurück. »Allerdings bin ich mir nicht sicher, was wir machen sollen. Wir haben die hiesigen Sehenswürdigkeiten gestern schon besichtigt. Alle zwei.«

»Euch wird schon etwas einfallen«, warf Mom ein.

»Ich weiß, was wir machen!«, rief ich. »Vielleicht können wir eine Führung durchs Gerichtsgebäude bekommen. Die Architektur ist ganz interessant, und dann ist da ja auch das kleine Museum der Rechtspflege in Cobb County.«

»Das macht bestimmt Spaß«, sagte Owen. Er warf mir einen Blick zu und nickte kaum merklich, um mir zu bedeuten, dass er meine Vorstellung von Spaß nicht total bizarr fand. »Ich finde, wir sollten uns definitiv den Gerichtsplatz anschauen. Und dann können wir ein wenig das Umland erforschen. Ich glaube, ich habe in meinem Leben noch nicht so viel freies Feld gesehen.«

»Ich packe euch zu Mittag ein Picknick ein«, trällerte Mom. »Oh, Frank, klingt das nicht romantisch?« Dad raschelte mit der Tageszeitung, blätterte um und faltete sie neu.

Das hörte sich tatsächlich romantisch an, aber ich zwang mich dazu, nicht zu viel zu erwarten. Nach Romantik schien Owen bisher nicht der Sinn zu stehen. »Apropos Romantik«, warf ich ein, »ist Dean gestern Abend nach Hause gekommen?«

»Warum sollte er?«, fragte Mum.

»Ich hab ihn und Sherri im Restaurant gesehen, wie sie wieder einmal einen ihrer Zweikämpfe ausgefochten haben. Normalerweise kommt er danach immer hier angekrochen, weil sie ihn rausschmeißt. Ich frage mich, wo er übernachtet hat, wenn er nicht hierhergekommen ist.«

»Sag nicht immer solche Sachen über deinen Bruder. In seiner Ehe läuft es vielleicht nicht so gut, aber das ist nichts, worüber du tratschen solltest. So, gib mir ein paar Minuten, dann habe ich das Picknick für euch fertig. Aber bleibt nicht zu lange weg. Heute Abend ist das große Familien-Festessen, und du willst dich vorher doch bestimmt noch frischmachen und umziehen. Ich glaube, Owen möchte dich auch mal in was anderem als deiner Jeans sehen. So zieht man sich in New York sicher nicht an.«

»In New York hatte ich auch keinen Job, bei dem ich säckeweise Dünger und Viehfutter schleppen musste«, gab ich zurück. Ich warf Owen einen Blick zu, und er sah aus, als würden ihm vor Anstrengung, sich das Lachen zu verkneifen, bald ein paar Äderchen platzen. Ich verdrehte die Augen, und er begann auf eine Weise zu husten, die verdächtig nach Gelächter klang.

Als wir mit einem Picknickkorb, von dem eine ganze Pfadfindertruppe hätte satt werden können, sicher aus dem Haus waren, meinte ich: »Bei deiner Familie war es so viel einfacher.«

»Für dich vielleicht.«

»Ach, du übertreibst. Okay, du hast dir ein oder zwei Predigten anhören müssen, und sie sind nicht direkt auf Kuschelkurs, aber sie waren doch ganz nett. Wenigstens mussten wir nicht versuchen, irgendwas zu verschweigen oder zu verschleiern.«

»Aber nur deshalb, weil sie sowieso schon alles wissen – und ich meine wirklich alles. Es hat überhaupt keinen Sinn, etwas vor ihnen verheimlichen zu wollen.«

»Tja, aber im Vergleich mit meiner Familie sind sie völlig normal.«

»Da kann ich nicht widersprechen.« Jetzt war es an mir, ein Lächeln zu unterdrücken. Ganz allmählich taute er ein wenig auf. In den entspannteren Augenblicken war er wieder fast der Alte.

Unter dem Vorwand, die erwähnte Führung zu machen, fuhren wir direkt zum Gerichtsplatz. Die örtliche Polizei hatte anscheinend jeden Zentimeter gelbes Absperrband aus ihrem Bestand eingesetzt, um die meisten Läden rund um den Platz abzuschirmen. Alle Fensterscheiben waren wieder da, und um die Absperrung herum hatte sich eine Menschenmenge angesammelt.

Ich führte Owen durch die Menge zu einem der Polizisten, der die Leute unter Kontrolle zu halten versuchte. Ich war mit ihm zur Schule gegangen und hatte ihn ein paarmal in der Stadt gesehen, seit ich zurück war. »Hallo, Jason«, rief ich. »Was ist denn hier passiert?«

Er grinste, schob seine Mütze hoch und wischte sich Schweiß von der Stirn. »Seltsame Sache – jedenfalls sind hier heute Nacht die meisten Geschäfte ausgeraubt worden. Es fehlen aber nur ganz bestimmte Gegenstände, und es gibt keine Anzeichen für ein gewaltsames Eindringen.«

»Wirklich? Und welche Sachen wurden gestohlen?«

»Ach, die Sorte, nach der man greifen würde, wenn man fünf unbeobachtete Minuten in einem Laden verbringen würde – und natürlich kriminelle Energie hätte. Nicht die richtig teuren Sachen; die waren weggeschlossen. Aber ein paar von den Stücken aus den Vitrinen. Ein Teil des Porzellans. Etwas von dem teureren Krimskrams aus dem Geschenkestand in der Apotheke, so was halt. Anscheinend waren sie nicht auf Medikamente aus. Sie haben nicht mal die frei verkäuflichen Zusatzstoffe genommen, aus denen man Drogen herstellen kann, dabei ist das heutzutage der häufigste Grund für Einbrüche in Apotheken.«

»Wahnsinn«, sagte ich. »Danke für die Insider-Informationen.«

Er salutierte. »Jederzeit gerne, Katie.«

»Ich fasse zusammen«, wandte ich mich an Owen, als wir die Menschenmenge wieder hinter uns gelassen hatten. »Es sieht fast so aus, als wäre das ein Fernkurs zu dem Thema, wie man mit Zauberei schnell reich werden kann.«

Er warf einen scharfen Blick auf die Menschenmenge. »Ich wette, unser Übeltäter ist jetzt hier. Man sagt doch, dass Verbrecher immer an den Ort des Verbrechens zurückkehren. Jemand, der mit sich selbst hochzufrieden ist, weil er etwas so Cleveres getan hat, kann bestimmt nicht widerstehen, sich die Nachwirkungen anzusehen.«

»Mit dieser Theorie gibt es nur ein Problem: Die ganze Stadt ist hier. Ich hab schon mindestens zwei von meinen Brüdern und alle unsere Verdächtigen gesehen.«

Gene kam sogar gerade auf uns zu, allerdings war er mit seinen Gedanken ganz woanders, so dass ich bezweifelte, dass er zu uns wollte. Die Turmuhr auf dem Gerichtsgebäude schlug, und er runzelte mit einem Blick auf seine Armbanduhr die Stirn. »Die Uhr geht fünf Minuten nach«, sagte er zu niemand Bestimmtem. »Da muss sich mal jemand drum kümmern.« Er wechselte die Richtung, wahrscheinlich um genau das zu tun.

Kaum war Gene weg, kam Teddy bei uns an. »Ein ganz schönes Ding, was?«, fragte er. »Wer hätte gedacht, dass unsere Stadt ein Verbrechergenie hervorgebracht hat?« Dann runzelte er die Stirn und sah Owen an. »Kennen wir uns?«

»Teddy, das ist mein Freund Owen. Er ist zu Besuch aus New York. Er war gestern im Laden, als du herumgelaufen bist und über deine Formel geredet hast.«

In Teddys Augen ging das Licht der Erinnerung an. »Ach ja, Sie kamen mir irgendwie bekannt vor.« Er schüttelte Owen die Hand. »Willkommen! Sie sind also ein Freund meiner kleinen Schwester? Ich bin froh, dass sie oben in New York Freunde gefunden hat.«

»Teddy!«, ermahnte ich ihn.

Dann stieß Dean zu uns. »Das ist ja praktisch ein Familientreffen!«, meinte er und legte die Arme um Teddys und meine Schultern. »Meine Lieblingsschwester und mein zweitliebster Bruder.«

»Zweitliebster?« Teddy kannte die Nummer schon auswendig und tat beleidigt. Dann wandte er sich an Owen und fragte: »Ist der Typ nicht unglaublich?«

»Moment mal, hier wird sich nicht mit Außenstehenden verbrüdert!«, lachte Dean. »Ich dachte, du und ich sollten den Neuen zusammen in die Zange nehmen, um zu sehen, ob er gut genug für unsere kleine Schwester ist.«

»Ich glaube, das kann Katie allein entscheiden.«

Ich machte mich von Deans Arm los und warf Teddy eine Kusshand zu. »Und deshalb bist du der Intelligenteste unter meinen Brüdern. Aber jetzt haben wir noch was zu erledigen. Ihr könnt Owen beim Abendessen weiter piesacken.«

Als wir vom Platz wegfuhren, sagte Owen: »Ein Glück, dass ich dir gegenüber nur ehrenwerte Absichten hege. Es sieht so aus, als hättest du gute Aufpasser.«

»Ach, die reden nur. Du brauchst dir keine Sorgen zu machen, nicht mal falls deine Absichten vielleicht in Wahrheit nicht ganz so ehrenhaft sind.« Als ich sah, wie seine Wangen rot anliefen, musste ich lächeln.

Wir fuhren zu einem überdachten Picknickplatz am Ufer des Baches außerhalb der Stadt. Ich gab nur ungern zu, dass Mom recht hatte, aber es war wirklich perfekt für ein romantisches Picknick. Mom hatte den Fresskorb entsprechend gepackt: köstliche schmale Sandwichs, Erdbeeren und andere Lebensmittel, mit denen man sich perfekt gegenseitig füttern konnte. Sie hatte sogar an eine Tischdecke und Plastikteller gedacht. Ich richtete alles her und fragte mich, ob er mich vielleicht, vielleicht doch mit etwas anderem im Sinn hierhergebracht hatte. Über die Arbeit hätten wir praktisch überall reden können, aber das hier war der perfekte Ort, um über uns zu reden.

»Schön hier draußen«, bemerkte Owen, als er sich setzte. »Ich nehme an, das hier ist derselbe Bach, der auch durch die Stadt fließt?«

»Ja, genau.« Ich reichte ihm den Sandwichteller. »Meinst du, die magischen Wesen sind hier?«

Er nahm sich ein paar Sandwichs und gab mir den Teller zurück. »Kann sein. Sie sind wahrscheinlich aus der Stadt weggegangen, aber um diese Tageszeit sind sie nicht zu sehen. Sie sind meistens nachtaktiv.«

»Dann müssen wir wohl bei Nacht wiederkommen.« Der Gedanke gefiel mir.

»Wenn wir sie brauchen, machen wir das.«

Ich musste mich zusammenreißen, um nicht laut aufzustöhnen, weil unser Gespräch an der Arbeit klebte und ich nicht wusste, wie ich es davon wegsteuern sollte. In der Schule war das Leben noch viel einfacher gewesen. Man konnte einem Jungen einfach einen Zettel in die Hand drücken, auf dem stand: »Magst du mich? Bitte ja oder nein ankreuzen!« Nicht dass ich mich je getraut hätte, so was zu tun, nicht einmal in der Schule. Ich griff nach einer Erdbeere, führte sie an meine Lippen und versuchte sie so verführerisch zu essen, wie es nur ging. Aber der Saft, der mir das Kinn hinabrann und Flecken auf meiner Bluse hinterließ, war dem Bild, das ich eigentlich abgeben wollte, wohl nicht allzu dienlich.

Aber er reagierte trotzdem. Seine Augen weiteten sich, und er fuhr sich mit der Zungenspitze über die Unterlippe, und zwar an derselben Stelle, wo bei mir der Saft heruntertropfte. Dann zwinkerte er ein paarmal, schaute von mir weg, räusperte sich und fragte: »So, und wie schnappen wir jetzt unseren Übeltäter?«

Mit einem Seufzer holte ich meinen Notizblock heraus und begann, mir Notizen zu machen. Ich war lange genug Sekretärin gewesen, so dass mir diese Tätigkeit zur Gewohnheit geworden war, und es sah nicht danach aus, als ob er das geschäftliche Terrain mit mir verlassen würde, ganz gleich wie sehr ich ihn auch in Versuchung führen wollte. »Sollen wir weiter versuchen, ihn zu enttarnen, oder ihn lieber auf frischer Tat ertappen und dann demaskieren?«

»Da wir keine konkreten Anhaltspunkte haben, versuchen wir wohl besser Letzteres. Solange er nicht gerade eine Art böses Wunderkind ist, brauchen wir uns keine Sorgen darum zu machen, ob ich ihn magisch besiegen kann. Selbst wenn wir kräftemäßig auf gleichem Stand wären – was ich nach allem, was ich spüre, für unwahrscheinlich halte –, stehen mir viele Jahre Erfahrung und weit mehr Zauberformeln zur Verfügung, als er jemals aus einem Fernkurs beziehen könnte.« Er runzelte die Stirn und starrte einen Augenblick lang vor sich hin. Dann schlug er vor: »Wir könnten ihm ja eine Falle stellen und ihm etwas geben, dem er nicht widerstehen kann. Aber was verwenden wir als Köder?«

9

»Ich nehme an, um diese Ratte in die Falle zu locken, brauchen wir mehr als ein Stück Käse«, sagte ich. »Wir müssen herausfinden, hinter was er wirklich her ist, was ihn wirklich antreibt, und das dann irgendwie verfügbar machen.«

»Aber auch nicht zu verfügbar«, antwortete Owen. Während er nachdachte, starrte er ins Leere. »Wir machen es zu einer Herausforderung. Anscheinend ist er ja hinter Geld her, aber es sieht ganz danach aus, als würde es ihm dabei hauptsächlich Spaß bereiten, allen etwas vorzumachen. Er fühlt sich als etwas Besonderes, weil nur er so etwas kann.«

»Da sieht man, wie wenig Ahnung er hat, wo du doch in der Stadt bist«, meinte ich. »Aber vielleicht können wir das ausnutzen. Was glaubst du, wie wahrscheinlich ist es, dass unser Übeltäter weiß, dass es magisch Immune wie mich gibt?«

Seine Augen leuchteten auf, und ich wusste, er hatte einen Einfall. »Nicht sehr wahrscheinlich. Unter Magie-Einsteigern ist das selten. Er weiß vielleicht, dass noch andere Leute Magie einsetzen, aber er glaubt bestimmt nicht, dass es hier in der Stadt welche gibt. Ich wette, das würde ihn wurmen. Er will der Beste sein.«

Owen nahm meinen Notizblock und Stift und machte sich auf der Stelle an die Arbeit. In seiner perfekten Handschrift skizzierte er einen Plan. »Also, wir suchen etwas, dem er nicht widerstehen kann und wo er mit Sicherheit hineingelangen will, und schützen es dann mit einem Zauber. Das müsste ihn stark genug faszinieren, um es genauer in Augenschein zu nehmen. Ich bezweifle, dass sie schon Abwehrzauber durchgenommen haben, also wird er nicht wissen, was los ist. Und dann schnappen wir ihn. Wahrscheinlich setzt er Zauberei zur Selbstverteidigung ein, aber das hat auf dich keine Auswirkungen, und ich kann mich zur Wehr setzen. Er wird denken, er sei von einer zahlenmäßigen Übermacht ausgestochen worden.« Er sah auf und grinste mich an. »Siehst du, deshalb brauche ich dich in meiner Nähe. Dann kann ich einfach besser nachdenken.« Damit lief er knallrot an und senkte den Blick wieder auf den Notizblock. »Na ja, meistens. Wenn du dich nicht in unmittelbarer Gefahr befindest.«

Wenigstens hatte er zugegeben, dass er mich brauchte, auch wenn er das Bedürfnis verspürt hatte, die Sache mit mir und der Gefahr einzuwerfen. Dadurch waren wir beim letzten Mal ins Schleudern geraten – und daran wollte ich nicht erinnert werden. »Dann schließen wir mich vielleicht am besten in einem Banktresor ein, und du kannst mich immer besuchen kommen, wenn du neue Ideen brauchst.«

In seiner Aufregung entging ihm mein Sarkasmus völlig. »Genau, das ist es! Er will bestimmt die Bank ausrauben! Den Tresor leerzuräumen wäre doch die ultimative Herausforderung für einen magischen Räuber. Ich sollte die Bank abschirmen, am besten noch heute Abend. Er muss sich bestimmt noch von seinen Aktivitäten in der letzten Nacht erholen, bevor er wieder zuschlägt. Wenn ich schon von dem bisschen, das ich getan habe, erschöpft bin, ist er sicher ganz fertig von der Anstrengung, all die Fenster verschwinden zu lassen.«

»Klingt so, als würden wir auch heute Nacht wenig Schlaf kriegen.« Und es sah danach aus, als würden wir noch mehr Zeit im Dunkeln miteinander verbringen. Das war ein zusätzlicher Anreiz.

Da die Arbeit nun erledigt war, hätte ich erwartet, dass wir nach dem Picknick den Rest des Tages freihaben würden, zum Beispiel für Besichtigungen oder auch nur, um einfach Zeit miteinander zu verbringen, denn wir hatten einander viel zu erzählen. Aber Owen wollte in die Stadt zurück und die Bank und deren Umgebung in Augenschein nehmen. Ich hoffte, dass das bedeutete, dass er die Arbeit hinter sich bringen wollte, um sich dann auf mich zu konzentrieren. Aber ich fürchtete, dass er nur nach New York zurückwollte.

Wir trafen früh genug zu Hause ein, um Mom bei den Vorbereitungen für das Festgelage zu helfen. Sie hatte bereits Hähnchen gebraten, Hühnerfleisch und Klöße garten vor sich hin, und ein Braten war im Ofen. Sie ließ uns die Bohnen putzen, während sie einen Kuchen vorbereitete. Oma kam eine Stunde zu früh und brachte Thunfischsalat mit. »Es ist nämlich gesund, als Beilage Salat zu essen«, sagte sie, und Mom warf uns einen beschwörenden Blick zu.

»Owen war ganz fasziniert von einigen historischen Dingen aus dieser Gegend, Oma. Da du hier schon ziemlich lange wohnst, hast du doch bestimmt eine Menge zu erzählen«, sagte ich. Ich dirigierte sie aus der Küche hinaus ins Wohnzimmer, wo sie Owen mit Geschichten traktierte, die wahrscheinlich größtenteils frei erfunden waren, aber wenigstens interessant. Oder interessant gewesen wären, wenn ich sie nicht schon Dutzende Male gehört hätte. Aber Owen kannte sie ja noch nicht und schien ihr sogar aufmerksam zuzuhören. Immer wenn ihr ein Ausrutscher in den aufgesetzten irischen Akzent unterlief und sie über Themen wie das Elfenvolk zu sprechen begann, schien er sich sogar mentale Notizen zu machen. Er war offenbar fest entschlossen, niemals außer Dienst zu sein.

Dann trudelte der Rest des Clans ein, und das übliche Chandler-Chaos begann. Beth und Teddy kamen als Erste. Beth begrüßte Owen mit einem Küsschen auf die Wange, was ihn sofort verwirrte. »Wie gefällt es dir denn hier?«, fragte sie.

»Texas ist wirklich schön«, sagte er. »Mir gefällt, dass hier so viel Platz ist.«

»Sehr diplomatisch«, lachte sie. »Ich kann mir vorstellen, dass die Familie ein wenig erdrückend sein kann. Ich finde sie jedenfalls erdrückend, und ich bin mit Teddy und Katie zur Schule gegangen, so dass sie mir nicht mal fremd waren.«

Diese Worte berührten ihn nur noch peinlicher. »Das … das hatte ich gar nicht gemeint …«

Sie wandte sich an mich. »Katie, er ist ja ganz entzückend. Also meinen Segen hast du.«

Owen wäre vor Verlegenheit auf der Stelle tot umgefallen, wäre da nicht Lucy gewesen. Sie streckte ihre Ärmchen nach ihm aus, wimmerte und wand sich aus den Armen ihrer Mutter. Owen fing sie gerade noch auf. »Na, schau mal einer an!«, meinte Beth und stemmte ihre Arme in die Hüfte. Lucy seufzte befriedigt und kuschelte sich an Owens Schulter. »Katie, meine Liebe, du hast Konkurrenz bekommen. Owen, du brauchst sie nicht zu halten, ich nehme sie zurück.«

»Nein, das ist für eine Weile schon in Ordnung.« Er sah ein bisschen ratlos aus, als ob er nicht recht wüsste, was er als Nächstes tun sollte.

Teddy klopfte ihm auf den Rücken. »Meine Schwester kann auf sich selbst aufpassen, aber meine Tochter hat noch nicht viel Lebenserfahrung, also passe ich ganz genau auf, mein Lieber.«

Beth legte ein Lätzchen zwischen Lucy und Owens Hemd. »Sie bekommt Zähne, deshalb sabbert sie«, erklärte Beth. »Sag Bescheid, wenn du sie nicht mehr halten willst, oder reich sie an Katie weiter.« Damit schoss sie davon, um in der Küche zu helfen.

»Du weißt hoffentlich, dass du meiner Mutter eine willkommene Gelegenheit bietest«, sagte ich zu Owen. »Sie redet immer davon, dass sie noch mehr Enkelkinder haben möchte, und du scheinst sehr gut mit Babys umgehen zu können.«

»Ich glaube, das ist das erste Baby, das ich jemals angefasst habe.«

»In Gegenwart meiner Mutter könnte es gefährlich sein, das zu wiederholen. Sie wird sagen, du wärst ein Naturtalent. Ich wette, es hat was damit zu tun, wie du auf Tiere wirkst.«

»Ja, weil sich Babys und Drachen so ähnlich sind«, antwortete er mit offensichtlich sarkastischem Unterton.

»Du hast dich wirklich noch nicht viel mit Babys beschäftigt, oder? Die sind im Prinzip wirklich das Gleiche wie Drachen, nur kleiner, ohne die Flügel und mit einer anderen Hautfarbe.«

»Und sie hier riecht besser.«

»Nicht immer.«

Erst als ich mich umschaute, weil Frank, Molly und deren drei Kinder eintrafen, bemerkte ich, dass Oma uns komisch ansah. Wir hatten leise gesprochen, und ich war mir sicher, dass sie praktisch taub war, aber ihr Gesichtsausdruck verriet mir, dass sie das ganze Gespräch mitbekommen hatte.

Als alle da waren und wir uns zum Essen hinsetzten, blieben uns weitere Katastrophen erspart. Alle waren höflich zu Owen und keiner stellte zu viele persönliche Fragen über ihn oder die Art unserer Beziehung. Je weiter die Mahlzeit voranschritt, desto weniger machte ich mir Sorgen, was ich über ihn und uns beide sagen sollte.

Aber ich hätte mich besser nicht entspannt. Mom bot gerade Nachschlag an, da fragte Oma: »Und wie viel Zeit verbringen Sie mit den Drachen oben in New York? Ich wusste gar nicht, dass es noch welche gibt. Man sollte doch meinen, man würde in den Nachrichten etwas davon hören, wenn sie da oben frei rumlaufen.«

Sie hatte Owen völlig auf dem falschen Fuß erwischt, und ich musste ein Keuchen unterdrücken, als ich seinen Blick auffing. Auf seinen Wangen formten sich rote Flecken. »Mutter!«, schimpfte

Mom, und mir fiel auf, dass alle Oma anstarrten und nicht uns. Es war unser Glück, dass sie ziemlich oft so verrücktes Zeug redete, denn sonst wären wir aufgefallen.

»Er hat von Drachen geredet«, verteidigte sich Oma.

»Mama, du weißt doch, dass du nicht mehr so gut hörst. Wahrscheinlich hast du etwas missverstanden. Wenn ich dich endlich von einem Hörgerät überzeugen könnte, dann hättest du diese Probleme nicht.«

»Ich brauche kein Hörgerät. Mit meinem Gehör ist alles in bester Ordnung. Er trägt Magie in sich, deshalb ist es ganz natürlich, dass er über Drachen redet.« Sie wandte sich an Owen: »Mein Vater hat mir immer Drachengeschichten erzählt, aber er sagte, die gäbe es nur in der alten Heimat.«

Er sah sie lange an und sagte dann: »Katie und ich haben tatsächlich über Drachen geredet, das haben Sie richtig gehört. Aber wir meinten das im übertragenen Sinne. Bei uns auf der Arbeit waren ein paar Leute, die wir immer als Drachen bezeichnet haben. Das war eine Art Scherz. Es tut mir leid, wenn wir Sie beunruhigt haben.« Dann lächelte er ihr auf eine Art und Weise zu, die garantiert jedes Frauenherz zum Schmelzen brachte, egal wie jung oder alt es war. Es war gut, dass er sich dieser speziellen Macht nicht bewusst war, denn wenn er in Versuchung gekommen wäre, sie zu bösen Zwecken einzusetzen, hätte er äußerst gefährlich werden können. »Allerdings muss ich Ihnen sagen, dass Drachen in New York leben könnten, ohne dass es jemand merkt. Ich wäre nicht überrascht, wenn ich erfahren würde, dass es ganze Nester von ihnen in den Abwasserkanälen und U-Bahn-Tunneln gibt. Man weiß nie, was da unten kreucht und fleucht.«

»Ach was, U-Bahn-Tunnel«, warf ich ein. »Eine hat direkt unter uns gewohnt. Die war ein Albtraum.« Alle am Tisch lachten, aber Oma starrte weiter Owen an. Sie musterte ihn kritisch, aber ich merkte, dass er eine Freundin gewonnen hatte, weil er das Gespräch von ihren Hörproblemen und ihrer geistigen Gesundheit abgelenkt hatte. Sie würde ihn weiterhin beobachten, aber nicht versuchen, ihn gegenüber Mom und Dad zu enttarnen. Ich war ebenfalls von ihm beeindruckt.

Nach dem Essen blieb er mit Dad und meinen Brüdern im Wohnzimmer kleben, während wir Frauen aufräumten. Mir war klar, dass das eine sexistische Arbeitsteilung war, aber seit Dean einmal einen von Moms guten Tellern zerbrochen hatte, wollte sie keinen Mann mehr ans Spülbecken lassen. Seither hatte ich Dean im Verdacht, es absichtlich getan zu haben. Owen bot seine Hilfe an, wurde aber weggescheucht. Ich fand, dass ich an seiner Seite bleiben sollte, denn schließlich war er mein Gast, aber ich wurde zur Küchentruppe eingeteilt. Na ja, wenn er mit Dad oder meinen Brüdern Ärger bekäme, könnte er zur Ablenkung immer noch irgendetwas explodieren lassen. Und mit Oma an seiner Seite war er vermutlich ohnehin in Sicherheit.

Mom und Molly räumten das restliche Essen weg, Beth spülte, und Sherri und ich trockneten ab. Genauer gesagt, trocknete ich ab, während Sherri sich an die Küchenzeile lehnte. Mit einer Hand schob sie ihre Haare zur Seite, kratzte sich am Hals und überraschte mich dann damit, dass sie eine Schranktür aufmachte, damit ich ein Geschirrteil wegstellen konnte. Im Vorbeigehen hielt Molly an und meinte: »Wow, guckt euch das mal an!« Erst jetzt bemerkte ich das Armband an Sherris Handgelenk.

»Ach, das kleine Ding?«, lachte sie und schüttelte ihr Handgelenk. Es war nicht mit Diamanten übersät, aber trotzdem ein schönes Stück, vielleicht sogar aus echtem Gold, und mit Edelsteinen besetzt. Ich machte im Laden die Gehaltsabrechnung, also wusste ich ganz genau, wie viel Dean und Sherri verdienten. Ich bezweifelte, dass das genug war, um sich zusätzlich zu ihrem teuren Auto und den Raten fürs Haus auch noch solche Schmuckstücke leisten zu können.

»Ein Geschenk von Dean, oder hast du es dir selbst gekauft?«, fragte Molly.

Sherry lächelte schuldbewusst. »Sag ich nicht.«

»Na, so wie du eben, äh, gestrahlt hast, als ihr hier angekommen seid, tippe ich mal auf Ersteres«, konterte ich.

Sherri schlug mir mit dem Geschirrtuch auf die Schulter. »Ach du! Sei nicht so ungezogen! Woher willst du wissen, dass ich mich nicht auch total sexy fühle, wenn ich es mir selbst gekauft habe?«

Ich versuchte, möglichst unauffällig in ihrem Gesicht zu lesen und herauszufinden, ob sie die Wahrheit sagte. Dummerweise war sie gut darin, sich selbst einzureden, dass alles, was sie glauben wollte, auch wirklich zutraf. Deshalb glaubte sie selbst nicht, dass es eine Lüge war, als sie es sagte. Und ich war mir sogar einigermaßen sicher, dass sie einen Lügendetektortest bestehen würde.

Der zeitliche Zusammenhang zwischen ihrem neuen, für sie zu teuren Armband und dem gestrigen Einbruch im Juwelierladen war allerdings äußerst verdächtig. Vielleicht war Sherri ja wirklich in mehr als nur einem Sinne eine Hexe, und *sie* war unsere Verdächtige. Natürlich war es ebenso gut möglich, dass der Täter Schmuck und andere gestohlene Gegenstände aus seinem Kofferraum verkaufte und sie sich deshalb das Armband hatte leisten können.

»Das hast du doch bestimmt bei Murphy's gekauft.« Beth trocknete sich die Hände ab und beugte sich vor, um das Armband genauer zu betrachten. »Ich glaube, ich hab gestern etwas in dieser Art gesehen, als ich da war, um meine Uhrenbatterie austauschen zu lassen.«

Sherri lachte ohne erkennbaren Grund und warf den Kopf in den Nacken. Ich fand, dass sie unbehaglich aussah, aber ich wusste nicht, ob das daher rührte, dass sie es gestohlen hatte und ihre Schwester die Quelle erkannte, oder daher, dass sie das gestohlene Armband illegal erworben hatte. In einer Kleinstadt mit gestohlenem Schmuck herumzulaufen war ohnehin eine dumme Idee. Die Wahrscheinlichkeit, dass jeder sofort sehen würde, wo er herkam, war viel zu groß.

Nach einer Weile stammelte sie: »Na ja, ich meine, allzu einzigartig ist es nun auch wieder nicht. Wahrscheinlich stellen sie die in China massenhaft her und schicken dann ganze Schiffsladungen zu uns.«

»Was gibt es denn da zu sehen?«, fragte Mom und trat zu uns.

Molly griff sich Sherris Handgelenk und hielt es Mom hin. »Wir bewundern gerade Sherris neues Armband.«

»Oh, das ist aber schön! Ich glaube, das habe ich bei Murphy's gesehen. Ich hab sogar überlegt, dass es ein nettes Geburtstagsgeschenk für dich wäre. Aber da du es jetzt schon hast, muss ich mir wohl etwas anderes einfallen lassen. Wahrscheinlich haben Dean und ich den gleichen Geschmack.«

Sherri streckte ihren anderen Arm aus und schüttelte ihn. »Ich hab zwei Handgelenke!«

Beth wandte sich wieder dem Spülbecken zu, tauchte die Hände in das heiße Wasser und begann heftig zu schrubben. Molly ging auch weiter, und ich musste mich zwingen, den Mund zu halten. Es war nicht leicht, mit Beths gesteigertem Spültempo mitzuhalten, aber das machte mir nichts aus, denn ich wollte so schnell wie möglich zu Owen und ihm berichten, was ich herausgefunden hatte.

Als ich schließlich aus der Küche entkam, erblickte ich zu meiner Überraschung einen völlig entspannten Owen. Er plauderte mit Teddy, und obwohl sie sich durchaus ein wenig ähnlich waren, konnte ich mir nicht vorstellen, welches gemeinsame Thema sie gefunden haben mochten. Die Herstellung von Zaubertränken hatte auch mit Chemie zu tun, aber zwischen Owens Magie und Teddys landwirtschaftlicher Arbeit gab es nicht allzu viele Überschneidungen. Ich kam nahe genug heran, um mithören zu können, und entdeckte, dass sie sich über Bücher unterhielten. Sie mochten beide die gleichen Spionagethriller und Krimis und tauschten Lektüreempfehlungen aus.

Ich liebte meine Familie, aber jetzt wollte ich vor allem, dass sie verschwand – und zwar schnell. Oma brach als Erste auf, weil sie nicht gern im Dunkeln Auto fuhr. Dann gingen Molly und Frank ihre Kinder ins Bett bringen. Teddy und Beth folgten kurz darauf und schlichen sich mit der schlafenden Lucy aus dem Haus, bevor sie aufwachen und verlangen konnte, wieder von ihrem neuen Helden gehalten zu werden.

Ich war wie vom Donner gerührt, als Sherri während der Verabschiedung sagte: »Kommt doch morgen zu uns zum Mittagessen. Mit so vielen Leuten hier sind wir ja kaum dazu gekommen, uns zu unterhalten.« Sie redete eigentlich mit mir, wandte die Augen aber nicht von Owen ab, während sie sprach.

Aus langjähriger Erfahrung wusste ich, dass sie wahrscheinlich eine Gelegenheit suchte, Owen in ihre Krallen zu bekommen, aber ich verspürte trotzdem keinerlei Anflug von Eifersucht. Selbst wenn sie wirklich eine echte Hexe mit magischen Fähigkeiten war, bezweifelte ich, dass sie Owen überwältigen konnte. Und wenn sie die andere Art Hexe war, dann war sie so was von nicht sein Typ, dass er kaum bemerkte, dass sie eine Frau war. Owens Selbstvergessenheit hatte uns in der Vergangenheit schon öfter in Schwierigkeiten gebracht. Manchmal warf sich ihm eine Frau an den Hals, ohne dass er es überhaupt merkte und ohne dass ihm bewusst wurde, dass er sie durch seine Nichtbeachtung zurückwies. Aus Rache wandten sie sich dann mitunter gegen die ganze Firma.

»Ja, das wäre sehr nett«, antwortete ich und ignorierte das Entsetzen, das sich auf Owens Gesicht abzeichnete. Wir würden die perfekte Gelegenheit bekommen nachzusehen, ob sich noch mehr magisch geraubtes Diebesgut in ihrem Besitz befand. Ich sah ihn bedeutungsvoll an, um ihm zu zeigen, dass ich wusste, was ich tat.

»Wie wäre es dann mit halb eins? Und bringt bloß nichts mit, es ist für alles gesorgt.«

Als sich das Haus endlich von allen bis auf Dad, Mom und uns geleert hatte, schlug ich Owen vor, den schönen Abend auf der Hollywoodschaukel auf der Terrasse zu genießen. Sobald wir nicht mehr ausspioniert wurden – jedenfalls nicht aus einer Entfernung, aus der man uns zuhören konnte –, teilte ich ihm meine Schlussfolgerungen mit. »Ich habe einen neuen Verdächtigen für dich«, sagte ich.

»Jemanden aus deiner Familie?«

»Nur indirekt. Sherri trug heute Abend ein neues Armband, von dem Beth sich erinnern konnte, es im Juwelierladen am Platz gesehen zu haben. Sherri wirkte nervös und blieb ziemlich vage darüber, wo sie es herhatte. Ich weiß, dass sie und Dean sich normalerweise solche Sachen nicht leisten können.«

»Meinst du, sie ist unser böser Magier?«

»Entweder das, oder sie weiß, wer es ist, weil sie heiße Ware zu Discountpreisen von ihm kauft.«

»Also *deshalb* hast du ihre Einladung angenommen.«

»Genau. Normalerweise meide ich sie wie die Pest, aber vielleicht finden wir ja heraus, was sie sonst noch in ihrem Haus haben, und du merkst vielleicht, ob da irgendwelche Zauberei betrieben wird. Ich nehme an, es gibt keine Möglichkeit, sie auffliegen zu lassen, ohne den magischen Aspekt zu enthüllen, oder?«

»Das könnte schwierig werden.«

»Mist. Ich weiß, es klingt gemein, aber ich würde Mom so gerne beweisen, dass Sherri nicht die Welt erschaffen hat. Frank und Teddy haben so tolle Frauen, dass ich sie praktisch als Schwestern betrachte. Aber was Dean sich gedacht hat, ist mir ein Rätsel. Jedenfalls hat er dabei nicht seinen Kopf eingesetzt, so viel ist klar.«

»Sie ist nicht einmal besonders attraktiv. Sie wirkt billig.«

Am liebsten wäre ich ihm für diesen Satz auf der Stelle um den

Hals gefallen. Ich hatte vergessen, was ich zuletzt auf die Liste der Dinge, die ich an ihm liebte, gesetzt hatte, aber das musste auf jeden Fall darauf. Zu schade, dass eine Umarmung für die strikt berufliche Beziehung, die er offenbar unbedingt aufrechtzuerhalten versuchte, unangebracht gewesen wäre.

»Ich nehme an, wir präparieren die Bank heute Nacht, wenn alle schlafen. Aber wie kriegen wir es hin, dass Kunden und Mitarbeiter immer noch rein- und rauskommen, nur unser Magier nicht?«

»Ich kann den Schutzschirm so einstellen, dass nur Leute mit einem bestimmten magischen Niveau abgeblockt werden. Jemand, der tatsächlich Magie betreiben kann, muss dazu einen Schwellenwert erreichen. Wenn wir von Leuten hören, die nicht in die Bank hineingekommen sind, dann wissen wir, dass es hier mehr Magie gibt, als wir dachten. Aber wenn ich recht habe, versucht er die Bank morgen Nacht auszurauben. Dann hätten wir ohnehin alles erledigt, bevor Kunden ins Spiel kommen können.«

»Ich nehme an, wir klettern nachher wieder aus dem Fenster.«

»Vorher muss ich aber noch ein paar Sachen aus meinem Koffer holen. Ich hoffe, deine Eltern haben einen tiefen Schlaf.«

Wir gingen wieder rein und machten eine große Show daraus schlafen zu gehen. Kaum war ich sicher in meinem Zimmer angekommen, zog ich eine schwarze Jeans und ein schwarzes Kapuzenshirt an, legte ein paar Kissen zurecht, so dass es aussah, als würde ich im Bett liegen, und zog Owens Koffer unter meinem Bett hervor. Dann las ich im Schein meiner Taschenlampe, bis kurz nach Mitternacht Owen an mein Fenster klopfte.

Er war ebenfalls ganz in Schwarz gekleidet. Ich wollte ihm seinen Koffer anreichen, aber er schüttelte den Kopf und kletterte durchs Fenster herein. »Ich brauche nicht den ganzen Koffer.« Er kniete sich hin, machte ihn auf und tat ein paar Gegenstände in einen schwarzen Rucksack, der sich ebenfalls im Koffer befand. Ich versuchte einen Blick in den Koffer zu erhaschen, aber es war zu dunkel, als dass ich viel hätte sehen können, und das magische Licht, das er als Arbeitsbeleuchtung verwendete, schien in einem Winkel, der mir keine gute Sicht ermöglichte.

Als er alles gefunden hatte, was er brauchte, machte er den Koffer wieder zu und schob ihn zurück unters Bett. Dann kletterten wir aus dem Fenster und vom Vordach herunter. Wir parkten hinter dem Dairy Queen und gingen das letzte Stück bis zur Bank zu Fuß. Sie befand sich einen Block vom Gerichtsplatz entfernt. Es handelte sich um ein Art-déco-Gebäude, das wahrscheinlich gerade rechtzeitig zur Bankenkrise in der großen Depression fertig geworden war. Das Gebäude hatte sich als weitaus widerstandsfähiger erwiesen als die Institution, die es beherbergte, und befand sich immer noch im Besitz eines Bankenkonzerns. Sam erwartete uns vor der Eingangstür.

»Meinst du, du kannst uns lange genug verschleiern, bis ich fertig bin?«, fragte Owen. »Ich möchte nicht, dass wir aus Versehen in Verdacht geraten.«

»Alles unter Kontrolle, Chef. Ich bin mir nicht sicher, ob ich stark genug bin, um unseren Zauberer abzublocken, aber den Streifenpolizisten werden jedenfalls keine verdächtigen Aktivitäten auffallen. Hier gibt es kaum Kraftfelder, die ich anzapfen kann. Ich hab heute ein paar Stunden auf einer Kirche verbracht, das hat zwar geholfen, ist aber nicht das Gleiche wie ein richtiges Kraftfeld.«

»Sind Kirchen gute Kraftquellen?«, konnte ich nicht widerstehen zu fragen. »Wenn ja, ist diese Stadt vielleicht energiegeladener, als ihr denkt, denn wir haben praktisch an jeder Ecke Kirchen.«

»Das funktioniert nur für Gargoyles, meine Liebe, weil wir ursprünglich dafür geschaffen sind, Kirchen zu bewachen. Die meisten Kirchen hier haben aber trotzdem keine nennenswerten Kraftfelder, weil Gargoyles bei ihrem Bau nicht berücksichtigt worden sind. Ein großes Versäumnis, wenn du mich fragst.«

Owen hatte bereits mit der Arbeit begonnen. Er nahm Gegenstände aus dem Rucksack und platzierte sie um den Eingang der Bank. »Gibt es einen Hintereingang?«, fragte er.

»Nein, nur einen Weg rein und raus. Die Bank wurde in einer Zeit gebaut, als Banken dauernd überfallen wurden, und man wollte möglichst wenige Fluchtwege lassen. Kann ich dir irgendwie helfen?«

»Danke, aber jetzt noch nicht. Ich brauche dich, wenn es so weit ist, die hier scharf zu machen. Unterstütz doch Sam beim Wachestehen.«

Als ich die Scheinwerfer eines Autos näher kommen sah, hielt ich unwillkürlich den Atem an und hoffte, dass Sams Verschleierungszauber gut war. Anscheinend fuhr die Polizei nach den Ereignissen der letzten Nacht verstärkt Streife. Die Lichtkegel bogen ab, als der Streifenwagen den Platz umrundete, und ich atmete erleichtert aus. Ein paar Minuten später tauchten sie wieder auf, diesmal in der Seitenstraße, an der die Bank lag. Ich presste mich an das Gebäude, während sie vorbeifuhren. Der Streifenwagen fuhr so langsam, dass ich sehen konnte, wie der Polizist den Kopf bewegte, während er die Straße nach verdächtigen Aktivitäten absuchte. Der Anblick eines Gargoyles auf dem Bürgersteig und zweier schwarz gekleideter Menschen vor dem Eingang der Bank hätte sicher dazu geführt, dass sie anhielten, aber sie bemerkten nichts und fuhren weiter.

»Du traust mir nicht, was?«, meinte Sam mit beleidigtem Unterton, als ich erleichtert aufatmete.

»Tut mir leid, aber da deine Magie auf mich nicht wirkt, vergesse ich leicht, dass sie da ist«, antwortete ich. Ich war überrascht, wie sehr ich zitterte. Das erinnerte mich an das eine Mal, als ich bei einem Schülerstreich dabei gewesen war; damals hatten wir das Haus unseres Chemielehrers in Klopapier eingewickelt. Ich hatte dermaßen Angst gehabt, erwischt zu werden, dass es überhaupt keinen Spaß machte, und daraufhin beschlossen, solche Aktivitäten in Zukunft zu meiden.

»Ich versuche hier zu arbeiten«, meckerte Owen. Er neigte dazu, giftig zu werden, wenn er sich auf etwas konzentrierte. Das waren die einzigen Gelegenheiten, bei denen er seine normale Gelassenheit ablegte. Sam und ich warfen uns einen Blick zu, und Sam zuckte mit den Schultern.

Hinter uns begann Owen einen leisen Singsang, der sich anhörte, als könnte er auf Griechisch sein. Währenddessen verteilte er ein schimmerndes Pulver auf der Schwelle der Bank. Ich erschauderte angesichts der starken Magie, die direkt neben mir im Einsatz war, und war froh, dass ich mein magieverstärkendes Medaillon nicht trug. Er trat einen Schritt zurück, hielt einen Moment inne und sagte dann: »Okay, jetzt müssen wir es noch scharf machen und fein einstellen. Dabei brauche ich deine Hilfe.«

»Meine Hilfe? Aber ich bin doch überhaupt nicht magisch.«

»Ja, aber das bedeutet, dass du eine Menge aufgestauter Energie hast, die ich nutzen kann. Für einen Abwehrzauber wie diesen hier ist eine starke Energieentladung erforderlich. Und da die Kraftfelder hier so schwach sind, brauche ich eine andere Quelle, wenn ich mich selbst nicht völlig verausgaben will. Du wirst aber wahrscheinlich kaum einen Unterschied bemerken.« Er streckte mir seine Hand entgegen, und ich trat vor und nahm sie. Seine Hand war fest und warm, aber ich war mir sicher, dass meine kalt und feucht war.

Er passte seinen Griff so an, dass unsere Handflächen fest aufeinander lagen und unsere Finger verschränkt waren, um möglichst viel Hautkontakt zwischen uns herzustellen. »Und jetzt musst du dich entspannen. Du brauchst nichts weiter zu tun, als hier zu stehen und weiterzuatmen, in Ordnung?«

Ich nickte und brachte ein heiseres »Ja, gut« hervor.

»Na dann. Sam, du hältst weiter Wache. Und stell sicher, dass der Verhüllungszauber in Kraft ist. Es könnte ein kleines Feuerwerk geben.« *Ja, ganz bestimmt sogar*, dachte ich. Meine Haut kribbelte von dem engen Kontakt mit ihm. Dabei hatte die Zauberei noch nicht einmal angefangen.

Ich hatte das Gefühl, ich sollte besser meine Augen schließen, aber Owen hatte nichts davon gesagt und ich wollte sehen, was passierte. Er murmelte halblaut etwas, das irgendwo zwischen Singsang und Gesang lag. Es war mehr Melodie darin als in typischem Singsang, aber nicht genug für ein richtiges Lied – es sei denn, man war ein Rapper. Ich verstand keins der Worte und erkannte nicht einmal die Sprache. Dann überkam mich das stärkste magische Kraftfeld, das ich je gespürt hatte. Es floss durch mich durch und erinnerte mich dabei an die sehr kurze Zeit früher in diesem Jahr, als ich durch einen Zufall, der mit einer parasitären Fee zu tun hatte, selbst Magie hatte ausüben können. Meine Hand wurde so heiß in Owens Hand, dass ich dachte, sie würde rot leuchten, wenn ich hinschaute.

Aber als ich hinschaute, waren unsere verschränkten Hände von einer goldenen Aura umgeben. Dann zog ein helleres Licht meine Aufmerksamkeit auf sich. Ich drehte mich um und sah, wie aus dem Pulver ein weißes Licht aufstieg, das den gesamten Eingang ausfüllte. Der Lichtschein hielt ungefähr eine Minute an, dann war der Zauber plötzlich vorbei. Der Eingang sah wieder normal aus, und als ich unsere Hände anschaute, war auch die Aura weg. Hitze spürte ich ebenfalls keine mehr.

Owen atmete ein paarmal tief ein und aus und ließ dann meine Hand los. »Alles in Ordnung?«, fragte er.

»Ja, ich glaub schon.« Mir war in Wirklichkeit ein wenig

schwindelig, und ich war wackelig auf den Beinen, aber ich glaubte nicht, dass das mit Owens magischen Aktivitäten zu tun hatte. Es kam wohl eher davon, ihm in Aktion zuzusehen, während wir Händchen hielten. Unwillkürlich stellte ich mir vor, wie es wohl mit ihm im Bett sein mochte, falls wir jemals wieder zusammenkommen und unsere Beziehung in ein solches Stadium bringen konnten, ehe irgendeine neue Katastrophe eintrat. Ich war froh, dass es so dunkel war, denn mein Gesicht fühlte sich plötzlich so heiß an wie eben noch unsere Hände. »Hat's geklappt?«, fragte ich.

»Sam?«

Der Gargoyle watschelte auf den Eingang zu, nur um dann zurückgestoßen zu werden. »Ja, funktioniert.«

»Und was nun?«, fragte ich.

»Sam observiert die Bank und hält uns darüber auf dem Laufenden, was er sieht. Und wir gehen wieder ins Bett, bevor jemand merkt, dass wir nicht da sind.«

Wir schlichen quer durch die Stadt zu unserem Auto zurück und fuhren nach Hause. Wir waren nur ein paar Blocks weit gekommen, da sagte Owen plötzlich: »Oh, oh!« Ich drehte mich um und sah hinter uns rote und blaue Lichter blitzen.

»Oh, oh«, wiederholte ich.

10

Ich bekam immer Herzklopfen, wenn ich einen Streifenwagen am Straßenrand sah und etwas über dem Tempolimit zu sein glaubte. Dann schaute ich eine Zeitlang immer wieder in den Rückspiegel, bis ich mich davon überzeugt hatte, dass die Polizei mir nicht folgte. In dieser Nacht bekam ich fast eine Herzattacke und dachte, ich müsste mich übergeben, als ich die blinkenden Lichter des Streifenwagens hinter uns erblickte. Schließlich waren wir mitten in der Nacht unterwegs und taten extrem verdächtige Dinge, während ein ungewöhnliches Verbrechen seinen Lauf nahm.

Owen dagegen sah absolut ruhig aus. Er fuhr rechts ran und öffnete das Fenster. Dann griff er nach meiner Hand. »Guten Abend, Officer«, sagte er mit einem seltsamen Unterton in der Stimme. »Haben wir etwas falsch gemacht?« Ein leichtes Kribbeln auf der Haut sagte mir, dass magische Kräfte im Einsatz waren, und meine Handfläche wurde dort, wo Owen sie berührte, ganz warm.

Der Beamte bekam einen glasigen Blick. »Nein, Sie haben nichts falsch gemacht. Aber haben Sie irgendetwas Verdächtiges gesehen?«

»Nein, absolut nichts.«

»Dann vielen Dank. Und einen schönen Tag noch.« Der Officer drehte sich um und ging zu seinem Wagen zurück, und Owen fuhr weiter. Er ließ meine Hand erst los, als der Streifenwagen nicht mehr zu sehen war.

Sobald die Gefahr vorüber war, wurde mir ganz schwindlig vor

Erleichterung. »Das sind nicht die Droiden, die ihr sucht«, zitierte ich, ruinierte meine Obi-Wan-Kenobi-Imitation jedoch, indem ich zu giggeln anfing.

»Wie bitte?«

»Ach, komm schon, weißt du doch, Jedi-Tricks. Die Macht übt einen starken Einfluss auf die Willensschwachen aus.«

»Ja, das tut sie. Und du solltest lieber froh sein, dass ich den Trick kenne, sonst wären wir eben zu Hauptverdächtigen geworden. Haben die eigentlich eingebaute Kameras in ihren Streifenwagen?«

»Nicht in dieser Stadt. Du brauchst die Aufzeichnung also nicht per Magie zu löschen. Ich dachte immer, es wäre nicht richtig, andere mit Hilfe von Magie zu manipulieren.«

»Es gibt eine Grauzone. Das hängt stark von den Motiven des Einzelnen ab. In diesem Fall kann man mir das nachsehen, weil es von entscheidender Bedeutung für den Erfolg der Mission war. Wenn ich zugelassen hätte, dass er mir einen Strafzettel ausstellt, hätten wir mächtig Ärger bekommen.«

»Ja, es wäre wohl nicht gut gewesen, wenn wir als verdächtig eingestuft worden wären, wo wir doch im Gegenteil versuchen, das Problem zu lösen«, gab ich zu. Dann fügte ich hinzu: »Echt cool, wie du das gemacht hast.«

»Ich hab nicht gerade viel Übung darin. Und so müde, wie ich bin, war ich gar nicht sicher, ob es funktioniert.«

»Und was wäre gewesen, wenn es nicht funktioniert hätte?«

»Ich glaube, dann hätte ich ihn betäubt, damit er das Bewusstsein verliert, und danach hätte ich sein Gedächtnis manipuliert, damit er sich nicht daran erinnert, dass er mich angehalten hat.« Der nüchterne Ton, in dem er das sagte, war beängstigend.

Nachdem wir zu Hause angekommen waren, blieb er noch eine Weile im Auto sitzen. Er sah wahnsinnig erschöpft aus, fast als müsste er seine Batterien neu aufladen, bevor er überhaupt einen

Fuß vor den anderen setzen konnte. »Ist es wirklich so anstrengend, Abwehrzauber zu installieren?«, fragte ich.

»Ja, weil man sie mit ausreichend Energie ausstatten muss, um sie eine Weile am Laufen zu halten. Das kostet genauso viel Kraft, wie einen Zauber über Tage aufrechtzuerhalten. In New York gibt es natürlich stärkere Kraftfelder, die ich anzapfen kann. Um mein Haus zu schützen, brauchte ich nur einen langen Mittagsschlaf und einen Tag ohne die Anwendung von Magie, um mich wieder zu erholen. Die Firma verfügt über Kraftfeldverstärker, weshalb es auch spielend leicht war, mein Büro zu sichern. Hier allerdings ...« Er schüttelte den Kopf. »Praktisch egal was ich mache, es laugt mich ziemlich aus. Deshalb muss ich auf dich zurückgreifen. Wann müssen wir morgen früh aufstehen?«

»Die Messe beginnt um elf, und normalerweise wird erwartet, dass man hingeht. Aber wenn du dich nicht gut fühlst, werden Mom und Dad dafür Verständnis haben. Sie gehen vorher noch zur Sonntagsschule, aber wir müssen nicht mit ihnen aufstehen. Sonntags gilt bei uns beim Frühstück das Selbstversorgerprinzip.«

»Deine Mutter ist bestimmt sehr enttäuscht, wenn sie mich nicht ihren Freundinnen vorführen kann. Und das könnte dann dazu führen, dass wir nichts mehr geschafft kriegen, ohne ihr Misstrauen zu erregen. Wenn ich es zurück ins Haus schaffe, wird es schon gehen. Ein paar Stunden Schlaf, und ich bin wieder fast der Alte.«

Diesmal setzte er keine Magie ein, um den Baum besser erklimmen zu können. Er schob mich nach oben, und dann reichte ich ihm eine Hand, um ihm hochzuhelfen. Er war zwar schlank, aber weitaus schwerer, als er aussah. Ich kletterte durchs Fenster in mein Zimmer und lauschte dann erst einmal mit angehaltenem Atem auf andere Geräusche im Haus. Als ich sicher war, dass die Luft rein war, gab ich ihm ein Zeichen und zog seinen Koffer unter meinem Bett hervor.

Er packte den Rucksack weg und holte ein kleines Fläschchen heraus, bevor er den Koffer wieder verschloss und versteckte. Dann fragte er: »Meinst du, es merkt jemand, wenn ich durch den Flur zurück in mein Zimmer gehe? Ich bin nicht besonders scharf darauf, weiter auf dem Dach herumzukraxeln.«

»Wenn dich jemand hört, wird er denken, du wärst auf dem Weg zur oder von der Toilette. Das ist nicht so wie mit der Treppe.«

Er öffnete meine Tür, prüfte, ob auch wirklich niemand im Flur stand, und schlüpfte dann leise hinaus. Ich wartete gespannt, bis er in seinem Zimmer verschwunden war, und zählte dann bis hundert, bevor ich meine Tür so leise wie möglich schloss und meinen Pyjama anzog. Wie es aussah, waren wir wieder einmal unbemerkt davongekommen, auch wenn die Sache mit diesem Polizeibeamten ganz schön knapp gewesen war. Ich zog meine Kissenattrappe unter der Decke hervor, damit ich mich ins Bett legen konnte, und versuchte, nicht darüber nachzudenken, wie es sich angefühlt hatte, als Owens warme Hand in meiner gelegen hatte.

Als er am nächsten Morgen zum Frühstück herunterkam, sah er nicht mehr ganz so mitgenommen aus. Man musste ihn schon gut kennen, um ihm anzumerken, wie erschöpft er sich noch fühlte. Mom hatte uns einen Stapel Waffeln aufgehoben, die wir in den Toaster steckten, und zu meiner großen Erleichterung sprach aus der Nachricht, die sie mir geschrieben hatte, keinerlei Verdacht.

Owen trug dieselben Sachen wie sonst im Büro: Anzug und Krawatte. Eigentlich hätte ich gegen diesen Anblick ja inzwischen immun sein müssen, aber da ich ihn eine ganze Weile nicht so gesehen hatte, blieb mir fast die Spucke weg. Und gleichzeitig versetzte es mir einen Stich, als mir klar wurde, was ich so lange entbehrt hatte. »Kaffee?«, fragte ich und versuchte zu verbergen, was, wie ich fürchtete, offensichtlich war.

»Ja, bitte.« Er hängte seine Anzugjacke über die Rückenlehne des Küchenstuhls und setzte sich müde hin.

Ich stellte den Kaffee vor ihn hin, zusammen mit Gläsern für Milch und Orangensaft. »Bist du sicher, dass alles in Ordnung ist?«, fragte ich.

»Solange mich heute niemand zu einem magischen Duell herausfordert, ist alles gut. Unser Zauberer erholt sich bestimmt noch von seinem Raubzug von neulich abends. Das Fehlen lokaler Kraftfelder sollte ihm – oder ihr – noch mehr zu schaffen machen als mir.«

Die ersten Waffeln sprangen aus dem Toaster, und ich reichte ihm seine auf einem Teller an. »Sirup steht auf dem Tisch. Brauchst du sonst noch irgendetwas?«

»Nein, danke. Esst ihr so was immer?«

Ich legte meine eigene Waffel auf einen zweiten Teller und nahm dann neben ihm Platz. »Nein, Mom legt sich nur ein bisschen ins Zeug, weil du zu Besuch bist. Meistens gibt's hier Frühstücksflocken und vielleicht noch Toast.« Plötzlich wurde mir bewusst, wie eng mein Rock geworden war. Ein Monat mit Moms Küche und ohne all die Wege, die ich in New York zu Fuß zurückgelegt hatte, und ich lief Gefahr, mir eine komplett neue Garderobe kaufen zu müssen. Meine einzige Rettung bestand in der Tatsache, dass mein Job hier weitaus mehr körperliche Aktivität mit sich brachte, als es meine Arbeit bei MMI getan hatte. Nun ja, mal abgesehen von den Tagen, an denen ich von Drachen oder anderen seltsamen magischen Kreaturen verfolgt worden war. Mein Bürojob bei MMI war überwiegend eine sitzende Tätigkeit gewesen, während ich im Laden nur selten dazu kam, mal mehr als fünf Minuten am Schreibtisch zu bleiben.

Owen aß eine Weile schweigend, dann zeigte das Koffein allmählich seine Wirkung, und er wurde ein bisschen lebhafter. »Ich nehme an, dass wir gleich nach der Kirche zum Haus deines Bruders fahren, um uns zu vergewissern, dass deine Schwägerin nicht unsere Übeltäterin ist. Steht heute sonst noch irgendetwas auf der Agenda?«

»Es wird dich freuen zu hören, dass sonntags immer ein Mittagsschlaf nach dem Essen vorgesehen ist.«

»Gut. Dann sind wir fit für die nächste anstrengende Nacht.«

»Noch eine?« Auch wenn ich die Rüschen und den Baldachin hasste, mochte ich mein Bett andererseits doch ziemlich gern, vor allem mitten in der Nacht. Ich war überhaupt nicht scharf darauf, nachts draußen herumzuschleichen.

»Unser Zauberer müsste sich inzwischen von seinen Gaunereien am Freitag erholt haben, und Sonntagnacht ist doch die ideale Zeit, um die Bank besonders effektvoll auszurauben. Stell dir den Schrecken und die Angst vor, wenn sie am Montagmorgen die Bank öffnen und der Tresor ist leer. Das würde ihm doch eine Riesenfreude bereiten.«

»Kann man wirklich mit Magie eine Bank ausrauben und einen Tresor knacken?«

»Ich würde es nicht gerade bei einer Chase-Filiale in Manhattan versuchen, aber hier würde ich wahrscheinlich in eine Bank reinkommen und mit einer netten Geldsumme unterm Arm wieder raus, ohne dass überhaupt jemandem auffällt, was ich tue. Zwar sind mir keine Zauberformeln bekannt, die speziell zum Knacken eines Tresors gedacht sind, aber es gibt andere gute Formeln für Schlüssel, die man sicherlich abwandeln kann. Nach allem, was wir bislang über unseren Zauberer wissen, würde es mich nicht wundern, wenn in Idris' Kurs auch Formeln zum Ausrauben von Banken durchgenommen werden.«

»Manchmal bin ich echt froh, dass du auf meiner Seite stehst«, sagte ich und schob mir das letzte Stück Waffel in den Mund.

Mom wartete vor der Kirche auf uns, und ich war froh, dass Owen darauf bestanden hatte mitzukommen, ganz gleich, wie er sich fühlte, denn sie hatte sich herausgeputzt wie ein Pfau, um sich nur ja ins rechte Licht zu rücken. Wir waren noch nicht ganz drinnen, als sie schon anfing, Owen allen als *den* Freund ihrer Tochter vorzustellen, der den ganzen Weg von New York hierhergekommen war, um sie zu besuchen. Owen ließ das alles geduldig über sich ergehen, auch wenn es so ziemlich seiner Vorstellung von der Hölle entsprochen haben muss, von Horden Frauen mittleren Alters umgeben zu sein, die alle ein Riesenaufhebens um ihn machten. Aber ich hatte ja gesehen, wie man ihn behandelte, wenn er zu Besuch bei sich zu Hause war, und ging davon aus, dass er so etwas inzwischen gewöhnt war. Hier versuchte wenigstens niemand, ihm seine Töchter an den Hals zu werfen, da er in Cobb war, um mich zu besuchen. Andererseits hatte meine Anwesenheit den Ansturm in seiner Heimatstadt an Weihnachten auch nicht gerade eingedämmt, aber bei all dem Chaos war Magie im Spiel gewesen.

Als wir nach der Kirche wieder ins Auto stiegen, konnte ich förmlich spüren, wie die Spannung von ihm abfiel. »Du hast dich tapfer geschlagen«, sagte ich. »Es haben schon viele Männer angesichts der Frauen in der Vereinigten Methodisten-Kirche von Cobb den Mut verloren.«

»Ich bin schon mit ganz anderen Drachen fertiggeworden.« Dieser kleine Scherz zeigte mir, dass er wieder ganz der Alte und sogar einer Begegnung mit Dean und Sherri gewachsen war. Ich lotste ihn zu deren Haus auf der anderen Seite der Stadt.

Sherri begrüßte uns in einem Rock, der auch als Schlauch-Top durchgegangen wäre, und in einem Schlauch-Top, das auch ein Haarband hätte sein können. Irgendwie bezweifelte ich, dass sie am Morgen in diesem Aufzug in der Kirche gewesen war. Sie trug ihr neues Armband sowie eine dazu passende Halskette und Ohrringe. Kaum war Owen eingetreten, packte sie ihn und küsste ihn nach Art der Europäer auf beide Wangen. Allerdings verfehlte sie beide Male ihr Ziel und traf seine Mundwinkel. »Willkommen in meinem Haus!«, sagte sie dann und führte uns hinein.

Ihr Haus sah meinem Zuhause – also dem Haus meiner Eltern – erschreckend ähnlich. An der Wand hingen dieselben Familienfotos in täuschend ähnlichen Rahmen, und wenn ich mich nicht irrte, bestanden ihre Möbel aus der alten Wohnzimmergarnitur meiner Eltern. Den Tisch hatte Sherri mit Porzellan eingedeckt, das verdächtig wie das Hochzeitsgeschirr aussah, das Mom nie benutzte. Ich nahm mir vor, mal im Porzellanschrank nachzusehen und die Teile nachzuzählen, wenn ich wieder zu Hause war.

Dean kam aus dem Garten herein. Er roch nach Holzkohle, weshalb ich annahm, dass er irgendetwas fürs Mittagessen grillte. Als er Owen begrüßte, war er deutlich kühler und reservierter als am Abend davor. Wahrscheinlich hatte er inzwischen kapiert, dass seine Frau eine potentiell bessere Partie ausgemacht zu haben glaubte. Aber angesichts der Tatsache, dass sie die Verlobung mit einem anderen Mann gelöst hatte, um ihn zu heiraten, war er das ja sicher inzwischen gewöhnt.

Der kühle Auftritt Deans machte Sherri nervös. Sie flatterte umher und nahm eine Streichholzschachtel, um die Kerze anzuzünden, die auf einem kleinen Beistelltisch stand. Sie sah aus wie eine von denen, die Rainbow in der Drogerie verkaufte und die Owen nicht vertrug. Ich hatte gerade den Mund aufgemacht, um sie über Owens Allergien zu informieren, als Dean sagte: »Zünde das Ding nicht an.«

»Warum denn nicht?«, fragte Sherri mit dem brennenden Streichholz in der Hand. »Das ist eine Aromatherapie-Kerze. Sie sorgt für eine Atmosphäre der Ruhe.«

»Nein, sie sorgt eher dafür, dass das ganze Haus stinkt wie ein billiger Puff. Außerdem kriege ich Kopfschmerzen von dem starken Geruch.«

»Als wenn du wüsstest, wie so was riecht«, murmelte sie, blies das Zündholz aber aus. Sobald Dean wieder hinausging, um sich um den Grill zu kümmern, sagte sie mit hoher, angespannter Stimme: »Kann ich euch etwas zu trinken anbieten? Wie wär's mit einem Bier? Aber wir haben auch Limo, Eistee oder Wasser, glaube ich.«

»Ich nehme gern einen Eistee«, sagte ich und fragte mich, ob sie den wohl selbst gemacht hatte. Woraufhin ich meine Wahl sofort bereute.

»Ja, auch für mich einen Eistee, bitte«, antwortete Owen. Ich hatte stark den Eindruck, dass er sich wünschte, unauffällig über die Stellen an seinem Mund wischen zu können, die sie mit ihren Lippen berührt hatte.

Zu meiner großen Erleichterung nahm Sherri eine Flasche Supermarkt-Eistee aus dem Kühlschrank; man konnte ihn also bedenkenlos trinken. Als sie uns unsere Gläser reichte, bedachte sie Owen mit einem Augenaufschlag und sagte: »Du kannst dein Jackett und deine Krawatte gern ablegen, wenn du willst. Wir sind hier nicht so förmlich. Aber du siehst verdammt gut aus in diesem Aufzug.« Sie wandte sich mir zu, während er rot anlief. »Katie, was hast du dir nur dabei gedacht, ihn in New York zurückzulassen? Oder wachsen da solche Männer etwa auf den Bäumen?«

Ich biss mir auf die Zunge, um mir einen albernen Kommentar zu verkneifen. Es machte Owen sichtlich verlegen, dass wir über ihn sprachen, und da ich um seine Erschöpfung wusste, beschloss ich, einfach das Thema zu wechseln. »Das sieht Moms gutem Porzellan total ähnlich«, sagte ich und ging zum Esstisch, um ihr Geschirr zu inspizieren.

»Ja, das ist dieselbe Serie«, antwortete sie. »Ich fand es so toll, als sie das Verlobungsessen für mich gemacht hat, dass ich beschlossen habe, es mir auch zu kaufen. Und ich hatte Riesenglück, dass es bei Murphy's nach all den Jahren noch vorrätig war!«

»Das ist ein Klassiker«, gab ich so neutral wie möglich zurück und fragte mich unwillkürlich, wann sie das Porzellan in dem kürzlich ausgeraubten Juweliergeschäft erworben haben wollte – oder ob nicht doch ein paar Gedecke in Moms Schrank fehlten. »Oh, ist das eine neue Kette?«, fragte ich dann. »Ich glaube nicht, dass ich die schon mal gesehen habe.«

Sie streckte die Brust raus, um sie besser zur Geltung zu bringen, und ich hörte, wie Owen sich an seinem Tee verschluckte. »Gefällt sie dir? Sie passt zu meinem neuen Armband. Und guck mal, die Ohrringe auch.«

Jetzt wurde ich nur noch misstrauischer. Entweder dealte Dean neuerdings mit Drogen, oder sie verkaufte ihren Körper, oder hier ging etwas nicht mit rechten Dingen zu.

Dean kam mit einem Teller voller Steaks zurück ins Haus. »Das Fleisch ist fertig«, verkündete er. »Wie sieht es denn mit dem restlichen Essen aus?«

Sherris Hände flatterten durch die Luft. »Oh! Ich brauche es nur noch auf den Tisch zu stellen.« Sie rannte in die Küche und kam mit Behältern voller Fertig-Krautsalat und Dosenbohnen wieder ins Zimmer. Sie kippte die Bohnen in eine Schüssel und stellte sie in die Mikrowelle. Dann steckte sie einen Löffel in den Krautsalat und stellte ihn auf den Tisch. Mir war es ein wenig peinlich, dass meine Familienangehörigen sich vor Owen derart wie die Klischee-Südstaaten-Proleten aufführten, doch als ich ihn anschaute, wirkte er nicht sonderlich pikiert deswegen. Natürlich nicht. Er war leicht in Verlegenheit zu bringen, aber er war eigentlich kein Snob. Wenn ich darüber nachdachte, war das sogar genau sein Lebensstil. Er aß ebenfalls Fertiggerichte, und das obwohl er in Manhattan in einem Haus wohnte, das viele Millionen Dollar wert war.

Ups, das bedeutete, dass *ich* der Snob war. Ich musste mich fragen, ob ich Sherri deshalb verdächtigte, weil sie vielleicht tatsächlich unser habgieriger Schurkenzauberer war, oder ob ich es tat, weil ich nach einem Vorwand suchte, sie als Feindin betrachten zu können. Schwierige Frage.

Sie nahm die Bohnen aus der Mikrowelle und sagte: »So, und jetzt nehmt alle Platz. Sucht euch aus, wo ihr sitzen wollt. Normalerweise setzen wir uns aufs Sofa und essen vor dem Fernseher, es ist also nicht so, als hätten wir Stammplätze.«

Owen setzte sich und ich ließ mich gegenüber von ihm am Tisch nieder. Dean blieb mit seinem Steak-Teller erst einmal stehen. »Möchtest du deines blutig oder lieber durchgebraten?«, fragte er Owen.

»Hast du auch irgendwas dazwischen?«

Dean lachte. »Genau die richtige Antwort. Ich glaube, so sind sie alle.« Er klang jetzt eigentlich ganz freundlich, also hatte seine kühle Begrüßung vielleicht andere Gründe gehabt. Sehr wahrscheinlich hatten Sherri und er sich gestritten, kurz bevor wir ankamen. Er servierte uns allen Steaks und setzte sich dann ebenfalls an den Tisch. Sherri reichte die Beilagen herum. Dann sagte Dean: »Haut rein!«

Bislang war es Owen gelungen, den schlimmsten Befragungen durch die Familie zu entgehen. Meine Eltern mussten so glücklich gewesen sein zu erfahren, dass ich einen Freund hatte, dass sie dem geschenkten Gaul nicht ins Maul schauen wollten. Mein Bruder hingegen kannte solche Bedenken nicht. Er wartete kaum, bis wir angefangen hatten zu essen, als er bereits in die Offensive ging.

»Du bist also aus New York, richtig, Owen?«, fragte er.

Owen zeigte keinerlei Zeichen von Verunsicherung, sondern schaltete sofort auf professionelle Gesprächsführung um. »Ja. Ich wohne jetzt in Manhattan, aber aufgewachsen bin ich in einer kleinen Stadt nicht weit außerhalb von New York.«

Ich hielt den Atem an und hoffte, Dean würde Owen nicht fragen, wo er geboren war. Das war ein heikles Thema, da er es gar nicht genau wusste, und mir war es lieber, wenn das nicht aufs Tapet kam. Glücklicherweise fragte Dean nicht. Stattdessen wollte er wissen: »Und wo hast deine Ausbildung gemacht?«

Owen sah ihn ganz ruhig an und antwortete: »Yale, vom Grundstudium bis zum Doktor.« Er lief nicht rot an, aber ich spürte, wie mir vor lauter Stolz auf ihn selbst heiß wurde. Ja, mein Freund – oder Exfreund oder was immer er war – war ein toller Typ.

Selbst Sherri wirkte beeindruckt. »Wow, du bist also Doktor?«

»Kein medizinischer Doktor, das ist bloß ein akademischer Doktortitel und bedeutet vor allem, dass ich viel an Schreibtischen gehockt und geschrieben habe.«

Dean sah keine Notwendigkeit, mal einen Gang zurückzuschalten. Wenn überhaupt, war er eher noch eifriger bemüht, etwas zu finden, was mit Owen nicht stimmte. Ich war mir nicht sicher, ob er das tat, weil er mich als mein älterer Bruder beschützen wollte, oder ob er eine Schwachstelle suchte, um sich vergewissern zu können, dass immer noch *er* der tollste Typ der Stadt war. »Und was machst du beruflich?« Eigentlich erstaunte es mich, dass ihm diese Frage noch niemand gestellt hatte. Dass Owen mit mir zusammengearbeitet hatte, war bislang Auskunft genug gewesen.

Owen kaute sehr bedächtig den Bissen zu Ende, den er sich gerade in den Mund gesteckt hatte, und trank dann noch einen Schluck Tee, bevor er antwortete: »Ich arbeite in der Forschung und Entwicklung für eine Firma, die hochspezialisiertes Technologiezubehör herstellt.« Ich versuchte, mir diese Beschreibung für den zukünftigen Gebrauch einzuprägen. MMI als Microsoft der Magie zu beschreiben funktionierte nur, wenn ich mit Leuten sprach, die eingeweiht waren.

Owen sah Dean direkt an, als erwartete er eine Reaktion. Dean war kein Dummkopf, aber er hatte sich noch nie besonders irgendwo reingekniet und wusste daher nur zu gut, dass Owen in einer anderen Liga spielte als er selbst. Und es war ihm auch anzusehen, dass er es wusste. Es war an der Zeit, mich einzuklinken. »Und, mein lieber großer Bruder, was sagst du?«, fragte ich und bemühte mich, eher liebevoll als defensiv zu klingen, »wie ist das Ergebnis der Musterung? Geht er durch oder hätte ich auf einen richtigen Doktor mit einem Abschluss in Harvard warten sollen?«

»Das wäre nicht zwingend eine Verbesserung gewesen«, sagte Owen mit hochgezogenen Augenbrauen in meine Richtung. »Zumindest Havard nicht.«

»Ich finde ihn prima, Katie«, sagte Sherri. »Dean, ich finde, du solltest dich entspannen. Möchte jemand einen Nachschlag?«

Bevor Dean irgendetwas sagen konnte, meldete ich mich wieder zu Wort: »Das ist ja wirklich ein tolles Geschirr. Habt ihr das alles in letzter Zeit gekauft?«

Wohl zum ersten Mal in meinem Leben erlebte ich Dean vollkommen sprachlos. Ihm stand der Mund offen, aber es kam kein Ton heraus. Sherri schien es gar nicht zu bemerken. »Ja, es ist brandneu«, verkündete sie stolz. »Ihr seid die Ersten, die davon essen.«

»Na, da versucht aber jemand, sich beliebt zu machen«, fuhr ich fort. »Dieser ganze hübsche Schmuck, den Sherri trägt, ist mir ja schon aufgefallen. Ich nehme an, du hast irgendeinen Jackpot geknackt, oder?« Dean konnte einfach nicht widerstehen, wenn irgendwo das schnelle Geld winkte. Er war genau der Typ, für den diese Spam-Mails gemacht sind, die einem versprechen, dass man in kurzer Zeit sehr viel Geld verdienen kann. »Da habt ihr aber Glück, dass ihr den ganzen Kram gekauft habt, bevor der Juwelierladen ausgeraubt wurde. Wäre doch wirklich schade gewesen, wenn der Dieb euch die Sachen vor der Nase weggeschnappt hätte, als ihr gerade das Geld dafür zusammenhattet.«

Sie reagierten ganz und gar nicht so, wie ich es erwartet hatte. Sherri konnte normalerweise partout nichts für sich behalten, weshalb ich eigentlich dachte, sie würde sich nun vorbeugen und uns im Flüsterton erzählen, dass sie das alles günstig von einem

Typen erstanden hätten, der ihnen einen Sonderpreis gemacht hatte. Oder dass sie, wenn sie unser Zauberer war, anfangen würde, sich zu brüsten und zu prahlen und mysteriös zu tun. Stattdessen nickte sie jedoch nur mit ernster Miene und sagte: »Ja, ich weiß.«

Deans Reaktion überraschte mich noch mehr. Er wurde total still. Nur seine Blicke schossen zwischen Owen und mir hin und her. Dann sagte er in einem eisigen Ton: »Und ich finde es interessant, dass genau an dem Tag, an dem dein Freund hier aufgetaucht ist, die größte Einbruchswelle über diese Stadt hereingebrochen ist, die wir jemals erlebt haben.«

Ich war nicht sicher, wie ich reagieren musste, um das höchste Maß an Unschuld zu vermitteln. Owen war natürlich nicht der Dieb, aber die mysteriöse Einbruchsserie stand tatsächlich in einem Zusammenhang mit seinem Besuch. Ich versuchte es mit beleidigter Freundin und in Verlegenheit gebrachter Schwester, was mir nicht allzu schwerfiel.

Owen strahlte unterdessen eine noch größere Kälte aus als Dean und diese unheimliche Ruhe, die ihn immer überkam, wenn er absolut sauer war. Das letzte Mal, als ich ihn so wütend erlebt hatte, hatte er beinahe die Grand Central Station drei Stockwerke unter die Erde verlegt, nachdem er eine Schockwelle hervorgerufen hatte, die das gesamte Fundament locker hätte unterminieren können. »Möchtest du damit irgendetwas Bestimmtes andeuten?«, fragte er in einem ruhigen Gesprächston.

»Dean, sei nicht so unhöflich!«, sagte Sherri. »Als hätte er es nötig, hierherzukommen und die Stadt auszurauben. Wenn er ein Dieb wäre, hätte er ja alle möglichen Geschäfte in New York ausrauben können. Entschuldige dich auf der Stelle.«

Dean und Owen lieferten sich ein Blickduell, blaue Augen gegen grüne. Unter normalen Umständen wäre Owen vielleicht im Nachteil gewesen, da er Kontaktlinsen trug und ab und zu blinzeln musste, aber schließlich war er alles andere als normal.

Ich vermutete, dass mein magieanzeigendes Medaillon, wenn ich es denn um den Hals getragen hätte, wie verrückt vibriert hätte, einfach nur von der riesigen Wut, die Owen ausstrahlte. Deans Schulporträt, das an der Wand des Esszimmers gehangen hatte, fiel krachend zu Boden. Natürlich war es durchaus möglich, dass das reiner Zufall und lediglich einer schlampigen Aufhängung geschuldet war, aber eine Wette hätte ich darauf nicht abgeschlossen.

»Dean, ich hab gesagt, du sollst aufhören und dich entschuldigen«, sagte Sherri erneut, diesmal klang ihre Stimme allerdings schrill. Das beendete die verfahrene Situation, und zum ersten Mal, seitdem ich sie kannte, mochte ich Sherri. »Du weißt genau, dass er nicht der Dieb ist, und außerdem hat eure Mom schon Tage vor seiner Ankunft von verrückten Sachen erzählt.«

Dean ließ Owen nicht aus den Augen. »Verrückte Sachen sind aber was anderes als Diebstahl.«

»Ja, aber trotzdem sind in der Stadt vorher schon merkwürdige Dinge passiert. Es ist also nicht so, dass sich mit seiner Ankunft plötzlich alles verändert hätte – außer für Katie vielleicht. Für sie hat sich bestimmt eine Menge verändert.« Und mit einem verlegenen Blick fügte sie hinzu: »Nachdem mein Mann so unhöflich war, glaube ich nicht, dass ihr noch zum Nachtisch bleiben wollt. Es war ohnehin nur ein Kuchen aus dem Supermarkt, nichts Besonderes, und ihr könnt sicher sein, dass Lois was Besseres da hat, wenn ihr zurückkommt.« Sherri stand auf. »Das alles tut mir wirklich sehr leid.«

Es war eine dieser Gelegenheiten, in denen es das Beste ist, sich nicht auf Argumentationen einzulassen. Also nahm ich meine Handtasche, während Owen seinen Mantel holte, dann brachte Sherri uns zur Tür. Sobald wir im Auto saßen, sagte ich: »Tut mir echt leid. Er hat sich benommen wie ein Idiot. Keine Ahnung, was mit ihm los war.«

Owen ließ schweigend den Motor an, legte einen Gang ein und

setzte rückwärts aus der Einfahrt. Erst als wir die Hälfte der Strecke zurückgelegt hatten, fing er an zu sprechen. Zunächst seufzte er und entspannte sich ein wenig, dann sagte er: »Ich weiß ja, dass er dein Bruder ist, und ich merke, dass ich absolut keine Ahnung habe, wie es ist, wenn man Teil einer Familie ist …«

»So jedenfalls nicht«, unterbrach ich.

»Aber ich glaube, wir müssen ihn als verdächtig einstufen. Das war ein ganz klassisches Ablenkungsmanöver. Du hast ihn mit deinen ganzen Fragen über all die neuen Sachen, die er offenbar in letzter Zeit angeschafft hat, so in die Enge getrieben, dass er versucht hat, den Verdacht auf mich umzulenken. Und ich bin sicher, wenn er es genügend Leuten in der Stadt erzählt, ist es ganz leicht für ihn, den Außenseiter zum Täter zu stempeln.«

»Na ja, wenn man bedenkt, dass sein Haus vollgestopft ist mit Sachen, die aus den fraglichen Läden stammen, und du nichts dergleichen bei dir führst, wird er damit nicht allzu weit kommen. Diese Stadt mag ja klein und altmodisch sein, aber so weit meine Erinnerung zurückreicht, haben wir hier noch nie einen Fremden geteert und gefedert aus der Stadt getrieben. Wie kann er denn überhaupt dein Verdächtiger sein? Er ist nicht magiebegabt. Hast du vergessen, dass meine Familie tendenziell eher immun gegen Magie ist?«

»Ich sage ja nicht, dass er unser Zauberer ist, aber ich glaube, dass er vielleicht weiß, wer der Zauberer ist, und mit ihm unter einer Decke steckt. Vielleicht weiß er nicht mal, dass Magie im Spiel ist, und arbeitet nur als Hehler für ihn.«

Ich schüttelte den Kopf. »Nein, das glaube ich nicht. Er mag ja ein Blödmann sein, und ich kann ihn mir ohne weiteres als Trickbetrüger vorstellen, aber dass er so weit geht, glaube ich nicht.«

»Du bist also immer noch der Meinung, dass Sherri unsere Hauptverdächtige ist?«

Ich seufzte. »Nein, eigentlich nicht. Es sei denn, sie hat heute nur so nett getan und in Wirklichkeit haben sie uns den guten Cop und den bösen Cop vorgespielt, um uns von der Spur abzubringen. Aber warum sollten sie glauben, dass wir ihnen auf der Spur sind? Sie können ja nicht wissen, dass einer von uns magische Aktivitäten in dieser Stadt untersucht.«

»Es sei denn, sie sind gewarnt worden. Vielleicht hat Idris herausgefunden, dass ich New York verlassen habe und hier bin.«

»Du bist ja paranoid. Dean fühlte sich einfach von dir bedroht. Er war immer der Sonnyboy in dieser Stadt, der bestaussehende Typ, der jedes Mädchen hätte haben können, das er wollte. Und jetzt hat er plötzlich Zweifel an der Frau bekommen, die er sich ausgesucht hat. Die Leute in der Stadt sind immun gegen seinen Charme und sein Aussehen geworden und erwarten, dass er wirklich mal was auf die Reihe kriegt, und dann kommst auch noch du und lässt ihn ganz schön alt aussehen. Du siehst wirklich besser aus als er – und jetzt werde bloß nicht rot, das macht dich nämlich nur noch unwiderstehlicher. Ja, ob du's glaubst oder nicht, du bist ein heißer Typ. Und dann erzählst du auch noch, dass du einen Doktortitel hast und einen einflussreich klingenden Job in New York. Sherri kriegte den Mund ja gar nicht mehr zu vor lauter Staunen darüber, was für eine gute Partie du bist. Und dann gehe ich hin und stelle die ganzen tollen Sachen in Frage, die Dean ihr geschenkt hat, damit sie mal wieder eine Weile zufrieden ist, und vermassele ihm auch noch die Tour.«

Ich seufzte. »Er musste dich niedermachen, um selbst besser dazustehen.« Als Owen nicht antwortete, fügte ich hinzu: »Du kennst ihn nicht so gut wie ich. Und wie du schon sagtest, du hast keinerlei Erfahrung mit Brüdern.«

Er schaute mich verlegen an. »Ich hab immerhin Rod.«

»Ja, und Dean und Rod sind sich total ähnlich, außer dass Rod nicht allergisch auf Arbeit reagiert und sich nie an eine der Tussen gebunden hat, mit denen er zusammen war.«

»Weil ich es verhindert habe.«

»Rod fühlt sich bedroht genug, um sich hinter einem Illusionszauber zu verstecken. Was glaubst du, was er tun würde, wenn er sich mal richtig bedroht fühlen würde; wenn er Gefahr zu laufen glaubte, sein Ansehen bei jemanden zu verlieren, dessen Meinung ihm wichtig ist?«

»Ich bin zwar nicht sicher, ob er so weit gehen würde, einem Gast in seinem Haus gegenüber so unhöflich zu sein, aber ich verstehe, worauf du hinauswillst. Tut mir leid.«

»Ich gebe ja zu, dass er sich verdächtig benimmt, aber ich kann mir nicht vorstellen, dass er so weit gehen würde. Wenn er irgendwie in dieser Sache mit drinhängt, dann kauft er dem Kerl, der die Diebstähle begeht, billig das Zeug ab oder einem anderen, an den dieser Kerl es vorher schon vertickt hat. Schlimmstenfalls können wir ja versuchen, ihn nach seinen Quellen zu fragen, aber ich bezweifle, dass er mit uns kooperieren wird. Ich glaube, wir werden ohnehin bald herausfinden, wer es ist. Gehen wir heute Nacht wieder auf Tour?«

»Ich fürchte, ja.«

»Das wird aber bestimmt das letzte Mal sein. Unser Zauberer kann garantiert nicht widerstehen und versucht, in die Bank einzusteigen. Dort trifft er dann auf den Abwehrzauber, und zack, sitzt er in der Falle. Was kann dabei schon schiefgehen?«

11

Wenn man sagt, dass ja eigentlich ohnehin nichts mehr schiefgehen kann, fordert man natürlich das Schicksal heraus und sorgt so dafür, dass garantiert alles falschläuft.

Es fing schon an, als wir zu Hause ankamen. Mom wartete in der Küche auf uns. »Kathleen Elizabeth, wie kannst du es wagen, so unhöflich zu deinem eigenen Bruder zu sein, wenn du in seinem Haus zu Gast bist!«

Während ich bis zehn zählte, um mich davon abzuhalten, etwas zu meiner Mutter zu sagen, was ich nachher bereuen würde, begriff ich, dass Dean sicherheitshalber gleich angerufen und mich bei ihr angeschwärzt hatte. »Ich? Ich war unhöflich zu ihm?«, rief ich empört.

Owen reagierte viel ruhiger, was bedeutete, dass er immer noch sehr, sehr wütend war. »Er war derjenige, der unhöflich war, fürchte ich«, sagte er leise. »Er hat mich beschuldigt, der Dieb zu sein, der in der Nacht meiner Ankunft all die Geschäfte in der Stadt ausgeraubt hat.«

Das ließ Mom schwer stutzen. Unhöflich zu Familienmitgliedern zu sein war eine Sache, aber niemals durfte man unhöflich zu Gästen sein, erst recht nicht zu dem potentiell zum Ehemann taugenden guten Fang der immer noch nicht unter die Haube gebrachten Schwester. Sie sah Owen stirnrunzelnd an und wandte sich dann wieder mir zu. »Owen ist natürlich nicht der Dieb. Er war ja die ganze Nacht hier. Aber Dean hat mir erzählt, du hättest *ihn* beschuldigt, der Dieb zu sein.«

Okay, das hatte ich vielleicht auch, aber auf eine sehr indirekte Art und Weise. »Mom, ich hab ihn überhaupt nicht beschuldigt. Ich hab einfach nur all die schönen neuen Sachen bewundert, die er und Sherri sich in letzter Zeit angeschafft haben. Sie haben ein ganzes Porzellanservice gekauft, das genauso aussieht wie deins, und Sherri hatte eine neue Halskette und Ohrringe, die zu dem Armband passen, das sie gestern Abend trug. Ich hab gesagt, sie könnten froh sein, dass sie das alles gekauft haben, bevor die Läden ausgeraubt wurden und all die guten Stücke verschwunden sind.« Ich holte tief Luft und fuhr dann fort: »Wenn ich es nicht besser wüsste, müsste ich glauben, dass da sein schlechtes Gewissen aus ihm spricht. Wenn er keinen Grund hätte, sich schuldig zu fühlen, hätte er mir meine Äußerungen nicht so ausgelegt, dass ich ihn beschuldige, und er hätte auch nicht versucht, die Schuld auf Owen abzuwälzen.«

Sie brauchte eine Weile, um diese Auskünfte zu verarbeiten. In den meisten Familien wird das mittlere Kind mehr oder weniger an den Rand gedrängt, aber Dean war immer Moms Liebling gewesen, derjenige, der stets alles richtig machte. Ich fragte mich, ob das mit seinem guten Aussehen zusammenhing. »Wie ich höre, beschuldigst du ihn jetzt aber durchaus«, sagte sie schließlich.

»Nein, ich bewerte einfach nur sein Verhalten, und ich habe gesagt, dass ich ja wüsste, dass er nicht der Dieb sein könne. Mir wäre es nur lieber, wenn er mich nicht erst einladen und dann meinen Freund beleidigen würde. Wenn er Zweifel an Owen hat, hätte er mir das auch unter vier Augen sagen können.«

Sie seufzte schwer. »Tut mir schrecklich leid, Owen. Wie wäre es denn jetzt mit einem schönen Nachtisch? Ich habe Schokokuchen gebacken.«

Schokolade ließ ich mir nie entgehen, und das wusste Owen auch sehr genau, weshalb wir uns mit Mom und Dad an den Küchentisch setzten und Schokokuchen aßen und Kaffee tranken. Die Atmosphäre war noch immer etwas angespannt, aber nach ein paar Stückchen Kuchen schien Owen sich zu beruhigen, und ich brauchte keine Angst mehr zu haben, dass irgendwelche Dinge in unserem Haushalt unvermittelt in die Luft flogen. Jetzt sah er nur noch müde aus.

Beim Abräumen des Geschirrs sagte Mom: »Ich weiß nicht, ob Katie es Ihnen schon erzählt hat, aber wir ruhen uns sonntagsnachmittags immer ein bisschen aus. Das ist ein Tag der Muße, und wir versuchen alle zu lesen oder ein Nickerchen zu machen. Sie können natürlich tun und lassen, was Sie möchten, aber wir schieben hier am Nachmittag lieber eine ruhige Kugel.«

»Ich könnte ein Nickerchen gut gebrauchen«, sagte Owen. »Ich weiß ja, dass der Zeitunterschied zu New York nicht besonders groß ist, aber ich habe das Gefühl, dass ich trotzdem unter einem Jetlag leide, zumal ich vorher Überstunden gemacht habe, um mir überhaupt die Zeit nehmen zu können hierherzukommen.«

Sie tätschelte lächelnd seinen Arm, als wollte sie ihn für die schlechte Behandlung entschädigen, die Dean ihm hatte angedeihen lassen. »Dann legen Sie sich mal schön hin. Wir sehen uns dann beim Abendessen. Sonntagsabends geht es bei uns ganz locker zu, es gibt also keine feste Uhrzeit.«

Als wir oben angekommen waren, zog Owen mich in sein Zimmer. »Lass uns erst planen, was wir heute Nacht tun«, sagte er und schloss die Tür.

»Du weißt doch, was meine Eltern denken, wenn wir hier drin sind und die Tür zumachen.« Ich jedenfalls wusste sehr genau, woran ich dachte.

»Du wirst ja nicht lange hier drin sein, und deine Haare werden auch nicht zerwühlt sein, wenn du gehst, also beruhige dich. Sie denken wahrscheinlich eher, dass wir noch darüber reden, wie schrecklich dein Bruder doch ist.« Er zog seine Krawatte aus und ließ sich auf einer Seite des Bettes nieder. Ich setzte mich neben ihn. »Wir müssen uns heute Nacht verkleiden.«

»Verkleiden?«

»Du bist diejenige, die hier wohnt. Du hast Familie hier. Möchtest du wirklich, dass irgendwer in dieser Stadt erfährt, dass du oder jemand aus deinem Umfeld in magische Dinge verwickelt ist?«

»Nein, eigentlich nicht. An welche Verkleidung dachtest du denn?«

»Wahrscheinlich haben wir es mit jemandem zu tun, der noch nicht sehr viel Erfahrung im Umgang mit Magie hat und außerdem ein Bild von der Zauberei, das aus Kinofilmen stammt. Bei seinen eigenen Aktionen trug er einen Umhang mit Kapuze. Wahrscheinlich sollten wir auch so etwas tragen – wir ziehen uns auch Kapuzenumhänge an und tun so, als wären wir stärkere Zauberer, die ihm einen Schreck einjagen wollen.«

»So tun als ob?«, fragte ich mit hochgezogenen Augenbrauen.

Er ignorierte mich. »Egal, welche Formeln er benutzt, um uns abzuwehren, sie werden auf dich keine Wirkung ausüben, und ich kann den Zauber von mir ableiten. Wenn wir ihm zeigen, wie unterlegen er uns ist und mit wem er sich da eigentlich anlegt, können wir ihm vielleicht so viel Angst einjagen, dass er aufgibt und mit uns kooperiert. Unser Problem wird nur sein, wie wir von jetzt auf gleich an diese Zauberer-Umhänge kommen.«

»Kein Problem.« Ich stand vom Bett auf und ging zu der Kommode, die einmal Teddy gehört hatte. »Wahrscheinlich hat Teddy noch ein paar von seinen alten *Star Wars*- und Ritter-Kostümen hier drin. Er ist schließlich der Nerd der Familie und der Grund, warum ich dir wortwörtliche Zitate aus allem runterbeten kann, wo ›Star‹ im Titel drin vorkommt.« Ich wühlte in der untersten Schublade und zog einen schwarzen Kapuzenumhang heraus, der mit Sternen und Monden bedruckt war. »Ich hätte schwören können, dass sein altes Jedi-Outfit noch hier drin ist, aber so ein Zauberer-Kostüm sollte auch gehen, solange es dir nichts ausmacht, im Dunkeln zu leuchten.« Ich warf ihm den Umhang zu.

»Echte Zauberer tragen natürlich Armani«, sagte er grinsend, während er sich in den Umhang hüllte. »Aber das geht schon. Sieht nur ziemlich, nun ja, unmagisch aus. Und was ist mit dir?«

»Ich glaube, ich hab auch noch so einen. Teddy hat mich mal zu einer Kostümparty mitgenommen, und wir waren als Team verkleidet.«

Er zog den Umhang wieder aus, und ich hängte ihn in den Schrank, damit die Falten sich aushängen konnten. »Aber jetzt wird's Zeit für ein Nickerchen«, sagte ich. »Zumal wir diese Nacht wieder keinen Schlaf kriegen werden. Möchtest du ein Buch haben? Dad hat eine ziemlich gute Krimi-Sammlung.«

»Ich bin wahrscheinlich schon eingeschlafen, bevor du die Tür hinter dir zugezogen hast«, erwiderte er gähnend. »Klopf an meine Tür, wenn ich noch schlafe, während alle anderen schon wieder auf den Beinen sind.«

Mir war gleich klar, dass ich nichts dergleichen tun würde. Er sah aus, als hätte er schon ein kräftiges Schlafdefizit gehabt, bevor er hier angekommen war, und dann hatte er in Cobb auch noch schlaflose Nächte gehabt – und dabei jede Menge magische Kräfte aufwenden müssen. Ich wollte, dass er gut erholt war, wenn wir wieder losziehen mussten, um unseren Zauberer in die Falle zu locken.

Der alte Zauberer-Umhang lag noch in der untersten Schublade meiner eigenen Kommode, in der ich ihn zehn Jahre zuvor verstaut hatte. Ich schüttelte ihn aus, probierte ihn an und hängte ihn dann ganz hinten in den Schrank. Wer hätte gedacht, dass Teddys spinnerte Hobbys sich eines Tages mal als so nützlich erweisen würden?

Es erstaunte mich, wie schnell ich einschlief, weil ich noch immer ziemlich aufgedreht war wegen des katastrophal verlaufenen Mittagessens. Meine Fenster gingen nach Osten raus, so dass mein Zimmer im Schatten lag, als ich wieder aufwachte. Owens Tür war noch zu. Also schlich ich auf Zehenspitzen die Treppe hinunter, die aber wie üblich aus Protest quietschte. Ich konnte ja verstehen, dass meine Eltern nichts gegen dieses Geräusch unternommen hatten, solange sie Kinder im Teenageralter hatten. Aber jetzt, wo wir alle erwachsen waren, wäre es echt nett gewesen, wenn sie diese Stelle endlich mal repariert hätten. Auch wenn ich mich heute weitaus häufiger nach draußen schlich, als ich es als Teenie getan hatte.

Owen kam fünf Minuten später nach unten. Er trug seine randlose Brille, eine ausgewaschene Jeans und ein T-Shirt, dessen Farbe fast perfekt zu seinen Augen passte. Ich hätte schwören können, dass meine Mutter ihn ganz kurz verzückt ansah. Ich wurde jedenfalls beinahe ohnmächtig. »Hast du gut geschlafen?«, fragte ich.

»Ja, bestens, und weißt du was? Ich könnte mich gleich wieder hinlegen. Ich muss echt müde sein.«

»Die Landluft tut Ihnen gut«, meldete Mom sich zu Wort. »Sie sorgt dafür, dass man besser schläft.« Dann fing sie an, den Küchentisch mit Essen für ein »bescheidenes« Abendessen zu beladen.

Als wir uns lächerlich früh wieder ins Bett verabschiedeten, zogen wir uns demonstrativ in getrennte Zimmer zurück, um nicht den Eindruck zu erwecken, wir wären Hochzeitsreisende, die gar nicht genug Zeit zu zweit verbringen konnten. Aber wenn ich so darüber nachdachte, hatten wir ohnehin kaum einen Hinweis darauf gegeben, dass wir mehr waren als bloß gute Freunde. Auch wenn meine altmodischen Eltern wahrscheinlich erleichtert darüber waren, dass wir offenbar keinen Sex vor der Ehe hatten –, hätten sie nicht besorgt darüber sein sollen, dass wir einander so gut wie nie berührten und uns ganz und gar nicht wie Verliebte benahmen? Mich verwirrte unser Verhältnis jedenfalls, und ich steckte immerhin mittendrin. Andere mussten eigentlich ziemlich perplex sein, wenn sie uns beobachteten.

Ich zog mir etwas Schwarzes an und steckte meine Haare hoch, bevor ich ins Bett kroch, um so lange wie möglich zu schlafen, bevor wir wieder aufbrechen mussten, um Zauberer zu spielen. Ich hatte das Gefühl, gerade erst die Augen geschlossen zu haben, als Owen schon mit dem Umhang unterm Arm durch mein Fenster hereingekrochen kam. Wir holten seinen Koffer hervor, und er nahm erneut den Rucksack mit seinen Sachen heraus, in den er beide Umhänge stopfte. Dann zogen wir los und kletterten vom Dach über einen Baum und auf den Boden.

Diesmal parkte Owen hinter der Bibliothek auf der anderen Seite der Bank. Dieser Ort war geschützter als das Dairy Queen und lag an einer anderen großen Straße. Sam hielt vor der Bank Wache. »Noch keine Spur von ihm, Boss«, berichtete er.

»Und wie steht's mit deiner Energie?«

»Die Leute hier haben von kurz nach Sonnenaufgang bis kurz vor Sonnenuntergang die ganze Zeit irgendwelche Messen gefeiert, und da ich mich dabei den ganzen Tag auf den Dächern gesonnt habe, bin ich aufgetankt bis oben hin.« Er schaute zu mir hoch und fügte dann an: »Gargoyles beziehen zusätzliche Energie daraus, wenn in der Kirche eine Messe gefeiert wird. Diese ganze Gottesverehrung gibt Saft und Kraft. Ich könnte mich richtig dran gewöhnen hier zu sein mit all dem Sonnenschein und den vielen Kirchen. Hey, Owen, wirklich zu dumm, dass du nichts hast, womit du dich einstöpseln kannst, um deine Batterien neu aufzuladen – außer natürlich du zapfst die junge Lady hier an.« Dann schluckte er hörbar und sagte: »Äh, 'tschuldigung, so war das nicht gemeint.«

Owen ignorierte Sams letzten Kommentar einfach und erwiderte ganz ruhig: »Wir verstecken uns hier im Nebengebäude. Gib uns ein Zeichen, wenn du etwas siehst.«

Sam hockte sich auf das Vordach über dem Eingang zur Bank, und Owen und ich suchten Zuflucht im Eingang des Gebäudes daneben, das die Handelskammer beherbergte. Dort kamen wir uns zwangsläufig körperlich nahe, denn es war schwierig, sich zusammen mit jemandem in einen Eingang zu quetschen, ohne sich zu berühren. Ich war mir nicht sicher, was mir lieber war: dass unser schurkischer Zauberer sich beeilte oder dass er sich reichlich Zeit ließ. Owens Nähe war buchstäblich berauschend, und ich konnte an nichts anderes mehr denken, als dass er so dicht vor mir stand. Ich war gerade drauf und dran vorzuschlagen, dass ich ja in einem anderen Eingang warten könnte, damit ich nicht in Versuchung geriet, irgendetwas zu tun, was das fragile Gleichgewicht zwischen uns gefährden konnte, als Sam rief: »Ich glaube, er kommt.«

Der Zauberer, den ich vorher schon gesehen hatte, bog um die Ecke. Er trug denselben selbstgemacht aussehenden Umhang wie an dem Tag, als ich ihn auf dem Platz beobachtet hatte. Aber ich konnte nichts erspähen, was auf seine Identität hätte schließen lassen. Die Kapuze hing vorn so weit herunter, dass das Gesicht verschattet war, die Ärmel bedeckten die Hände, und der Mantel schleifte über den Boden, so dass sogar die Schuhe bedeckt waren. Die Gestalt trug eine Umhängetasche ohne besondere Erkennungsmerkmale – weder waren erkennbare Markennamen darauf gedruckt noch Logos und schon gar keine Initialen, was echt hilfreich gewesen wäre.

Der Zauberer versteckte sich im Eingang des Gebäudes, das der Bank direkt gegenüberlag, nahm einige Dinge aus seiner Tasche und verteilte sie um sich herum. Dann holte er ein kleines Buch heraus und blätterte darin. Während er zwischendurch immer mal wieder die Nase ins Buch steckte, arrangierte er die ausgepackten Gegenstände um sich herum. Er zündete einige Kerzen an, wobei er Streichhölzer benutzte, anstatt einfach nur mit der Hand durch die Luft zu wedeln, wie Owen es getan hätte. Und dann sagte mir das altbekannte Kribbeln, dass sich magische Kräfte aufbauten.

Er packte seine Sachen wieder zurück in die Tasche, schaute nach links und rechts, schoss dann über die Straße und stieß dabei in einer Art Singsang einige Worte in stockendem Latein aus. Jetzt konnte ich auch sicher sein, dass es sich um einen »Er« handelte, denn die Stimme war männlich. Er schritt weiter voran, und ganz kurz bevor er gegen den Abwehrzauber stieß, spürte ich erneut einen Anstieg magischer Energie, diesmal von ganz nah. Die Gitter des Abwehrzaubers flackerten in grellem Licht auf, und der Zauberer prallte von ihnen ab und landete rücklings auf dem Gehsteig. Ich wusste, dass Abwehrzauber normalerweise unsichtbar waren. Owen musste die kleine Lichtshow um ihrer Wirkung willen eingebaut haben. Es wäre schön gewesen, wenn wir das Gesicht des jungen Zauberers hätten sehen können, um uns an seiner Reaktion zu weiden, doch die Kapuze verbarg ihn noch immer vollständig.

Wir wollten uns gerade auf den Weg zu ihm machen, um ihn zur Rede zu stellen, als Sam uns erneut ein Zeichen gab, diesmal ein stummes. Owen ließ sofort die Lichter erlöschen, doch wie es aussah, hatte die ungewöhnliche Helligkeit Aufmerksamkeit erregt. Vor der Bank hielt ein Polizeiwagen. Unser Zauberer kroch durch den Schatten zur Seite des Gebäudes und rannte zwischen den Häusern davon. Ich hätte ihn ja verfolgt, doch Owen hielt mich am Arm fest.

»Ich kann uns nicht verbergen, wenn wir uns weit von hier wegbewegen«, flüsterte er.

Wir hielten beide den Atem an, als der Polizist ausstieg und seine Taschenlampe hin und her schwenkte. Als der Lichtkegel über uns hinwegstrich, zuckte ich unwillkürlich zusammen, doch der Beamte schien uns nicht bemerkt zu haben. Er beugte sich ins Innere des Wagens und sagte in sein Funkgerät: »Mir war so, als hätte ich jemanden vor der Bank gesehen, der weggerannt ist, als ich kam. Ich checke das mal.« Das Funkgerät krachte und krächzte, und er hörte aufmerksam zu, bevor er antwortete: »Nein, brauche keine Verstärkung. War wahrscheinlich nur so ein Rumtreiber, aber man weiß ja nie; könnte auch unser Einbrecher sein.« Er packte das Funkgerät weg, legte eine Hand auf seine Pistole und folgte dem Weg des Zauberers zwischen den Häusern hindurch. Einen Augenblick später kehrte er jedoch unverrichteter Dinge zurück. Er überprüfte noch mal den Eingang zur Bank, der durch unsere Aktion in keiner Weise beeinträchtigt worden war, und ging dann zurück zu seinem Streifenwagen.

Er kramte erneut das Funkgerät hervor. »Ich sehe niemanden. Vielleicht war's auch nur ein Hund oder ich hab mir was eingebildet. Bis gleich auf der Wache.«

Als das Auto verschwunden war, drehte ich mich zu Owen um. »Wir hatten ihn. Warum sind wir ihm nicht nachgelaufen? Die Angehörigen der magischen Welt verbergen sich doch die ganze Zeit hinter Zaubern und Illusionen, warum konntest du uns nicht verstecken, damit wir ihn verfolgen können?«

»Sich jemandem gegenüber, der genau hinsieht, vollständig unsichtbar zu machen, erfordert jede Menge Kraft. Und meistens erreicht man bei dieser sogenannten Unsichtbarkeit nicht einmal hundert Prozent. So ein Zauber sorgt eher dafür, dass den Leuten etwas, dem sie ohnehin keine Beachtung schenken, nicht auffällt. Sich komplett unsichtbar zu machen, wenn jemand mit Argusaugen Ausschau nach einem hält, ist wesentlich schwieriger. Ich wusste, dass ich uns nicht beide unsichtbar und unhörbar machen konnte, wenn wir unserem Verdächtigen nachrennen. Wenn wir es trotzdem getan hätten, wären wir diejenigen gewesen, die geschnappt worden wären.«

»Und dann wäre alles ruiniert gewesen«, gab ich zu. »Und die

Zeit hättest du auch nicht mal kurz anhalten können, nehme ich an?«

Statt mir zu antworten, ging er in die Knie und legte seine Hände auf den Boden. Dann spürte ich durch meine Fußsohlen die Anwesenheit magischer Kräfte. »Das ist keine gute Idee, wenn jemand in der Nähe ist, der nicht in diesen Zauber einbezogen ist und es mit ansehen kann«, erwiderte er dann. »Was, wenn jemand versucht hätte, den Polizisten über Funk zu erreichen, während er erstarrt gewesen wäre? Jetzt lass uns mal sehen, wie weit unser Mann gekommen ist.«

Ich musste meinen Umhang anheben, um hinter ihm in die Gasse hineinlaufen zu können, durch die der Zauberer verschwunden war. Es wäre angenehm gewesen, wenn wir uns dieser Teile hätten entledigen können. Aber ich vermutete, dass wir sie anbehielten, für den Fall, dass wir den Kerl tatsächlich fanden. Die Luft war genauso still, wie sie es neulich Nacht gewesen war, doch die einzigen in der Bewegung erstarrten Lebewesen, denen wir unterwegs begegneten, waren Katzen und Ratten. Ich hatte ja keine Ahnung, dass wir so viele Ratten in der Stadt haben. Ich gruselte mich fürchterlich.

Wir suchten die ganze Gegend ab, schlängelten uns zwischen Häusern hindurch und schauten unter alles, was dem Gesuchten Schutz vor Sams Blicken hätte bieten können. Der Gargoyle kehrte genau in dem Moment zurück, als wir wieder bei der Bank ankamen. »Tut mir leid, Chef, ich hab ihn verloren«, sagte er. »Er muss irgendwo untergekrochen sein. Zuerst ist er gebückt zwischen den Gebäuden rumgerannt und dann unter irgendwas verschwunden. Danach hab ich ihn nicht mehr gesehen. Ich bin die ganze Zeit hier über dem Gebiet gekreist, aber wenn er irgendwo untergeschlüpft ist und sich dann von Gebäude zu Gebäude vorgearbeitet hat und seinen Umhang abgelegt hat … Na ja, ich bin zwar gut, aber so gut nun auch wieder nicht. Um diesem Kerl hinterherzukriechen, bräuchte man eine Ratte. Außerdem bin mit den Gegebenheiten hier noch nicht so gut vertraut.«

Owen sah mich an. »Gibt es hier irgendwelche guten Verstecke, irgendwas, wo man Unterschlupf finden könnte?«

»Die weiter oben gelegenen Räume in den Gebäuden rund um den Platz stehen häufig leer. Über die Feuerleitern könnte man da hineingelangen. Jugendliche hängen da manchmal rum. Es kann aber auch sehr gut sein, dass er außerhalb deiner Reichweite war, bevor du ihn einfrieren konntest.«

Sam sprang auf den Kofferraum des Wagens, damit er Owen in die Augen schauen konnte. »Du hast wieder die Zeit angehalten? Es kam mir schon alles so ruhig vor. Wie lange denn schon?«

Ich verglich die Uhrzeit auf meiner Armbanduhr mit der im Glockenturm und rechnete die fünf Minuten von neulich Nacht mit ein. »Eine Viertelstunde.«

»Dann lass mal gut sein jetzt«, sagte Sam. »Sonst merken die Leute noch was. Außerdem kann das weder für dich gut sein noch für das Raum-Zeit-Kontinuum.«

»Aber wir könnten ihn kriegen!«, beharrte Owen. »Was, wenn er sich in einem dieser Gebäude versteckt?«

»Als ich ihn aus den Augen verloren habe, rannte er gerade vom Platz weg. Und wenn er untergetaucht ist, dann wird er da erst mal eine Weile bleiben. Ich kann einen Blick in die Gebäude werfen, aber du musst aufhören, so schwere Geschütze aufzufahren.«

Owen kniete sich seufzend wieder auf den Boden, und kurz darauf bekam man auch wieder viel besser Luft. Sam flog davon, um einen Blick durch die Fenster der umstehenden Häuser zu werfen, und wir gingen zum Auto. Ich erklärte Owen den Weg aus der Stadt, dann fuhren wir zurück zum Haus meiner Eltern.

»Er wird morgen Abend wiederkommen, wenn Sam ihn nicht schon diese Nacht erwischt«, sagte Owen nach einer Weile. Und irgendwie klang er dabei so, als wollte er sich selbst Mut zusprechen.

»Wie kannst du dir da so sicher sein?«

»Bis jetzt hat er sich für unbesiegbar gehalten, weil er Zaubertricks anwenden konnte. Aber der Abwehrzauber hat ihn aus dem Konzept gebracht. Er muss doch jetzt glauben, dass es hier noch einen anderen Zauberer gibt, der mächtiger ist als er. Er wird morgen den ganzen Tag in seinem schlauen Buch lesen und vielleicht nimmt er sogar Kontakt zu seinem Lehrer auf. Wenn wir Glück haben, versucht er sogar schon tagsüber, die Bank auszukundschaften, um zu sehen, wo das Problem liegt.«

»Aber er kommt auch bei Tageslicht nicht rein, oder?«

»Nein. Was vielleicht sogar bedeuten könnte, dass wir unseren Täter leicht erkennen und morgen nicht wieder die ganze Nacht aufbleiben müssen. Hast du morgen irgendetwas Dringendes zu erledigen?«

»Ich sollte wohl mal ein paar Stunden ins Büro gehen, um nicht zu sehr mit meiner Arbeit ins Hintertreffen zu geraten. Du könntest mich begleiten und dir anschauen, wie schön es in so einem Familienbetrieb ist. Dann hast du Ruhe vor Mom. Und ich könnte früh Schluss machen.«

»Ich glaube, ich helfe lieber Sam dabei, die Bank zu überwachen. Ich möchte diese Sache wirklich unter Dach und Fach bringen.«

Sherri erschien am nächsten Morgen pünktlich zur Arbeit, was eins der Anzeichen dafür war, dass die Apokalypse bevorstand. Und sie hatte ein Geschenk dabei, was definitiv ein Omen für das Ende aller Tage war. In einer Aluschale brachte sie einen Kuchen mit ins Büro. »Ist Owen da?«, fragte sie. Das erklärte sowohl ihre Pünktlichkeit als auch den Kuchen.

»Nein, er hat ein paar Dinge zu erledigen. Warum?«

»Ich wollte mich noch mal entschuldigen, dass Dean sich ihm

gegenüber gestern so unmöglich benommen hat. Ich hab ihm diesen Kuchen gebacken, weil ihr doch bei uns keinen Nachtisch mehr bekommen habt.« Ihre Augen waren verquollen und rot gerändert, und sie tat mir tatsächlich ein bisschen leid.

»Du hast dir doch nichts vorzuwerfen«, sagte ich und nahm ihr den Kuchen ab, um ihn auf meinen Schreibtisch zu stellen. »Dean war doch derjenige, der sich schlecht benommen hat.«

»Ich weiß nicht, was ich mit Dean machen soll«, platzte sie schluchzend heraus. »Ich glaube, er hat sich auf irgendwas Schlimmes eingelassen.«

Ich führte sie zum Sofa im hinteren Teil des Büros. »Was ist denn los?«, fragte ich, setzte mich neben sie und hielt ihre Hand.

»Ich glaube, er hat sich auf was Illegales eingelassen, um an Geld zu kommen. Du weißt ja, wie er ist. Er ist immer auf der Jagd nach irgendwas, was ihn reich machen soll, und jedes Mal reitet er uns nur noch mehr rein. Bislang hat er es ja wenigstens auf die ehrliche Tour versucht. Mehr oder weniger. Aber jetzt kauft er mir viel zu viele Sachen, und ich weiß zwar, dass ich mich nicht beschweren sollte, aber so viel Geld haben wir einfach nicht. Er ist ständig unterwegs; er kommt und geht, ohne mir Bescheid zu sagen, und ich glaube, er trifft sich mit zwielichtigen Typen. Ich weiß nicht, was ich machen soll, wenn er ins Gefängnis muss.« Sie brach schluchzend zusammen.

Dean brachte mich zwar hin und wieder auf die Palme, aber wenn sie sich schon so viele Sorgen machte, dass sie sogar Geschenke in Frage stellte, sorgte ich mich unwillkürlich um ihn, auch wenn er sich den Ärger selbst eingebrockt hatte. Ich hatte bloß gerade keine Zeit, mich dieser Sache anzunehmen, nicht solange wir auf der Jagd nach unserem Zauberer waren. Warum musste meine Familie ausgerechnet jetzt in die Krise geraten? Aber andererseits war Sherri vielleicht eine nützliche Quelle, falls Dean irgendwas mit dem Zauberer zu tun hatte. »Behalt ihn ein bisschen im Auge und gib mir Bescheid, wenn dir etwas Verdächtiges auffällt, ja?«, sagte ich und drückte ihre Schulter. »Vielleicht hilft es, wenn wir wissen, mit wem er Geschäfte macht und woher er all diese Sachen hat. Aber wir kümmern uns darum, versprochen.«

Sie brach erneut schluchzend an meiner Schulter zusammen, und ich klopfte ihr sanft auf den Rücken, bis sie sich wieder gefangen hatte. »Danke, Katie«, sagte sie schniefend und versuchte zu lächeln. »Ich geh wohl besser mal zur Toilette und bringe mein Gesicht wieder in Ordnung, bevor ich mich an die Kasse setze.«

Der restliche Vormittag verging ohne weitere Szenen. Gegen Mittag war ich mit meiner Arbeit fertig. Ich nahm die Einnahmen vom Vormittag und fuhr zur Bank. Das war eine Erledigung, die ich ohnehin machen musste, aber sie lieferte mir natürlich auch den perfekten Vorwand, um mal nach Owen und Sam zu sehen.

In der Bank war an einem Montagmittag immer viel los. Ich musste einen Block entfernt parken und das letzte Stück zu Fuß gehen. Owen lehnte auf der anderen Straßenseite mit einem Becher Kaffee in der Hand an einer Mauer. Ich war mir nicht sicher, ob ich ihn ansprechen sollte oder ob er für alle anderen außer für mich unsichtbar war. Aber er sprach mich an: »Du musst zur Bank?«, fragte er.

»Ja, kaum zu glauben, was? Ich muss Geld einzahlen.«

»Soll ich dir dabei Gesellschaft leisten?«

»Klar, wenn du so verzweifelt darauf wartest, irgendetwas tun zu können.«

»Ich würde gern mal sehen, wie es da drinnen aussieht. Nur für den Fall.«

»Ich nehme an, du hast noch keine Kunden beobachtet, die abgewehrt wurden?«

»Nicht einen.«

Als wir uns der Bank näherten, sah ich Dean auf die Eingangsstufen zueilen. Auch wenn ich eigentlich mal mit ihm über Sherris

Sorgen und über die Dinge reden wollte, die mir aufgefallen waren, war er in diesem Moment der letzte Mensch, dem ich begegnen wollte. Ich spürte, wie auch Owen neben mir erstarrte. Offenkundig war auch er nicht allzu begeistert, Dean über den Weg zu laufen. Wir wurden beide schlagartig langsamer, so dass Dean zu den Stufen der Bank abbog, ohne uns erspäht zu haben. Ich seufzte erleichtert, dass uns wenigstens eine unangenehme Begegnung erspart geblieben war, als er den Eingang erreichte.

Da prallte er gegen etwas Unsichtbares und landete rücklings auf dem Boden.

12

Das war doch nicht möglich. Ich hätte es in einer Million Jahren nicht geglaubt, wenn ich nicht mit eigenen Augen gesehen hätte, wie er von dem magischen Schutzschirm abgeprallt war. Mein Bruder war der hiesige Zauberer. Der lügende, stehlende, betrügerische Zauberer von Cobb. Ich eilte zu ihm, Owen war direkt hinter mir. »Dean? Du warst das also?«, platzte ich unwillkürlich heraus, während mein Bruder mich schockiert ansah.

»Was war ich?«, fragte er ausweichend. Panik huschte über sein Gesicht. Er rollte auf die Seite, als wollte er sich aufrappeln und wegrennen. Owen bückte sich, nahm seinen Arm und half ihm auf. Aber danach ließ er ihn nicht wieder los. Seine Fingerknöchel traten weiß hervor, so fest umklammerte er Deans Arm. Dean machte Anstalten, sich loszureißen, und ein leichtes Kribbeln verriet mir, dass Magie im Einsatz war. Dean murmelte hektisch einige Worte und sah Owen mit immer größeren Augen an, da er einfach an Ort und Stelle stehenblieb und Deans Bemühungen nicht die geringste Wirkung auf ihn hatten.

Nach ungefähr einer Minute umfasste Owen Deans Arm noch fester und sagte ganz leise zu ihm: »Denk nicht mal dran. Du bist so schlecht, dass du nicht mal ahnen kannst, in welcher Liga ich spiele.« Dann ließ Owen Dean ziemlich plötzlich los und machte einen Schritt zurück. Deans Muskeln spannten sich an. Er wollte weglaufen, kaum dass er losgelassen war, aber er kam nicht vom Fleck; er stand wie angewurzelt da und konnte keinen Fuß vor den anderen setzen. Owen beobachtete ihn völlig entspannt mit vor der Brust verschränkten Armen.

Dann schrie Dean aus Leibeskräften: »Hey, das hier ist euer Einbrecher! Er ist der Typ, der's getan hat!« Die Leute gingen weiter, ohne ihn eines Blickes zu würdigen.

»Du bist nicht der Einzige, der verbergen kann, was er im Schilde führt«, sagte Owen sanft. Dann fügte er hinzu: »Katie, ich bleibe hier draußen und leiste deinem Bruder Gesellschaft, während du deine Einzahlung machst. Wir sollten uns mal über ein, zwei Dinge unterhalten.«

»Was machst du mit meiner Schwester, du Verrückter? Katie, komm zurück, hör nicht auf ihn!«, rief Dean. Dann murmelte er einige Worte und wackelte dabei mit den Fingern. Ich spürte natürlich die Magie, aber sie bewirkte nichts.

»Lass gut sein, Dean«, sagte ich seufzend. »Ich muss jetzt dieses Geld einzahlen.« Ich ließ die beiden ungern allein, aber ich hatte die Morgeneinnahmen bei mir, inklusive der Schecks, die übers Wochenende eingetroffen waren. Es kam also nicht in Frage, dass ich die Sache verschob. Ich betrat die Bank, erschauderte, als ich den Schutzschirm auf der Schwelle durchschritt, und warf noch einen letzten Blick über die Schulter, bevor ich weiterging. Ich war mir nicht sicher, ob die Schlangen vor den Schaltern länger waren als sonst oder ob ich es mir nur einbildete, weil ich nicht erwarten konnte wieder rauszukommen, um zu sehen, was da vorging.

Mein Bruder war also der kriminelle Zauberer des Ortes? Da musste irgendwie eine Verwechslung oder ein Missverständnis vorliegen. Vielleicht war er am Eingang gestolpert oder ausgerutscht und doch gar nicht an dem magischen Schutzschirm abgeprallt. Aber nein, er hatte magische Kräfte gegen Owen und mich eingesetzt – oder es zumindest versucht. Es konnte kein Zweifel bestehen, es sei denn, es gab vor Ort noch einen Zauberer, der die ganzen Gesetzesverstöße begangen hatte. Dann gab es allerdings keine Erklärung für Deans zahlreiche Neuanschaffungen.

Es dauerte eine gefühlte Ewigkeit, bis ich drankam, und obwohl ich sonst froh war, dass der Kassierer das Geld stets zweimal nachzählte, trommelte ich diesmal ungeduldig mit den Fingern auf den Tresen. Ich riss ihm den Einzahlungsbeleg förmlich aus der Hand und steckte ihn in meine Handtasche, während ich durch die Lobby zum Ausgang trabte.

Owen und Dean standen noch da, wo ich sie zurückgelassen hatte, und lieferten sich ein Blickduell. »Fertig!«, rief ich. »Wo gehen wir jetzt hin?«

»Wo können wir denn ungestört reden, ohne dass jemand mithört oder uns unterbricht?«, fragte Owen.

»In dieser Stadt? Lass mich mal überlegen. Mom ist bestimmt zu Hause. Sherri macht bald Feierabend, also kommt Deans Haus nicht in Frage. Ach, ich weiß! In der Scheune können wir reden.«

»Gute Idee, Katie«, erwiderte Owen. Er klang noch immer ruhig und gefasst, aber mir fiel auf, dass ein kleiner Muskel in seinem Kiefer zuckte.

»Katie, jetzt sag nicht, dass du mit diesem Kerl unter einer Decke steckst«, sagte Dean mit einem leisen verzweifelten Unterton. »Weißt du, was er ist?«

»Ich weiß genau, was er ist. Ich weiß nur nicht, ob du dir eigentlich darüber im Klaren bist, worauf du dich eingelassen hast. Und ich habe den Eindruck, dass ich nicht mehr weiß, was du eigentlich bist.«

Owen machte eine angedeutete »Nach dir«-Geste, worauf sich Deans Beine in Bewegung setzten und ihn in die Richtung von Owens Mietwagen trugen. Zumindest von Zeit zu Zeit. Dean zuckte, als versuchte er sich zu befreien, aber Owen intensivierte seine Kontrolle über ihn nur noch. Schließlich zwang er Dean, auf dem Beifahrersitz Platz zu nehmen.

Dann nahm Owen ein kleines Handy – beziehungsweise etwas, das einem Handy sehr ähnlich sah, aber, wie ich mir vorstellen konnte, besondere magische Fähigkeiten besaß – aus seiner Brusttasche und drückte auf einige Tasten. »Sam, komm zur Scheune hinter Katies Elternhaus«, sprach er dann hinein. »Und sei vorsichtig. Du kennst ja ihre Mutter.« Daraus, dass Owen das Telefon anschließend sehr weit vom Ohr weghielt, schloss ich, dass Sam sich definitiv an meine Mutter erinnerte. Sie hatte ihm ihre Handtasche an den Kopf geknallt, als sie über Thanksgiving in New York gewesen war, da sie ihn für eine unnatürlich große Fledermaus hielt.

Ich holte meinen Wagen, und Owen fuhr bis zum Haus hinter mir her. Damit man es vom Haus aus nicht sehen konnte, stellte ich mein Auto auf der Pferdekoppel hinter der Scheune ab. Sobald auch Owen geparkt hatte, ging ich voraus in die Scheune. Die Hunde kamen angerannt, um uns zu begrüßen, blieben jedoch ein paar Meter vor uns abrupt stehen. Es wirkte fast so, als spürten sie, dass hier etwas vor sich ging, womit sie lieber nichts zu tun haben wollten.

Owen drückte Dean im Innern der Scheune auf eine Holzkiste und baute sich vor ihm auf. »Was wolltest du eigentlich für eine Nummer abziehen? Hast du im Ernst geglaubt, du kämst damit durch?«, schrie er. Ich zuckte unwillkürlich zusammen und trat einen Schritt zurück. Es kam sonst so gut wie nie vor, dass Owen seine Stimme erhob.

»Durchkommen womit?«, fragte Dean und versuchte – ohne Erfolg – unschuldig dreinzuschauen. Ich kannte diese Taktik noch aus unserer Kindheit. Er wollte erst mal hören, was genau unsere Eltern ihm vorwarfen, und achtete darauf, nicht versehentlich etwas zuzugeben, wovon sie noch gar nichts wussten.

Ich wollte gerade dazu ansetzen, seine Vergehen aufzuzählen, als Daisy, unsere alte Stute, ihren Kopf durchs Scheunentor hereinstreckte, um zu sehen, was das für ein Aufruhr war. Dean klopfte auf sein Bein, um sie hereinzulocken. Er hatte schon immer das beste Verhältnis zu Daisy gehabt, und ich vermutete, dass er einen Fluchtweg gefunden zu haben glaubte. Doch Daisy ging schnurstracks zu Owen und schnüffelte derart an seinem Hals rum, dass ich fast ein bisschen eifersüchtig wurde. Dean nutzte die Ablenkung aus, sprang von der Kiste auf und rannte zur Tür in der Seitenwand der Scheune. Owens Kopf zuckte kaum merklich und die Tür schlug mit einem lauten Knall zu. Bevor Dean zum vorderen Scheunentor rennen konnte, gab Owen Daisy ein Zeichen mit der Hand, und sie stellte sich so hin, dass sie den Ausgang blockierte. Als Dean Anstalten machte, in ihre Richtung zu laufen, scharrte sie mit den Hufen und legte ihre Ohren flach an den Kopf. Dean machte große Augen; offenkundig dämmerte ihm endlich, mit wem er es hier zu tun hatte.

Er ging zurück zu der Kiste und setzte sich, als hätte er die ganze Zeit eigentlich gar nichts anderes vorgehabt. »Was glaubt ihr also, was ich getan habe?«, fragte er.

Ich holte tief Luft und rief dann: »Was du getan hast? Zuallererst mal hast du Mom einen Riesenschreck eingejagt. Was sollte dieses Rumgetanze auf dem Gerichtsplatz in Teddys altem Jedi-Ritter-Umhang?« Ich hatte die Umhänge am Ende doch noch erkannt und begriffen, wo sie gelandet waren. »Und dann die Bettelei auf dem Platz? Wie überaus geschmacklos von dir. Ach ja, und das Fenster im Motel. Was sollte das eigentlich?«

»Aber das sind nur die unbedeutenderen Dinge«, warf Owen ein. »Mit Taschendiebstahl und Einbruch bist du dann einen Schritt zu weit gegangen. Magie, die benutzt wird, um Verbrechen zu begehen, wird automatisch als dunkle Magie klassifiziert, ganz gleich welcher Kräfte du dich bedienst, um sie auszuführen. Andere Menschen zu deinem Vorteil zu beeinflussen, wie du es beim Betteln gemacht hast, fällt in eine Grauzone, aber kriminelles Handeln geht definitiv zu weit.«

Aus Deans Gesicht wich sämtliche Farbe. »Wie – woher wisst ihr das?«, fragte er mit bebender Stimme.

»Ich habe dich beobachtet, als du um das Gerichtsgebäude herumgetanzt bist«, sagte ich. »Und ich fasse es nicht, dass du zugelassen hättest, dass Mom wegen ihrer angeblichen Spinnereien in die Klapsmühle kommt, obwohl du doch die ganze Zeit wusstest, dass alles, was sie gesehen hat, auch tatsächlich passiert ist! Das war echt mies von dir.«

»Eigentlich sollte es ja auch niemand sehen. Und in einigen Punkten hat Mom wirklich völlig überzogen reagiert. Zum Beispiel bei dieser Geschichte mit Gene Ward. Jeder in dieser Stadt weiß, dass sein Vater alles, was er aus der Apotheke braucht, auf Rechnung kauft.«

Ich weigerte mich, mich von seinen Vergehen ablenken zu lassen. »Ich hab dich auch im Kino gesehen. Du warst derjenige, der die Schlangen-Illusionen auf Nita und mich losgelassen hat, hab ich recht?«

»Das war doch nur ein kleiner Spaß. Ich hätte euch nicht wehgetan.«

»Frag Nita mal, ob es Spaß gemacht hat. Ich hab die Schlange nicht mal gesehen.«

»Nicht?«

»Das ist der Grund, warum du nicht mit Dingen herumspielen solltest, von denen du nichts verstehst«, schaltete Owen sich ein. Er lief beim Sprechen auf und ab. »Weißt du beispielsweise, dass es Menschen gibt, auf die deine Magie keinerlei Wirkung hat? Die sehen können, was du machst, ganz egal welchen Verhüllungszauber du benutzt? Das zu wissen wäre sicherlich hilfreich für dich gewesen, bevor du dich öffentlich zum Gespött machst.«

Dean schaute mich an. »Auf dich zum Beispiel auch nicht?«

»Nein, und auf Mom auch nicht, nur dass sie es nicht weiß. Und die Wahrscheinlichkeit, dass es noch andere aus unserer Familie betrifft, ist sehr hoch.« Ich wandte mich an Owen. »Apropos, wie kommt es, dass er für Magie empfänglich ist, wenn Mom und ich doch immun sind?«

»Das kann durchaus vorkommen. Es hängt alles mit demselben Gen zusammen – die Immunität kommt durch eine Mutation des Magie-Gens zustande, die dann weitervererbt wird. In ein und derselben Familie können beide Erbanlagen vorkommen. Aber ich weiß nicht genau, wie das funktioniert. Magische Genetik ist nicht mein Fachgebiet.«

Auch wenn er meine Frage beantwortet hatte, blieb meine eigentliche Frage unbeantwortet: Wie konnte es sein, dass mein Bruder für Magie empfänglich war? Das war nicht fair. Ich hatte immer gedacht, meine magische Immunität würde mich in unserer Familie zu etwas Besonderem machen, aber Dean hatte mich übertrumpft, indem er tatsächlich magische Kräfte besaß. Ich war ein wenig beleidigt deswegen, behielt es aber für mich, um nicht wie die verzogene kleine Schwester dazustehen.

»Wer bist du überhaupt?«, fragte Dean. »Ich nehme mal an, du bist nicht wirklich hier, um Katie zu besuchen, weil du ihr Freund bist. Du bist gekommen, um mir das Handwerk zu legen, hab ich recht?«

»Ich bin aus einer ganzen Reihe von Gründen hier«, erwiderte Owen in einem neutralen Ton und schaute mich dabei an. »Einer davon war der, dass ich herausfinden wollte, wer an einem Ort ohne registrierte Nutzer von Magie unerlaubt magische Kräfte anwendet. Angesichts von Katies Rang war der Zeitpunkt deiner magischen Aktivität höchst verdächtig.«

Dean drehte sich zu mir hin. »Bist du in diesen ganzen Magie-Kram verwickelt?«

»Ja, sogar auf höchster Ebene«, sagte ich und bemühte mich, nicht so zu klingen, als wollte ich damit prahlen, dass ich mehr über Magie wusste als er, auch wenn er ja der Magiebegabte war.

»Das ist eine lange Geschichte, und ich gehe jetzt nicht in die Details, aber Owen und ich arbeiten für eine Firma, die sich Manhattan Magic & Illusions nennt. Na ja, Owen arbeitet da. Ich habe da gearbeitet. Du kannst dir diese Firma als eine Art Microsoft für die magische Welt vorstellen. Sie brauchten mich wegen meiner Immunität gegen Magie. Es gibt einen bösen Zauberer, der versucht, Zauberformeln für dunkle Magie auf den Markt zu bringen, in Konkurrenz zu uns. Und wir – unsere Firma – versuchen, ihn daran zu hindern. Ich musste hierher zurückkommen, weil er mich in New York als Zielscheibe benutzt hat.«

»Er ist der Betreiber deiner Magie-Schule, und ich bin hergekommen, um dieser Sache auf den Grund zu gehen«, fügte Owen hinzu. »Aber damit bist du noch nicht aus dem Schneider. Du hast magische Kräfte angewendet, um Verbrechen zu begehen, und das kann ich nicht durchgehen lassen, ganz egal, wer du bist.«

»Und wer bist du?«

»Ich bin …« Owen brach ab, als wäre er sich nicht sicher, wie die Antwort lautete. »Ich bin ein hochqualifizierter Zauberer mit einer abgeschlossenen Ausbildung«, sagte er schließlich. »Das, was du machst, habe ich als Fünfjähriger schon gelernt. Aber natürlich habe ich es nicht auf die gleiche Weise angewendet wie du. Jetzt leite ich den Bereich theoretische Magie in der Abteilung Forschung und Entwicklung bei MMI. Ich studiere alte Zauberformeln und versuche herauszufinden, wie man sie auf die heutige Zeit übertragen kann. Außerdem stelle ich neue, auf spezielle Situationen abgestimmte Formeln her. Und ich bin mehr oder weniger in leitender Funktion mit der Durchführung unserer Maßnahmen gegen diesen Schurkenzauberer betraut. Da er früher mit mir zusammengearbeitet hat und ich weiß, wie er tickt.« Mir fiel auf, dass er unerwähnt ließ, dass er wahrscheinlich der mächtigste Zauberer seiner Generation war.

»Was machen wir jetzt mit ihm?«, fragte ich Owen. »Wahrscheinlich sollten wir ihn zur Polizei bringen, aber dann müssten wir auch erklären, wie er die Verbrechen begangen hat.«

»Hey!«, protestierte Dean. »Woher wollt ihr eigentlich wissen, dass ich derjenige bin, der die Läden ausgeraubt hat? Vielleicht gibt es noch einen anderen Zauberer in der Stadt.«

»Du hattest all diese gestohlenen Sachen bei dir zu Hause«, erinnerte ich ihn.

»Magie hat auf dich also keine Wirkung?«, fragte er, von seiner Schuld ablenkend. Dann hob er die Arme und murmelte irgendwelchen Hokuspokus. Ich spürte die magischen Kräfte um mich herum, aber wie üblich, hatten sie keinen Einfluss auf mich. Ich nahm eine lässige Pose ein und gähnte sogar, um ihm zu signalisieren, dass er mich langweilte.

Owen ließ ihn eine Weile gewähren und wedelte dann mit der Hand durch die Luft. »Genug jetzt«, sagte er, und ich spürte, wie die Magie nachließ. »Oder willst du aus Versehen die Scheune mit uns darin in Brand stecken?«

»Du meinst, das könnte ich?«

»Du hast so wenig Kontrolle über deine Kraft, dass es wahrscheinlicher ist, dass du das genaue Gegenteil von dem machst, was du willst, als dass du irgendetwas zustande bekommst. Wo waren wir? Ach, ja. Wir waren dabei, dir zu erklären, wie dumm du warst.«

»Und wir wollten entscheiden, was wir jetzt mit ihm machen«, fügte ich hinzu.

»Wir werden ihm ein, zwei Lektionen erteilen und ihm dann einige Informationen entlocken.«

»Ihr wollt mich doch wohl nicht foltern, oder?«, fragte Dean und sah ehrlich ängstlich aus.

»Ich muss dich nicht foltern«, erwiderte Owen müde. »Du sagst mir, was ich wissen will, ohne dass ich dich auch nur berühre. Das ist genau das, was du offenbar nicht kapierst.«

Die Hunde vor der Scheune bellten im Chor. Eine Sekunde später sauste Sam herein und setzte sich auf einen Dachsparren. Dean kreischte auf – schrill und mädchenhaft – und fiel von der Kiste. »Dieses, dieses Ding da! Was ist das? Macht, dass das verschwindet!«

Sam ließ sich vor Dean auf den Boden herabsinken und legte seine Flügel an. »Dieses ›Ding‹ ist ein Gargoyle«, erklärte er. »Oder, wenn du es politisch korrekt ausdrücken willst, bin ich ein aus Stein gemeißelter Amerikaner. Früher Bewacher von Kirchen, heute Leiter der Sicherheitsabteilung bei Manhattan Magic & Illusions. Sam ist mein Name, und Ermittlungen sind mein Hobby.« Er blickte zu Owen und mir. »Das ist euer Übeltäter, nehme ich an.«

»Sam, das ist mein Bruder Dean. Und ja, er ist der Täter.«

Sam ging ganz dicht an Dean heran und beäugte ihn eingehend. »Da er dein Bruder ist, sehe ich davon ab, ihm die Glieder einzeln auszureißen, rein aus Gefälligkeit dir gegenüber, Katiemaus.«

»Oh, ich glaube nicht, dass eine Sonderbehandlung fair wäre«, erwiderte ich und versuchte keine Miene zu verziehen. »Tu, was du für richtig hältst, Sam.«

»Okay, Katiemaus, aber nur, weil du es sagst.«

Dean fing wieder an zu kreischen und krabbelte hinter einen Heuballen in der Ecke. Er zitterte sichtlich.

»Du hattest keine Ahnung, dass es magische Wesen gibt, nicht wahr?«, fragte Owen. In seiner Stimme lag Mitleid. »Es gibt noch einen Grund, warum du nicht mit Dingen herumhantieren solltest, von denen du nichts verstehst: Magie ist kein Spiel. Sie hat ernsthafte Auswirkungen. Weißt du überhaupt, was sie alles ausrichten kann?«

Dean schüttelte wortlos den Kopf. Als er antwortete, klang seine Stimme piepsig hoch und kindlich: »Was denn?«

»Alles, wozu du die Macht, die Fähigkeiten und die erforderliche Zauberformel hast.« Er hielt eine Hand ausgestreckt vor sich, und auf seiner Handfläche wuchs eine leuchtende Kugel. Dann warf er sie hoch. Sie blieb genau unter der Decke in der Luft hängen und goss ihr Licht über die verschatteten Gesichter. »Was möchtest du sehen?«

»Kannst du ein Kaninchen aus einem Hut zaubern?«

»Das hat er mal in einem New Yorker Spielwarenladen gemacht«, sagte ich. »Das sind Taschenspielertricks, die er zusätzlich beherrscht. Was du aber offenbar nicht begreifst, ist, dass Magie real ist. Es gibt Leute, die in magischen Firmen arbeiten, in magischen Enklaven leben und Magie für alles in ihrem alltäglichen Leben benutzen. Statt zu kochen, zaubern sie sich was zu essen. Sie schalten ihr Licht an, indem sie mit der Hand durch die Luft wedeln, anstatt einen Schalter zu betätigen. Sie rufen sich U-Bahnen herbei, wenn sie welche brauchen – sofern sie keine fliegenden Teppiche benutzen.«

»Hier, bitte. Du siehst aus, als könntest du was zu trinken gebrauchen«, sagte Owen, und, den Bruchteil einer Sekunde später, erschien ein hohes, von außen mit Kondenswasser beschlagenes Glas in seiner Hand. Dean kroch zurück auf seine Kiste und nahm es entgegen.

Ich setzte meine Lektion fort. »Es gibt magische Wesen, zum Beispiel Gargoyles, aber auch Elfen, Feen und Gnome. Sie laufen durch die New Yorker Straßen wie alle anderen auch, aber niemand weiß es, da sie sich mit Hilfe von Zauberformeln verschleiern können, die ihnen das Aussehen von Menschen verleihen.«

Dean schaute uns ehrfurchtsvoll an, aber da seine hochgezogenen Schultern langsam herabsanken, wusste ich, dass er sich allmählich entspannte. »Was wollt ihr wissen?«

»Wer hat dich auf Magie gebracht, und was haben sie dich gelehrt?«, fragte Owen.

»Wenn ich kooperiere, seid ihr mir dann gnädig?«

»Das hängt stark von dir ab. Ich kann nicht zulassen, dass du eine Bedrohung für dich selbst oder für andere darstellst. Aber wenn du kooperierst, trägst du erheblich dazu bei, mich davon zu überzeugen, dass du deine Lektion gelernt hast. Wie bist du in diese Sache reingeraten?«

»Ich habe eine Anzeige in einer Zeitschrift gesehen. Da stand, wenn man die Anzeige sehen könnte, würde das bedeuten, dass man magische Kräfte besitzt und lernen sollte, sie zu nutzen. Und da ich sie sehen konnte, dachte ich, was soll's, dann gehe ich dem doch mal nach.«

Owen und ich wechselten einen Blick. »Ich hoffe, du hast noch die Materialien, die dir zugeschickt wurden«, sagte Owen und setzte sich erschöpft auf einen Heuballen.

»Na klar. Ich brauche sie immer noch als Anleitung, außerdem ist der Kurs noch nicht zu Ende.«

»Weißt du noch, welche Zeitschrift das war?«, fragte ich.

»Eine von diesen Zeitschriften für Männer – kein Porno oder so, aber eine mit sexy Fotos von Schauspielerinnen und einigen Artikeln. Welche es war, weiß ich nicht mehr, aber ich bin ziemlich sicher, dass es die März-Ausgabe war.«

»O Mann«, stöhnte ich und setzte mich zu Owen auf den Heuballen. »Vielleicht solltest du uns anderen auch was zu trinken herbeizaubern. Die Anzeige, die ich kürzlich gesehen habe, stand lediglich in einer regionalen Zeitschrift, aber wenn sie ihre Schüler in solchen überregionalen Zeitschriften anwerben, wird es haarig. Dann gibt es vielleicht überall im ganzen Land Amateur-Zauberer, die Schaden anrichten, und wir wissen überhaupt nur davon, weil es zufällig auch hier passiert ist.«

»Wenn die Anzeige in so einer Zeitschrift stand, frage ich mich, wie sie Rod entgehen konnte«, überlegte Owen laut. »Ich glaube, er liest sie alle.«

»Er ist seit Silvester mit Marcia zusammen. Entweder braucht er sie jetzt nicht mehr, oder sie ist sauer geworden deswegen, und er hat beschlossen, sie lieber nicht mehr zu kaufen.«

»Ich muss deine Unterrichtsmaterialien und diese Zeitschrift sehen, falls du sie noch hast«, sagte Owen.

»Du kannst meinen Wagen nehmen. Eigentlich ist es ja ohnehin noch deiner«, sagte ich. »Du hast nämlich noch einen Schlüssel, glaube ich.«

»Du vertraust mir, nach all dem hier? Woher willst du wissen, dass ich nicht abhaue?«

»Weil ich dich begleiten werde«, verkündete Sam.

Dean wurde wieder blass. »Ich kann nicht mit diesem, äh, hässlichen Gargoyle im Auto durch die Gegend fahren.«

»Entspann dich, Kumpel, mich wird niemand sehen. Mich vor dem gemeinen Volk zu verstecken ist meine Spezialität. Und um uns die Zeit zu vertreiben, können wir unterwegs ein bisschen über deine süße Schwester plaudern.«

Dean sah nicht besonders glücklich über seine Begleitung aus, machte sich aber ohne weiteren Protest auf den Weg. Als die beiden weg waren, fuhr Owen sich frustriert mit der Hand durch die Haare. »Wie konnte uns das entgehen? Idris unterrichtet vielleicht schon Tausende nicht identifizierte Zauberer im ganzen Land per Fernkurs in Magie. Leute, die keine Ahnung von dem Unterschied zwischen weißer und schwarzer Magie haben und sie völlig unkontrolliert anwenden. Wenn ich das richtig sehe, haben wir bald alle Hände voll zu tun.«

»Ich dachte, die meisten Menschen mit magischen Fähigkeiten würden schon bei ihrer Geburt registriert. Du hast gesagt, so etwas läge immer in der Familie.«

»Ja, aber sieh dir nur dich und deine Familie an. Keiner von euch hatte jemals die leiseste Ahnung, was ihr seid, bis du an einen Ort kamst, wo sehr starke magische Kräfte walten und du einiges zu sehen bekommen hast. Wer weiß, wie viele magiebegabte

Familien wir über die Jahre aus den Augen verloren haben, weil sie sich über Orte verteilt haben, wo es keine echte magische Kultur gibt und wo die Kraftfelder schwächer sind.«

»Wenigstens sieht es ja nicht so aus, als hätte Idris es speziell auf mich abgesehen, wenn er landesweit agiert«, sagte ich in der Hoffnung, ein wenig Optimismus aufkommen zu lassen. »Es ist schlicht und einfach ein dummer Zufall, dass mein Bruder diese Anzeige gesehen hat und wir jetzt überhaupt herausfinden, was da vor sich geht. Ich schätze, die große Frage ist, wie wir mit so etwas umgehen sollen.«

Er seufzte schwer. »Ich habe keine Ahnung.«

»Vielleicht sollten wir eigene Anzeigen schalten und eine bessere Ausbildung und eine bessere Anleitung anbieten. Wenn wir ihm seine Kunden schon nicht abspenstig machen können, ziehen wir vielleicht wenigstens eine andere Sorte Menschen an, mit denen wir unsere eigene Armee bilden können.«

»Ja, das könnte funktionieren.« Er schüttelte den Kopf. »Ich weiß es ehrlich nicht. Ich muss mich schon um genügend andere Dinge kümmern. Darüber auch noch nachzudenken ist zu viel für mich.«

»Niemand hat gesagt, dass du das alles allein hinkriegen musst«, erinnerte ich ihn. »Es liegt ja nicht alles in deiner Verantwortung. Es gibt noch andere Leute, die sich der Sache, jetzt, wo du sie aufgedeckt hast, annehmen können.«

Von Daisy unentwegt begafft, saßen wir eine Weile einfach nur da. Eigentlich hätte ich ihm über den Rücken streichen oder einen Arm um ihn legen sollen oder so was. Eine Freundin hätte so etwas doch getan, nicht wahr? Aber ich hatte das Gefühl, dass er den Kontakt nicht als tröstlich empfinden würde. Ihm nahe zu sein war das Beste, was ich tun konnte, und ich versuchte diesen seltenen Moment ruhigen Zusammenseins zu genießen, solange ich konnte, auch wenn er abgelenkt war. Jetzt, wo unser Rätsel gelöst war, hatte ich so eine Ahnung, dass Owen schon bald zurück nach New York fahren würde, noch bevor wir überlegen konnten, ob es sinnvoll war, dass ich hier blieb.

Es verschlug mir den Atem, als Owen seine Hand auf meine schob, die zwischen uns auf dem Heuballen lag. Dass eine solche Geste von ihm ausging, kam unerwartet. Er ging selten auf Tuchfühlung mit anderen. »Geht es dir gut?«, fragte er.

»Ob es mir gut geht? Warum sollte es mir denn nicht gutgehen?«

»Weil sich herausgestellt hat, dass dein Bruder unser magischer Möchtegern-Meisterdieb ist.«

Ach so, deswegen. Ich war in Gedanken ziemlich abgeschweift, weil ich darüber nachdachte, dass Owen die Stadt womöglich ohne mich verlassen könnte, und ich mich gefragt hatte, ob ich mich lächerlich machen würde, wenn ich mich an ihn klammern würde. »Ich weiß nicht«, sagte ich achselzuckend. »Das ist ein starkes Stück. Ich kann es noch immer nicht so ganz glauben. Er war schon immer ein ziemlicher Hochstapler, aber ein Krimineller? Und dann auch noch ein magischer? Das hier sollte doch mein stinknormaler Heimatort sein. An den ich mich flüchten kann, um dieses ganze Magie-Chaos hinter mir zu lassen.« Ich schüttelte den Kopf, da ich nicht wusste, wie ich meine Gefühle in Worte fassen sollte. Er drückte meine Hand, und ich versuchte, ein sehnsüchtiges Seufzen zu unterdrücken. Wenn ich schon fast ohnmächtig wurde, wenn er nur meine Hand berührte, musste es schlimm um mich bestellt sein.

Dean und Sam kehrten für mein Gefühl viel zu früh zurück. Sam flatterte auf einen Dachbalken und sah von dort aus zu, wie Dean einen Stapel Bücher, Unterlagen und eine Zeitschrift in Owens Schoß legte. Während Owen durch die Heftchen, Ausdrucke aus dem Internet und Broschüren blätterte, nahm ich die Zeitschrift, überblätterte den Teil mit all den Bildern von leicht bekleideten jungen Starlets und Anzeigen für Körperspray und schlug sie hinten auf, wo die weniger spektakulären Anzeigen abgedruckt waren. Und tatsächlich fand ich dort eine Anzeige wie die, die ich in der regionalen Zeitschrift gesehen hatte.

»Diese Lehrmaterialien sind ziemlich umfangreich«, sagte Owen. »Wenn du sie richtig befolgst, kannst du damit einige Grundlagen erwerben. Das Problem ist, dass es keinen Kontext gibt, keine Anleitung, wie man die Kräfte anwenden sollte. Und es wird definitiv nirgends erwähnt, dass es einen magischen Verhaltenskodex gibt. Das ist so, als würde man jemandem die Grundlagen der Chirurgie beibringen, ohne ihm mitzugeben, wann und warum eine Operation vielleicht vonnöten sein kann. So würde man Leute heranziehen, die Organe entfernen oder zerschneiden können, die aber von den Gründen dafür oder den Situationen, in denen so etwas angesagt ist, keinerlei Ahnung haben. Ein kluger Mensch mit einem guten moralischen Empfinden würde das vielleicht auch so herausfinden, aber stell dir mal einen echten Sadisten mit so einer Ausbildung vor.«

»Ja, und es wäre schrecklich, wenn jemand herausfände, dass er magische Kräfte besitzt, und sie dazu missbraucht, andere Leute auszurauben«, sagte ich mit einem bösen Blick auf meinen Bruder. »Wie es aussieht, kann nicht mal der jahrelange Besuch der Sonntagsschule ein solches Fehlverhalten verhindern.«

»Okay, okay, ich bringe die Sachen ja zurück«, erklärte Dean. »Das heißt, wenn ich sie Sherri wieder abluchsen kann. Ich hatte sie endlich so weit, dass sie glücklich mit mir war, weil ich ihr alles gegeben habe, was sie wollte.«

»Nein, du hast ihr Angst einjagt. Sie glaubt nämlich, dass du in illegale Geschäfte verwickelt bist«, korrigierte ich ihn. »Und hey, weißt du was? Sie hatte recht!«

Jemand räusperte sich, und wir schauten alle zur Tür. Dort stand Teddy. »Was ist denn hier los?«, fragte er.

13

Dean ging sofort in die Defensive, und da er der Hausherr war, überließ ich es ihm, diese Sache zu regeln. »Und was machst du hier?«, fragte er. »Hat Mom dich geschickt, um hinter Katie herzuspionieren?«

Teddy rieb sein Ohr und wich unseren Blicken aus. »Na ja, schon. Sie hat die Wagen gesehen, aber es war niemand im Haus. Ich hab mich extra erst mal laut geräuspert, um euch vorzuwarnen.« Er schaute zu Owen und mir, die wir mit Büchern und Zeitschriften auf den Schößen dasaßen, und fügte dann, an Dean gewandt, hinzu: »Ich muss sagen, dass ich was anderes erwartet hatte. Weißt du, Schwesterlein, ich bin fast ein bisschen enttäuscht. Haben deine älteren Brüder dir denn nicht vorgemacht, was man tut, wenn man mit seinem Freund allein in einer Scheune ist?«

»Sie sind ja nicht alleine«, bemerkte Dean.

»Das ist mir auch aufgefallen. Hast du etwa auch Wachhund gespielt? Ich dachte, du hast was gegen Owen.«

»Das war nur ein kleines Missverständnis«, beharrte Dean. »Inzwischen verstehen wir uns prächtig.«

»So weit würde ich nicht gehen«, murmelte Owen so leise, dass nur ich es hören konnte.

Teddy kam näher und nahm die Szene genauer in Augenschein. »Was macht ihr denn eigentlich? Lest ihr zusammen Comics?«

»Nee, nur ein paar Broschüren«, antwortete ich. »Dean hat uns in einer Sache um Rat gefragt. Wie lange hast du denn da draußen rumgestanden und dich geräuspert?« Ich fragte mich, was er alles gehört hatte. Wir hatten über Deans kriminelle Machenschaften gesprochen, und das war fast schlimmer, als hätte Teddy uns über Magie reden hören.

»Nicht allzu lange. Ich kenne dich gut genug, um zu wissen, dass ich dich nicht bei irgendwas Verfänglichem erwische.«

»Oh, vielen Dank auch.« Ich war mir fast sicher, dass das als Kompliment gemeint war, aber es frustrierte mich, dass meine eigenen Brüder sich nicht vorstellen konnten, dass ich einen Mann dazu inspirieren würde, sich mit mir im Heu zu wälzen.

»Also? Was habt ihr vor?«, fragte Teddy. »Und warum macht ihr das in der Scheune?«

Ich beschloss, die Antwort Dean zu überlassen. Er war der Schlawiner in der Familie; ihm würde schon was einfallen. Außerdem gönnte ich ihm diese unangenehme Situation durchaus. Nachdem, was er uns alles zugemutet hatte, war eine unangenehme Befragung durch seinen kleinen Bruder das Mindeste, was er verdiente. Er zögerte keine Sekunde mit der Antwort: »Wir wollten einfach mal in Ruhe reden, ohne dass Mom ständig mithört. Dafür sind wir früher doch auch hierhergekommen. Und zwar auch ohne dass wir irgendwas ausgefressen hatten.«

»Manche Dinge legt man wohl nie ganz ab«, meinte Teddy zustimmend.

»Hast du nicht Lust, uns Gesellschaft zu leisten?«, sagte ich in der Hoffnung, dass er ablehnte. Aber es würde bestimmt weniger verdächtig aussehen, wenn ich ihn zum Bleiben aufforderte.

»Nein, danke. Anders als andere Leute muss ich noch arbeiten.« Er wandte sich zum Gehen, drehte sich auf halbem Wege aber noch mal um, als wollte er noch etwas sagen. Doch dann wanderte sein Blick nach oben, und er machte erschrocken einen Satz zurück. Dabei geriet er ins Stolpern und wäre beinahe hingefallen. »Was ist das denn?«, platzte er heraus.

Ich setzte meine unschuldigste Miene auf und konnte nur hoffen, dass er nicht Sam meinte. »Was denn?«

»Da oben, auf dem Balken. Das ist entweder die größte Fledermaus, die ich je gesehen habe, oder – oder ich weiß auch nicht. Moment mal! Das ist doch einer von diesen Gargoyles, die man häufig an alten Kirchen sieht. Aber was macht dieses Ding denn in unserer Scheune?«

O Mann. Wie es aussah, hatte ich soeben den nächsten Immunen in der Familie gefunden, der Sam sehen konnte. Ich hatte mir eingebildet, ich wäre was Besonderes mit meiner magischen Immunität, aber wenn das so weiterging, war ich am Ende das uninteressanteste Mitglied der Familie. Doch bevor ich mich darüber aufregen konnte, musste ich irgendwie auf Teddy reagieren. Fieberhaft suchte ich nach einer rationalen Erklärung dafür, dass ein Gargoyle in der Scheune saß. Ob ich behaupten konnte, es wäre Teil einer Schnitzeljagd gewesen, ihn hierherzubringen? Oder ich hätte jemandem einen Streich spielen wollen? Oder einen Fehlkauf bei eBay gemacht?

»Wovon redest du?«, fragte Dean. »Ich sehe nichts.« Ich fragte mich, ob Sam sich für magisch Begabte unsichtbar gemacht hatte oder ob Dean sich einfach nur blöd stellte.

Zu dumm, dass Teddy schon vor langer Zeit begriffen hatte, dass Dean umso weniger unschuldig war, je mehr er sich den Anschein gab, es zu sein. »Okay, ihr führt eindeutig irgendwas im Schilde. Was ist es?«

»Bist du dir ganz sicher, dass du oben auf dem Dachbalken in unserer Scheune etwas siehst, das einem Gargoyle ähnelt?«, fragte ich. »Und ist es immer noch da?«

»Ja! Und es hat gerade nach unten geschaut und dir zugezwinkert.« Er klang so, als stünde er kurz davor, einen hysterischen Anfall zu bekommen.

Owen und ich wechselten einen Blick und versuchten, uns

wortlos darüber zu verständigen, was wir jetzt tun sollten. Dann seufzte er schwer und sagte: »Sam, komm runter und begrüße Katies Bruder.« Und zu mir gewandt fügte er hinzu: »Vielleicht kann er uns in dieser Sache ja behilflich sein.«

Sam schwebte zu Boden und landete vor Teddys Füßen. »Hallo, ich bin Sam. Freut mich, dich kennenzulernen. Deine Schwester ist ein tolles Mädchen.«

Teddy machte einen Schritt zurück, kniff die Augen zu, rieb sich dann die Augen, schlug sie wieder auf und blinzelte ein paarmal. Ich wartete darauf, dass er schreiend weglaufen oder sonst auf irgendeine Weise ausflippen würde, doch er atmete einfach nur tief durch und sagte: »Wow!« Ich hätte wissen müssen, dass einer, der als Teenager Dungeons and Dragons gespielt und Fantasy-Romane gelesen hatte, eher fasziniert als fassungslos reagierte, wenn man ihm enthüllte, dass Magie wirklich existierte. Nachdem nun geklärt war, dass Sam echt war, fragte er: »Okay, was geht hier in Wirklichkeit vor?«

Owen legte die Magie-Hefte weg und stand auf. »Du hast Sam auf dem Dachbalken sitzen sehen, stimmt's?«

»Ja. Und ich sehe ihn immer noch. Er hat mit mir geredet.«

Owen nickte. »Gut.« Er nahm ein Taschentuch, legte es über seine linke Handfläche und fuhr mit der rechten Hand darüber hinweg. »Und was siehst du jetzt?«

»Ein Taschentuch, das über deiner Hand liegt.«

»Und was siehst du, Dean?«, fragte Owen.

»Du hast das Taschentuch in eine Taube verwandelt. Cool, Mann! Kannst du mir das auch beibringen? Vielleicht könnte ich als Zauberer auftreten. Dann könnte ich damit Geld verdienen, anstatt diese anderen Dinge zu tun, von denen du sagst, dass ich sie lassen soll.«

Owen sah ihn scharf an. Teddy lachte. »Du hast ja wirklich eine blühende Phantasie, Dean. Das ist doch bloß ein Taschentuch.

Er hat es nicht mal zu einem Vogel gefaltet, wie Katie es mal an Thanksgiving mit Servietten versucht hat, nachdem sie in einer Zeitschrift darüber gelesen hatte. Aber wenn ich es recht bedenke, sieht das jetzt ebenso sehr wie ein Vogel aus wie Katies Servietten damals.«

»Halt den Mund, Teddy«, sagte ich in einem drohenden Tonfall. »Sonst erzähle ich auch mal ein paar Geschichten über dich.«

Aber was Owen dann tat, brachte Teddy wesentlich wirkungsvoller zum Verstummen. Er fuhr erneut mit der Hand über das Taschentuch, und diesmal verwandelte es sich in einen Vogel. Diesen hielt er so lange fest, bis alle gesehen hatten, dass er wirklich da war, dann ließ er ihn aus der Scheune fliegen.

Teddy stand eine Weile mit offenem Mund da und fragte dann: »Wie hast du das gemacht? Ich weiß ja, dass man dafür irgendwas in seinem Ärmel haben muss, aber du läufst ja sicher nicht die ganze Zeit mit Vögeln im Ärmel rum, oder?«

»Das ist Magie, du Idiot«, mischte Dean sich ein. »Aber ich schätze, bei dir verfängt so was nicht.« Er wandte sich Owen zu. »Das war es doch, was du zuerst gemacht hast, oder? Du hast so getan, als hättest du das Tuch in einen Vogel verwandelt, aber es war bloß eine Illusion, und die hat bei ihm nicht verfangen.«

»Scheint so«, erwiderte Owen verhalten.

Ich konnte die Wut nicht länger zurückhalten, die sich ab dem Moment in mir aufgestaut hatte, als ich erfahren hatte, dass Dean ein Zauberer war. »Ich fasse es nicht!«, rief ich empört und warf die Hände in die Luft. »Muss denn wirklich jeder aus meiner Familie irgendwie da mit reingeraten? Ich wollte das alles hinter mir lassen, als ich hierher zurückkam, aber ich bin die ganze Zeit davon umzingelt. Ein Bruder von mir nimmt Fernkurse im Zaubern, und der andere ist immun gegen Magie – ganz zu schweigen von Mom, die alles sehen kann, ohne eine Ahnung zu haben, was wirklich los ist. Und Gott weiß, was mit Oma ist. Aber ich hab's satt, dauernd alles zu erklären und mir Gründe für alles Mögliche auszudenken!«

Teddy, der in der Familie stets für Ausgleich und Frieden sorgte, trat vorsichtig auf mich zu, als hätte er einen tollwütigen Hund vor sich. »Katie, Liebes, was ist denn?«, fragte er. »Was geht hier vor sich? Und was soll dieses ganze Gerede über Magie?«

Ich sah flehentlich zu Owen hin und hoffte, er würde meinen Blick richtig deuten. »Erklär du es diesmal. Ich hab das Gefühl, mich dauernd zu wiederholen.« Bevor er antworten konnte, nahm ich meine Tasche und rannte zu meinem Wagen. Wahrscheinlich konnte Owen Teddy ohnehin alles viel besser erklären. Sie sprachen dieselbe Sprache, und ich war sicher, dass Teddy ihm stundenlang quasi-wissenschaftliche Beweise abverlangen würde. Bis zu meiner Rückkehr steckten sie bestimmt in tiefen theoretischen Diskussionen. Owen und Teddy würden voll in ihrem Element sein, und Dean würde sich zu Tode langweilen.

Ich wusste nicht genau, warum ich so wütend geworden war. Ich mochte Magie und magische Leute, und ich hatte mich den größten Teil meines Lebens für viel zu normal gehalten. Aber es passte mir nicht, dass ich nun auch noch den letzten Halt in der nichtmagischen Welt zu verlieren schien. Meine Familie sollte mich doch erden und nicht noch verrückter sein, als meine ehemalige Arbeitswelt es gewesen war. Konnte ich nicht ein kleines bisschen besonders sein, ohne gleich wieder von meinen älteren Brüdern überflügelt zu werden?

Ich fuhr schnurstracks zum Motel. Nita gehörte zu den wenigen Menschen, mit denen ich reden konnte und die absolut nichts mit der magischen Welt zu schaffen hatten. Aber wenn das so weiterging, würde ich sicherlich bald herausfinden, dass sie von einem anderen Planeten stammte oder in Wahrheit Wonder Woman war und sich nur hinter einer harmlosen Tarnung versteckte. »Ach, du lieber Himmel, was ist passiert?«, rief sie, als ich die Motellobby betrat. Und ohne meine Antwort abzuwarten, fügte sie hinzu: »Ich koche uns einen Tee.«

»Nichts ist passiert. Warum? Sehe ich so aus?«, fragte ich, als sie die Absperrung an der Rezeption hochklappte, damit ich auf die andere Seite des Tresens gelangen konnte.

Sie stellte den Wasserkocher an. »Er hat Schluss gemacht, stimmt's?« Ihre Stimme klang tränenerstickt vor Mitgefühl. »Oh, Katie!«

Ich wich ihrer Umarmung aus. »Schluss gemacht? Wir sind ja nicht mal richtig zusammen. Auch als ich noch in New York war, waren wir kaum so was wie ein Paar, und ich hab die Sache beendet, bevor ich von da weggegangen bin.« Meiner Familie hatte ich zwar etwas anderes erzählt, aber ich ging nicht davon aus, dass Nita sich mit ihnen austauschen würde, und etwas, was der Wahrheit zumindest nahekam, erschien mir in dieser Situation das Beste.

»Was ist dann das Problem? Du bist wie von der Tarantel gestochen hier reingestürzt und siehst aus, als könntest du jeden Moment explodieren.« Sie goss kochendes Wasser über die Teebeutel und drehte sich dann, einen Löffel durch die Luft schwingend, wieder zu mir um. »Setz dich und erzähl mir alles.«

Ich gehorchte ihr, aus Angst, dass sie mich sonst mit dem Löffel schlagen würde. Ihre Aufgedrehtheit entspannte mich merkwürdigerweise. Kurz darauf reichte sie mir einen Becher Gewürztee mit Honig. »Fang am besten ganz vorne an«, sagte sie und setzte sich wieder. »Und lass nichts aus. Ich bin nämlich ohnehin schon sauer, dass du diesen heißen Typen nie erwähnt hast, bevor er hier aufgekreuzt ist.«

Während ich noch darüber nachdachte, wie genau ich erklären konnte, was mich so wütend gemacht hatte, bog ein Auto so schwungvoll in die Moteleinfahrt ein, dass es auf dem Schotter am Straßenrand ein wenig ins Schlingern geriet. Dann hielt es mit quietschenden Reifen unter dem Vordach. Als der Fahrer ausstieg, erkannte ich, dass es sich um einen großen, schlanken Mann handelte. Seine Hosenbeine und Ärmel waren so kurz, dass es aussah, als hätte er gerade einen Wachstumsschub gehabt. Ich wusste sofort, wer er war: Phelan Idris, der schurkenhafte Zauberer, der uns so viel Ärger bereitete, war in die Stadt gekommen.

»Oh, Wahnsinn, ein Gast!«, sagte Nita, während ich vor Schreck meinen Tee verschüttete. »Sonst checkt hier montags nie jemand ein.«

Ich wollte nicht, dass er mich sah. Wenn er nicht ahnte, dass wir von seiner Anwesenheit in der Stadt wussten, verschaffte uns das vielleicht einen klitzekleinen Vorteil. »Oh, mein Tee!«, sagte ich, nahm eine Handvoll Papierservietten von Nitas Tresen und ließ mich auf den Boden nieder, noch bevor die Türglocke ertönte. Während ich halbherzig den verschütteten Tee aufwischte, lauschte ich.

»Hallo! Willkommen im Cobb-Motel!«, rief Nita fröhlich. »Was kann ich für Sie tun?«

»Haben Sie ein Zimmer frei?«, fragte er.

»Für wie lange?«

»Keine Ahnung. Ein paar Tage vielleicht.«

»Okay, Aufenthalt von unbestimmter Dauer. Das geht. Raucher oder Nichtraucher?«

»Raucher.« Seltsam, ich hatte ihn noch nie rauchen sehen. Ich konnte mir allerdings vorstellen, dass er einen Raucherraum wollte, um dort den einen oder anderen Zaubertrank mixen zu können, ohne Verdacht zu erregen.

»Doppelbett oder zwei Einzelbetten?«

»Ich will ein Zimmer, okay? Und kein endloses Frage-und Antwort-Spiel.«

»Ich möchte doch nur, dass Sie das bekommen, was Sie auch wirklich möchten«, erwiderte Nita. Sie klang noch immer äußerst zuvorkommend, aber allmählich mischte sich ein kühler Unterton in ihre Stimme. »Ich gebe Ihnen ein Doppelbett. Wie zahlen Sie?«

»Per Kreditkarte.«

»Prima! Dann brauche ich nur noch Ihren Personalausweis, und das hier füllen Sie bitte aus. Das Kennzeichen brauchen Sie nicht anzugeben, ich weiß auch nicht, warum das auf dem Formular steht.« Sie warf mir einen merkwürdigen Blick zu, während sie seinen Ausweis kopierte, und ich beeilte mich so zu tun, als würde ich noch immer gründlich den Tee aufwischen. Sie kam aus dem Büro zurück und reichte ihm den Ausweis, seine Kreditkarte und einen Schlüssel. »Gut, Mr Idris, Sie sind in Zimmer 25. Den Wagen können Sie direkt davor parken. Ich wünsche Ihnen einen angenehmen Aufenthalt.«

Erst als die Türglocke erneut ertönt war und ich hörte, wie er den Motor anließ, erhob ich mich mit einem Bündel feuchter Papierservietten vom Boden. »Verdammt, ich hab hier eine Riesensauerei gemacht«, sagte ich.

Sie zog eine Augenbraue hoch. »Ich hab mich schon gewundert, was du da unten machst. Hatte schon fast den Verdacht, du kennst ihn und versuchst, dich zu verstecken oder so.«

Eigentlich hatte ich sagen wollen, dass ich keine Ahnung hätte, wer er war. Dann wurde mir jedoch schlagartig klar, dass es vielleicht gut wäre, ihr einen triftigen Grund dafür zu liefern, ihn nicht mehr aus den Augen zu lassen. »Ja, er kam mir tatsächlich irgendwie bekannt vor«, sagte ich.

Sie schnappte nach Luft und schlug sich die Hand vor den Mund. »Aber du hast ihn nicht zufällig in *Aktenzeichen XY* gesehen, oder? Vielleicht sollte ich die Polizei rufen. Glaubst du, es wäre gut oder schlecht fürs Geschäft, wenn ein berühmter Serienkiller hier übernachten würde? Ich meine, solange er in dieser Zeit niemanden umbringt. Das würde potentielle Hotelgäste dann wohl doch eher abschrecken. Aber wenn er hier verhaftet würde, das wäre doch eine ganz gute Publicity, oder? Zumindest würden dann ein paar Reporter kommen und der Name unseres Motels stünde in der Zeitung.«

So viel Aufregung hatte ich mit meiner Bemerkung auch wieder nicht hervorrufen wollen. Aber mir war kurzzeitig entfallen, was für eine blühende Phantasie Nita besaß. »Nein, nicht so was«, korrigierte ich sie, bevor sie nicht mehr zu bremsen war und die Polizei alarmierte. »Er kam mir einfach nur bekannt vor. Vielleicht kenne ich ihn ja aus New York.«

Sie stemmte ihre Hand in die Hüfte. »Warum sollte denn einer aus New York hierherkommen?«

Ich dachte schnell nach und verfiel auf etwas, von dem ich sicher war, dass es ihre Aufmerksamkeit erregen würde. »Vielleicht ist es einer von dieser Band, die ich mal in einem Club gesehen habe.« Nicht dass ich häufig in Clubs gegangen wäre, aber es passte garantiert zu ihrem aus *Sex and the City* stammenden Bild davon, wie mein Leben in New York ausgesehen haben musste. »Wer weiß, vielleicht ist er auf dem Weg von Dallas nach Austin, weil er da ein Konzert hat oder weil da ein Festival stattfindet. Und er nimmt die kleinen Straßen, weil er richtig was von der Gegend mitbekommen will, in der er auftritt.«

Sie riss die Augen weit auf. »Wow! Ein Rockstar in meinem Motel! Stell dir mal vor: Wenn er eines Tages groß rauskommt, wird dieses Motel berühmt! Dann können wir aus Zimmer 25 das – sie musste noch mal auf das Formular schauen – Phelan-Idris-Zimmer machen und überall Bilder von Konzerten aufhängen. Und dann nennen wir uns das Rock-'n'-Roll-Motel!« Sie klappte die Tresenabsperrung hoch und rannte in die Lobby, von deren Seitenfenster aus sie Idris' Zimmer sehen konnte. Jetzt wusste ich, dass sie den Köder geschluckt hatte. Sie würde ihn keine Sekunde mehr aus den Augen lassen. Nachdem sie ein paar Minuten hinausgespäht hatte, drehte sie sich wieder mir zu. »Meinst du, du kannst mal kurz an der Rezeption bleiben? Ich müsste mal meine Kamera holen. Wenn er wirklich berühmt wird, brauche ich schließlich einen Beweis dafür, dass er hier war. Wir haben jede Menge freie Zimmer. Wenn also jemand reservieren möchte, schreib dir einfach Namen und Nummer auf. Heute Nachmittag checkt garantiert nicht noch jemand ein. Ich bin in einer Sekunde zurück.« Und weg war sie, noch bevor ich protestieren konnte.

Als sie draußen war, ging ich ins Büro, nahm mir einen der Ersatzschlüssel für Idris' Zimmer vom Schlüsselbrett und steckte ihn ein. Wie gut, dass Nitas Vater noch nicht auf Kartenschlüssel umgestellt hatte. Dann nahm ich den Hörer ab. Ich hatte Owen weder nach seiner Handynummer gefragt noch hatte er sie mir von selbst gegeben, aber ich kannte Teddys Nummer, und da sie ja wahrscheinlich ohnehin noch im Gespräch waren, wählte ich die.

»Hallo, Schwesterherz«, meldete sich Teddy. »Hast du dich schon wieder beruhigt?«

»Mir geht's gut. Ist Owen bei dir? Ich muss mit ihm sprechen.«

Eine Sekunde später war Owen am Hörer. »Katie?«

»Idris hat gerade im Motel eingecheckt«, sagte ich ohne Umschweife.

»Was? Bist du sicher?«

»Ich war hier, als er kam. Aber er hat mich nicht gesehen, und er hat unter seinem Namen eingecheckt. Es kann ihn ja nicht mehr als einmal geben.«

»Aber warum ist er hier?« Er klang beinahe verzweifelt, was für ihn sehr ungewöhnlich war.

»Komisch, diese Frage hat Nita ihm gar nicht gestellt, als er um ein Raucherzimmer bat und gesagt hat, dass er noch nicht weiß, wie lange er bleiben wird.«

»Ich schicke sofort Sam vorbei, damit er Posten bezieht.«

»Er ist in Zimmer 25, und ich glaube, er wird schon bewacht.«

Als die Türglocke ging, sagte ich rasch: »Ich muss jetzt auflegen. Wir reden später weiter.«

Nita kam atemlos und mit geröteten Wangen vom Haus ihrer Familie hinter dem Motel angelaufen. »Hat jemand angerufen? Gibt es neue Gäste?«

»Nein. Nicht einen.«

»Ich hab schon sein Auto fotografiert, aber es ist ein Mietwagen. Sagt also nicht viel über ihn aus. Ich schätze, wir müssen warten, bis er rauskommt.« Sie zog einige Lobbysessel ans Fenster, und ich gesellte mich zu ihr. »Oh, ich hätte dran denken sollen, Knabberkram für die Observierung mitzubringen«, sagte sie, nachdem sie sich mit schussbereiter Kamera in einen der Sessel fallen gelassen hatte. »Verrätst du mir eigentlich noch, warum du so sauer warst, als du herkamst?«

»Ach, das hatte mit meinen Brüdern zu tun«, wiegelte ich ab, da ich das Thema Owen im Moment lieber nicht anschneiden wollte. Dann hatte ich einen Geistesblitz. Meine Brüder. Ja, natürlich. Ich wusste ganz genau, warum Idris hier war. »Und wo wir gerade von meinen Brüdern sprechen: Ich hab Owen schon viel zu lange mit ihnen allein gelassen. Ich fahre mal besser zurück nach Hause. Du sagst mir doch Bescheid, wenn etwas Interessantes passiert, oder?«

Sie wandte den Blick nicht vom Fenster ab. »Ja, klar. So was Aufregendes ist hier schließlich seit Ewigkeiten nicht passiert.«

»So gut war die Band nun auch wieder nicht«, sagte ich aus Angst, dass sie am Ende allzu sehr enttäuscht sein würde.

»Das ändert gar nichts«, erwiderte sie trocken.

Ich war froh, dass ich neben dem Büro geparkt hatte, denn auf diese Weise konnte Idris mich von seinem Zimmer aus nicht sehen, selbst wenn er so gelangweilt oder paranoid sein sollte, aus dem Fenster zu schauen. Als ich zu Hause ankam, war die Scheune leer. Also ging ich ins Haus. Die Tür zu Deans und Teddys altem Zimmer war geschlossen, und ich hatte so ein Gefühl, dass die Jungs sich dort aufhalten könnten. Ich klopfte leise an und hatte gerade »Ich bin's« gesagt, als die Tür auch schon aufgerissen wurde.

»Das ist bestimmt total praktisch«, sagte Teddy gerade. Aus seinem Blick sprachen Staunen und Ehrfurcht, als wäre er immer noch dabei, das alles zu verarbeiten. Er und Owen saßen auf einem der Betten und hatten den Großteil der Magie-Heftchen um sich herum ausgebreitet, während Dean sie von dem anderen Bett aus misstrauisch beäugte. Das Ganze sah fast nach einer Übernachtungsparty für große Jungs aus.

»Ich nehme an, ihr seid jetzt im Bilde«, sagte ich, trat ein und schloss die Tür hinter mir für den Fall, dass Mom zurückkam oder Oma plötzlich hier auftauchte.

»Ja, Owen hat mir alles erzählt«, antwortete Teddy. »Das ist doch absolut unglaublich, oder? Ich meine, da spiele ich jahrelang Dungeons and Dragons, und dann stellt sich plötzlich heraus, dass das alles wahr ist. Stell dir bloß mal vor, welchen Ärger Dean sich eingehandelt hätte, wenn er die ganze Zeit über gewusst hätte, dass er über magische Kräfte verfügt. Aber jetzt hat er sich ja auch schon genug reingeritten.«

»Und stell dir nur erst vor, was ich alles hätte verpetzen können, wenn ich ihn erwischt hätte«, gab ich zurück. Dann wandte ich mich meinem älteren Bruder zu. »Dean, du hast nicht zufällig jemanden in dieser Schule angerufen, bei der du den Fernkurs machst, und ihm erzählt, was hier gerade so los ist, oder?«

»Es gibt eine Servicenummer, die man anrufen soll, wenn man bereit für die nächste Lektion ist oder wenn man irgendwelche Probleme hat.«

»Und wann hast du da zuletzt angerufen?«

»Äh, letzte Nacht, als ich nicht in die Bank reinkam. Man soll sie informieren, wenn irgendwas nicht funktioniert, und weil gegen eine unsichtbare Wand zu laufen nicht in der Fehlerliste stand, hab ich sofort angerufen. Sie haben mich zu jemandem durchgestellt, der mehr zu sagen hatte, also nehme ich an, dass das Problem größer war, als ich zunächst gedacht hatte.«

»Ich wette, das ist der Grund, warum Idris gekommen ist«, sagte ich zu Owen.

»Was hast du ihm erzählt?«, fragte Owen. Er war blass geworden, und ich konnte ihm die Anspannung am Gesicht ablesen.

»Ich habe ihm beschrieben, was ich versucht hatte und wie es sich angefühlt hat. Dann fragte er, ob sich in der Stadt irgendwas verändert hat – ob jemand Neues in die Stadt gekommen wäre. Da hab ich ihm erzählt, dass der Freund meiner Schwester gerade zu Besuch ist.« Verlegen fügte er hinzu: »Ups. Zu der Zeit konnte ich nicht wissen, dass das vielleicht keine gute Idee war. Ich war einfach nur aufgeregt, weil sie mich mit einem der Firmenleiter haben sprechen lassen. Das war so, als hätte ich einen Programmierfehler in Word gefunden, bei der Service-Hotline von Microsoft angerufen und wäre dann mitten in der Nacht direkt zu Bill Gates durchgestellt worden. Warum ist das denn eigentlich wichtig?«

»Weil der Betreiber von Spellworks gerade in die Stadt gekommen ist«, sagte ich. »Er weiß bestimmt, dass du mein Bruder bist, und das bedeutet, dass er auch weiß, dass Owen hier und für den Abwehrzauber an der Bank verantwortlich ist.« Es wurmte mich ganz schön, dass Phelan Idris eher als ich herausgefunden hatte, dass mein Bruder über magische Kräfte verfügte.

»Er ist ganz schön schnell hier gewesen«, sagte Owen.

Ich zuckte mit den Schultern. »Vielleicht ist das Ganze für ihn ein größeres Problem als für uns. Dass wir auf diese Weise von seiner kleinen Magie-Schule erfahren haben, bringt sie ja möglicherweise schon wieder zu Fall, bevor er genug Teilnehmer zusammen hat, um eine ›Armee‹ von Jüngern aufzubauen. Es war ziemlich blöd von ihm, einen meiner Brüder anzuwerben.«

»Aber das ist typisch für ihn«, sagte Owen. »Er konnte nicht widerstehen, dich zu provozieren und dir gegenüber damit zu prahlen, was für ein toller Hecht er ist. Und wie üblich hat er sich davon ablenken lassen, statt sein Ding ordentlich durchzuziehen.«

Ich setzte mich auf die Kante von Teddys Bett. »Hab ich dir jetzt wirklich alles vermasselt?«, fragte Dean und klang ehrlich zerknirscht.

»Nein, letztlich hast du mir geholfen. Wenn du nicht in diese Sache hineingeraten wärst, hätten wir von Idris' Plan vielleicht erst zu spät erfahren. Wäre zwar nett gewesen, wenn du Idris nicht auch noch hierhergelockt hättest, aber vielleicht werden wir hier am leichtesten mit ihm fertig. Wegen der fehlenden größeren Kraftfelder ist das Zaubern hier schwieriger, und wenn es um das Erzeugen magischer Kräfte aus dem Nichts geht, gibt es nur wenige, die es mit Owen aufnehmen können.«

»Uh, dann steht die Entscheidungsschlacht wohl bald bevor, was?«, fragte Teddy freudig.

»Ich hoffe nicht«, erwiderte Owen. »Aber wir brauchen wahrscheinlich eure Hilfe.«

Dann rief eine Stimme von unten: »Ist jemand zu Hause?« Es war Oma.

Ich stand auf und lief zum Treppenabsatz. »Was ist denn, Oma?«, fragte ich.

»Ich wollte in die Bank, um meine Rente abzuholen, aber sie haben mich nicht reingelassen.«

Als ich mich umdrehte, standen die drei bereits hinter mir. »Der Abwehrzauber ist offenbar noch aktiv«, flüsterte ich Owen zu.

»Dad hat ja schon immer gesagt, dass sie eine Hexe ist«, sagte Teddy leise.

14

Ich warf Teddy einen wütenden Blick zu, dann setzte ich ein Lächeln auf und lief die Treppe hinunter. Als ich auf die quietschende Stufe trat, zuckte ich zusammen. »Aber Oma, die Bank ist doch jetzt geschlossen«, sagte ich unten und hoffte, dass es sich lediglich um ein Missverständnis handelte. »Du hast wohl vergessen, dass die Schalterhalle heute um drei Uhr zumacht.«

Sie klopfte mit ihrem Stock auf den Boden. »Nein, hab ich nicht. Und ich hatte noch reichlich Zeit. Aber ich konnte einfach nicht durch die Tür gehen. Die Bank muss durch einen Zauber geschützt sein. Irgendjemand will die Magiebegabten draußenhalten.« Sie blickte zum Treppenabsatz hoch, wo die Jungs noch immer standen, und zeigte mit ihrem Stock direkt auf Owen. »Sie waren das. Ich hab Ihre Magie gespürt.«

Ich war sofort bereit, mir eine Erklärung aus den Fingern zu saugen, doch Owen kam, gefolgt von den anderen, die Treppe herunter. »Das tut mir leid. Ich hätte den Abwehrzauber längst aufheben sollen, aber bei all dem, was hier gerade vor sich geht, wollte ich sichergehen, dass die Bank geschützt ist. Ich werde mich noch heute Abend darum kümmern, damit Sie morgen hineingehen und Ihren Scheck einreichen können.« Er sprach ganz ruhig, so als führte er ein völlig normales Gespräch.

Das machte Oma sprachlos. Sie war es gewohnt, dass man sie ignorierte und belächelte, aber nicht, dass man sie ernstnahm. »Sie wurden uns also geschickt, um uns vor dem Halunken zu beschützen, der uns mit Hilfe seiner magischen Kräfte Schaden zufügt«, sagte sie und schaute ihn unverwandt an.

»Ja, das stimmt.«

»Sie besitzen starke magische Kräfte; sie sind stärker als alles, was ich je vorher gespürt habe.« Sie verfiel in diesen falschen irischen Akzent, weshalb es Teddy, Dean und mir schwerfiel, nicht zu lachen, aber Owen verzog keine Miene. »Ich kenne ein, zwei Tricks, die meine Großmutter mir beigebracht hat, aber nichts von dem, was Sie tun. Sie haben unserem Übeltäter das Handwerk gelegt, nicht wahr?«

»Ja, ich glaube schon. Er wird keine weiteren Probleme mehr verursachen.«

Ihr Blick schoss sofort zu Dean, der nicht schnell genug reagieren konnte, um eine falsche unschuldige Miene aufzusetzen. Sein schlechtes Gewissen war ihm deutlich anzusehen. Omas Augen verengten sich zu Schlitzen. »Du! Ich hätte es wissen sollen. Du warst schon immer ein Unruhestifter.« Sie schlug mit dem Stock gegen seine Knie, woraufhin Dean in die Luft sprang und vor Schmerz aufschrie.

»Es ist gefährlich, eine solche Gabe zu missbrauchen«, fuhr sie dann fort und ignorierte Dean, der sich die Knie rieb. »Man verbrennt sich leicht die Finger, wenn man mit Magie herumspielt, und wenn man sie zu seinem persönlichen Vorteil ausnutzt, fällt man der Finsternis nur umso schneller anheim. Ich hätte dir beigebracht, wie man damit umgeht, aber deine Mutter hat mich für verrückt erklärt. Sie hat eine andere Form von Sehergabe, aber auch eine andere Auffassung von dieser Gabe als ich.«

»Warte mal kurz«, sagte ich. »Heißt das, du wusstest die ganze Zeit über Dean Bescheid?«

»Natürlich. Schon als ich ihn als Baby zum ersten Mal im Arm hielt, habe ich die Magie in ihm gespürt. Du bist allerdings wie deine Mutter. Und Teddy auch. Meine Großmutter pflegte zu sagen, die Familie hielte diese Dinge stets im Gleichgewicht, damit wir uns gegenseitig in Schach halten können – die Magischen und die Immunen, die alles sehen.«

»Und was ist mit Frank junior?«, fragte ich und hatte fast Angst vor ihrer Antwort. Wenn ein Bruder ein Zauberer war und der andere immun gegen Magie, musste man, was den dritten anging, mit allem rechnen.

»Ach, der ist genauso normal wie dein Vater. Und wir können Gott danken, dass hier auch noch normale Menschen rumlaufen.«

»Ich musste erst nach New York gehen, um zu erfahren, dass es Magie gibt, und du hast es die ganze Zeit gewusst?«

Sie schüttelte den Kopf und schnalzte mit der Zunge. »Ich hab es dir, ich weiß nicht wie oft, gesagt, aber du wolltest mir einfach nicht zuhören. Ich hab sogar versucht, dich vor den Dingen zu warnen, denen du in der Stadt begegnen würdest.« Das erklärte teilweise, warum ich mich an ihre Warnungen nicht erinnerte. Die Familie hatte mir so eifrig eingeredet, dass ich in New York garantiert lauter Kriminellen und Perversen begegnen würde, dass eine weitere verrückte Ermahnung wohl einfach eine zu viel gewesen wäre.

»Aber Oma«, sagte Teddy. »Wir dachten, du würdest mal wieder Phantasiegeschichten erzählen.«

»Phantasiegeschichten! Also wirklich! Diese Kinder haben keinen Respekt vor der älteren Generation.« Sie wandte sich wieder Owen zu. »Sie dagegen, nehme ich an, hören auf Ihre Großeltern.«

»Ich habe keine Großeltern«, sagte er, »aber meine Pflegemutter ist in Ihrem Alter.«

»Das erklärt es. Sie mussten den Alten zuhören. Gibt es hier eigentlich keinen Kaffee?« Ohne eine Antwort abzuwarten, wirbelte sie herum und stürmte so schnell in die Küche, dass ich mich fragte, ob sie Magie einsetzte, um ihr Tempo zu steigern.

»Ich koche welchen«, sagte ich und eilte ihr hinterher. Es war gut, dass ich meine große Krise schon gehabt und mich inzwischen wieder einigermaßen beruhigt hatte. Sonst weiß ich nicht, wie ich darauf reagiert hätte, dass meine Großmutter magiebegabt war und über all das schon seit langem Bescheid wusste.

Ich war vor Oma an der Maschine und setzte eine Kanne entkoffeinierten Kaffee auf, da ich wusste, dass sie nicht so viel Koffein zu sich nehmen sollte und an diesem Tag bestimmt schon mehrere Tassen getrunken hatte. Für uns andere war es definitiv auch besser, wenn sie nicht noch mehr auf Touren kam; sie war so schon schlimm genug. Ausnahmsweise stritt sie nicht mit mir darüber, wer den Kaffee kochen sollte. Stattdessen schien es ihr zu gefallen, am Küchentisch zu sitzen und sich von uns bedienen zu lassen.

Was wahrscheinlich damit zusammenhing, dass sie mit Dean noch nicht fertig war. Sie schlug ihm erneut mit ihrem Stock gegen die Kniescheiben, und er wich klugerweise einen Schritt zurück, um außer Reichweite zu sein. »Jetzt, wo du deinen Spaß gehabt und allen gezeigt hast, was du kannst, wirst du doch hoffentlich alles brav zurückgeben, oder?«, sagte sie. Sie formulierte es als Frage, aber gemessen an ihrem Tonfall war es ein Befehl. »Ich würde deiner Mutter nur sehr ungern erzählen, was für eine Enttäuschung du bist.«

»Ja, Ma'am«, antwortete Dean. »Ich meine, ich würde es ja gern, aber ich weiß nicht, wie ich das anstellen soll, ohne geschnappt zu werden. Sie fahren jetzt häufiger Streife, und es war ohnehin schon pures Glück, dass ich es geschafft habe, an die Sachen ranzukommen.«

»Nun, wenn du es getan hast, dann hast du es ja vielleicht auch verdient, geschnappt zu werden. Es ist immer noch besser, wenn du beim Zurückbringen der Sachen erwischt wirst – selbst wenn du während der Öffnungszeiten mit Kisten voller Diebesgut hineingehen musst –, als wenn man den Kram bei dir im Haus oder am Handgelenk deiner Frau findet. Du wirst keinen Erfolg haben, bis du diesen Fehler wieder gutgemacht hast.«

Dean stöhnte. »O, nein – Sherri. Von der kriege ich die Sachen niemals zurück. Wo ich sie doch endlich mal glücklich machen konnte.« Offenkundig hatte er bei dem, was sie vorher gesagt hatte, nicht zugehört. Ich vermutete, dass in Wahrheit er die Sachen nicht zurückgeben wollte und Sherri nur ein willkommener Vorwand war.

Ein Kreischen an der Hintertür gab mir recht. »Dean Chandler, bist du hier?« Sherri kam in die Küche gestapft. Ihre Haare hingen ihr unordentlich im Gesicht, und sie war völlig aufgebracht. »Was für ein Spiel treibst du eigentlich genau?«

Er ging einen Schritt von ihr weg, nur um festzustellen, dass er sich damit wieder in Reichweite von Omas Stock begeben hatte, also wich er zur Seite aus. »Was meinst du, Liebling?«, fragte er so cool und unschuldig, als könne er kein Wässerchen trüben.

»Was ich meine?«, rief sie eine Oktave höher. »Worauf hast du dich da eingelassen? Und spiel jetzt nicht den Unschuldigen! Ich weiß, dass du was im Schilde führst.«

Deans unschuldige Miene bekam für den Bruchteil einer Sekunde Risse, aber dann setzte er wieder sein übliches freches Grinsen auf. »Würde es dir was ausmachen, mir zu erklären, was du meinst, Schatz?«

Sie hob ihren Arm und zeigte ihm ihr nacktes Handgelenk. »Ich bin zum Juwelier gegangen, um mein neues Armband schätzen zu lassen, und rate mal? Sie haben mir gesagt, es würde sich um gestohlenes Eigentum ihrer Firma handeln. Da hab ich ihnen gesagt, ich hätte es geschenkt bekommen. Und es zurückgegeben.«

»Wie, das war echt gestohlen?«, fragte er und mimte weiterhin den Unschuldigen. Oma beugte sich vor, um ihn mit ihrem Stock erreichen zu können, und schlug einmal kräftig zu. »Au!«, protestierte er. »Okay, ich hab den Kram von einem Typen, den ich kenne. Ich wusste nicht, dass er gestohlen ist, aber ich gebe alles zurück, versprochen!«

Normalerweise war das der Punkt, an dem Sherri dahinschmolz, sich dafür entschuldigte, jemals Zweifel an ihm gehabt zu haben, und anfing, ihn mit ekelhaften Kosenamen wie »Zuckerbärchen« anzusprechen, während wir anderen an uns halten mussten, um uns nicht an Ort und Stelle zu übergeben. Diesmal warf sie jedoch einfach nur ihre Haare nach hinten und rief: »Das will ich dir aber auch geraten haben! Ich werde ein paar Tage bei Mom wohnen, und wenn ich zurückkomme, ist der ganze Krempel verschwunden, sonst packe ich meine Sachen und gehe für immer!« Damit drehte sie sich um, marschierte aus der Küche, knallte die Tür zu und hinterließ eine unbehagliche Stille.

»Ich glaube nicht, dass Sherri was dagegen hat, dass du die Sachen zurückbringst«, brach ich das Schweigen, bevor es zu unheimlich wurde.

»Nein, wahrscheinlich nicht«, gab Dean verlegen zu.

Der Kaffee war fertig, und Owen, der sich klugerweise aus den Familienangelegenheiten heraushielt, schenkte Oma einen Becher voll ein. »Vielleicht kann ich dir beim Zurückbringen der Sachen behilflich sein«, sagte er dann. »Der Zaubertrick ist für mich nicht weiter schwer, und mit Sams Hilfe kann ich unsere Aktivitäten vor der Polizei lange genug verschleiern, damit wir unbehelligt rein- und auch wieder rauskommen.«

»Ich helfe auch mit«, sagte Teddy. »Ich weiß zwar nicht, was ich anderes tun kann, als Wache zu stehen, aber ich finde, ich sollte dabei sein.«

»Du willst ja nur zugucken, um zu sehen, wie es geht«, sagte ich.

»Ja, stimmt.«

Ich schaute zu Owen; er zuckte mit den Schultern. »Vielleicht brauchen wir alle Wachen, die wir kriegen können.«

Oma fixierte Dean mit einem stahlharten Blick. »Du wirst also alles zurückerstatten?«

Er sah aus wie ein zehnjähriger Junge, der beim Bonbonklauen erwischt worden war. »Ja, Ma'am«.

»Und du wirst deine Magie künftig nicht mehr für schändliche Zwecke nutzen?«

»Nein, Ma'am.«

»Gut. Wenn ihr das hier wieder ausgebügelt habt, reden wir noch mal ein Wörtchen über deine kriminelle Veranlagung.« Sie wandte sich Teddy zu. »Du musst dafür sorgen, dass er sich korrekt benimmt. Lass dich nicht von ihm über den Tisch ziehen.«

Teddy grinste. Als Zweitjüngstem in der Familie und jüngstem Sohn ging ihm das natürlich runter wie Öl, wenn er aufgefordert wurde, auf seinen älteren Bruder aufzupassen. »Ich werde ihn mit Argusaugen bewachen.«

»Was wirst du bewachen?«, fragte Mom, die in diesem Moment mit einem Arm voll Lebensmitteln durch die Tür kam.

Ihm blieb der Mund offen stehen, und er sah so verunsichert aus, dass ich mich wunderte, dass es ihr nicht auffiel. »Ich, äh, es geht nur um das nächste Mal, wenn Molly und Frank Beth und mich fragen, ob wir auf Davy aufpassen können. Wenn man nicht aufpasst, hat der seine kleinen Finger überall drin.«

Mom schüttelte müde den Kopf und stellte die Lebensmitteltüten auf der Arbeitsfläche ab. »Dieses Kind. Wenn Molly mal lernen würde, nein zu sagen und ihm Grenzen zu setzen, würde ihm das sehr guttun. So, Jungs, da draußen im Wagen sind noch mehr Sachen, die könntet ihr mal reinholen.«

Dean, Teddy und Owen bewegten sich auf die Tür zu, doch Mom stoppte Owen. »Sie sind hier zu Besuch. Sie werden nicht eingespannt.« Sie lächelte ihn kokett an. »Das hat noch Zeit bis zu Ihrem nächsten Besuch. Dann zählen Sie zur Familie.«

»Oh, dann freue ich mich schon darauf.« Er drehte sich zu mir um und sagte: »Katie, wolltest du mir nicht heute dieses Dings zeigen?«

Ich war nicht sicher, was er meinte, ergriff aber bereitwillig die Gelegenheit zur Flucht. »Oh, ja, ich wollte dir ja das Dings zeigen. Wann gibt es Abendbrot, Mom?«

»Erst in ein paar Stunden.«

»Dann haben wir ja noch genug Zeit, wenn wir uns jetzt auf den Weg machen. Wir sind rechtzeitig zum Essen wieder da.« Auf der Treppe begegneten wir den anderen, die mit Armen voller Tüten zurückkamen. Als sie außer Hörweite waren, fragte ich: »Welches Dings?«

»Ich dachte mir, wir statten unserem Freund einen Besuch ab.«

»Ach ja, das Begrüßungskomitee sollte ihn natürlich unbedingt in der Stadt willkommen heißen.«

»Jetzt, wo ich schon einige Tage in Texas bin, hab ich den Dreh langsam raus, was die sprichwörtliche Gastfreundschaft der Südstaaten angeht. Ich hätte ein schlechtes Gewissen, wenn ihn nicht irgendjemand in Empfang nehmen würde.«

Wir nahmen Owens Mietwagen und fuhren zum Motel. »Sein Auto steht vor seinem Zimmer«, sagte ich. »Also ist er wohl noch da.«

»Gut. Dann plaudern wir doch ein bisschen mit ihm.«

»Glaubst du denn, er lässt uns rein?«

»Ja, wenn er nicht weiß, dass wir es sind, schon.«

»Du solltest uns wohl ganz generell verschleiern. Nita bewacht sein Zimmer wahrscheinlich die ganze Zeit von der Lobby aus mit einer Digitalkamera.«

»Warum sollte sie das tun?«

»Vielleicht weil ich ihr weisgemacht habe, er könnte der Leadsänger einer aufstrebenden Rockband sein.« Als wir ausstiegen, fiel mir auf, dass die Tür zur Wäschekammer nur angelehnt war.

Ich ging hinein, nahm einen Arm voll Handtücher und sagte: »Wir könnten ja so tun, als wären wir vom Reinigungsteam.«

»Gute Idee.«

Auf dem Weg zu Idris' Zimmer murmelte Owen leise etwas vor sich hin. Ich spürte anhand des verräterischen Kribbelns, dass sich um uns herum magische Kräfte aufbauten, und fragte mich, welches Aussehen er uns wohl gab. Als Owen mir zunickte, klopfte ich an die Tür und rief: »Reinigungsservice!«

Mit angehaltenem Atem wartete ich auf eine Reaktion. Nachdem fast eine ganze Minute vergangen war, klopfte ich erneut und rüttelte am Türgriff. Dann öffnete Idris die Tür endlich einen Spalt breit. »Was ist denn los?«, giftete er mich an.

»Frische Handtücher«, sagte ich und schob mich, dicht gefolgt von Owen, an ihm vorbei ins Zimmer. Idris trat widerstrebend zur Seite. Auf seinem Bett lagen ein Laptop, ein Handy, ein Stapel Zeitungen und eine Landkarte von Texas. Als wir alle im Zimmer waren, schlug die Tür plötzlich mit einem lauten Knall zu, obwohl niemand von uns sie berührte, und ich spürte, wie die Magie um uns herum nachließ.

»Du bist das!«, rief Idris und sah Owen erschrocken an. Ich legte den Stapel Handtücher am Fußende des Bettes ab. Als er sich mir zuwandte, erkannte er auch mich: »Und du auch! Was wollt ihr denn hier?«

Owen und ich schauten uns an. Mit dieser Reaktion hatten wir nicht gerechnet. Ich hatte gedacht, er würde schon auf uns lauern und auf uns losgehen, wenn wir nicht schneller waren als er. »Meinst du hier in diesem Zimmer oder hier in dieser Stadt?«, fragte ich.

»Hier«, stammelte er.

»Nun, ich wohne hier – ich meine, ich komme von hier, und meine Familie wohnt hier«, sagte ich. »Und er ist gekommen, um deinen neuesten Plan zu durchkreuzen. Wusstest du das noch nicht?«

Er klappte den Laptop zu und zog einige Kissen über seine Papiere. »Woher soll ich das wissen?«

»Weil du hier bist. Warum solltest du sonst hier sein? Das ist nicht der Ort, an den Leute kommen, weil sie mal rauswollen und gerade Lust dazu haben. Warum solltest du ausgerechnet nach Cobb kommen?«

Allmählich fasste er sich und richtete sich zu seiner vollen Größe auf, so dass er Owen überragte. Dann faltete er die Arme vor der Brust. »Das geht euch nichts an.«

»Ach, tatsächlich. Das erstaunt mich, wenn man bedenkt, dass du meinem Bruder das Zaubern beigebracht hast.« Er sah ehrlich überrascht aus, als hätte er keine Ahnung, wovon ich spreche. »Dean Chandler? Der Typ, der dich mitten in der Nacht angerufen hat, weil er nicht gegen einen Abwehrzauber ankam? Ich nehme an, das ist der Grund, weshalb du hier bist.«

Seine Miene war unbezahlbar. Mein Vater hätte gesagt, er sähe aus wie vom Donner gerührt. Er vergaß, dass er größer sein wollte als Owen, und setzte sich aufs Bett. »Das ist dein Bruder?«

»Einer von ihnen. Ist dir nicht aufgefallen, dass wir denselben Nachnamen tragen und beide aus Texas sind?«

»Du bist aus Texas?«

Ich drehte mich Owen zu. »Ich dachte, das wäre mir quer über die Stirn tätowiert. In Manhattan weiß jeder, dass ich aus Texas komme.«

»Aber das ist kein besonders seltener Name«, murmelte Idris. »Der Abwehrzauber, gegen den er nicht ankam, ist also dein Werk, nehme ich an?«, sagte er zu Owen.

»Ja, der stammt von mir, und er hat sich gelohnt, denn er hat Dean davon abgehalten, einen sehr großen Fehler zu begehen. Ich dachte, das wäre der Grund für dein Kommen. Weil du herausgefunden hast, dass ich hier bin.«

»Nein, ich bin hier, weil hier kein Zauberer registriert ist und meine Schüler noch nicht so weit sind, dass sie Abwehrzauber installieren können. Ich habe mir Sorgen gemacht, ich könnte hier einen Konkurrenten haben oder dass jemand die Absichten eines meiner Schüler durchschaut hat und ihn entlarven will.«

»Moment mal«, sagte ich. »Du kommst extra in diese Stadt, die man auf kaum einer Karte findet und von der die meisten Leute in Texas noch nie was gehört haben, nur weil du glaubst, hier wäre ein anderer Magier, der einschreiten und dir deine Schüler klauen oder sie der Zauberei überführen könnte?«

Er setzte dieselbe Miene auf wie Dean, wenn er kapierte, dass ihm jetzt ganz schnell eine gute Begründung für irgendetwas einfallen musste. Aber zu seinem Pech war er nicht annähernd so alert wie Dean. »Nun ja, ähm, es klang halt so, als hätte mein Schüler andere auf sich aufmerksam gemacht. Und wenn, ähm, jemand die Bank mit einem Abwehrzauber geschützt hat, bedeutete das in meinen Augen, dass ein Könner über diese Angelegenheit Bescheid wissen musste.« Er zog ein Kissen auf seinen Schoß und knetete es mit den Fingern, doch als er bemerkte, dass seine Papiere nun unseren Blicken ausgesetzt waren, legte er es schnell wieder zurück. »Ich hab noch keinen Unterricht im Zweikampf erteilt. Also war ich nicht sicher, ob mein Schüler sich notfalls selbst helfen kann. Ich dachte, er braucht vielleicht Unterstützung, denn wenn einer meiner Schüler enttarnt wird, gefährdet das meine ganze Unternehmung.«

»Du meinst den Plan, eine eigene magische Armee aufzustellen, die nur dir unterstellt ist?«, fragte Owen. Er schien Idris' Unbehagen nicht halb so zu genießen wie ich; er wirkte einfach nur müde und entnervt.

Idris stritt Owens Behauptung nicht ab. »Ja, wenn du es so ausdrücken willst. Und, ähm, außerdem brauchte ich einen Vorwand, um New York verlassen zu können.«

»Böse Intrigen zu spinnen kann sehr anstrengend sein«, sagte ich gespielt mitleidsvoll. »Du brauchst sicher frische Landluft, um dich zu erholen.«

»Ja, tatsächlich! Zuerst hat es ja noch Spaß gemacht, aber diese Leute, mit denen ich zu tun habe, sind echt anstrengend, Mann! Als mir die Finanzierung zugesichert wurde, war ich zuerst Feuer und Flamme, aber jetzt wollen sie andauernd Berichte und Ergebnisse von mir. Wenn ich nicht jeden einzelnen magisch begabten Menschen auf der Welt als Kunden gewinne, werfen die mir vor, dass ich etwas falsch mache. Auf jeden Fall wollen sie, dass ich mehr Magiebegabte rekrutiere, damit wir unseren Marktanteil vergrößern und unseren Kundenstamm erweitern können. Ja, so reden die! Die werfen dauernd mit Begriffen wie ›Umsatzzuwachs‹ oder ›Zielgruppe‹ um sich, was absolut nicht mein Ding ist. Das sind echte Spaßbremsen, das sag ich euch.«

»So ist das, wenn man Geschäfte macht«, sagte Owen. »Was hast du denn erwartet?«

Idris tat so, als hätte er nichts gehört. Er war gerade so richtig in Fahrt gekommen. »Und dann ist da noch diese verrückte Tusse, die sich dauernd in mein Leben einmischt. Ich kann nicht mal eine Frau angucken, ohne dass sie mir in die Quere kommt. Das ist, als hätte mich jemand mit einem Fluch belegt. Wisst ihr, wie lange bei mir schon nichts mehr gelaufen ist?«

Diesmal gelang es mir, keine Miene zu verziehen, während Owen sich vor Lachen bog. Wir wussten nur zu genau, wer diese verrückte Tusse war, und es war eine sehr passende Beschreibung für meine ehemalige gute Fee. Es handelte sich um dieselbe, die Owen und mich durch ihre Versuche, uns unbedingt zusammenzubringen, fast entzweit hätte. Es war mir gelungen, sie auf Idris anzusetzen; mit dem Ziel sicherzustellen, dass Idris die Sache mit seiner Freundin wieder hinbog, die sich derzeit in MMI-Gewahrsam befand. Und offenkundig betrachteten gute Feen eine erzwungene Trennung nicht als ausreichenden Grund für Untreue.

»Was ist?«, fragte Idris Owen.

»Ach, nichts«, erwiderte Owen und versuchte krampfhaft, sich ein Grinsen zu verkneifen.

Idris wandte sich mir zu. »Mein hiesiger Schüler ist also dein Bruder? Das heißt dann wohl, dass ihr ihn erwischt und daran gehindert habt, noch andere Dinge zu tun.«

»Ja, wir haben ihm ziemlich eins auf den Deckel gegeben, und er hat seine Fehler eingesehen. Er wird keinen weiteren Unterricht mehr bei dir nehmen und die anderen über deine wahren Absichten in Kenntnis setzen.«

»Außerdem wird er richtigen Unterricht bekommen, damit er diese Gegend für uns überwachen kann; er wird von offizieller Stelle registriert«, fügte Owen hinzu. »Du kannst also gleich wieder nach New York zurückfahren. Für dich gibt es hier nichts mehr zu tun.«

Panik huschte über Idris' Gesicht. »Ich erstatte ihm auch sein Geld zurück, aber er darf in meinem Online-Forum keinen Kontakt zu anderen Schülern aufnehmen. Das kann er mir nicht antun! Ich hab meinen Teil des Deals erfüllt. Kann ich doch nichts dafür, wenn er seine Kenntnisse dann dazu benutzt, krumme Dinger zu drehen.«

»Dein Unterricht bestand in schrittweisen Anleitungen dafür, wie man bestimmte Verbrechen mit Hilfe bestimmter Zauberformeln begehen kann«, korrigierte Owen ihn. »In dem gesamten Kurs ging es nur darum, wie man mit Magie reich werden kann.«

»Das war doch nur ein Beispiel. Wenn man im Matheunterricht berechnet, wann zwei Züge zusammenprallen, heißt das ja auch nicht, dass man hingehen und Züge zusammenprallen lassen soll.«

»Nein«, sagte ich, »aber wenn man Hauswirtschaftslehre hat und in einem der Lehrbücher steht ein Kuchenrezept, dann heißt das allerdings, dass man nach dieser Anleitung einen Kuchen backen soll. Das ist nicht nur ein hypothetisches Beispiel dafür, was passiert, wenn man Mehl, Zucker und Eier vermengt.«

»Das ist was anderes! Außerdem dürft ihr ihn nicht registrieren lassen. Dann stehe ich ja da wie der letzte Versager.«

»Ich hab Neuigkeiten für dich«, sagte ich: »Du *bist* ein Versager! Vielleicht solltest du schleunigst aufhören mit diesem Unsinn, solange es noch keiner weiß.«

»Ich kann nicht aufhören! Wisst ihr, was sie dann mit mir machen? Ich muss euch stoppen. Wenn ihr das durchzieht, lasst ihr mir keine andere Wahl. Ich schwöre dir Palmer, diesmal erledige ich dich.«

Owen wandte sich ihm zu und sah ihn so lange schweigend an, dass Idris der Schweiß ausbrach. Schließlich grinste Owen ihn schief an. »Diesmal also, ja? Du meinst, anders als bei den ganzen anderen Malen?«

»Ich bin euch jedes Mal entkommen. Und letztes Mal hätte ich fast deine Freundin drangekriegt.«

Owen zuckte mit den Schultern. »Okay, dann muss ich dich jetzt eben in Gewahrsam nehmen.« Er machte mit erhobenen Händen einen Schritt auf Idris zu. Die magischen Kräfte im Raum stiegen sprunghaft an, und ich zog mich ein wenig zurück, um bei dem magischen Duell, das offenbar bevorstand, nicht im Weg zu stehen. Als die Kräfte so stark angestiegen waren, dass ich Kopfschmerzen bekam, löste Idris sich plötzlich in Luft auf. Owen machte einen Satz nach vorn, um ihn festzuhalten, doch es war zu spät. »Wie hat er das gemacht?«, fragte er. »Da ich es hier nicht hinkriege, kann er es unmöglich schaffen.«

»Nun, er hat es aber getan. Er ist nicht nur unsichtbar, sondern er ist nicht mehr hier.«

»Das ist gar nicht gut«, murmelte Owen. Die Anspannung in seiner Stimme stand im Widerspruch zu der unglaublichen Untertreibung in seinen Worten. Er hob erneut die Hände und schloss die Augen halb, als würde er auf etwas lauschen. Nach einer Weile schüttelte er den Kopf. »Er hat sehr viel Kraft benutzt, aber ich bin nicht sicher, wo er sie herhatte.«

Ich griff nach Owens Arm. »Komm, wenn wir hier rumstehen, erreichen wir gar nichts.« Mit einem erschöpften Seufzen verließ er mit mir das Zimmer. Ich schloss die Tür hinter uns ab, für den Fall, dass Idris seinen Schlüssel nicht mitgenommen hatte, als er verschwunden war. Dann würde er auch wieder ebenso viel Kraft aufwenden müssen, um in das Zimmer hineinzugelangen. Ich legte die Handtücher zurück in die Wäschekammer, dann gingen wir zurück zu Owens Mietwagen.

»Was glaubst du, was er jetzt tun wird?«, fragte ich.

»Kann sein, dass er versuchen wird, deinen Bruder zu überreden, doch nicht mit dem Unterricht aufzuhören oder den anderen zumindest nichts davon zu sagen, was eigentlich vor sich geht. Kann aber auch sein, dass er mich für zwölf Uhr mittags zum Duell auf die Hauptstraße bestellt. Bei ihm kann man nie wissen.«

Dean und Teddy lungerten immer noch zu Hause rum, als wir zurückkamen. Wir trafen sie auf der Veranda hinter dem Haus. »Um welche Uhrzeit treffen wir uns heute Abend?«, fragte Teddy.

»Eine Viertelstunde vor Mitternacht hinter der Bank. Wir sollten alle an unterschiedlichen Stellen parken, damit nicht zu offensichtlich ist, dass sich ein paar Leute versammeln«, antwortete Owen.

»Okay, eine Viertelstunde vor Mitternacht«, wiederholte Dean und nickte. »Machen wir das, weil zur Geisterstunde größere Mengen Magie zur Verfügung stehen?«

»Nein, wir treffen uns erst dann, weil zu diesem Zeitpunkt alle schlafen. Das erleichtert es uns, uns aus dem Haus zu schleichen. Außerdem wird dann wohl auch in der Stadt niemand mehr herumspazieren. Und es ist genau die Zeit zwischen zwei Polizeistreifen in dieser Gegend.«

»Oh«, sagte Teddy und machte ein enttäuschtes Gesicht. Zu dumm, als wie langweilig und banal sich Magie doch häufig entpuppte.

»Und hast du immer noch vor, die Sachen zurückzugeben?«, erkundigte Owen sich bei Dean.

»Ja. Hab ja wohl auch keine andere Wahl, wenn ich meine Frau behalten will.« Ich biss mir auf die Zunge, um nicht zu sagen, dass das ja eigentlich auch kein besonderer Verlust wäre. Schließlich stellte sich ja gerade heraus, dass Sherri durchaus in Ordnung war.

»Dann vergewissere dich, dass du alle Fingerabdrücke abgewischt hast, und zieh dir Handschuhe an. Und pack für jeden Laden eine eigene Kiste.«

Deans Augen weiteten sich, und er wurde blass. »Fingerabdrücke?«

»Meinst du nicht, dass sie Untersuchungen anstellen werden, wenn das Diebesgut plötzlich wieder auftaucht und sie immer noch keinen Verdächtigen haben? Die Rückerstattung der Waren ist ein mildernder Umstand, aber sie macht die Tatsache nicht ungeschehen, dass du ein Verbrechen begangen hast.«

»Wie willst du Beth erklären, dass du mitten in der Nacht noch mal wegfährst?«, fragte ich Teddy.

»Ich fahre immer mitten in der Nacht weg, wenn mir eine Idee kommt und ich zu meinen Testbeeten muss«, sagte er achselzuckend. »Sie ist das gewöhnt.«

»Dann bis heute Nacht«, sagte Owen.

»Sollen wir irgendwas mitbringen?«, fragte Teddy.

»Ich kümmere mich um alles. Zieht euch was Dunkles an, das nicht so sehr auffällt, wenn Licht darauf fällt. Und ihr braucht Handschuhe, weil wir es mit Diebesgut zu tun haben.«

Meine Brüder erwarteten uns kurz vor Mitternacht hinter der Bank; in ihren schwarzen Klamotten sahen sie aus wie Fassadenkletterer. Teddy war der Eifrigere von beiden. Ich wusste nicht, ob es an seiner Neugierde in Bezug auf Magie lag oder an Deans Widerwillen, seine Beute komplett wieder zurückzugeben.

»Zuerst kümmern wir uns um den Abwehrzauber; der hat Priorität«, sagte Owen zu ihnen. »Wenn wir dann noch Zeit haben und ich noch genügend Kraft, und wenn die Luft rein ist, können wir anfangen, die gestohlenen Sachen zurückzubringen. Du hast sie doch mitgebracht, oder?«, fragte er Dean.

»Sie sind in meinem Kofferraum. Sherri hatte schon alles verpackt.«

»Ich hoffe, du hast daran gedacht, ihre Fingerabdrücke abzuwischen, damit sie nicht in Verdacht gerät«, sagte ich, auch wenn es mir schwerfiel zu glauben, dass ich tatsächlich um Sherri besorgt war.

»Ja, natürlich.«

»Gut«, sagte Owen. »Also, unser Plan geht so: Sam verschleiert die Gegend um uns herum, damit keiner, der vorbeikommt, sehen kann, was wir tun. Ihr solltet euch ruhig verhalten und nichts tun, womit ihr Aufmerksamkeit auf euch lenken könntet, denn kein Schleier ist perfekt. Je weniger zu sehen ist, desto leichter kann es verborgen werden. Kommt mir nicht in die Quere, und wenn ich euch Anweisungen gebe, befolgt sie, ohne zu zögern oder Fragen zu stellen. Habt ihr verstanden?« Er klang so entschieden und eindrucksvoll, dass ich mich womöglich auf ihn gestürzt hätte, wenn meine Brüder nicht dabei gewesen wären.

Sie nickten, wohl weil sie ebenfalls seine Macht spürten, aber offenkundig reagierten sie darauf etwas anders als ich. »Ja, alles klar«, sagte Teddy nur, während Dean großspurig salutierte.

Wir schlichen zur Vorderseite der Bank, wo Sam auf dem Gehsteig auf uns wartete. »Ich hab schon für die Tarnung gesorgt, Chef«, sagte er. »Das gilt für alle. Aber du hast ihnen hoffentlich gesagt, dass sie sich ruhig verhalten sollen?«

»Ja, alles unter Kontrolle«, erwiderte Owen und wandte sich dann an mich: »Mir wäre es ganz lieb, wenn du dich in Bereitschaft halten könntest. Wahrscheinlich brauche ich deine Hilfe nicht, weil es einfacher ist, einen Abwehrzauber zu entfernen, als ihn zu installieren, aber ich möchte lieber auf Nummer sicher gehen.«

»Ich werde da sein«, antwortete ich.

Als er sich an die Arbeit machte, war ich hin- und hergerissen, ob ich ihn beobachten sollte oder ob ich lieber sehen wollte, wie meine Brüder auf das reagierten, was er tat. Bislang hatten sie nicht viel mehr als Taschenspielertricks vorgeführt bekommen, aber hier würde es um echte Magie auf einem Niveau gehen, das sie noch nicht erlebt hatten.

Er streute ein schimmerndes Pulver auf die Türschwelle, trat dann einen Schritt zurück, streckte die Arme aus und verfiel wieder in diesen leisen Singsang, wie schon bei der Installation des Zaubers. Erneut leuchteten die Abwehrgitter hell auf, aber dann schoss das Licht in das Pulver hinein, welches sich daraufhin entzündete. Blauweiße Flammen schossen in die Luft.

Natürlich fuhr genau in diesem Moment ein Streifenwagen vorbei. Seit wann war unsere Polizei denn derart effizient?

15

»Oh, Sch…«, zischte Dean und schaute nervös zu mir hin, während er sich korrigierte.

»Wir laufen hier um Mitternacht rum und betreiben Zauberei«, flüsterte ich ihm zu, »glaubst du ernsthaft, dass ich Mom erzähle, dass du in meiner Gegenwart böse Wörter benutzt hast?«

»Ruhe!«, giftete Owen.

Ich bezweifelte zwar irgendwie, dass ausgerechnet unser Getuschel die Polizisten auf uns aufmerksam machen würde, während neben uns blauweiße Flammen bis zur Traufe hochschossen, aber ich sagte lieber trotzdem nichts mehr. Möglicherweise konnte Sam ja die Flammen verbergen, aber auch noch die Geräusche zu ersticken kostete zu viel zusätzliche Energie.

Der Streifenwagen fuhr im Schneckentempo an der Bank vorbei. Ich hielt den Atem an. Zwar wusste ich, dass Sam gut darin war, Dinge durch einen Zauber zu verschleiern, aber diese hohe Flamme musste eine ganz schöne Herausforderung sein. Plötzlich fiel die Flamme in sich zusammen und verschwand spurlos. Sogar das Pulver, das sie genährt hatte, war weg.

Der Streifenwagen kroch weiter in dieser entnervenden Langsamkeit die Straße entlang, blieb aber nicht stehen. Als er schließlich außer Sichtweite war, atmeten wir alle fünf erleichtert auf. Dann wandte Teddy sich Owen zu. »Mann, war das cool!«, sagte er. »Was genau hast du gemacht?«

»Die Energie, die den Abwehrzauber aufrechterhielt, musste irgendwohin entweichen, also wurde sie von dem Pulver absorbiert und dann verbrannt«, erklärte Owen.

Ich schritt ein, bevor die beiden eine Diskussion über die chemischen und physikalischen Bestandteile der Magie anfingen. »Bist du sicher, dass es funktioniert hat?«, fragte ich.

Owen winkte Dean heran. »Komm mal her.« Dean sah ein wenig ängstlich aus, kam jedoch näher. »Versuch, die Schwelle zu übertreten.« Dean wappnete sich und trat dann einen Schritt vor. Er gelangte mühelos bis zur Eingangstür der Schalterhalle. »Es hat funktioniert«, stellte Owen fest. »Jetzt müssen wir alle gestohlenen Sachen zurückbringen. Wenn sie nach demselben Plan arbeiten wie neulich Nacht, kommen die Polizisten in einer halben Stunde wieder hier vorbei. Also, beeilen wir uns! Ich möchte nicht testen, wo die Grenzen von Sams Verschleierungsfähigkeiten liegen.«

Dean und Teddy rannten zu Deans Wagen, um das Diebesgut zu holen, und kehrten schwer beladen zurück. »Das ist der erste Schwung«, sagte Dean.

»Wie viel hast du denn geklaut?«, fragte ich.

»Ich konnte mich irgendwann nicht mehr bremsen«, gab Dean zu.

»Und aus welchen Läden stammt das alles?«, fragte Owen.

»Ich dachte, wir fangen mit dem Juwelier an. Das waren die wertvollsten Stücke.«

Wir bildeten eine lustige Prozession, während wir alle hintereinander quer über den Platz zum Juwelierladen liefen. Sam flog voraus. Ich folgte ihm direkt. Teddy und Dean gingen mit ihren überquellenden Kisten in der Mitte, und Owen bildete das Schlusslicht. Wir sahen aus wie eine Gang stümperhafter Einbrecher im Rückwärtsgang.

»Sie haben keine Kameras, wohl aber eine Alarmanlage«, berichtete Sam, als wir am Juwelierladen ankamen.

»Ja, die hab ich beim letzten Mal kurzgeschlossen«, erwiderte

Dean, und für meinen Geschmack sah er dabei ein bisschen zu stolz auf sich aus.

»Das ist nicht besonders schwierig«, sagte Owen. »Der Zauber, mit dem man das Fenster zum Verschwinden bringt, sorgt dafür, dass die Sensoren nicht anschlagen. Aber du hast schlampig gearbeitet. Du hast es übertrieben mit den Fenstern. Sie hätten wieder an Ort und Stelle sein sollen, sobald du den Laden verlassen hattest. Dadurch hast du Kraft verschwendet und außerdem Aufmerksamkeit erregt.« Er wandte sich dem Schaufenster zu, wedelte mit der Hand durch die Luft, murmelte leise etwas, und die Glasscheibe verschwand. »Gut, jetzt leg die Sachen zurück.« Dean wollte durch das Fenster hineinklettern, aber Owen schüttelte den Kopf. »Nein, lass die Kisten einfach hier stehen. Du möchtest doch, dass sie merken, dass die Sachen wieder da sind. Steht auch kein Name oder irgendwas anderes auf den Kisten, woraus man auf deine Identität schließen könnte?«

»Das sind die Kisten, die ich aus dem Laden selber habe.«

»Dann stell sie rein.«

Dean befolgte seine Anweisungen. Sobald er fertig war, kehrte die Scheibe zurück in den Rahmen. »Du musst mir mal beibringen, wie das geht«, sagte Dean.

»Irgendwie glaube ich nicht, dass das eine gute Idee wäre.«

»Ich würde es nicht dazu missbrauchen, noch mal eine Diebestour zu machen.«

»Warum willst du es dann lernen?«

»Das ist ja toll«, schwärmte Teddy. »In welchem Verhältnis stehen denn Materie und Energie dabei? Lässt du die Materie wirklich verschwinden, versetzt du sie in eine andere Dimension, oder spaltest du einfach die Atome, damit es so aussieht, als wäre das Glas weg, während die ganze Materie aber noch da ist?«

»Wir haben jetzt keine Zeit für wissenschaftliche Erklärungen, Teddy«, bremste ich ihn.

»Oh, tut mir leid. Aber können wir später darüber reden?« Das wäre garantiert kein Gespräch, an dem ich teilnehmen wollte. Beim Nachdenken darüber, wie Magie funktionierte, bekam ich Kopfschmerzen.

Wir machten unsere Runde um den Platz und brachten das Diebesgut in alle Läden zurück, die Dean beraubt hatte. »Was hattest du eigentlich mit dem ganzen Zeug vor? Wolltest du einen eigenen Laden aufmachen?«, fragte ich ihn.

»Ja, so was in der Art. Ich dachte mir, ich könnte das meiste davon im Internet anbieten, wenn sich die Wogen erst mal geglättet hätten.«

»Weißt du nicht, dass die Polizei bekannte Portale nach Diebesgut durchsucht?«

»Du bist extreme Risiken eingegangen«, sagte Owen. »Du solltest überhaupt nichts mit Magie machen, was dir unnötige Aufmerksamkeit beschert. Das sollte das Erste sein, was du lernst, noch bevor du anfängst, dir irgendwelche Zauberformeln einzuprägen.« Ich sah ihm an, dass diese nächtlichen Aktionen ihn auslaugten, auch wenn er sich nichts anmerken ließ. Bei jedem Laden dauerte es ein bisschen länger, bis die Glasscheibe verschwand, und dann ging er jedes Mal ein bisschen langsamer zum nächsten Geschäft.

Als wir fast fertig waren und Dean die letzten Sachen aus dem Auto geholt hatte, kam der Streifenwagen wieder angefahren. »Hast du uns noch auf dem Schirm, Sam?«, fragte Owen.

»Ja, aber hört mal eine Weile auf mit dem Hokuspokus, bis er wieder weg ist.«

Wir rührten uns nicht mehr von der Stelle und sahen mit angehaltenem Atem zu, wie der Wagen seine Runde machte. Aber als wir schon dachten, wir wären durchgekommen, hielt er plötzlich vor dem Juwelierladen an. Der Polizist stieg aus und lief, eine Taschenlampe schwingend, über den Platz. Er leuchtete in alle

Schaufenster hinein, in denen man bestimmt unsere Kisten erspähen konnte.

»Jetzt!«, zischte Owen, um Deans Aufmerksamkeit zu erregen. Die Fensterscheibe, vor der wir standen, war weg. Dean schob die Kiste, die er im Arm hielt, so schnell und leise wie möglich hinein, dann kehrte das Glas zurück.

Von der anderen Seite des Platzes hörten wir ein »Na, so was!« Der Polizeibeamte lehnte am Schaufenster und blickte interessiert hinein. Er musste die zurückgebrachten Waren gesehen haben. Er ging zurück zu seinem Wagen und griff nach dem Funkgerät.

»Ich schlage vor, wir verziehen uns jetzt«, sagte Sam. »Einen von ihnen kann ich ja austricksen, aber wir sind zu viele, als dass ich es auch mit mehreren schaffen würde. Außerdem gucken Polizisten mir zu genau hin. Bleibt aber alle zusammen. Das erleichtert mir die Sache.«

Dicht aneinander gedrängt liefen wir wie ein Mann auf Zehenspitzen vom Platz weg, während Sam über uns herflog. Als wir an der Stelle ankamen, an der wir uns vorher getroffen hatten, sagte Owen: »Fahrt jetzt los. Aber nehmt einen Umweg, fahrt nicht schnurstracks nach Hause und lasst es nicht so aussehen, als kämt ihr geradewegs von hier.« Meine Brüder machten sich auf den Weg, und Owen wandte sich an Sam. »Behalte hier alles im Auge und berichte mir, was diese Nacht noch passiert.«

»Klar, Boss. Jetzt ruh dich aus.«

Nachdem Sam weggeflogen war, gingen wir zu Owens Mietwagen. Als wir dort ankamen, warf er mir die Schlüssel zu. »Macht es dir was aus, wenn du fährst? Ich bin nicht sicher, ob ich das noch packe.«

Erst in diesem Moment fiel mir auf, dass er zitterte. »Du hättest doch Kraft von mir oder Teddy abzapfen können«, sagte ich.

»Das wird schon wieder. So ging es schneller und einfacher.«

Kaum dass er im Auto saß, war er auch schon eingeschlafen, und ich hoffte, dass wir diesmal nicht angehalten würden, da ich keine Jedi-Überlistungstricks auf Lager hatte. Ich würde zu Tränen greifen müssen. Wir rollten ohne Licht aus der Innenstadt, bis wir uns außerhalb der verdächtigen Zone befanden. Dann fuhr ich über entlegene Straßen, um aus der entgegengesetzten Richtung nach Hause zu kommen und nicht aus der Stadt.

Nachdem ich eingeparkt und den Motor ausgestellt hatte, rüttelte ich Owen wach. »Hast du unter der schwarzen Sweatshirt-Jacke vielleicht noch was anderes an, was nicht so verdächtig aussieht?«, fragte ich ihn.

»Was? Wieso?«, murmelte er schläfrig.

»Weil ich glaube, dass du in diesem Zustand keine Bäume hochklettern und durch keine Fenster einsteigen solltest. Und weil ich glaube, dass du dringend Zucker brauchst. Wir könnten durch die Hintertür reingehen und in der Küche noch eine Kleinigkeit essen. Und wenn wir dann wegen der quietschenden Stufe ertappt werden, sagen wir einfach, wir hätten noch einen Mitternachts-Snack gebraucht. Der Gedanke an Essen wird meine Mutter ablenken. Sie wird sich so erschrecken, weil ihr Gast Hunger leiden musste, dass sie darauf bestehen wird, nach unten zu gehen und dir ein dreigängiges Menü zu kochen. Dabei wird sie völlig vergessen, sich darüber zu wundern, warum sie nicht gehört hat, wie wir nach unten gegangen sind.«

»Sehr gute Idee«, sagte er, machte aber keinerlei Anstalten auszusteigen.

Ich tat es und ging um den Wagen herum zu Owens Seite. Dann öffnete ich die Tür und zog ihn heraus. Ich lehnte ihn vorsichtig ans Auto und öffnete den Reißverschluss seiner Jacke. Darunter kam ein blütenweißes T-Shirt zum Vorschein. Ich zog ihm die Jacke aus, entledigte mich auch meines dunklen Pullis und schloss beides zusammen mit Owens Tasche im Kofferraum ein. Dann legte ich einen Arm um Owens Taille und führte ihn über die Veranda hinter dem Haus in die Küche.

Im Licht der Küchenlampe sah er noch schlechter aus als zuvor. Er war blass und abgespannt und hatte dunkle Ringe unter den Augen. Ich setzte Wasser auf, um ihm einen Kakao zu kochen, und holte zwei Päckchen Kakaopulver heraus. Während das Wasser aufheizte, schnitt ich ein paar Stücke Kuchen ab und stellte eins vor ihn hin. »Iss«, befahl ich.

Er naschte an dem Kuchen, während ich den Kakao zubereitete, dann schob ich einen Becher in seine Hände und sorgte dafür, dass er ein paar Schlucke trank. Als er den Becher zur Hälfte ausgetrunken hatte, sah er schon wieder sehr viel menschlicher aus. Das beruhigte mich, und jetzt konnte ich mich zu ihm setzen und meinen eigenen Kakao trinken.

»Wenn dich das alles so angestrengt hat, wie hat Dean es dann geschafft?«, fragte ich.

Er aß sein Kuchenstück auf, und ich holte ihm das nächste, während er antwortete: »Ich nehme an, dass er die ganze Nacht dafür gebraucht hat. Und die Polizei ist nicht so häufig Streife gefahren. Heute Abend hat mich das Zaubern mehr angestrengt als gestern. Wahrscheinlich habe ich mehr Kraft verbraucht, als klug ist an einem Ort wie diesem, und noch dazu an zu vielen Tagen hintereinander. Ich hätte heute nicht so viele Sachen vormachen sollen, und vielleicht habe ich es mit meiner Kontrolle von Dean übertrieben. Vielleicht hätte ich es auch körperlich tun können, aber ich dachte, wenn ich Magie anwende, hat das eine größere Wirkung.«

»Es bereitet mir Sorgen, dass du so geschwächt bist, während Idris sich in der Stadt rumtreibt und ziemlich gewiefte Tricks vollführt.«

Er zuckte mit den Schultern. »Er wird das nicht lange durchhalten können. Und er hat keine Immunen, von denen er Kraft beziehen kann. Ich habe dich und Teddy. Und deine Mutter, wenn alles schiefgeht, aber es wäre mir natürlich lieber, wenn es nicht so weit kommt.«

»Mit ein bisschen Glück versteckt Idris sich nur ein paar Tage vor dieser schrecklichen guten Fee und seinen neuen Chefs und lässt uns in Ruhe. Dann kannst du dich ein bisschen ausruhen.« Nach kurzem Zögern fragte ich: »Was glaubst du, wie lange du bleibst?«

Er wurde rot, aber ich verstand nicht, warum ihn diese Frage verlegen machte. »Das kommt drauf an«, sagte er. »Eigentlich sollte ich heute wieder abreisen, aber ich möchte erst wissen, was Idris vorhat, und ich fahre nicht, solange ich weiß, dass er hier ist. Meinst du, es macht deinen Eltern etwas aus, wenn ich noch ein paar Tage länger bleibe?«

»Wenn du versuchst wieder abzureisen, bevor eine Woche um ist, musst du damit rechnen, dass meine Mutter deine Schlüssel versteckt.«

Ein lautes Quietschen auf der Treppe ließ uns beide zusammenzucken. Kurz darauf kam Mom im Bademantel in die Küche. »Dachte ich mir doch, dass ich Stimmen gehört habe«, sagte sie.

»Wir genehmigen uns noch einen Mitternachts-Snack«, erklärte ich rasch. »Wir wollten dich nicht wecken.«

»Oh, kein Problem. Ich geselle mich gern zu euch.« Dann fiel ihr Blick auf Owen, und es war sehr amüsant, die Gefühle zu beobachten, die nacheinander über ihr Gesicht huschten. Zuerst behielt ihr Mutterinstinkt die Oberhand, als sie sah, wie krank er aussah. Dann siegten andere Instinkte. Das Komische an Owen war, dass er noch besser aussah, wenn er so angeschlagen war wie jetzt. Wenn er einen Smoking trug, war er ein Bild für die Götter. Aber wenn er nur im T-Shirt vor einem stand, unrasiert und strubbelig war, dunkle Ringe unter den Augen und seine Brille auf der Nase hatte, konnte er den Verkehr aufhalten. Dann umwehte ihn ein Hauch von Gefährlichkeit, der unter der Oberfläche des netten Jungen von nebenan schlummerte. Dass er sich dieser Tatsache absolut nicht bewusst war, verschlimmerte das Ganze noch. Er schien keine Ahnung davon zu haben, welche Wirkung er auf Frauen hatte.

Schließlich eroberte der Mutterinstinkt Moms Gesicht zurück. »Geht es Ihnen auch gut?«, fragte sie. »Sie sehen schlecht aus.«

»Ich schlafe offenbar schlecht, wenn ich nicht zu Hause bin. Mir war gar nicht klar, dass ich so sehr daran gewöhnt bin, die ganze Nacht über Straßenverkehr und Sirenen zu hören«, sagt er.

»Ich kann Ihnen etwas kochen, wenn Sie mögen. Wie wäre es mit einem Omelett?«

Er schüttelte den Kopf. »Nein, danke. Katie hat mir schon einen Kakao gemacht, und ich hab Kuchen gegessen. Ich glaube, ich gehe jetzt mal wieder ins Bett und versuche, ein wenig Schlaf zu finden.«

Obwohl ich selbst auch nur noch ins Bett wollte, blieb ich noch eine Weile bei Mom in der Küche sitzen. »Bist du sicher, dass es ihm gutgeht?«, fragte sie, als das Quietschen auf der Treppe uns darüber informierte, dass Owen so gut wie in seinem Zimmer war. »Er sieht schlecht aus.«

»Ich glaube, er ist einfach nur müde«, erwiderte ich. »Als ich herkam, habe ich doch auch ein paar Wochen gebraucht, um mich an die Stille zu gewöhnen. Und wenn man an einem fremden Ort schläft, sind die Nächte ohnehin nie so erholsam wie im eigenen Bett, vor allem wenn man irgendwo zu Besuch ist.«

»Du glaubst also nicht, dass es an irgendetwas liegt, was wir gesagt oder getan haben?«

»Es geht ihm gut, Mom. Er ist gern hier. Ich glaube, es ist nur alles ein bisschen viel für ihn. Er kommt selbst nicht aus einer großen Familie, und er lebt allein. Also ist er nicht daran gewöhnt, ständig so viele Leute um sich zu haben. Aber ich glaube, er gewöhnt sich allmählich daran. Er und Teddy scheinen sich echt gut zu verstehen.«

»Wenn du dir sicher bist.«

»Ja, bin ich.« Ich drückte ihr einen Kuss auf die Wange und ging zur Treppe. »Ich gehe wieder ins Bett. Gute Nacht!«

Erst als ich an meinem Zimmer ankam, wurde mir klar, dass Mom nicht einmal aufgefallen war, dass Owen und ich vollständig angezogen waren, anstatt im Pyjama und im Bademantel zu sein. Außerdem war ihr nicht aufgefallen, dass sie nicht gehört hatte, wie wir nach unten gegangen waren. Für eine Frau, der jedes Detail auffiel, das zum Outfit einer anderen gehörte, und die noch dazu wusste, wie oft die Trägerin es in den letzten Monaten angehabt hatte, war Mom ganz schön unaufmerksam.

Owen tauchte am nächsten Morgen nicht beim Frühstück auf. Ich hoffte, dass das bedeutete, dass er ausschlief. Ich schrieb ihm eine kurze Nachricht und schob sie unter seiner Tür durch, bevor ich zum Laden fuhr, um zu arbeiten. Sherri war bereits da, eine absolute Sensation, und sie war noch dazu erstaunlich gut gelaunt. »Wow, du bist ja da!«, rief ich, und erst in dem Moment fiel mir auf, dass das wahrscheinlich nicht besonders nett klang.

»Warum sollte ich nicht da sein?«, fragte sie und rückte ein paar Artikel für Spontankäufe zurecht, die an der Kasse lagen. »Schließlich arbeite ich doch hier, oder etwa nicht?«

»Na ja, schon, aber nach allem, was du durchgemacht hast, hätte ich gedacht, dass du dir eine Pause gönnst.« Dafür, dass ich gerade voll ins Fettnäpfchen getreten war, fand ich, dass ich die Situation ganz gut gerettet hatte.

Sie verdrehte die Augen. »Wenn mein Mann sich als Nichtsnutz entpuppt, sollte ich doch erst recht dafür sorgen, dass einer von uns Geld mit nach Hause bringt.«

»Ich bin froh, dass du da bist. Ohne dich wären wir hier ganz schön aufgeschmissen. Und, äh, du kannst übrigens auch wieder nach Hause. Wir haben das geklärt.«

»Ich habe gesagt, dass ich ein paar Tage wegbleibe, und das werde ich auch tun. Ich mache es so, wie ich es angekündigt habe.«

»Gut, okay«, sagte ich und ging in mein Büro. Auch wenn es mir widerstrebte, allmählich flößte Sherri mir Respekt ein. So ein Verhalten hätte ich ihr nie zugetraut.

Ungefähr eine Stunde nach meiner Ankunft im Laden rief Owen an. »Ich wollte gar nicht so lange schlafen«, sagte er und gähnte.

»Aber du konntest es gut gebrauchen. Wie geht es dir jetzt?«

»Schon fast wieder normal.«

»Ich kann hier erst in ein paar Stunden wieder weg, also lass den Tag ruhig angehen. Ich hoffe, Mom macht nicht zu viel Getue um dich.«

»Doch, aber das ist schon okay. Sie hat mir ein Wahnsinnsfrühstück gemacht, weil sie meinte, ich sähe aus, als könnte ich eine Stärkung gebrauchen. Offenbar hat sie all die Stärkungen schon vergessen, die sie mir in den letzten Tagen hat angedeihen lassen.«

»Das ist ihre Art, dir ihre Zuneigung zu zeigen. Gewöhn dich also dran. Solange du hier bist, wird sie dich mit Essen vollstopfen. Bis später.«

Ungefähr eine Stunde später rief Nita an. »Du glaubst nicht, was ich für einen Morgen hatte«, seufzte sie. Da ich ihren Hang zum Dramatisieren kannte, hielt ich es für absolut möglich, dass sie meinte, dass das Telefon einmal geklingelt hatte. Deshalb vermied ich es, voreilige Schlussfolgerungen zu ziehen, ganz gleich welche Sorgen ich mir darum machte, was ein ganz spezieller Gast im Motel wohl so trieb.

»Was war denn los?«, fragte ich.

»Ich hatte viel zu tun. Heute Morgen haben schon drei Leute eingecheckt, und dazu gab es noch mehrere Reservierungen. Wenn das den ganzen Tag so weitergeht, muss ich womöglich noch ausprobieren, ob die »Ausgebucht«-Anzeige noch funktioniert. So viele Gäste an einem Tag hatten wir schon seit unserem Familientreffen vor einigen Jahren nicht mehr.«

»Was ist denn bloß los?«, fragte ich sofort noch misstrauischer.

»Vielleicht sind das die anderen Mitglieder der Band! Oder ein paar Fans. Irgendwie waren die alle vom gleichen Schlag. Das ist wohl so eine Art Emo-Gruppe, oder?«

Ich war mir nicht mal sicher, was ein »Emo« überhaupt war. »Die sind schwer einzuordnen«, improvisierte ich. »Halte mich auf dem Laufenden, entweder hier oder zu Hause. Ich bin neugierig. Sind auch gutaussehende Typen dabei?«

Sie prustete los. »Nicht mal das! So verzweifelt ich auch bin, auf eine so niedrige Stufe würde ich mich nicht begeben, auch wenn sie bei einer Band sind. Und natürlich ist keiner von ihnen Inder. Vielleicht sind sie ja hier, um in der Abgeschiedenheit an einem neuen Album zu arbeiten. Wenn es gut wird, wird unser Motel bestimmt berühmt. Oh, warte mal. Ist das zu fassen? Da kommt schon der Nächste. Ich muss auflegen. Ich glaube, ich sollte eine Erfolgsprämie verlangen.«

Ich war ganz sicher, dass es Dutzende von sehr vernünftigen Gründen dafür gab, dass plötzlich Scharen von unattraktiven jungen Männern nach Cobb strömten. Aber da Phelan Idris, der Schutzpatron der unattraktiven sozialen Außenseiter, ebenfalls in der Stadt war, war ich geneigt zu glauben, dass hier irgendwas im Gange war.

»Ich mache Schluss für heute«, sagte ich zu Sherri, während ich meine Tasche schnappte und das Büro verließ. »Ich hab alle Bestellungen und Rechnungen abgearbeitet. Ruf mich zu Hause an, wenn du mich brauchst.«

»Stimmt irgendwas nicht?«, fragte sie.

Ich war so überrascht, dass sie sich in jemanden hineinversetzen konnte, mit dem sie gerade nicht flirtete, dass es einige

Sekunden dauerte, bis mir eine Antwort einfiel. »Owen ging es gestern Abend nicht gut. Ich will ihn deshalb nicht zu lange mit Mom allein lassen.«

»Ja, dann solltest du wirklich nach Hause fahren.« Sie klang ehrlich mitfühlend. Wenige Tage zuvor wäre mir das noch wie ein Wunder erschienen.

Owen saß, mit zwei Hunden zu seinen Füßen, auf der Hollywoodschaukel auf der Veranda. »Du siehst schon wesentlich besser aus«, sagte ich, als ich mich zu ihm setzte.

»Ja, ich fühle mich auch besser. Was machst du denn so früh zu Hause? Wenn du so weitermachst, merken sie am Ende noch, dass sie auch ohne dich klarkommen.«

»Ich versuche, sie zu entwöhnen, damit es nicht zu schwierig wird, sich hier wieder loszueisen.« Ich wartete darauf, dass er sagte, dass ich ja mit ihm zurück nach New York gehen könne, wenn diese Sache vorbei war, aber er tat es nicht. Also erklärte ich ihm, warum ich so früh gekommen war: »Ich bin nicht sicher, ob das relevant ist, aber Nita hat erzählt, heute Morgen wären schon mehrere neue Gäste angekommen. Und weitere Zimmer sind reserviert. Es handelt sich ausschließlich um junge Männer, und bislang fand sie keinen von ihnen sonderlich beeindruckend.«

»Und das Ganze ist ungewöhnlich für das Motel?«

»Normalerweise checken da vielleicht zwölf Gäste pro Woche ein, wenn's hochkommt. Ich finde es schon verdächtig, dass ihnen einen Tag nach Idris' Ankunft plötzlich lauter Typen von dem Schlag, die er für gewöhnlich anzieht, die Bude einrennen.«

»Du hast recht. Wahrscheinlich hecken sie etwas aus.« Er holte sein Handy aus der Tasche und rief jemanden an. »Sam? Gibt es von letzter Nacht irgendetwas zu berichten?« Er hörte sich die Antwort an und fragte dann: »Kannst du zurück zum Motel fliegen und es im Auge behalten? Es gibt dort einige neue Gäste, über die wir uns Gedanken machen. Danke.«

Er klappte das Handy zu und steckte es wieder in seine Tasche. Dann sagte er: »Die Polizei hat gestern Nacht alles ziemlich gründlich untersucht. Die Beamten schienen jedoch nicht zu wissen, was sie von mysteriösen Einbrüchen halten sollten, bei denen Diebesgut zurückgebracht wurde. Sie wirkten verwirrt, schienen aber niemand Speziellen im Verdacht zu haben.«

»Dann wird Dean wohl mit einem blauen Auge davonkommen. Wie immer.«

»Der Polizei mag er ja entwischt sein, aber ich glaube nicht, dass deine Großmutter schon fertig mit ihm ist.« Er grinste und sah plötzlich Jahre jünger aus, da Sorge und Anspannung kurz aus seinem Gesicht wichen. »Höre ich da etwa Rivalität unter Geschwistern heraus?«

»Er hatte schon immer ein Talent dafür, mit allem durchzukommen. Egal, was er angezettelt hat, am Ende waren immer wir diejenigen, die Ärger bekamen, während er ungeschoren davonkam. Frank sagte immer, Dean könnte sich in einem Misthaufen wälzen und würde anschließend nach Rosen duften. Wenn er Mom anlächelte, vergaß sie, dass er überhaupt irgendwas ausgefressen hatte.«

»Ich dachte immer, es wären die Nesthäkchen, und vor allem die Mädchen darunter, die mit allem davonkämen.«

»Nicht in meiner Familie. Bei mir wurden andere Maßstäbe angesetzt. Jungs sind nun mal Jungs, aber von Mädchen wird erwartet, dass sie sich besser benehmen. Mir ist es aber meistens gelungen, mich aus allem rauszuhalten. Nur Frank und Teddy taten mir leid, weil sie dauernd Ärger bekamen, Dean aber nicht.«

Die Tür ging auf, und Mom streckte ihren Kopf herein. »Telefon für dich, Katie. Ich glaube, es ist Nita.«

»Ich komme«, rief ich und gab mir Mühe, vorsichtig von der Hollywoodschaukel aufzustehen, damit Owen nicht zu heftig hin und her geschaukelt wurde. Er sah schon viel besser aus und trotzdem immer noch so, als sollte er besser mal eine ganze Woche durchschlafen.

»Hallo, na, was gibt's?«, fragte ich, als ich am Telefon war.

»Es haben noch drei Leute eingecheckt, und es kamen schon wieder zwei Reservierungen rein. Das ist Wahnsinn.«

»Noch mehr Bandmitglieder?«

»Nur wenn sie vorhaben, irgendeine postmoderne Form der Bigband wiederzubeleben. Es sind einfach zu viele. Gibt es auch männliche Groupies? Vielleicht sind sie auch eine neue Version der Grateful Dead mit Leuten, die ihnen überallhin folgen. Das wäre echt cool, aber Mom und Dad sind bestimmt nicht einverstanden, wenn sie Drogen nehmen oder ein Konzert auf dem Parkplatz geben wollen.«

»Machen sie denn irgendwelchen Ärger?«

»Nein, gar nicht. Ich hab nur nicht genug Personal für sie alle. Du hast nicht zufällig Lust, eine Reinigungsschicht zu übernehmen? Heute nicht mehr; die Zimmer sind schon alle sauber. Aber der morgige Tag wird ein Albtraum.«

»Ich sag dir noch mal Bescheid deswegen. Danke, dass du mich auf dem Laufenden hältst. Vielleicht kommen wir später mal vorbei und versuchen herauszufinden, was hinter dem ganzen Spektakel steckt.«

Ich ging zurück auf die Veranda und erzählte Owen, was Nita mir berichtet hatte. »Vielleicht ist das gar keine schlechte Idee, wenn ich ein bisschen Putzfrau spiele«, sagte ich. »Dann habe ich einen Vorwand, mir diese Jungs mal genauer anzusehen und herauszufinden, was da los ist.«

»Aber sie hat doch gesagt, dass sie erst morgen Hilfe braucht, und ich hoffe, dass wir dann schon wissen, was da läuft.«

»Wenn Idris seine Truppe um sich schart, ist es blöd, dass wir ihm von Dean erzählt haben. Sonst hätten wir einen Doppelagenten aus ihm machen können.«

»Wir können trotzdem einen einsetzen.« Diesen Ausdruck in seinen Augen hatte ich noch nie gesehen, und er machte mich nervös. Normalerweise war er immer absolut vernünftig, aber eine Spur von Verrücktheit war doch in ihm, vor allem wenn es um Idris ging.

»Wie meinst du das?«, fragte ich misstrauisch.

»Du hast mir doch gerade erzählt, welche Probleme ihr Geschwister als Kinder miteinander hattet. Ich könnte mir vorstellen, dass sich das sowohl positiv wie negativ auswirkt. Was, wenn ihm egal ist, was seine kleine Schwester ihm über dunkle Magie erzählt, und er dir nur weisgemacht hat, dass er damit aufhört, um dich zu beruhigen, in Wirklichkeit aber sofort weitergemacht hat?«

»Du bist ganz schön raffiniert. Ich rufe ihn an.«

Ich wollte zurück ins Haus gehen, doch er reichte mir sein Handy. Als Dean ans Telefon ging, fragte ich: »Na, hast du schon böse Sachen über Idris in diesem Online-Forum gepostet?«, fragte ich.

Er stöhnte. »Tut mir leid, Schwesterlein. Bin noch nicht dazu gekommen.«

»Das ist gut. Dann finde doch mal raus, warum er seine Leute in der Stadt um sich schart. Sieht so aus, als fände eine Art Zusammenkunft statt. Du musst da hingehen und ihm sagen, deine Schwester und ihr verrückter Freund würden lauter Blödsinn reden, aber du würdest ohnehin nichts darauf geben, was wir sagen.«

»Und dann soll ich dir wiederum alles berichten, was er gesagt hat? Verstehe. Ich versorge euch mit allen Details, wenn ich was weiß.«

Ich klappte das Handy zu und gab es Owen zurück. »Sieht so aus, als hätten wir einen Doppelagenten. Ich hoffe nur, dass wir ihm auch trauen können.«

»Glaubst du, er würde sich gegen uns stellen?«

Ich seufzte und biss mir auf die Unterlippe. Ich kam mir vor wie eine Verräterin. Schließlich ging es hier um meinen Bruder, und ich liebte ihn, ganz egal, wie sehr er mir auch manchmal auf die Nerven ging. Aber hier stand Wichtigeres auf dem Spiel als Familienbande. »Er ist so empfänglich für Schmeicheleien. Wenn Idris es nur geschickt genug anstellt, ist es womöglich vorbei mit Deans Loyalität. Es ist echt schade, dass wir Teddy nicht als Spion zu ihm schicken können. Er würde total gut da reinpassen.«

Owen unterdrückte ein Gähnen. »Mit der richtigen Vorbereitung könnte ich ihn vielleicht so weit kriegen, dass er wie ein Zauberer rüberkommt.«

»Aber das wäre keine gute Verwendung für deine Ressourcen. Du musst dich schonen. Ich ahne, dass uns eine weitere verrückte Nacht bevorsteht.«

Und tatsächlich: Ich war kaum eingeschlafen, da weckte mich das übliche Klopfen an meinem Fenster. Ich hatte nicht vorgehabt, noch mal rauszugehen, und trug daher nur meinen Pyjama. Als ich das Fenster öffnete, sagte Owen: »Ich hab gerade Nachrichten von Dean und von Sam bekommen. Idris und seine Leute versammeln sich auf dem Gerichtsplatz und halten da eine Art magische Zusammenkunft ab.«

»Und ich nehme an, da sollten wir besser nicht fehlen? Gib mir eine Sekunde Zeit. Ich ziehe mir schnell was an.« Ich schloss die Vorhänge und zog meine schwarze Jeans und ein langärmeliges schwarzes T-Shirt an. Wenn wir so weitermachten, hatte ich bald nichts Dunkles mehr anzuziehen. Meine Garderobe war nicht darauf ausgerichtet, mitten in der Nacht draußen herumzuschleichen.

»Schade, dass es in dieser Stadt kein Starbucks gibt«, sagte ich gähnend, als wir uns dem Platz näherten.

»Der wäre um diese Uhrzeit ohnehin nicht mehr geöffnet. Inzwischen hätten bestimmt sogar die meisten Starbucks in New

York geschlossen.« Owen parkte im Ladebereich hinter dem Supermarkt, dann liefen wir um das Gebäude herum zum Platz, wo Sam schon auf uns wartete.

Mindestens ein Dutzend junger Männer, Dean eingeschlossen, hatte sich um Idris versammelt, der in dem kleinen Pavillon stand. Wenn hinter ihm noch eine rotweißblaue Flagge gehangen hätte, hätte er ausgesehen wie ein Wahlkampfredner. Aber irgendwie war dieses Bild auch gar nicht so falsch. Dean stach aus der Gruppe heraus. Er war zu gutaussehend und selbstsicher. Die anderen Typen, und es waren tatsächlich ausschließlich Männer, wirkten so, als müssten sie irgendeine Unzulänglichkeit kompensieren. Bei Dean war es auch nicht wirklich anders, aber seine Unzulänglichkeit war weniger offensichtlich.

Idris war bereits voll in Fahrt, und seine Stimme war hinter den Büschen, die uns verbargen, noch gut zu hören. »Die Zeit für unsere Abschlussprüfung ist gekommen. Wenn ihr die besteht, dürft ihr den Titel eines Zauberers tragen. Ich habe einen der besten Magier aus New York mitgebracht, der euch testen soll. Ihr müsst ihn suchen und in einem magischen Nahkampf besiegen. Aber ich warne euch! Er ist sehr mächtig, und es kann sein, dass ihr alle zusammenarbeiten müsst, um ihn zu schlagen; das ist Teil der Prüfung.«

Er wedelte mit einer Hand durch die Luft, und neben ihm flackerte ein Bild auf. Es dauerte eine Weile, bis es sich stabilisiert hatte, und in der Zwischenzeit redete Idris einfach weiter. »Dies ist der Zauberer, nach dem ihr Ausschau halten sollt. Besiegt ihn, und ihr werdet wahre Zauberer sein.« Jetzt war das Bild gut zu erkennen. Es zeigte Owen.

16

Ich stand so dicht neben Owen, dass ich spürte, wie sich seine Muskeln anspannten; er war drauf und dran einzugreifen. Um ihn daran zu erinnern, dass das wirklich kein guter Zeitpunkt war, um es mit ihnen allen gleichzeitig aufzunehmen, packte ich seinen Arm und drückte ihn ganz fest. Er schaute mich an und nickte. Als er sich nach einigen tiefen Atemzügen entspannte, ließ ich ihn wieder los. Er signalisierte mir, dass wir gehen sollten, und wir schlichen noch während der Versammlung davon.

»Das solltest du nach New York melden«, sagte Sam, sobald wir wieder sicher im Auto saßen. »Du wirst Unterstützung brauchen.«

»Ich kriege das schon hin.«

Sam schüttelte den Kopf. »Auch wenn diese Typen weder so mächtig noch so gut ausgebildet sind wie du, kannst du sie nicht alle gleichzeitig in Schach halten, wenn sie sich zusammenschließen und ihre Angriffe koordinieren.«

»Ich hab immer noch dich und Katies Großmutter. Und Dean auf der anderen Seite. Vielleicht finde ich noch ein paar Verbündete hier. So stark in der Unterzahl sind wir gar nicht.«

»Wenn du den Boss nicht anrufst und ihm Bescheid sagst, was hier los ist, werde ich es tun. Aber meinst du nicht, dass es besser wäre, wenn er es von dir direkt erfährt?«

Irgendwie hatte ich das Gefühl, dass ich einen wesentlichen Teil dieses Gesprächs nicht mitbekam, aber wenn ich richtig zwischen den Zeilen las, dann … »Du bist ohne offiziellen Auftrag hier!«, platzte ich heraus. »Sie wissen gar nicht, dass du hergekommen bist, stimmt's?«

»Ach, du kennst doch den Boss, Katie«, erwiderte Sam. »Natürlich wissen sie, dass er hier ist. Sie wissen es nur nicht offiziell.«

»Ich hab geglaubt, dass ich das übers Wochenende geregelt bekomme«, gestand Owen und klang dabei wie jemand, der erklärt, warum er seine Hausaufgaben nicht gemacht hat. »Ich hab mich am Freitag krank gemeldet und dachte, ich wäre bis Dienstag locker wieder zurück und alles hätte sich bis dahin geklärt.«

»Ja, und es war auch gar nicht auffällig, dass du dich am Morgen nach dem Tag krank gemeldet hast, an dem du den Boss stundenlang angefleht hast, er möge dich hierherfliegen lassen, damit du sicher sein kannst, dass Katie nichts passiert«, sagte Sam.

Wenn Sam nicht schon aus Stein gewesen wäre, hätte Owens Blick ihn in diesem Moment in Stein verwandelt. »Wir konnten Idris in New York weder finden noch ihm das Handwerk legen. Daher dachte ich, dass ich ihn hier vielleicht auf dem Umweg über seinen Schüler aufspüren kann. Und ich lag richtig damit.«

»Aber jetzt bist du in der Minderzahl, und die Schurken haben es auf dich abgesehen. Außerdem scheint Idris noch ein paar Asse im Ärmel zu haben, wie zum Beispiel diese Sache, dass er sich in Luft auflösen kann«, argumentierte ich. »Wenn du dich also nicht schleunigst aus dem Staub machen willst, wirst du Hilfe benötigen.«

»Wir können es uns nicht leisten, ihn noch mal entwischen zu lassen«, fügte Sam hinzu.

Owen stand eine Weile einfach nur still da, dann sagte er: »In Ordnung. Ich rufe an. Morgen früh. Es ist schon ziemlich spät.«

Sam schnaubte. »Als ob der Boss nicht damit rechnen würde.«

Owen hob die Hände, um zu signalisieren, dass er kapitulierte. »Okay, okay, ich rufe an. Ich wusste ja, dass ich irgendwann reinen

Tisch machen muss, aber mir wäre es lieber gewesen, das zu tun, nachdem ich Idris und seinen Junior-Zauberer in Gewahrsam genommen habe.«

»Den Junior-Zauberer hast du ja«, erinnerte ich ihn. »Vielleicht hilft das.«

»Vielleicht sollte ich mich ein bisschen weiter von all den Zauberlehrlingen entfernen, die es auf mich abgesehen haben, bevor ich mir die Zeit nehme, ein Telefongespräch zu führen«, sagte er.

»Keine Sorge. Ich hab dich getarnt. Leg einfach los und ruf da an«, sagte Sam ein bisschen zu gutgelaunt, was ihm den nächsten wütenden Blick einbrachte.

Owen ging ein paar Meter von uns weg, bis er außer Hörweite war, und tat zumindest so, als würde er in sein Handy sprechen. Ich beobachtete ihn eine Weile dabei, dann drehte ich mich zu Sam um. »Und du warst in diese Sache eingeweiht?«

»›Eingeweiht‹ ist zu viel gesagt. Ich hab nur eingewilligt, niemandem zu verraten, dass er hier ist. Zuerst hat er ja auch gesagt, er wäre nur übers Wochenende hier, aber dann hat er noch ein paar Tage drangehängt. Selbst wenn wir nicht mitbekommen hätten, was diese Deppen heute Abend vorhaben, hätte er beim Boss bald mal Farbe bekennen müssen, sonst wäre mir nichts anders übriggeblieben, als ihn zu verpfeifen.«

»Aber warum?«

Sam lachte. »Aber Katiemaus, ich dachte, du wärst so ein schlaues Mädchen. Wegen dir natürlich! Er ist fast ausgeflippt, als er hörte, dass der Schurke hinter dir her ist. Aber das war in Wahrheit wohl nur dein Bruder, der dir einen Streich spielen wollte, was? Der Boss wollte abwarten, was passiert, nachdem du herausgefunden hattest, dass Idris seine Finger im Spiel hat. Ich sollte auf dich aufpassen, während sie versuchen wollten, Idris in New York aufzustöbern. Aber Palmer war davon überzeugt, dass Idris hier ist. Und als ich angerufen hab, um von der Sache im Kino zu berichten, hatte ich ihn am Telefon. Ich schätze, er hat dem Boss gar nichts davon erzählt.«

»Er ist also das Risiko eingegangen, einen Mordsärger zu bekommen, weil er sich Sorgen um mich gemacht hat?«

»Wahrscheinlich wollte er auch wieder gutmachen, was beim letzten Mal passiert ist, und zeigen, dass ihm seine Gefühle nicht im Weg stehen, wenn er diesen Schurken kriegen will. Aber die Tatsache, dass er hier runtergekommen ist, um dich zu beschützen, hilft ihm da natürlich auch nicht so wirklich weiter, was?«

»Nein, wohl kaum«, sagte ich seufzend. Kein Wunder, dass er nicht davon gesprochen hatte, dass ich ja wieder nach New York kommen könnte. Nach dieser Sache würden sie mich wahrscheinlich nicht mehr so nah an ihn heranlassen, dass ich eine Ablenkung darstellen konnte; es sei denn, sie sperrten mich sicher irgendwo ein, wo sie mich im Auge behalten konnten. Einerseits freute ich mich über diesen Beweis, dass ihm immer noch viel an mir lag, aber das Ganze jagte mir unwillkürlich auch Angst ein. Er mochte ja durchaus manchmal eine verrückte Ader haben, aber sich entgegen einer ausdrücklichen Anordnung einfach davonzumachen passte irgendwie nicht zu Owen. Dass er so ein durch und durch braver Junge war, war der Hauptgrund dafür, dass ich mich nicht zu sehr vor ihm fürchtete, trotz all der Dinge, die er tun konnte, wie beispielsweise die Gedanken anderer Menschen zu manipulieren oder die Zeit anzuhalten.

Owen kam zurück zu uns. »Sie schicken Verstärkung«, sagte er. Sein Ton verriet nichts darüber, was in ihm vorging.

»Und wie groß sind die Probleme, in denen du jetzt steckst?«, fragte Sam. Ich war froh, dass er es tat, denn so musste ich es nicht tun.

»Keine Ahnung. Ich soll außer Sichtweite von ihnen bleiben und weder Idris noch einen seiner Lakaien angreifen.«

Ich zupfte ihn am Ärmel. »Wenn das so ist, dann fahren wir besser nach Hause.«

Es gelang uns, der Zauberertruppe aus dem Weg zu gehen und nach Hause zu fahren, wo wir wie üblich über den Baum auf das Vordach kletterten. Neuerdings betrat ich mein Zimmer beinahe häufiger durch das Fenster als durch die Tür. Ich hatte gerade ein Bein hereingestreckt, als ich innen eine Bewegung wahrnahm. Da war jemand in meinem Zimmer! Ich öffnete den Mund, um vor Schreck aufzuschreien, aber irgendjemand legte mir von hinten eine Hand über den Mund. Das hätte mich noch mehr erschreckt, wenn ich nicht sofort gemerkt hätte, dass es Owen war.

»Was machen Sie hier, Mrs Callahan?«, flüsterte er.

Ich riss seine Hand von meinem Mund und platzte so leise wie möglich heraus: »Oma?« Und tatsächlich, da saß Oma auf meinem Bett. »Ich dachte, du fährst nachts nicht gern Auto«, bemerkte ich.

»Nicht gern tun ist nicht gleichbedeutend mit nicht können. Aber ich bin diejenige, die hier die Fragen stellt, Fräulein. Warum kommst du um diese Zeit zum Fenster hereingeklettert? Wo warst du und was geht hier vor?«

Bevor wir das Gespräch fortsetzten, kletterte ich weiter ins Zimmer. Owen folgte mir. Oma klopfte neben sich aufs Bett, und wir setzten uns beide zu ihr. »In der Stadt braut sich was zusammen«, sagte Owen.

Sie nickte. »Das hab ich mir schon gedacht. Da waren so merkwürdig aussehende junge Männer unterwegs. Sie verbrauchen zu viele magische Kräfte. Sie werden noch all unsere Energie verbrauchen. Aber was hat das mit Ihnen zu tun?«

»Mein Feind ist ihr Anführer.«

»Aha, dann braut sich also ein magischer Krieg zusammen?«

»Ich hoffe nicht.«

»Sie werden Hilfe brauchen.«

»Owen kriegt das schon geregelt, Oma«, warf ich ein. Ich bezweifelte, dass er die Art von Hilfe wollte, die sie ihm anbieten konnte; es sei denn, sie wollte die Zauberlehrlinge verscheuchen, indem sie ihren Stock schwang und sie wütend anschaute.

»Was glauben Sie denn, welche Art von Hilfe ich hier finden kann?«, fragte Owen sie. Ich war so daran gewöhnt, dass sich alle immer nur über Oma lustig machten, dass ich mich nach wie vor wunderte, dass Owen mit ihr ernsthafte Gespräche über Dinge führte, die wir normalerweise ignorierten.

»Wir haben doch das Elfenvolk. Ich wette, sie sind gar nicht glücklich, wenn diese Tölpel ihnen die Kraftfelder aufbrauchen.«

»Sie meinen die Naturgeister? Die Wasser- und Waldnymphen?«

»Wenn Sie sie so nennen wollen. Sie leben in der Nähe von Bächen, aber heutzutage eher außerhalb der Stadt. Es sind jedoch besondere Fähigkeiten und eine Reihe von Vorsichtsmaßnahmen vonnöten, wenn man sie gefahrlos herbeirufen will.«

»Ich kenne ihre Rituale.«

Sie klopfte ihm aufs Bein. »Das dachte ich mir schon. Sie sind ein guter Junge. Aber ich habe ein paar Dinge, die Ihnen helfen könnten. Ich bringe sie Ihnen morgen vorbei.« Sie stützte sich auf ihren Stock und stand auf. »Jetzt fahre ich besser nach Hause, sonst bekommt meine Tochter noch mit, dass ich hier bin. Und Sie verlassen nun am besten Katies Schlafzimmer, junger Mann. Es ist ungebührlich, wenn Sie sich allein hier aufhalten.«

»Warte mal einen Moment«, sagte ich. »Soll das heißen, du bist mitten in der Nacht hierhergekommen, nur um uns zu erzählen, dass sich merkwürdige Zauberer in der Stadt aufhalten?«

»Nein, ich bin hergekommen, weil mir heute aufgefallen ist, dass die Rinde an dem Baum neben der Veranda abgeschabt aussieht. Irgendwer muss an ihr herauf- und herunterklettern, und da du momentan die Einzige von den Jüngeren bist, die zu Hause wohnt, dachte ich mir, dass du etwas im Schilde führst. Und die beste Möglichkeit herauszufinden, was du im Schilde führst, war, dich zu erwischen.«

Ich schaute durchs Fenster zu dem Baum und dann wieder zu Oma. »Du bist aber nicht …«

»Sei nicht albern. Ich habe die Treppe genommen wie ein normaler Mensch.«

»Aber wie hast du es geschafft, Mom und Dad nicht aufzuwecken? Die Stufen quietschen doch total laut.«

Sie schüttelte den Kopf und schnalzte abschätzig mit der Zunge. »Diese Stufen zum Schweigen zu bringen erfordert nun wirklich keine besonders anspruchsvolle Magie. Sag jetzt nicht, dieser große Zauberer hier ist darauf nicht gekommen?«

Ich schaute Owen an und war sicher, dass ich sein Gesicht hätte glühen sehen, wenn ich eine Nachtsichtbrille aufgehabt hätte. »Aber … aber es wäre unehrenhaft gewesen, meine Gastgeber zu täuschen«, stammelte er.

»Und mitten in der Nacht zum Fenster raus- und reinzusteigen ist ehrenhaft?«

»Zumindest ist es nicht in magischer Hinsicht unehrenhaft.«

Sie nickte. »Sie haben offenbar eine gute Ausbildung genossen. Sie kennen die Regeln. Wir sehen uns morgen früh. Jetzt geht ins Bett, aber in getrennten Räumen, wenn ich bitten darf.«

Als sie weg war und meine Zimmertür hinter sich geschlossen hatte, sagte Owen: »Ich hab ehrlich noch nie daran gedacht, dass ich die Stufen mit Magie ruhigstellen könnte. Die quietschende Stelle bei uns zu Hause kann ich auf diese Weise nicht leise machen, aber das liegt wahrscheinlich daran, dass Gloria sie mit einer Formel geschützt hat. Vermutlich habe ich vorausgesetzt, dass es hier genauso sein würde.«

»Durchs Fenster zu klettern macht viel mehr Spaß.«

»Apropos, ich sollte gehen.« Sein Blick verharrte noch einen Moment auf mir. »Ich fürchte mich vor dem, was deine Großmutter mit mir machen würde, wenn sie wüsste, dass ich so lange hier drin bleibe. Sie kann einem mehr Angst einjagen als diese Zauberer, die es auf mich abgesehen haben.« Ich machte einen Schritt auf ihn zu, um ihm eine gute Nacht zu wünschen, aber da war er bereits aus dem Fenster gestiegen.

Am nächsten Morgen sah Owen weniger erschöpft und wieder mehr wie er selbst aus, abgesehen von dem vagen Gefühl, dass ihm womöglich bald seine eigene Hinrichtung bevorstand. Oma kam, als wir noch beim Frühstück saßen. Also konnte ich zur Arbeit fahren, ohne mir Gedanken darüber zu machen, womit Owen sich in meiner Abwesenheit beschäftigen würde. Oma fraß ihm aus der Hand, und wenn es darum ging, stundenlang ihren Geschichten zu lauschen, war er sicherlich das geeignetere Opfer als ich. Ich hoffte, dass er genügend Hintergrundinformationen besaß, um die Wahrheit von ihren Phantasiegespinsten unterscheiden zu können. Sie konnte kein Familienfest beschreiben, ohne dabei Details zu verwechseln, weshalb ich mir nicht sicher war, wie er aus ihrem Gefasel über das Elfenvolk etwas Nützliches für sich herausziehen können sollte.

Die Arbeit ging mehr oder weniger ohne Zwischenfälle vorüber. Auf dem Heimweg fuhr ich am Gerichtsplatz vorbei, um nachzusehen, was die Zauberer so trieben. Sie schienen in Vierer- und Fünfergrüppchen herumzuziehen und intensiv Ausschau nach jemandem zu halten. Diese umherwandernden Trupps machten die Stadtbewohner nervös. Ich sah Leute die Straßenseite wechseln, damit sie nicht an ihnen vorbeigehen mussten. Als ich an der Apotheke vorbeifuhr, warf Lester gerade eine Gruppe von ihnen hinaus. Ich hoffte, dass Rainbows Kerzen bei ihnen Kopfschmerzen oder Hustenanfälle auslösten. Da kam mir plötzlich eine Idee.

Ich hielt auf dem Parkplatz der Apotheke und lief hinein. »Hey,

Rainbow, gibt es diese Aromatherapie-Kerzen auch in der Größe von Votivkerzen?«

»Wenn du so eine Kerze im Glas nimmst, kriegst du aber mehr für dein Geld.«

»Nein, ist schon in Ordnung. Ich brauche sie für einen ziemlich kleinen Ort.« Ich kaufte einen Beutel mit zehn Kerzen, die laut Aufschrift für innere Ausgeglichenheit sorgen sollten. Welche auszuwählen, die die Hormone in Wallung brachten, traute ich mich nicht.

Als ich nach Hause kam, war Owen draußen auf der Weide und führte, wie es aussah, ein tiefschürfendes Gespräch mit Daisy. »Du mit deinen Tierfreundschaften. Du bist wie eine Figur aus einem Disneyfilm«, sagte ich, als ich mich den beiden näherte. »Wenn jetzt noch die kleinen Vögel kommen, sich auf deine Schulter setzen und dir Nachrichten zuzwitschern, nehme ich aber Reißaus.«

»Sie hat mich so einsam und traurig über den Zaun hinweg angesehen.«

Ich lachte und tätschelte Daisys Hals. »Darf ich vorstellen: das einzige mir bekannte Pferd, das einen mit einem Hundeblick anschauen kann. Eigentlich ist sie ein zu groß gewordener Hund. Ich bin nicht mal sicher, ob sie weiß, dass sie ein Pferd ist. Wo hast du gelernt, so gut mit Tieren umzugehen? Hat das auch was mit Magie zu tun?«

»Ich war nie besonders gut im Umgang mit Menschen. Mit Tieren geht es meist leichter. Soweit ich weiß, hat das aber nichts mit Magie zu tun. Na ja, von den Drachen mal abgesehen. Das war Magie, aber ich hatte vorher keine Ahnung, dass diese Zauberformel so eine Wirkung entfaltet.«

»Außerdem kannst du verrückte Großmütter zähmen. Apropos, hast du die Infos bekommen, die du brauchtest?«

»O ja, ein ganzes Notizbuch voll. Ich werde das, was sie mir erzählt hat, heute Nachmittag mit einigen von meinen Materialien abgleichen. Dann können wir heute Abend zu einer kleinen diplomatischen Mission aufbrechen. Gibt es denn Neuigkeiten von unseren magischen Gästen in der Stadt?«

Ich erzählte ihm, was ich beobachtet hatte. »Momentan sieht es noch so aus, als beschränkten sie sich auf die Innenstadt. Hier bist du also sicher. Aber vielleicht könnte ich noch einen Hut und eine Sonnenbrille für dich auftreiben, damit du dich dahinter verstecken kannst.«

»Das ist sicher nicht notwendig.«

»Ist ja nur ein Angebot. Während du hier heute Nachmittag deine Forschungen betreibst, helfe ich dann wohl Nita im Motel.«

»Warum?«

»Na ja, zum einen, weil ich dabei ein wenig spionieren kann, und dann ist da noch das hier.« Ich hob die Tüte mit den Kerzen hoch. »Riech mal dran, damit ich sehen kann, ob sie auch dann auf dich wirken, wenn sie nicht brennen.« Ich öffnete den Beutel, und er beugte sich darüber. Schaudernd zuckte er zurück. »Liegt das an ihrer magischen Wirkung oder daran, dass sie so eklig riechen?«

Er nieste. »An beidem.«

»Gut«, sagte ich grinsend. »Ich hab mir überlegt, dass es doch nett wäre, sie in den Gästezimmern im Motel zu verteilen. Das wird unsere Zauberer aus der Bahn werfen. Hast du eigentlich schon zu Mittag gegessen?«

Wir waren gerade dabei, uns Sandwichs zu schmieren, als Mom nach Hause kam. »In der Stadt geht irgendwas total Merkwürdiges vor sich, und jetzt sagt mir nicht, dass ich mir wieder alles nur einbilde«, sagte sie, als sie in die Küche kam.

Ups. Owen und ich wechselten einen schuldbewussten Blick. Die Erkenntnisse, dass Dean und Oma magiebegabt waren und Teddy immun, dass Idris seine Truppe um sich versammelte und Owen ohne offizielle Erlaubnis hier in Cobb war, hatten mich derart abgelenkt, dass ich Moms Immunität völlig vergessen hatte.

Und natürlich war ihr nicht entgangen, was sich gerade für seltsame Dinge auf dem Platz ereigneten. »Nita hat momentan einige sehr merkwürdige Leute im Motel«, erwiderte ich. »Sie glaubt, dass es sich um eine Rockband handelt, die hier ist, um Songs für ihr neues Album zu schreiben.«

»Solche Leute brauchen wir nicht in der Stadt. Ich wette, sie haben Drogen mitgebracht.« Auch als sie die Treppe hochging, grummelte sie weiter vor sich hin.

»Wir müssen vorsichtig sein, wenn wir sie aus der Sache heraushalten wollen«, sagte Owen.

Ich seufzte. »Ich weiß. Ich würde ja einen von den Jungs bitten, auf sie aufzupassen, aber mir gehen langsam die Brüder aus. Wenn man bedenkt, dass ich immer gedacht habe, ich hätte zu viele davon …«

Das Problem löste sich kurz darauf von selbst, als Oma mit einem Arm voller Bücher und Familienfotoalben ankam. »Die helfen Ihnen vielleicht«, sagte sie zu Owen. Sie legte die Bücher auf den Küchentisch und reichte Owen eine Flasche mit einer trüben Flüssigkeit darin. »Ich hab Ihnen auch einen Zaubertrank zubereitet. Nach einem Rezept von meiner Großmutter. Das wird Sie wieder auf die Beine bringen, nachdem Sie so viel gezaubert haben. In dieser Gegend muss man vorsichtig sein mit so was. Man verausgabt sich hier einfach zu schnell.« Sie ließ sich am Tisch nieder und machte es sich gemütlich. Mir war sofort klar, dass Mom den restlichen Nachmittag keine Chance mehr haben würde, von zu Hause wegzukommen. Oma war besser als eine Gefängnisaufseherin.

Ich hatte ja ein schlechtes Gewissen, Owen mit Oma allein zu lassen, aber sie schienen ganz gut miteinander auszukommen, weshalb ich dann doch zum Motel aufbrach. Meine Hauptsorge war, dass Oma ihn versehentlich mit ihren Hausmittelchen vergiftete, während ich weg war.

»Du brauchst Hilfe bei der Zimmerreinigung?«, sagte ich zu Nita, als ich dort ankam. Erst dann fiel mir die neue Dekoration in der Lobby auf. Die verblassten Landschaftsdrucke aus einem alten Kalender der Handelskammer waren abgehängt und durch eingerahmte Album-Cover ersetzt worden; fransige Überwürfe in leuchtenden Farben bedeckten die Sessel.

»Oh, Gott sei Dank!«, rief Nita. »Unsere Putzfrau hat heute Morgen gekündigt. Sie hat gesagt, sie kommt erst wieder, wenn diese Typen weg sind.«

»Warum? Was haben Sie denn angestellt?«

Sie machte eine wegwerfende Geste mit der Hand. »Ich weiß auch nicht genau, aber ich hatte den Eindruck, sie haben sie irgendwie belästigt. Du weißt schon, Rock'n'Roller eben. Tut mir leid, dass ich dir das antun muss, aber wie es aussieht, sind die meisten von ihnen am Nachmittag nicht da.«

»Ich komme schon klar.« Ich zeigte durch die Lobby. »Wie ich sehe, setzt du dein neues Vorhaben bereits um.«

»Ja, toll, nicht? Oh, und sieh mal das hier.« Sie bedeutete mir, hinter den Rezeptionstresen zu kommen, und öffnete einige Dateien auf ihrem Computer. »Diese Fotos habe ich am Montagnachmittag gemacht. Er muss einen sehr langen Spaziergang gemacht haben, denn er kam erst ziemlich spät zurückgestolpert. Sieh dir mal an, was er da um den Hals trägt. Es ist nicht groß genug, um ein echter Klunker zu sein, aber für eine Männerhalskette ist es zu groß.«

Ich beugte mich vor und betrachtete mit zusammengekniffenen Augen das Foto eines müden, verschwitzten Idris, während sie es auf dem Bildschirm vergrößerte. Sein Hemd war fast bis zur Hüfte aufgeknöpft, was kein hübscher Anblick war, und um seinen Hals hing ein Lederband mit einem Amulett. »Keine Ahnung, was das sein könnte«, sagte ich und wünschte mir, wir könnten noch weiter heranzoomen, um nachzusehen, ob irgendwelche Schriftzeichen eingraviert waren. Aber jede weitere Vergrößerung hätte das Bild nur unscharf gemacht.

»Ich weiß echt nicht, was ich von diesen Typen halten soll. Ihr Anführer verkriecht sich die meiste Zeit des Tages in seinem Zimmer, aber ich glaube, im Moment ist er unterwegs. Dann lasse ich dich wohl besser mal an die Arbeit gehen.«

»Gib mir einfach den Schlüssel und sag mir, was ich machen muss.«

»Betten machen, frische Handtücher aufhängen, alles einmal durchwischen, Müll ausleeren, neue Seife hinlegen. Die Bettwäsche wechseln wir nur dann täglich, wenn ein Gast uns darum bittet. Wenn jemand Trinkgeld im Zimmer liegen gelassen hat, steck es ein; bei dieser Bande würde ich allerdings nicht darauf zählen.« Sie setzte eine übertriebene »Was soll man da machen?«-Miene auf und seufzte. »Rock'n'Roller. Wenigstens hat bislang niemand sein Zimmer auseinandergenommen.«

Sie gab mir den Generalschlüssel. Auf dem Weg zur Wäschekammer ging ich an meinem Auto vorbei, um die Kerzen zu holen. Ich legte sie oben auf den Rollwagen und vergewisserte mich, dass er mit frischer Seife und sauberen Handtüchern ausgestattet war. Dann warf ich einen Blick auf die Liste, ging zur ersten Tür, klopfte an und rief: »Reinigungsservice!« Als niemand antwortete, schloss ich auf.

Drinnen sah es aus, als hätte jemand eine wilde Party gefeiert. Bevor ich loslegte, nahm ich eine der Kerzen aus dem Beutel und zündete sie an. Ich hoffte, dass die leicht am Ziel vorbeigehende Magie sich besser im Raum ausbreiten und eine maximale Wirkung entfalten würde, wenn die Kerze ganz herunterbrannte. Dann schaute ich mich um. Viel Interessantes fand ich nicht. Es hätte jedes x-beliebige Motelzimmer eines Mannes um die zwanzig sein können: Die schmutzige Unterwäsche lag auf dem Boden im Bad neben zusammengeknüllten feuchten Handtüchern, und auf dem Teppich im Schlafzimmer waren überall Kleidungsstücke verteilt. Ich konnte keinen Beweis für Magie oder irgendetwas, was wie magische Utensilien ausgesehen hätte, entdecken.

Als ich genug herumgeschnüffelt hatte, leerte ich den Mülleimer aus, machte das Bett, wechselte die Handtücher und putzte das Bad. Irgendwie bezweifelte ich, dass diese Jungs die Fingerzeige des Motel-Reinigungsservices überhaupt bemerken würden, zumal dies ja auch kein Etablissement war, in dem man zarte Minttäfelchen aufs Kissen gelegt bekam. Kurz bevor ich zum nächsten Zimmer überging, pustete ich die Kerze aus und ließ sie auf der Kommode stehen.

In allen anderen Zimmern machte ich genau das Gleiche. Die meisten Gäste bewohnten das Zimmer zu zweit, was auch gleich das doppelte Chaos bedeutete. Das alles erinnerte mich an die Zimmer meiner Brüder, als sie noch Teenager waren. In Idris' Zimmer hinterließ ich, um sicherzugehen, dass er leiden musste, zwei Kerzen: eine im Schlafzimmer und eine im Bad. Er war zwar schlau genug, sein Zimmer durch einen Abwehrzauber zu schützen, da Owen in der Nähe war, aber gegen mich konnte er damit nichts ausrichten. Trotzdem fand ich auch bei ihm nichts, was ihn in irgendeiner Weise belastet hätte oder uns nützlich gewesen wäre.

Zwei Stunden später schob ich den Rollwagen zurück in die Kammer und schleppte mich ins Büro, um den Schlüssel zurückzugeben. »Der Job ist anstrengender, als ich dachte«, stöhnte ich. »Ich hab die schmutzigen Handtücher im Wagen gelassen. Oder sollte ich sie waschen?«

»Nein. Um die Wäsche kümmert sich Mom. Tausend Dank für deine Hilfe.«

Ich war auf dem Weg zu meinem Auto, als ein Mietwagen vor dem Büro hielt. Um zu sehen, ob darin weitere Mitglieder von Idris' Truppe saßen, blieb ich stehen. Aber dann stieg eine sehr vertraute Gestalt aus dem Wagen: Es war Rod, Owens bester Freund. Das wertete ich als Zeichen dafür, dass Owen nicht in allzu großen Schwierigkeiten steckte. Mit Rod schickten sie ihm eher so etwas wie einen Komplizen denn einen Babysitter. Doch als ich gerade loslaufen wollte, um ihn zu begrüßen, stieg noch jemand aus: Merlin, der Vorstandsvorsitzende von Manhattan Magic & Illusions. Das war irgendwie irre. Man stelle sich das mal vor: Merlin, *der* berühmte Merlin aus Camelot, stand vor dem Motel in Cobb, Texas. Das bedeutete allerdings auch, dass die Sache mit Idris in seinen Augen entweder von höchster Bedeutung war oder dass Owen richtig tief in der Tinte saß.

Ich schoss um die Ecke des Bürogebäudes, bevor sie mich sehen konnten, und stieg in mein Auto. Dann zögerte ich. Das Ganze stürzte mich in einen Loyalitätskonflikt. Wenn ich Owen vorwarnte, war das in gewisser Weise ein Verrat an Merlin und der Firma. Es war keine gute Idee von ihm, einfach abzuhauen und die Sache in die eigene Hand zu nehmen. Auf der anderen Seite arbeitete ich ja nicht mehr für MMI, und Owen war mein Freund. Und er hatte seinen Job riskiert, um sicherzustellen, dass es mir gutging. Das gab den Ausschlag. Ich ließ den Motor an und fuhr los.

Owen wartete schon in der Einfahrt auf mich. Er hatte so ein unheimliches Talent, genau zu wissen, wo ich wann auftauchen würde. Aber um auch bereits über das im Bilde zu sein, was ich eben beobachtet hatte, sah er nicht beunruhigt genug aus. »Deine Verstärkung ist angekommen«, sagte ich, als ich ausstieg.

»Bislang haben sie nicht angerufen.«

»Ich nehme an, es ist eine Überraschung. Owen, Merlin ist persönlich gekommen. Mit Rod.«

Normalerweise nahm sein Gesicht verschiedene Rot- und Pinktöne an, aber diesmal wurde Owen aschfahl. »Oh. Wo sind sie denn?«

»Ich hab sie vor dem Motel aussteigen sehen, als ich gerade aufbrach.«

»Wissen sie, dass du sie gesehen hast?«

»Nein, ich glaube nicht, dass sie mich so schnell gesehen haben können, und ich hab nicht mit ihnen gesprochen.«

Er zog sein Handy aus der Tasche und schaute nach, ob sie angerufen hatten. »Keine verpassten Anrufe und keine Nachrichten.« Er drückte auf einige Tasten, dann sagte er: »Sam?«. Es entstand eine Stille. Er schluckte heftig, bevor er fortfuhr: »Ja, ich habe es gerade gehört. Erzähl ihnen alles, aber versuch mich vorzuwarnen, bevor … du weißt schon. Danke.« Er klappte das Handy zu und sagte dann: »Sam ist auf dem Weg zu ihnen. Aber sie haben mich nicht angerufen. Das heißt dann wohl, dass ich irgendwie außen vor bin, was?«

»Oder es heißt, dass sie nicht wollen, dass du dich draußen rumtreibst, während eine Gruppe von Möchtegernzauberern hinter dir her ist. Außerdem wissen sie bestimmt auch, dass es keine gute Idee wäre, im engeren Umkreis meiner Familie eine magische Zusammenkunft abzuhalten. Apropos, wie lief es denn heute mit Oma? Hast du irgendwas Nützliches von ihr erfahren?«

»Deine Großmutter ist eine sprudelnde Informationsquelle.«

»Mom würde sagen, sie ist eine sprudelnde Nonsensquelle.«

»Ja, das stimmt schon. Nicht alles, was sie sagt, ist richtig. Ihre Geschichten sind stark ausgeschmückt, aber im Kern sind sie schon wahr, und ich glaube, es sind auch Sachen dabei, die uns vielleicht helfen könnten.«

»Willst du deinen Plan denn trotzdem durchziehen?«

Er zuckte mit den Schultern. »Warum nicht? Es sei denn, der Boss ordnet was anderes an. Je mehr ich selbst erreiche, desto besser sieht es wahrscheinlich am Ende für mich aus.«

»Das bedeutet dann wohl, dass uns eine weitere nächtliche Exkursion bevorsteht.«

»Ja. So häufig bin ich schon seit den nächtlichen Magie-Übungen in der Schule nicht mehr nachts draußen rumgegeistert. Diese mitternächtlichen Geheimbund-Zusammenkünfte waren mörderisch.«

In dieser Nacht befolgte ich die Anweisungen, die Owen mir gegeben hatte. Er hatte mich gebeten, weiße Kleidung zu tragen, was gut war, da mir die schwarzen Sachen langsam ausgingen. Ich trug eine weite Bluse und eine alte Jeans, da er auch gesagt hatte, dass wir wahrscheinlich sehr schmutzig werden würden. Meine Haare ließ ich offen, und ich legte einen leichten Blumenduft auf. Wenn ich nicht gewusst hätte, wie ernst die Lage war, hätte ich gedacht, er wollte mich zu einem romantischen Rendezvous einladen. Leider ging Owen diese Art zu denken in der Regel aber völlig ab. Daher vermutete ich, dass seine Anweisungen eher darauf abzielten, irgendwelche magischen Wesen anzulocken, als darauf, eine romantische Atmosphäre zu kreieren.

Als er an mein Fenster klopfte – offenbar hatte er sich dagegen entschieden, die quietschenden Treppenstufe magisch zum Schweigen zu bringen –, trug er selbst ein weißes Hemd lose über einer ausgebleichten Jeans. Er holte ein paar Dinge aus seinem Koffer und fragte dann: »Hast du irgendein tragbares Musikinstrument? Eine Flöte oder irgendwas in der Art? Ich dachte eigentlich, ich hätte so etwas in meinem Koffer, aber das stimmt leider nicht. Ich hab ja mit einigem gerechnet, aber damit dann wohl doch nicht.«

»Ich habe noch meine Flöte aus meiner Zeit im Schulorchester. Hoffe ich zumindest.« Ich fand sie auf dem obersten Regalbrett in meinem Schrank und nahm sie heraus. »Ich hab aber keine Ahnung, in welchem Zustand sie ist.«

»Kannst du noch spielen?«

»Ein paar Töne kriege ich bestimmt noch raus, und wahrscheinlich kann ich auch noch das Motivationslied aus der Schule spielen. Ich weiß aber nicht, wie das dann klingt. Ist alles schon echt lange her.«

Er lächelte mich an. »Muss ja nicht perfekt sein. Wir brauchen einfach nur ein bisschen Musik.«

Bei den sehr seltenen Gelegenheiten, die ich in meiner Teeniezeit durchs Fenster nach draußen geklettert war, um mich davonzuschleichen, hätte ich mir niemals träumen lassen, dass ich es einmal mit einem Instrument aus dem Schulorchester tun würde. Aber wenn ich so darüber nachdachte, hätte ich mir auch niemals träumen lassen, es mal mit einem so heißen Typen zu tun. Die magische Welt war wirklich eine verkehrte Welt, denn die Dinge, die mich in der Schule zum Deppen gestempelt hatten, erwiesen sich darin offenbar als nützlich.

Diesmal fuhren wir anstatt in die Innenstadt durch die Stadt hindurch und dann noch eine Weile weiter geradeaus, bis Owen schließlich am Straßenrand hielt. Er machte irgendwas mit dem Stacheldrahtzaun, so dass wir ihn passieren konnten. Dann liefen wir über ein Feld auf eine Baumgruppe zu, die darauf hindeutete, dass es in der Nähe Wasser gab. Und tatsächlich: Da war der Bach, der durch die Stadt floss.

Die Gegend um diesen Bach war wie eine Oase in der Wüste. Rings herum gab es nur flaches Prärieland, einzig die Ufer des Baches waren von üppiger Vegetation und Bäumen gesäumt – ein Miniaturwald mitten in einem Meer aus Gras. Owen hielt meine Hand, damit ich nicht das Gleichgewicht verlor, während wir die steile Böschung hinunterkraxelten und uns ans Ufer stellten.

Der Mond schien hell. Er war noch nicht richtig voll, aber immerhin voll genug, um die Landschaft nicht in schwarze Nacht zu tauchen. Owen zauberte ein kleines Licht herbei, das über seinem Kopf schwebte und es ihm erlaubte zu sehen, was er tat. Er nahm einige Dinge aus seinem Rucksack. Während er arbeitete, spähte ich auf der Suche nach Hinweisen auf magische Wesen in die Büsche und das Wasser. Sie konnten sich ja nicht mit Hilfe von magischen Tricks vor mir verbergen, aber ich sah trotzdem nichts. Und da ich bis vor ungefähr einer Woche auch noch nie irgendetwas Magisches in dieser Gegend gesehen hatte, war ich nicht allzu optimistisch, was unsere Erfolgschancen anging. Ich befürchtete immer noch, dass Oma, ob sie nun magiebegabt war oder nicht, vor allem verrückt war und dieses ganze Elfenvolk nur in ihrem Kopf gesehen hatte.

»Komm hier rüber«, rief Owen. Er stand auf einem flachen Felsen, der in den Lauf des Baches hineinragte, und reichte mir eine Hand, damit ich sicher zu ihm hochklettern konnte. Dann holte er einen kleinen Puderbeutel aus seiner Tasche und zog einen Kreis aus Puder um uns herum. »Eine Sicherheitsmaßnahme für den Fall, dass sie nicht gerade erfreut sind, von uns gestört zu werden«, erklärte er.

»Oh, wie beruhigend«, sagte ich.

»Ich glaube nicht, dass sie uns etwas tun würden, aber wir haben es hier mit ungezähmten Kreaturen zu tun. Und jetzt nimm deine Flöte heraus. Wir müssen vorbereitet sein, falls sie auftauchen.«

»Worauf denn?«, fragte ich.

»Ihnen ein Geschenk darzubringen. Musik wird allgemein als angenehm empfunden. Das müsste also funktionieren.«

»Ich wünschte, du hättest mir das früher gesagt. Dann hätte ich noch ein wenig üben können«, erwiderte ich, während ich den Kasten aufklappte und die Flöte zusammensteckte. »Ich weiß ja nicht, ob ausgerechnet das Motivationslied der Highschool von Cobb zum gewünschten Ergebnis führt.«

Owen nahm mir die Flöte ab und legte sie oben auf seinen Beutel, dann drehte er sich zu mir um. »Und jetzt, äh, müssen wir etwas tun, um sie anzulocken. Es gibt, äh, eine bestimmte Energie, die sie vielleicht anzieht.«

Ich nickte, obwohl ich mir nicht sicher war, worauf er hinauswollte. Aber dann fiel mir wieder ein, was er gesagt hatte, als wir vor ein paar Tagen den Bach in der Stadt untersucht hatten. Bevor ich eine Chance hatte, etwas zu erwidern, schloss er mich in seine Arme und küsste mich.

Es war genauso gut, wie ich es in Erinnerung hatte, ganz egal, ob dieser Kuss nun von Herzen kam oder nicht. Das alles war wild romantisch – wir küssten uns vom Mondlicht beschienen am Ufer des Baches. Es hatte so etwas Ursprüngliches und, ja, Magisches, dass man sich dabei nur allzu leicht vergessen konnte.

Dann sagte eine Stimme auf Höhe unserer Füße laut und vernehmlich: »Ähem!«

17

Wir fuhren auseinander – nun ja, unsere Lippen trennten sich voneinander, aber wir hielten uns immer noch ziemlich eng umschlungen. Ich wusste nicht, wie es Owen ging, aber ich hatte ganz schön weiche Knie bekommen und war nicht sicher, ob ich mich hätte aufrechthalten können, wenn er mich nicht im Arm gehalten hätte. Und als ich sah, was um uns herum los war, klammerte ich mich nur umso fester an ihn.

Ich hatte fast das Gefühl, der Himmel wäre herabgestiegen und hätte sich um uns gelegt. Winzig kleine Lichtchen füllten den Bachlauf und zogen sich auch zu beiden Seiten des Ufers hinauf. Sie waren in den Bäumen über uns und im Wasser unter uns. Als ich genauer hinschaute, begriff ich, dass diese Lichtchen die Augen von Hunderten kleiner Wesen waren. Von den meisten konnte ich nur die Augen erkennen. Aber nach dem zu urteilen, was ich sah, war ich auch ganz froh, dass sie mir größtenteils verborgen waren.

Die, die uns angesprochen hatte, befand sich im Wasser. Sie lehnte knapp außerhalb der von Owen errichteten Barriere an dem Felsen, auf dem wir standen. Und sie sah den Elfen, die ich kannte, sehr ähnlich, nur dass sie keine Flügel besaß. Sie hatte langes, strähniges Haar, das beinahe wie Seegras aussah und sich über ihre schlanke Gestalt ergoss. Wenn man von den strategisch geschickt verteilten Haaren absah, war das, was über Wasser von ihr sichtbar war, nackt. Um sie herum erspähte ich noch mehrere andere Kreaturen, die aussahen wie sie – Wassernymphen, wie ich annahm.

Die Elfen in den Bäumen waren anders als alles, was ich je zuvor gesehen hatte. Sie hatten ungefähr dieselbe Größe und Gestalt wie die Wasserwesen, aber ihre Haut war gemasert wie Baumrinde, und ihre Haare waren kurz und zottelig. Sie hatten lange Finger und Zehen, die denen von Baumfröschen ähnelten, und hielten sich mühelos an Stämmen und Ästen fest. Das mussten die Waldnymphen sein, von denen Owen gesprochen hatte.

In den Büschen am Ufer erblickte ich kleine Funken, die mal leuchteten und mal verloschen. Zuerst dachte ich, es seien Leuchtkäfer, doch dann erkannte ich, dass auch das die Augen kleiner Kreaturen waren. Diese waren winzig, und da sie immer in Bewegung waren und nur ganz kurz mal stillhielten, konnte man schlecht erkennen, wie sie genau aussahen.

»Angesichts des Kreises, den ihr um euch gezogen habt, bevor ihr mit eurer Show begonnen habt, nehme ich an, dass ihr wolltet, dass wir hier auftauchen«, sagte die Wassernymphe, die unsere Aufmerksamkeit geweckt hatte. »Wenn ihr nur gekommen wärt, um hier rumzuknutschen, hättet ihr euch ja die ganze Vorbereitung sparen können. Und dann hätte es mal wirklich interessant werden können.« Sie bedachte uns mit einem anzüglichen Augenaufschlag und fügte dann hinzu: »Bei der Aura, die ihr hier um euch verbreitet, vermute ich mal, dass ihr auch noch dem nächsten Fluss Zeichen geben wolltet. Mannomann, was für eine Leidenschaft!«

Owen ließ mich los und kniete sich hin, um mit ihr zu sprechen. »Ich bin gekommen, um euer Volk um Hilfe zu ersuchen«, sagte er förmlich. Ich fühlte mich, umgeben von all den nicht unbedingt freundlichen Gesichtern, schrecklich exponiert auf diesem Felsen. Deshalb kniete ich mich ebenfalls hin. Owen legte seinen Arm um mich, während er weitersprach: »Es gibt hier eine neue Kraft, die nicht hierhergehört, und ich werde Hilfe brauchen, um sie zu vertreiben.«

»Deine Kraft gehört hier aber auch nicht hin«, sagte sie mit einem plätschernden Lachen, das mich an einen kleinen Wasserfall erinnerte.

»Ich habe vor, aus freiem Antrieb wieder von hier wegzugehen, wenn diese Sache vorbei ist.« Und mit einem Blick auf mich fügte er hinzu: »Vielleicht komme ich als Besucher wieder her, aber dann werde ich keine magischen Kräfte einsetzen.«

Über uns erklang eine schroffere Stimme: »Unser Kraftfeld ist schon ganz schön leer. Vielleicht ist unsere Energie bald verbraucht.«

Wir blickten hoch und sahen eine der Baumnymphen kopfüber an einem Bein von einem Ast hängen. »Ja, das ist mir auch aufgefallen. Deshalb bin ich hier«, sagte Owen. »Ein Außenseiter unterrichtet die Leute im Gebrauch magischer Kräfte. Er hat sogar noch mehr Männer seines Schlages hierhergelotst, und er ist wild entschlossen, sich von mir nicht aufhalten zu lassen. Allein komme ich nicht gegen sie alle zusammen an, aber mit eurer Hilfe müsste es mir gelingen, sie zu vertreiben und die Normalität wiederherzustellen.«

»Wir können sie auch selbst vertreiben«, sagte die Baumnymphe.

»Dagegen hätte ich nicht das Geringste einzuwenden«, erwiderte Owen mit einem schiefen Grinsen. »Tut euch keinen Zwang an. Aber es handelt sich hier um einen ausgebildeten Zauberer. Ich kenne ihn, und ich kann einen Schlachtplan gegen ihn schmieden, damit unser Kampf nicht mehr Energie verbraucht als notwendig und dabei niemandem Schaden zugefügt wird.«

»Und du stehst allein gegen all diese blöden Energieverschwender?«, fragte die Wassernymphe plätschernd.

»Ich habe Verbündete. Merlin ist hier – Myrddin Emrys.« Ich hoffte, dass er da nicht zu hoch griff. Zwar würde Merlin sicherlich im Kampf gegen die Schurken auf unserer Seite stehen, aber würde er Owens Plan zustimmen?

Aber als dieser Name fiel, merkten sie auf. Sie alle spitzten die Ohren, und die kleinen Perpetuum mobile verlangsamten ihr Tempo gerade so lange, dass ich erkennen konnte, dass sie wie wilde Miniaturelfen aussahen. Das mussten Kobolde sein. »Er ist zurückgekehrt?«, fragte die Baumynmphe.

»Ja«, bestätigte Owen. »Er wird gebraucht in diesen Zeiten und hat einiges zu erledigen.« Bisher hatte er in einem leisen Plauderton gesprochen, doch bei dem, was er dann sagte, war seine Stimme fest, fast eisern, so dass sie mich an Merlin höchstpersönlich erinnerte. »Werdet ihr uns behilflich sein?«

»Welche Darreichung habt ihr für uns?«, fragte die Wassernymphe. Die Art, wie sie Owen anschaute, gefiel mir nicht, und ich fragte mich, woran sie bei dieser Frage wohl dachte. Schließlich war es unsere Leidenschaft, die sie angezogen hatte.

»Wir bieten euch Musik dar«, antwortete Owen.

Es erhob sich ein Gemurmel unter den versammelten Kreaturen, dann sagte die Baumnymphe: »Das ist akzeptabel. Wir lauschen.«

Owen nickte mir zu, und ich nahm die Flöte zur Hand. Ich war ziemlich sicher, dass ich »The Star Spangled Banner« noch auswendig spielen konnte, aber die Flötentöne darin bestanden fast alle aus hohen Trillern, weshalb ich nicht glaubte, dass diese Melodie allein die gewünschte Wirkung erzielen würde. Teddy hatte mir mal das »Prinzessin-Leia-Thema« aus *Star Wars* beigebracht, aber das erschien mir auch irgendwie unpassend. Wie ich Owen schon gesagt hatte, war das Motivationslied aus der Schule das Einzige, was ich noch spielen konnte. Und da ich es vier Jahre lang immer während der Aufwärmzeit vor jedem Footballspiel, vor jeder Halbzeit und nach jedem erzielten Tor gespielt hatte und noch dazu hier und da, wenn die Mannschaft angefeuert werden musste, war es für immer in mein Gedächtnis eingebrannt.

Ich holte tief Luft und spielte einen Ton an, um zu prüfen, ob ich überhaupt noch spielen konnte, dann stellte ich die Flöte noch mal richtig ein. Bevor ich schließlich anfing, machte ich den Fehler, den Blick über mein Publikum gleiten zu lassen, was mich noch nervöser machte als das Vorspielen früher in der Schule. So furchteinflößend mein Orchesterleiter auch gewesen war, verglichen mit Hunderten magischen Wesen war er gar nichts, und das Ergebnis war damals nicht annähernd so wichtig gewesen wie das Schicksal dieses Winkels der magischen Welt.

Als ich einmal angefangen hatte zu spielen, klang es nicht ganz so schlimm, wie ich befürchtet hatte. Da der »The Washington and Lee Swing« nicht ganz das war, was man sich aussuchen würde, um magische Wesen für sich einzunehmen, verlangsamte ich das Tempo ein wenig, damit das Ganze wehmütig und eindringlich klang. Außerdem war das die einzige Möglichkeit, meine Finger davon abzuhalten, sich zu verheddern, während sie sich an die fast vergessenen Griffe erinnerten.

Als der letzte Ton verklungen war, breitete sich eine Stille aus, die nur durch das Plätschern des Wassers durchbrochen wurde. Dann ertönte eine Reihe von Schnalzlauten und Pfiffen. »Sehr hübsch«, sagte die Wassernymphe. »Wir nehmen das Geschenk an. Wie können wir euch helfen?«

»Es wäre wichtig, dass ihr in die Stadt kommt, wenn ich euch rufe«, sagte Owen. »Ich werde unsere Feinde zu euch bringen. Ich möchte nicht, dass sie getötet oder ernsthaft verletzt werden. Ich will nur, dass die Zauberlehrlinge aus der Schusslinie genommen werden, damit ich mich ungestört ihrem Lehrmeister widmen kann.«

»Wir werden dich und deine Freundin beschützen«, sagte sie und verbeugte sich. Dann fügte sie mit einem Seitenblick auf mich hinzu: »Obwohl deine Freundin ja gar keinen Schutz vor Magie braucht. Und wenn wir getan haben, worum du uns bittest, würden wir gern noch mehr Musik hören, es sei denn ihr habt noch ein anderes Geschenk für uns.« Sie bedachte Owen erneut mit einem bedeutungsschwangeren Augenaufschlag.

»Ja, natürlich, gern«, antwortete ich rasch. Jetzt, wo ich wusste, dass ich es brauchte, konnte ich ja auch noch etwas anderes einstudieren.

»Dann steht die Abmachung. Ihr dürft jetzt gehen, wir gewähren euch freien Abzug.«

Während ich meine Flöte wegpackte, durchbrach Owen mit seinen Füßen den Kreis. Mir wäre es lieber gewesen, wenn er damit gewartet hätte, bis wir fertig zum Aufbruch waren, doch die Wesen schienen es als Vertrauensbeweis zu werten. Ich hatte das Gefühl, winzige Hände würden meine Haare und meine Kleider berühren, während ich darauf wartete, dass Owen seine Sachen zusammenpackte, aber als er meine Hand nahm und mich von dort wegführte, verschwanden all die winzig kleinen Lichtpunkte und ließen uns passieren. Die Kobolde folgten uns noch bis zum Wagen, hielten aber respektvoll Abstand, was im Grunde bedeutete, dass sie immer wieder im Kreis um uns herumrannten.

»Mit dir zusammen treffe ich wirklich die interessantesten Gestalten«, sagte ich, als wir sicher im Auto saßen und zurückfuhren. Durch diese witzige Bemerkung hoffte ich vertuschen zu können, dass ich zitterte. Ich wusste, dass das nicht an der Kälte lag, aber ich war nicht ganz sicher, ob es daher rührte, dass ich von diesen Wesen umgeben gewesen war, oder ob es Nachwirkungen unseres Kusses waren. Er hatte mich kaum einmal berührt, seit er hier war, weshalb mich dieser Kuss aus heiterem Himmel fast umgehauen hatte.

»Hoffentlich können wir wirklich auf sie zählen«, sagte er, hielt seine Augen aber auf die Straße gerichtet. »Solche Naturgeister sind notorisch unzuverlässig. Zum einen sind sie sehr alt, weshalb die Zeit für sie fast bedeutungslos ist und Angelegenheiten, die uns wichtig sind, ihnen völlig nichtig erscheinen. Sie bleiben am liebsten da, wo sie sind, und bewegen sich nur ungern von dort weg. Aber vielleicht kommen sie ja, weil sie mehr Musik hören wollen.«

»Dann muss ich wohl noch was Neues auftreiben.«

»Dein Vortrag heute Abend war perfekt.«

»Heute Abend habe ich mein Motivationslied aus der Schule in einem schleppenden Tempo gespielt. Können wir nicht einfach einen CD-Player mitbringen und ihnen was richtig Gutes vorspielen?«

Er schüttelte den Kopf. »Nein, es ist die Darbietung selbst, die sie beeindruckt. Eine Aufnahme hat keinerlei Wirkung auf sie.«

»Ich hoffe, du brütest in diesem verrückt-genialen Gehirn tatsächlich einen Schlachtplan gegen Idris aus.«

»Nichts Besonderes. Ich werde ihnen einfach das geben, was sie wollen.«

»Das wärst dann du selbst.«

»Genau. Und dann führe ich sie zu dem Bach, wo meine Verstärkung wartet.«

»Dein brillanter Plan besteht also darin, dich selbst als Lockvogel zu benutzen.«

»Manchmal ist das Einfache das Beste.«

»Und glaubst du, der Boss wird dem zustimmen?«

»Das werden wir vermutlich bald erfahren.«

Am nächsten Morgen fuhr er trotz meiner Einwände mit mir zur Arbeit. Auch wenn die Möchtegernzauberer noch nicht den Weg zu unserem Agrarbedarfshandel gefunden hatten, gefiel es mir nicht, dass er draußen unterwegs war. Aber er lehnte sogar die Baseballkappe ab, die ich ihm anbot. Da ich die Halskette mit dem Medaillon trug, das mir die Aktivität magischer Kräfte anzeigte, wusste ich, dass er sich auch nicht hinter einer Illusion versteckte. Das wäre zwar Energieverschwendung gewesen, aber es hätte ihn auch besser geschützt. Es hatte einmal eine Zeit gegeben, in der ich mich gefragt hatte, ob er nicht ein bisschen zu perfekt war, aber je besser ich ihn kennenlernte, desto klarer wurde mir, dass er Fehler hatte wie wir alle, und einer seiner größten bestand darin, dass er stur war. Da ich selbst preisverdächtig in dieser Kategorie war, konnte ich das wohl ziemlich gut beurteilen.

Immerhin gelang es mir, ihn zu überreden, hinten im Büro zu bleiben, wo ihn nicht jeder sehen konnte, der in den Laden spaziert kam. Dean erschien pünktlich zur Arbeit, jetzt schon rekordverdächtige zwei Tage hintereinander, und kam ins Büro, um mit uns zu reden. »Du machst sie total wahnsinnig, wenn du so in Deckung bleibst«, sagte er zu Owen. »Sie suchen dich jetzt schon einen ganzen Tag und haben dich noch nirgends erspäht. Einige fragen sich schon, ob du wirklich existierst. Eine Gruppe ist heute Morgen bereits nach Hause gefahren. Ich weiß nicht, ob sie schon entmutigt waren oder ob sie sich nicht gut fühlten. Sie haben alle über Kopfweh geklagt.«

»Das gleicht die Chancen ein wenig aus«, sagte ich und versuchte, optimistisch zu klingen. Wie es aussah, erfüllten die magischen Kerzen ihren Zweck.

»Ich werde später eine kleine Vorführung geben, um sie zu ködern«, sagte Owen. »Am liebsten würde ich heute Abend eine Kraftprobe arrangieren, sie alle an einem Ort versammeln und ihnen dann eine Lektion erteilen.«

»Heute Abend bei Sonnenuntergang ist das nächste Treffen angesetzt«, erzählte Dean. »Vielleicht ist das ein guter Zeitpunkt, um da in Erscheinung zu treten. An welche Lektion hast du denn gedacht?«

»An die magische Version einer Blendgranate. Wenn ich mit diesen Leuten fertig bin, werden sie nie wieder was mit Magie zu tun haben wollen.« Als ich das gefährliche Funkeln in seinen Augen sah, war ich froh, dass das hier zur Verfügung stehende Kraftfeld nicht halb so groß war wie das in Manhattan. Auf diese Art konnte er vielleicht nicht allzu viel Schaden anrichten.

»Katie! Besuch für dich«, rief Sherri aus dem Laden.

Ich entschuldigte mich und ging nach vorn. Rod und Merlin standen im Laden. Sherri hing halb über dem Tresen und schmachtete Rod an, der sie im Gegenzug genau taxierte. Als ich näher kam, wandte er jedoch rasch den Blick von ihr ab. Die Katze konnte das Mausen offenbar nicht von einem Tag auf den anderen lassen. »Ich dachte mir, dass wir Sie im Geschäft Ihrer Familie antreffen«, sagte Merlin.

»Ja, hier bin ich.« Meine Stimme klang ein wenig schrill, weil ich nervös war.

»Und ich nehme an, dass wir Mr Palmer ebenfalls hier antreffen?«

Ich wünschte, ich hätte Owen warnen können, aber vielleicht erwartete er so etwas ja bereits. »Ja, können Sie. Kommen Sie bitte mit nach hinten.« Sherri sah uns alle merkwürdig an, aber ich beschloss, Dean die Erklärung zu überlassen.

Das Büro war kaum mehr als eine bessere Besenkammer, und die Anwesenheit von zwei weiteren Personen machte es unangenehm überfüllt. Aber trotzdem war es wahrscheinlich der sicherste Ort für so ein Treffen. Owen sprang auf, als Merlin den Raum betrat. Er war erneut blass geworden. »Sir«, sagte er mit heiserer Stimme.

»Ah, Mr Palmer«, erwiderte Merlin ruhig und beiläufig und klang kein bisschen so, als wollte er einen auf Abwege geratenen Angestellten zusammenstauchen. »Ich hoffe, Sie haben sich von Ihrem Unwohlsein erholt.« Ich wusste, dass das wohl sarkastisch gemeint sein musste, aber es klang total aufrichtig. Owen schluckte und nickte. »Gut, wir brauchen nämlich Ihre Hilfe, um dieses Problem zu lösen, und danach haben wir einiges zu besprechen.«

Owen schluckte und nickte erneut. »Ja, Sir.«

Dean räusperte sich, weshalb ich ihn Merlin und Rod vorstellte. »Darf ich vorstellen: unser hiesiger Zauberer«, fügte Owen hinzu.

»Und Dean, das ist Rod, ein anderer Freund aus New York, der ebenfalls unser Kollege ist, und Merlin, mein ehemaliger Chef.«

»Du meinst, wie in den Legenden?«

»Ein und derselbe«, antwortete Merlin. »Aber gegenwärtig operiere ich unter dem Namen Ambrose Mervyn. Das ist eine zeitgenössischere Version meines ursprünglichen Namens.«

Dean starrte ihn mit offenem Mund an. »Sie meinen, Sie sind der echte Merlin?«

»Das ist eine lange Geschichte«, schaltete ich mich ein. »Das besprechen wir später.«

»Und in der Zwischenzeit müssen wir einen Plan entwickeln, wie wir mit Mr Idris fertigwerden«, sagte Merlin.

Owen räusperte sich. »Ähm, ich habe da schon etwas angeleiert. Dean sagt, dass Idris und seine Schüler sich heute Abend bei Sonnenuntergang auf dem Gerichtsplatz versammeln. Ich habe bereits die Unterstützung der örtlichen Naturgeister gewonnen. Sie werden sich im Stadtpark in der Nähe des Baches aufhalten. Mein Plan ist, dass ich mich den Schülern zu erkennen gebe, damit sie meine Verfolgung aufnehmen; dann kann ich sie in die Falle locken. Die Baum- und Wassernymphen und die Kobolde werden sich um die Zauberlehrlinge kümmern, was uns die Möglichkeit gibt, uns ganz auf Idris zu konzentrieren. Ich habe den Eindruck, dass die in diesem Gebiet verfügbare Kraft immer mehr schwindet, und er ist stärker, als ich ihn je zuvor erlebt habe, deshalb müssen wir vielleicht mit vereinten Kräften vorgehen.«

Merlin betrachtete ihn lange schweigend. Es kam mir fast so vor, als könnte ich die Rädchen sehen, die in seinem Kopf arbeiteten, während er versuchte, die Situation einzuschätzen. Je länger er Owen anschaute, desto schlimmer lief Owen rot an. Schließlich sagte Merlin: »Sie scheinen sich schon um die Planung gekümmert zu haben. Gut, dass Sie bereits vor Ort waren, um alles vorbereiten zu können.«

»Ja, das glaube ich auch«, sagte Owen, ohne eine Miene zu verziehen.

»Was ist denn das hier für eine Verschwörung?«, sagte eine Stimme an der Türschwelle. Wir drehten uns um, und da stand Oma. Sie stützte sich auf ihren Stock und schaute uns wütend an. Bevor ich sie vorstellen konnte, erblickte sie Merlin und lächelte. »Oh, hallo«, sagte sie. »Und wer sind Sie?«

»Ähm, das ist mein Chef, Oma. Mr Ambrose Mervyn.«

»Ach, Merlin«, sagte sie und nickte. »Gut zu wissen, dass Sie wieder da sind. Aber Sie sind doch nicht gekommen, um irgendsowas Albernes zu tun, wie Arthur wieder auf den Thron zu setzen, oder? Ich bezweifle nämlich, dass er sich gut in eine konstitutionelle Monarchie einfügen würde.«

»Das ist reine Legende. Arthur ist wahrhaftig und für immer tot«, sagte er grinsend.

Ich staunte so sehr darüber, meine Großmutter über konstitutionelle Monarchien plaudern zu hören, dass ich zunächst vollkommen vergaß, sie vorzustellen. »Sir, das ist meine Großmutter, Bridget Callahan. Und Oma, das da drüben ist mein Freund Rod.«

»Sehr erfreut«, sagte Merlin, nahm ihre Hand und küsste sie. Und Oma errötete wie ein Schulmädchen. Für einen Mann seines Alters sah er ganz schön passabel aus, vielleicht sogar richtig gut, und er war wahrscheinlich der einzige Mensch, den ich kannte, der älter war als Oma; auch wenn er gleich mehr als tausend Jahre älter war, so dass ich verstand, dass sie sich ein wenig geschmeichelt fühlte. »Sie haben eine sehr nette Enkelin.«

Sie wandte sich mir zu. »Ich nehme an, wenn hier so viele Leute rumlümmeln, treibt ihr schon wieder irgendwelchen magischen Unfug.«

»Sie weiß es?«, fragte Rod.

»Sie ist es. Magisch, meine ich«, erwiderte ich.

»Diese Familie wäre ein faszinierendes Objekt für die Genealogie-Gruppe«, sagte Owen. »Sie scheint das Magie-Gen aufzuweisen und in gleicher Zahl auch die Mutation, die zu Immunität führt. Auf den britischen Inseln gibt es zwar einige Clans, bei denen es ähnlich ist, aber …«

Rod unterbrach ihn. »Owen! Nicht jetzt!«

»Ja, richtig. Tut mir leid.«

»Es geht einiges vor sich, aber wir haben einen Plan entwickelt, Oma«, sagte ich.

Sie betrat den Raum und setzte sich auf meinen Schreibtischstuhl. »Vielleicht kann ich ja behilflich sein.«

»Das ist wirklich nicht nötig«, sagte Rod.

Sie warf ihm einen Blick zu, der Milch hätte sauer werden lassen können. »Sie ziehen meine Enkelin da mit rein. Dann werden Sie mich ja wohl nicht ausschließen.«

»Sie waren uns bereits eine große Hilfe«, besänftigte Owen sie. »Sie haben mir perfekt den Weg zum hiesigen Elfenvolk gewiesen, und es wird uns heute Abend unterstützen.«

»Das alles hängt mit diesen merkwürdigen jungen Burschen zusammen, die in der Stadt herumlaufen, hab ich recht?«

»Ja«, antwortete ich. »Und einige davon werden wir bald wieder los sein.«

»Gut. Sie haben nämlich keine Manieren.« Sie stand auf und sagte: »Dann sehen wir uns wohl alle heute Abend. Ihr seid in der Unterzahl, also braucht ihr mich. Ich lasse mich von Teddy abholen. In der Dunkelheit fahre ich nämlich nicht gern. Und seht zu, dass ihr gut zu Abend esst!« Damit war sie weg, bevor irgendjemand etwas einwenden konnte.

»Jetzt wissen wir auch, woher Katie das hat«, bemerkte Rod trocken.

Ich wirbelte herum. »Was willst du denn damit sagen?«

»Na ja, würdest du heute Abend freiwillig zu Hause bleiben?«

»Nie im Leben!«

»Dann brauche ich ja wohl nichts weiter zu sagen. Inwiefern kann sie uns denn behilflich sein?«

»Keine Ahnung. Ich wusste ja bis vor ein paar Tagen nicht mal, dass sie magiebegabt ist. Ich dachte einfach, sie wäre verrückt.«

»Sie weiß ziemlich viel über Folklore und volkstümliche Magie«, sagte Owen. »Außerdem verfügt sie über ein paar gute Zaubermittel mit schützender und heilender Wirkung.« Mir fielen all die schrecklichen Kräutertees wieder ein, die ich in meiner Kindheit von ihr zu trinken bekommen hatte, wenn ich krank war. Jetzt wusste ich auch, warum ihre Zauberkuren bei mir nie gewirkt hatten. Und sie musste herausgefunden haben, dass ich immun war, denn nach ein paar Versuchen gab sie das mit den Tees wieder auf.

»Wie es aussieht, verfügen auf unserer Seite Mr Palmer, Mr Gwaltney und jetzt auch Mrs Callhan über magische Kräfte, und Sam nicht zu vergessen«, sagte Merlin.

»Und wir haben Dean«, fügte Owen hinzu.

»Und dann noch Mrs Chandler als Immune.«

»Plus meinen Bruder Teddy, der ebenfalls immun ist.«

Merlin zog eine Augenbraue hoch und sagte zu Owen: »Jetzt verstehe ich, warum Sie diesen Familienzweig mit Interesse betrachten. Und dann gibt es noch die Naturgeister, wenn sie sich herablassen zu erscheinen. Und wie viele stehen gegen uns?«

»Mindestens zwei Dutzend, aber einige sind heute Morgen abgereist«, berichtete Dean.

»Mr Idris ist der einzige voll ausgebildete Magier dieser Truppe?«, fragte Merlin.

»Soweit ich das beurteilen kann, ja«, erwiderte Dean. »Nicht dass ich ein Experte wäre, aber die gesamte Gruppe scheint aus Schülern zu bestehen.«

»Dann stehen unsere Chancen wohl ganz gut. Wollen wir uns eine halbe Stunde vor Sonnenuntergang im Park treffen?«

Schließlich gelang es mir, den magischen Geheimbund aus meinem Büro zu vertreiben, damit ich noch ein wenig Arbeit erledigt bekam und auch die Ladengeschäfte weitergehen konnten. Ich vermochte mir kaum vorzustellen, wie ich meinem Vater erklären sollte, warum ich mich mit einer Gruppe von Fremden während der Hauptgeschäftszeit in meinem Büro einschloss. Als sie alle weg waren, atmete Owen erleichtert auf. »Sieht so aus, als wäre ich nicht gefeuert«, sagte er.

»Ja, aber die Frage ist, ob du nachsitzen musst, wenn das hier vorbei ist.«

»Die Sache ist garantiert noch nicht ganz ausgestanden. Aber was mir bevorsteht, hängt sicherlich auch davon ab, wie es heute Abend läuft.«

Als ich am Nachmittag Schluss machte mit der Arbeit, sagte ich zu Owen: »Bist du bereit, den Köder auszulegen?«

Er seufzte schwer. »Na gut.«

»Hast du plötzlich Zweifel?«

»Natürlich habe ich Zweifel. Aber mir fällt nichts anderes ein, was ähnlich effektiv wäre. Ich bin sicher, dass mir nichts passiert. Ich kann schon auf mich aufpassen.«

»Ja, aber wir wollen ja nicht, dass du dich schon vor dem Abend verausgabst. Ich mache mir Sorgen um dich.«

»Wirklich?«, fragte er mit einer hochgezogenen Augenbraue.

»Ja, natürlich. Was glaubst du, warum ich sonst hier bin?«

»Um mich vor mir selbst zu retten. Ich weiß.« Er klang beinahe mutlos.

Ich tätschelte seinen Arm. »Ich meine es doch nur gut. Glaubst du, ich hätte New York wegen jedem freiwillig verlassen, um hierher zurückzukommen?« Das brachte mir den Hauch eines

Lächelns ein, und sein Gesicht lief auf unglaublich entzückende Art rot an.

Ich hatte meinen Pick-up in der Ladezone hinter dem Geschäft abgestellt, damit ihn nicht jeder sah, der vorbeikam. Als wir auf die Straße abbogen, sagte Owen: »Lass uns zum Platz fahren und schauen, ob da schon irgendwer von denen rumschwirrt.« An diesem Nachmittag wanderten nicht annähernd so viele Besucher über den Platz wie sonst, nur einige Grüppchen. »Fahr langsam vorbei«, bat er mich. Dann wandte er sein Gesicht dem Fenster zu, damit es gut sichtbar war.

Einer der Männer auf dem Platz schaute zweimal hin, während wir vorbeifuhren, dann rief er den anderen etwas zu und zeigte auf uns. »Jetzt fahr schneller«, sagte Owen. Ich gab Gas, während die Gruppe von Möchtegernzauberern hinter uns herlief. Wir waren schon fast außer Reichweite, als wir an eine rote Ampel kamen, die gerade erst umgesprungen war. Die Reifen quietschten, als ich in die Eisen stieg. Wir befanden uns vor einer großen Kreuzung, ich konnte also nicht einfach über Rot fahren.

Die Gruppe der Zauberer kam fast bis an unseren Wagen heran, und mein Medaillon vibrierte so stark, dass es fast schmerzhaft war. »Sie verwenden magische Kräfte«, sagte ich.

»Ich weiß, ich lenke sie ja um.«

Dann bogen sie zur Seite ab, und ich entspannte mich wieder. Vielleicht hatten sie es aufgegeben. Doch dann raste ein Auto um die Kurve und fuhr direkt auf uns zu.

»Na, toll, jetzt haben sie ein Auto«, sagte ich und tippte sorgenvoll und ungeduldig mit den Fingern auf das Lenkrad. »Ich kann nicht über Rot fahren.«

»Brauchst du auch nicht.«

»Aber in ungefähr fünfzehn Sekunden fahren sie uns hinten rein, wenn wir keinen anderen Weg finden, von hier zu verschwinden.«

18

In dem Moment sprang die Ampel auf Grün um. Auf der anderen Straße kam ein Auto mit quietschenden Reifen zum Stehen, und das nachfolgende Fahrzeug rauschte ihm hinten rein. Ich zuckte zusammen, aber das war jetzt nicht der richtige Zeitpunkt, um anzuhalten und den guten Samariter zu spielen. Ich raste los und bog, so schnell ich es bewerkstelligen konnte, ohne die Kontrolle über den Wagen zu verlieren, auf die Hauptstraße ab; mein alter Pick-up war nun mal nicht der wendigste. Dann beging ich den Fehler, einen Blick in den Rückspiegel zu werfen. Sie waren immer noch hinter uns. Sie hatten die Ampel einfach überfahren, die – ohne überhaupt gelb geworden zu sein – sofort wieder auf Rot umsprang. Irgendetwas sagte mir, dass diese Ampel nicht ganz normal funktionierte.

Mein Pick-up beschleunigte nur langsam, während die anderen einen Sportwagen fuhren. Das bedeutete, dass ich ihnen in einem klassischen Autorennen auf keinen Fall davonfahren konnte. Aber ich hatte andere Vorteile. Ich war in dieser Stadt aufgewachsen und kannte ihre Straßen wie meine Westentasche. Also bog ich scharf in eine Seitenstraße ab und wechselte kurz darauf noch einmal plötzlich die Richtung. Sie röhrten an der ersten Straße vorbei, während ich erneut abbog, eine Abkürzung durch das Viertel nahm und mich dann wieder in den Verkehr auf einer der Hauptstraßen einfädelte.

»Ich glaube, es folgt uns noch jemand«, sagte Owen in dem erschreckend ruhigen Ton, den er immer in angespannten Situationen anschlug. Es beeindruckte mich, dass er gar nicht versuchte, auf seiner Seite des Wagens auf nichtexistente Bremsen zu treten, wenn ich gewagt in die Kurven fuhr. Man hätte meinen können, er wäre täglich in Autorennen verwickelt.

»Sie müssen Verstärkung gerufen haben«, sagte ich, während ich erneut scharf abbog. Und dann musste ich voll in die Eisen steigen, weil eine alte Dame langsam mit ihrer Gehhilfe die Straße überquerte, um zu ihrem Briefkasten zu gelangen. Die Bösewichter hinter uns holten auf.

Sobald die alte Dame mehr als die Hälfte der Strecke zurückgelegt hatte, fuhr ich unter Ausnutzung der Gegenfahrbahn um sie herum und setzte meinen Weg dann fort. Owen drehte sich auf dem Sitz um und murmelte etwas in einer fremden Sprache; mein Medaillon hüpfte mir fast vom Hals. »Was machst du?«, fragte ich.

»Kleines Ablenkungsmanöver«, antwortete er in seinem ruhigen Krisenton.

Ich riskierte einen Blick in den Rückspiegel und sah, dass die alte Dame noch an ihrem Briefkasten stand. Das Auto, das uns verfolgte, kam aber mit quietschenden Reifen zum Stehen und einer der Männer sprang aus dem Wagen und kniete sich davor hin. Die Dame sah ihn einen Moment an, zuckte dann mit den Schultern und ging langsam wieder zurück über die Straße. »Lass mich raten: Sie glauben, Sie hätten sie angefahren.«

»Vielleicht erteile ich ihnen eine Lektion in Sachen vorausschauendes Fahren.«

Ich bog wieder auf die Hauptstraße ab in der Hoffnung, dass wir jetzt ohne unsere Feinde im Schlepptau nach Hause fahren konnten. Aber leider bog eins der Verfolgerautos von einer anderen Straße ebenfalls auf die Hauptstraße ab und nahm unsere Fährte wieder auf. Bald war noch ein zweiter Wagen hinter diesem, und dann kam noch ein dritter dazu.

»Wo ist Burt Reynolds, wenn man ihn braucht?«, fragte ich und versuchte mir etwas einfallen zu lassen. Mein Repertoire an Fahrtricks war ziemlich beschränkt, vor allem in diesem alten Pick-up, der kaum fünfzig Meilen fuhr und sich in die Kurve legte wie die Titanic.

»Wäre klasse, wenn Rocky und Rollo jetzt da wären«, meinte Owen. Damit bezog er sich auf die zwei verrückten Gargoyles, die manchmal als Fahrer für MMI arbeiteten. Sie hatten ein ungewöhnliches arbeitsteiliges Fahrsystem entwickelt, das einen ganz schön Nerven kosten konnte, vor allem in Manhattan. »Bremsen!«, rief er. Ich lachte und musste an die verrückte Fahrt zurückdenken, die wir einmal mit den beiden unternommen hatten, und an die Art, wie sie sich dabei gegenseitig Befehle zugerufen hatten. »Nein, ich meine es ernst!«, rief er.

Ich trat voll auf die Bremse, ohne überhaupt zu gucken, was er meinte, und als wir standen, sah ich einen riesigen alten Cadillac auf die Straße preschen. Er sah aus wie ein Geisterauto ohne Fahrer, bis ich das durch das Lenkrad spähende Augenpaar und die darüber aufragende Wolke blauweißen Haars erblickte. »Oh, super. Wir mussten ausgerechnet Mrs Gray bei ihrer wöchentlichen Einkaufstour begegnen. Normalerweise steht es in den amtlichen Bekanntmachungen, wann sie unterwegs ist, damit sich dann alle anderen von der Straße fernhalten. Sie will einfach nicht zur Kenntnis nehmen, dass außer ihrem noch andere Fahrzeuge am Verkehr teilnehmen könnten.« Trotz des Tempos, in dem sie sich vor unsere Nase gesetzt hatte, zockelte sie mit nur zwanzig Meilen pro Stunde weiter, während ihr Blinker wie wild weiterblinkte. Mit anderen Worten: Unsere Verfolger saßen uns direkt im Nacken.

Mein Medaillon spielte verrückt. Hätte ich nicht das Lenkrad im Klammergriff gehabt, hätte ich mir die Kette vom Hals gerissen. Ich war nicht sicher, womit sie uns beschossen, aber ich war froh, dass es weiter keine Wirkung auf mich hatte. »Alles in Ordnung mit dir?«, fragte ich Owen; er sah schrecklich blass aus.

»Ja, alles gut. Das ist ganz leicht abzuwehren. Sieht so aus, als wollten sie mich dazu bringen, auszusteigen und zu ihnen zu gehen.«

»Schade, dass ich keine Zentralverriegelung habe, mit der ich dich im Wagen festhalten kann.«

»Ich glaube kaum, dass du mich am Aussteigen hindern könntest, wenn ich es unbedingt wollte. Aber keine Sorge. Ich gehe nirgendwohin.«

Ich flitzte in die nächste Seitenstraße rechts, fuhr ein paar Blocks zurück in die Richtung, aus der wir gekommen waren, und bog dann hinter dem Wagen, der uns verfolgt hatte, in Gegenrichtung wieder auf die Straße ab, auf der wir vorher gefahren waren. Dort kam uns Jason, der örtliche Polizeibeamte, entgegen, und ich winkte ihm freundlich zu.

Ein oder zwei Sekunden später hörte ich kurz die Sirene aufheulen. Als ich mich umschaute, sah ich, wie Jason das letzte Auto aus der Kolonne unserer Verfolger anhielt. »Sie haben direkt vor den Augen eines Polizisten eine 180-Grad-Wende hingelegt«, bemerkte Owen grinsend. »Nicht gerade schlau.«

Während Jason den letzten Wagen zum Anhalten zwang, wendeten die anderen beiden auf legale Art, um sich wieder hinter uns zu klemmen, bevor ich erneut abbiegen konnte. Diese Stadt hatte nicht annähernd genügend Seitenstraßen, und sie lagen vor allem viel zu weit auseinander.

»Eine weitere Idee käme uns jetzt wirklich sehr gelegen«, sagte ich gestresst durch zusammengebissene Zähne. Dabei versuchte ich, den Rest der Zauberlehrlinge abzuhängen und gleichzeitig das Tempolimit einzuhalten, weil wir durch ein Wohngebiet fuhren, in dem jederzeit Kinder und Hunde ohne Vorwarnung auf die Straße geschossen kommen konnten. In den Seitenstraßen von Cobb war normalerweise so wenig Verkehr, dass man ein ganzes Stickball-Spiel ohne Unterbrechung spielen konnte, solange man nicht gerade in der Zeit spielte, die woanders zu Recht Stoßzeit genannt wurde.

Owen zückte sein Handy. »Sam? Wir könnten ein wenig Hilfe gebrauchen. Hast du nicht Lust, ein paar Möchtegernzauberern einen Schrecken einzujagen? Okay, prima, und mach schnell!« Er steckte das Handy wieder weg. »Sam ist jeden Moment hier.«

Plötzlich ging mir etwas auf. »Wo trägt Sam eigentlich ein Handy bei sich?«

»Tut er nicht. Das hier ist anders als so ein Handy, wie du es hast. Es ist zugleich ein Gerät für die magische Direkt-Kommunikation.«

»Raffiniert.«

Eigentlich wollte ich noch etwas anderes fragen, aber in dem Moment stieß plötzlich etwas Dunkles vom Himmel herab und raste über uns hinweg. Kurz darauf hörte ich hinter uns Reifen quietschen. Ich blickte in den Rückspiegel und sah, wie das nachfolgende Fahrzeug eine weitere rechtswidrige 180-Grad-Wende hinlegte – schade, dass Jason nicht da war – und, gefolgt von Sam, davonraste. »Au weia, man sollte meinen, die hätten noch nie einen Gargoyle gesehen«, witzelte ich. »Jetzt ist nur noch einer übrig, und den müssen wir auch abhängen, bevor wir uns auf den Heimweg machen. Wir wollen doch nicht, dass sie unser Geheimversteck finden.«

Der letzte Verfolger fuhr etwas vorsichtiger. Mein Medaillon summte die ganze Zeit weiter und zeigte mir so an, dass sie immer noch versuchten, Zaubertricks anzuwenden. »Meinst du, sie können den Pick-up beschädigen?«, fragte ich. »Stand in den Unterlagen zu diesem Fernkurs, die du dir angesehen hast, wie man die Luft aus einem Reifen lässt oder so was?«

»Keine Sorge. Ich schirme den Wagen ab.« Owen klang gestresst, und als ich ihn anschaute, sah ich, dass er noch blasser geworden war. Außerdem standen Schweißperlen auf seiner Stirn und Unterlippe. Und ich nahm nicht an, dass die mit meinem Fahrstil zusammenhingen.

»Hast du genügend Energie für all das?«

»Haben wir denn eine andere Wahl?«

»Du könntest mich noch mal anzapfen.«

»Nicht während du Auto fährst.«

»Oh. Richtig. Warte mal eine Sekunde. Ich hab eine Idee.«

Ich fuhr zurück auf die Hauptstraße, aber in die Richtung, die von zu Hause wegführte. Wir kamen an dem Auto vorbei, das Jason angehalten hatte und dessen Insassen nun alle mit gespreizten Armen und Beinen an seinem Streifenwagen lehnten. Als wir auf dem Weg aus der Stadt am Motel vorbeikamen, hielt ich den Atem an und hoffte, dass nicht weitere Junior-Zauberer auf uns aufmerksam wurden und unsere Verfolgung aufnahmen. Aber dort schien sich niemand aufzuhalten.

Jetzt war es an der Zeit, für einen glücklichen Zufall zu beten. Wenn ich es eilig hatte, begegnete ich garantiert einem Beerdigungszug oder einem langsam vor sich hintuckernden Heuwagen und musste entweder deswegen anhalten oder, während mir Heu ins Gesicht wehte, mit fünfzehn Meilen pro Stunde hinter dem Fahrzeug herzockeln, bis ich irgendwann gefahrlos überholen konnte. Jetzt sehnte ich zur Abwechslung mal eins von beidem herbei.

»Oh, Halleluja«, hauchte ich, als wir an der kleinen Kirche am Stadtrand vorbeikamen. Dort hatte sich ein Beerdigungszug gebildet und der Polizist, der ihn auf dem Motorrad begleitete, wollte gerade auf die Straße fahren, um den Verkehr anzuhalten. Er winkte mich mit einem Grinsen durch, wahrscheinlich weil er den Pick-up von Dean erkannte. Dann stellte er sich auf die Fahrbahn und hielt unseren Verfolger an, während der Leichenwagen, eine Limousine und eine ganze Reihe anderer Autos ihre langsame, würdevolle Prozession zu dem einige Meilen entfernten Friedhof begannen. »Das wird sie bestimmt zehn Minuten kosten«, sagte ich. Genug Zeit für mich, um auf kleinen Feldwegen die Stadt zu umrunden und sicher nach Hause zu fahren.

Owen sackte auf seinem Sitz zusammen, und mein Medaillon verstummte. Ich schaute Owen an. Er war aschfahl. »Alles in Ordnung?«, fragte ich.

»Ja, wird schon wieder. Es schlaucht ganz schön, wenn man die Art von Zauber in dieser Gegend längere Zeit aufrechterhalten muss. Es ist sogar schlimmer, als ich erwartet hatte. Fast scheint es mir, als wäre im Augenblick gar keine Kraft mehr da. Aber bis heute Abend kann ich meine Batterien noch ein bisschen aufladen, und wir müssen uns wohl auch keine Sorgen machen, dass unsere Möchtegernzauberer zu stark sind. Wenn sie nicht gelernt haben, ihre Kräfte genau zu dosieren, werden sie nach ein oder zwei Formeln ausgebrannt sein. Und diejenigen, die vorhin bei unserer Verfolgung Magie angewendet haben, sind heute Abend wahrscheinlich ohnehin nicht mehr zu gebrauchen.«

Als ich das nächste Mal zu ihm hinschaute, hatte er seinen Kopf ans Fenster gelehnt und schlief tief und fest. Also bemühte ich mich, auf dem Rest der Fahrt Schlaglöchern möglichst auszuweichen und nicht so schnell in die Kurven zu fahren.

Nachdem ich hinter dem Haus geparkt hatte, musste ich Owen aufwecken. Er sah schon wieder etwas besser aus, war aber immer noch blass. Mom fiel das sofort auf, kaum dass er einen Fuß in die Küche gesetzt hatte.

»Ich koche Ihnen eine Suppe«, sagte sie. »Vielleicht habe ich sogar noch hausgemachte Hühnersuppe vom letzten Winter in der Kühltruhe. Es dauert nicht lange, sie aufzuwärmen. Setzen Sie sich einfach schon mal hin. Katie, bring ihm einen Saft.«

Sie verschwand in der Waschküche und wühlte in der Kühltruhe herum, während ich Owen ein großes Glas Saft einschenkte. Den Zucker brauchte er wahrscheinlich genauso dringend wie die Vitamine. Als ich Omas Flasche mit dem Zaubertrank hinten im Kühlschrank entdeckte, gab ich ein oder zwei Spritzer davon mit ins Glas. Die Dosis, die sie ihm zuvor gegeben hatte, hatte ihn bislang ja nicht umgebracht, und es bestand immerhin die Möglichkeit, dass es ihm half. Kurz darauf wurde er mit Suppe, Käse und Kräckern und Fruchtsalat zum Nachtisch regelrecht gemästet. Und als er schließlich abwinkte und behauptete, nun wirklich nichts mehr essen zu können, sah er schon deutlich besser aus. Er wirkte nach wie vor müde, aber sein Gesicht hatte eine gesündere Farbe. Mom äußerte keinerlei Einwände, als er ankündigte, sich nun ein Weilchen hinlegen zu wollen.

Ich hätte auch ein Nickerchen gebrauchen können, aber ich hatte mich nicht vollkommen verausgabt und wollte außerdem lieber auf dem Posten bleiben, da Owen schließlich von lauter wildgewordenen Zauberern verfolgt wurde. Ich schockierte Mom, indem ich freiwillig anbot, das Geschirr zu spülen. Das tat ich jedoch nicht, weil ich so hilfsbereit gewesen wäre, sondern weil man vom Küchenfenster aus einen guten Überblick über die Einfahrt hatte.

Während ich abwusch, lief Mom hin und her und räumte die gewaltigen Reste des Gelages weg, das sie aufgetischt hatte, um Owen aufzupäppeln. »Bist du sicher, dass alles in Ordnung ist mit ihm?«, fragte sie. »Vielleicht sollte er mal zum Arzt gehen.«

»Nein, es geht schon. Ich glaube, er schläft nur schlecht, wenn er nicht zu Hause ist. Ganz davon zu schweigen, dass er völlig überarbeitet war, bevor er kam. Er hat jetzt einiges nachzuholen, was Ausruhen angeht.«

»Ich finde es ganz schön schlimm, dass er sich die ganze Zeit unwohl fühlt, während er hier ist.«

»Nein, das tut er nicht. Er ist nur manchmal ein bisschen müde. Du brauchst dir keine Sorgen um ihn zu machen.«

»Ja, ich hab ja auch weiß Gott genug andere Sorgen. In letzter Zeit benehmen sich alle so sonderbar. Selbst du. Aber das ist wahrscheinlich die Liebe, die das bewirkt, nicht wahr?«, sagte sie mit einem Augenzwinkern. »Apropos, ich finde wirklich, dass du dir mehr Mühe geben solltest. Er ist ein netter Junge und sehr gutaussehend. Vielleicht solltest du häufiger Lippenstift tragen und ein wenig Make-up. Ich hab noch ein paar Pröbchen, wenn du willst.« Wenn sie sich nicht in anderer Leute Angelegenheiten einmischte oder in irgendwelchen Komitees saß, verkaufte sie auf Hausfrauenpartys Kosmetikprodukte und versuchte sich ständig als meine Image-Beraterin.

»Mom. Es ist alles gut so, wie es ist. Er mag meine Natürlichkeit. Und er hat gesagt, dass er stark geschminkte Frauen nicht leiden kann.« Nun ja, zumindest war ich sicher, dass er das sagen würde, wenn man ihn fragte.

»Vielleicht nur ein kleines bisschen? In der Frühjahrskollektion gibt es ein paar schöne natürlich aussehende Farben.«

»Mom!« Da meine Stimme einen nervigen beleidigten Teenagerton angenommen hatte, setzte ich neu an und hoffte, nun erwachsener zu klingen: »Das passt einfach nicht zu mir. Wirklich nicht. Es würde ihn total abschrecken, wenn ich plötzlich rumrennen würde wie eine Anwärterin auf den Miss-Amerika-Titel.«

»Wie du meinst. Aber du weißt ja, dass du vorher nicht besonders viel Erfolg hattest. Es könnte also an der Zeit sein, dein Verhalten zu ändern.« Darauf konnte ich nichts erwidern, ohne sauer zu werden, also beschloss ich, es zu ignorieren. Sie murmelte noch weiter vor sich hin, während sie den Tisch abräumte. Aber das Klingeln des Telefons unterbrach ihr Gemurmel. Sie nahm ab und reichte den Hörer an mich weiter. »Dean für dich. Irgendwas muss im Laden los sein.«

So etwas Schickes wie ein schnurloses Telefon gab es leider in unserer Küche nicht. Ich musste also direkt vor ihr in der Küche telefonieren. »Hallo, Dean, was gibt's denn?«, sagte ich in den Hörer.

»Unsere Chancen für heute Abend sind gestiegen«, sagte er.

»Warum? Was ist passiert?«

»Drei von ihnen sind überhastet abgereist; die hatten plötzlich eine Riesenpanik. Scheint so, als hätten sie Sam zu Gesicht bekommen und wären sich plötzlich ganz sicher, dass sie mit all dem nichts mehr zu tun haben wollen. Drei Weitere sind verhaftet worden. Jason hat sie angehalten und Schmuggelware in ihrem Auto gefunden – irgendwelche Drogen. Ich vermute, dass es eher Kräuter für irgendwelche Zaubertränke waren als Rauschgift, aber bis die das genau untersucht haben, ist unser Kampf bestimmt schon vorbei.«

»Das hört sich doch gut an«, sagte ich und versuchte so neutral wie möglich zu klingen, damit Mom nicht aufmerkte. »Ich bin froh, dass das erledigt ist.«

Er lachte. »Lass mich raten. Mom schwirrt um dich rum und hört zu.«

»Genau.«

»Eigentlich dachte ich ja, ihr zwei wolltet sie nur ein bisschen ködern und nicht gleich so einen Riesenwind machen. Jetzt sind alle total ehrfürchtig, wie mächtig dieser Zauberer sein muss, dass er ihnen so einfach entkommen konnte. Aber sei ehrlich: Hatte es nicht hauptsächlich mit deinem Fahrstil zu tun?«

»Vielleicht. So ganz unbeteiligt am Erfolg war ich wahrscheinlich nicht.«

»Wer hätte gedacht, dass meine kleine Schwester mal als Siegerin aus einem Autorennen hervorgehen würde.«

»Danke, dass du angerufen hast. Dann bis später.«

Kaum hatte ich aufgelegt, schlug Mom auch schon zu. »War das nicht süß von Dean, dass er sich so nach dir erkundigt?«

»Ja, das ist wirklich sehr nett.« Ich sah ihr an, dass sie darauf brannte zu erfahren, was Dean mir gesagt hatte, aber bevor ich mir etwas einfallen lassen konnte, klingelte das Telefon erneut.

Nita war dran. »Hilfe!«, sagte sie. »Ich hab immer noch keine Unterstützung beim Putzen, und diese Leute benehmen sich wie Tiere. Ein paar sind schon wieder abgereist, aber es sind immer noch zu viele. Kannst du nicht herkommen und ein paar Zimmer übernehmen? Bitte, bitte, ich werd dich auch immer liebhaben. Ich bezahle sogar beim nächsten Mal das Mittagessen.«

Ich war nicht sicher, ob es eine gute Idee war, mit dem Pick-up zum Motel zu fahren, den die Möchtegernzauberer gerade verfolgt hatten, aber die Chance, dort noch ein wenig herumzuspionieren, war einfach unwiderstehlich. »Ich bin gleich da.« Ich legte auf und sagte zu Mom: »Nita braucht Hilfe bei der Zimmerreinigung. Ich fahre schnell hin. Kann ich mir dein Auto ausborgen? Der Pick-up sprang vorhin nicht gut an.«

Der Pick-up war so unzuverlässig, dass Mom mir sofort glaubte. Sie reichte mir den Schlüssel, was zusätzlich den Vorteil hatte, dass sie nicht in der Stadt unterwegs sein konnte, während die Zauberer dort herumliefen. Ich ging nach oben, um mir ein frisches T-Shirt anzuziehen und meine Frisur zu verändern, damit ich nicht so ohne weiteres als die Fahrerin des Pick-ups wiederzuerkennen war. Eine Baseballkappe der Cobb Comets, durch die ich hinten meinen Pferdeschwanz steckte, vollbrachte wahre Wunder.

Während ich mit Moms Wagen zum Motel fuhr, dachte ich darüber nach, wie wir weitere Gastzauberer loswerden konnten. Eins der Autos auf dem Parkplatz erkannte ich von der Verfolgungsjagd wieder. Die meisten Stellplätze waren aber noch leer, was darauf hindeutete, dass die Bande noch immer in der Stadt umherstrich. Während ich meine Runde machte, zündete ich wieder in jedem Zimmer die magischen Kerzen an, damit sich noch mehr von ihrer seltsamen Zauberwirkung entfalten konnte. Ich wusste nicht, ob das viel nützen würde, sagte mir aber, dass man keine Chance ungenutzt lassen durfte. Wie es klang, hatten wir bereits ein paar der Zauberer aufgrund von Kopfschmerzen verloren, die sicherlich auf diese Kerzen zurückgingen.

Die Männer, die an dem Autorennen teilgenommen hatten, waren in ihrem Zimmer. Als ich es mit einem Stapel frischer Handtücher betrat, hielt ich den Atem an. Wie erwartet, würdigten sie mich jedoch kaum eines Blickes. »Hab mich schon gefragt, wann der Reinigungsservice endlich kommt«, sagte einer von ihnen. Den prägte ich mir genau ein, damit ich Owen bitten konnte, ihm noch mal extra eins auszuwischen.

»Wir sind ausgebucht. Daher dauert es etwas länger als sonst«, erwiderte ich und hielt dabei den Kopf gesenkt, damit die Kappe mein Gesicht verdeckte. »Soll ich die Laken wechseln oder nur das Bett machen?« Das war meine subtile Art, ihnen mitzuteilen, dass ich nicht viel machen konnte, während sie auf dem Bett herumlungerten.

»Nee, das ist egal. Mach einfach im Bad sauber und lass Handtücher da.«

Auf dem Weg ins Badezimmer blieb ich kurz an der Kommode stehen, zog die Kerze hinter einem Stapel Pizzakartons hervor und zündete sie an. Als ich das Badezimmer sah, wünschte ich mir, ich hätte Zugriff auf magische Reinigungsformeln. Ich hatte drei Brüder; man sollte also meinen, dass ich einiges gewohnt war, was den Zustand im Bad anging, aber das hier war eine neue Dimension. Ich musste Owen wirklich bitten, ihnen eine Extra-Abreibung zu verpassen. Gut, dass ich wenigstens Handschuhe besaß. Als ich die Ergebnisse ihrer wissenschaftlichen Experimente entsorgt hatte und ins Schlafzimmer zurückkehrte, hielten sie sich alle die Köpfe und jammerten laut. Ich unterdrückte ein selbstzufriedenes Grinsen.

»Wer hätte denn gedacht, dass Zaubern so anstrengend ist?«,

klagte einer von ihnen. »Ich bin so alle, und diese Kopfschmerzen bringen mich um!«

»Pssst!«, sagte ein anderer mit einer Geste in meine Richtung.

»Ach, die spricht ja wahrscheinlich nicht mal unsere Sprache.«

Idioten, dachte ich. *Und warum hab ich dann eben mit euch geredet?* Wenn ich mir keine Sorgen gemacht hätte, dass sie runterbrennen und einen Brand verursachen würde, was Nitas Familie teuer zu stehen gekommen wäre, hätte ich die Kerze angelassen. So aber blies ich sie lieber aus, bevor ich ging, und diese Blödmänner merkten es nicht mal. Ich hoffte, dass ich ein paar Kobolde auf sie ansetzen konnte.

Schließlich kam ich zu Idris' Zimmer. Ich hatte seinen Mietwagen nirgends erspähen können, aber andererseits sahen die ja ohnehin alle gleich aus. Auf jeden Fall war der Parkplatz vor Zimmer fünfundzwanzig leer. Wie es schien, war dies also eine gute Gelegenheit, das Zimmer in seiner Abwesenheit gründlich zu durchsuchen. Ich klopfte an die Tür, rief: »Reinigungsservice!« und wollte schon den Generalschlüssel ins Schloss stecken, als die Tür plötzlich aufging und ich Phelan Idris Auge in Auge gegenüberstand. Allein und, soweit ich wusste, ohne den Schutz irgendeiner magischen Person.

19

Mit gesenktem Kopf und angehaltenem Atem wartete ich darauf, dass Idris mich erkannte. Doch mein nichtmagischer Unsichtbarkeitszauber, der von der Tatsache herrührte, dass ich eine Reinigungskraft war, wirkte. Er drehte sich einfach um, nachdem er die Tür geöffnet hatte, und sagte: »Das wurde aber auch Zeit. Ich brauche frische Handtücher.«

Ich zögerte. Da er mir den Rücken zuwandte, war dies eigentlich die perfekte Gelegenheit, einfach wegzulaufen. Er konnte auch ohne frische Handtücher leben, aber mit Phelan Idris allein in einem Motelzimmer zu sein war eine Erfahrung, auf die ich liebend gern verzichten konnte. Also war es eine Win-Win-Situation, wenn ich weglief. Andererseits hatte er mich nicht erkannt, und so eine gute Chance herauszufinden, was er vorhatte, würde sich uns kein zweites Mal bieten. Man konnte ja nicht wissen, was ich alles mitbekam, wenn ich mit ihm in seinem Zimmer war, ohne dass er irgendeinen Verdacht schöpfte. Außerdem konnte er ja keine Magie gegen mich verwenden, und ich bildete mir sogar ein, dass ich aus einem Kräftemessen als die Stärkere hervorgehen würde, denn von meinen Brüdern kannte ich einige echt fiese Tricks. Ich atmete tief durch und überquerte die Schwelle, obwohl eine leise Stimme in meinem Inneren mich warnte, dass das vielleicht nicht das Schlauste war, was ich in meinem bisherigen Leben getan hatte.

Sein Zimmer war nicht ganz so chaotisch wie einige der anderen. Es war nur vollgemüllt und roch merkwürdig, aber nicht nur nach Pizza und schmutzigen Socken. Ich vermutete, dass er in seiner Badewanne Zaubertränke gebraut hatte.

Mit dem schlimmsten Provinzakzent, den ich hinbekam, und mit tiefer, verrauchter Stimme sagte ich: »Sind ja auch eher Sauställe als Zimmer, was man hier neuerdings so zu sehen kriegt.« Dann nahm ich die Putzsachen und huschte ins Bad. Im Vorbeigehen sah ich die magische Kerze auf der Kommode stehen, fand es aber zu riskant, sie vor seinen Augen anzuzünden. Er war zwar in vielerlei Hinsicht ein Idiot, aber mit Magie kannte er sich aus, und er würde den Trick wahrscheinlich durchschauen.

Das Bad war nicht so verdreckt wie in einer Studentenbude, aber er hatte hier definitiv was anderes betrieben als Körperpflege. Die Handtücher und Waschlappen waren merkwürdig verfärbt und verbreiteten einen stechenden Gestank. Ich stopfte sie alle in eine Mülltüte aus Plastik, um sie Owen zur Analyse zu überreichen. Die chemischen Bestandteile solcher Zaubertränke konnten durchaus auch bei mir wirken, obwohl die Magie es nicht tat. Deshalb behielt ich die ganze Zeit meine Gummihandschuhe an, während ich das Becken und die Badewanne schrubbte.

Ich konnte nicht widerstehen, mir die Toilettenartikel auf der Ablage genauer anzuschauen. Wie es aussah, benutzte Idris ein Haarwuchsmittel und außerdem das Körperspray aus dieser supernervigen Werbung, in der Frauen den Kopf verloren, sobald Männer auftauchten, die dieses Spray aufgetragen hatten. Sein spezieller Duft hieß »Player«. Ich brach beinahe in unkontrolliertes Gelächter aus, als ich das las.

Wenn er Zaubertränke gebraut hatte, musste er etwas Besonderes vorhaben, und ich musste herausfinden, was das war, solange ich in seinem Zimmer war. Als ich den Beutel mit den benutzten Handtüchern an ihm vorbei zu meinem Rollwagen trug, versuchte ich ihn aus dem Augenwinkel zu beobachten. Dann nahm ich einen Stapel frischer Handtücher und ging zurück ins Bad.

Er hatte Papiere und einige Gegenstände, die wie Halsketten aussahen, auf Tisch und Bett ausgebreitet. Je näher ich dem Tisch mit diesen Ketten kam, desto stärker vibrierte mein Medaillon. Spontan stolperte ich über den Teppich und verteilte meine frischen Handtücher überall im Zimmer. Einige landeten auch auf dem Bett und eins auf dem Tisch.

»Hoppala!«, rief ich und vergaß nicht, meine Stimme wieder zu verstellen. »Da hat der verdammte Teppich mir doch glatt ein Bein gestellt.« Beim Aufsammeln der Wäsche ließ ich eine der Ketten in der Falte eines kleinen Handtuchs verschwinden. »Ich besorge Ihnen neue Handtücher, die noch nicht auf dem Boden rumgelegen haben.« Ich trug die Wäsche wieder aus dem Zimmer und ließ dabei die Halskette, die sich als billiges Texas-Souvenir entpuppte, wie man sie an jeder Tankstelle an der Kasse liegen sah, in meine Tasche gleiten.

Idris gestikulierte wütend und biss die Zähne zusammen, als ich einen neuen Stapel Handtücher ins Bad trug und mir beim Aufhängen viel Zeit ließ. Ich pfiff fröhlich vor mich hin und lief hin und her, während ich mit einem Staubwedel nachlässig durch das ganze Zimmer ging. Der Staubwedel war praktisch; damit konnte ich Sachen umstoßen, um sie näher in Augenschein zu nehmen, während ich sie wieder richtig hinstellte – immer kurz bevor Idris mich daran hindern konnte, sie anzufassen. Danach war der Staubsauger an der Reihe. Mit seinem Kabel gelang mir das Kunststück, alle Papiere vom Bett zu fegen. Ein paar davon fanden den Weg in die Taschen meiner Schürze, während Idris zornig herumgeiferte und ich mich von Herzen entschuldigte.

»Sie müssen ja das schlechteste Zimmermädchen aller Zeiten sein!«, entfuhr es ihm, nachdem ich einen Stapel Bücher umgestoßen hatte.

Das war mein Stichwort; ich brach in Tränen aus. »Oh, bitte, sagen Sie das nicht dem Chef! Ich brauch den Job! Ich hab drei

Kinder zu Hause, und der Vater hat sich vor drei Monaten aus dem Staub gemacht. Ein nichtsnutziger Trunkenbold, das war er. Nie hat er länger als eine Woche seine Arbeit behalten. Aber wir brauchten jeden Penny, den er nach Hause gebracht hat. Wenn ich den Job verliere, müssen meine Kinder hungern.« Ich schniefte und wischte mir mit dem Ärmel die Nase ab. »Ich lasse Sie jetzt in Ruhe. Schönen Tag noch, Sir. Trinkgeld brauchen sie mir nicht geben, wo ich Ihnen so viel Ärger gemacht hab.«

Ich war schon fast an der Tür, als er »Hey, warten Sie!« rief und mich am Ärmel festhielt. Ich hielt den Kopf gesenkt und hoffte, er würde etwas Untypisches tun, wie beispielsweise sich entschuldigen, aber stattdessen riss er mir die Baseballkappe vom Kopf. Sie verhakte sich in meinem Pferdeschwanz, so dass es keine dramatische Enthüllung wurde, aber auf diese Weise konnte er mir ins Gesicht sehen. »Du!«, rief er. »Was machst du hier? Schnüffelst du rum?«

Ich richtete mich vollständig auf, riss meinen Arm los und stemmte wütend meine Hände in die Hüften. »Du hast mich doch reingebeten! Hast du mich denn nicht erkannt? Ich bin schließlich nicht verkleidet oder so was.« Ich zeigte auf meine Arbeitskleidung und setzte die Kappe wieder auf. »Ich arbeite wirklich hier. Das Motel gehört der Familie meiner Freundin und ich tue ihr einen Gefallen, weil du und deine fröhliche Bande die Putzfrau vergrault habt. Und jetzt entschuldige mich. Ich hab zu tun.«

Ich war schon fast an der Tür, als sie plötzlich wie von Zauberhand zuschlug. Er stellte sich mir in den Weg. Auch wenn er mich nicht persönlich magisch zu manipulieren vermochte, konnte er natürlich andere Dinge beeinflussen, die dann wiederum Auswirkungen auf mich hatten. Daran hätte ich früher denken sollen, aber jetzt war nicht die Zeit, meinen ursprünglichen Plan neu zu bewerten. Während er die Tür bewachte, drehte ich mich um und rannte ins Bad. Da ihn dieses Verhalten überraschte, brauchte er ein paar Sekunden, um zu realisieren, dass ich von ihm weglief anstatt zu versuchen, an ihm vorbeizukommen. Sein Zögern ließ mir genügend Zeit, um vorbereitet zu sein, als er ins Bad trat.

Kaum dass sein Gesicht in der Badezimmertür auftauchte, besprühte ich es mit einer Riesenladung »Player«. Und während er sich die Augen rieb und blind mit den Armen herumfuchtelte, ließ ich mich auf alle viere herab und krabbelte an ihm vorbei ins Schlafzimmer. Dann richtete ich mich wieder auf und sprintete zur Tür in der Hoffnung, dass er keinen Zauber verwendet hatte, die sie versiegelte. Glücklicherweise ließ sie sich öffnen, doch bevor ich weglaufen konnte, stach mir plötzlich ganz intensiv der Duft von »Player« in der Nase. Das bedeutete, dass Idris nicht mehr weit weg war. Er packte mein Handgelenk und zerrte mich zurück ins Zimmer. Ich hielt so viel Abstand zu ihm wie möglich, während er mein Handgelenk umklammerte, aber anstatt mich näher an sich zu ziehen, bewegte er sich mit mir nach hinten, bis ich gegen die Wand prallte. Dann kam er auf mich zu. Das Körperspray war so penetrant, dass mir die Augen brannten.

»Jetzt muss ich mir wegen Owen wohl keine Sorgen mehr machen«, sagte er in einem freundlichen Ton, der dennoch bedrohlicher war als ein Knurren. »Jetzt hab ich dich. Und wir wissen ja beide, was er alles tut, um dich zu retten.«

Das machte mich eher wütend als ängstlich. Ich hatte die beste Beziehung und den besten Job aufgegeben, die ich je gehabt hatte, und mich ans Ende der Welt zurückgezogen, um genau diese Situation zu vermeiden, und jetzt war sie trotzdem wieder eingetreten. Ich versuchte, seitlich an Idris vorbeizukommen; nicht nur weil der Gedanke, sein Körper könnte meinen berühren, mich anekelte, sondern vor allem weil er dann all die Sachen finden würde, die ich mir in die Taschen meiner Schürze gestopft hatte. Priorität eins war, ihm zu entkommen. Priorität zwei, mit allem zu entkommen, was ich in seinem Zimmer gefunden hatte.

Er bewegte sich mit mir zur Seite und ließ mir, ohne mein Handgelenk freizugeben, gerade so viel Spielraum, dass ich mich weiterbewegen konnte. Dann beging er den Fehler, sich mir genau im richtigen Winkel zu nähern. Auf diese Chance hatte ich gewartet. Ein gezielter Stoß mit dem Knie, und er ließ mich los, um sich in den Schritt zu greifen. Und während er vornübergebeugt da stand, preschte ich aus dem Zimmer, packte den Wagen mit den Reinigungsmitteln und wäre beinahe mit Sam zusammengeprallt.

»Alles in Ordnung, Katiemaus? Du hast verdammt lange gebraucht da drin.«

»Mir geht's gut. Könnte aber sein, dass Idris nun nie mehr Vater werden kann.«

»Dann hast du der Welt einen Dienst erwiesen, Süße.« Idris kam aus dem Zimmer gehumpelt. Ich stieß den Wagen an, rannte los und überließ es Sam, mit ihm fertigzuwerden. Mir war nicht klar gewesen, wie wild Gargoyles sich aufführen konnten. Er stieß einen Laut aus, der zwischen Fauchen und Brüllen lag, und fächerte seine Flügel vollständig auf. Idris zuckte zusammen, aber er lief nicht weg.

Die Tür zum Nebenzimmer öffnete sich, und die Flachpfeifen von vorher kamen herausgewankt. Sie hielten sich die Köpfe, husteten und röchelten, nur um sich dann Auge in Auge einem äußerst gereizten Sam gegenüberzusehen. Aus vollem Hals schreiend rannten sie quer über den Parkplatz davon. Wieder gingen also drei unserer Feinde dahin.

Der Tumult lockte Nita aus ihrem Büro; in der Hand hielt sie einen Baseballschläger. »Was ist passiert?«, fragte sie.

»Kein Wunder, dass eure Putzkraft gekündigt hat«, antwortete ich und zeigte auf Idris. »Dieser – dieser – Typ da hat sich an mich rangemacht, und zwar ungefragt, wie du dir vorstellen kannst.«

»Sie hat mich beleidigt!«, sagte er. Offenbar konnte er sich noch immer nicht vollständig aufrichten.

»Ja, aber das war reine Selbstverteidigung. Ich wusste ja nicht, wozu er sonst fähig gewesen wäre. Er hat mich am Handgelenk festgehalten und wollte mich nicht mehr loslassen.« Ich zeigte Nita meinen Arm.

Kaum hatte sie die roten Druckstellen rund um mein Handgelenk gesehen, da zielte sie mit dem Baseballschläger auf Idris, woraufhin er noch stärker zusammenzuckte als im Angesicht des kampfeslustigen Sam. »Ich will, dass Sie gehen, und zwar sofort! Ich lasse nicht zu, dass jemand meine Angestellten – und Freunde – so behandelt. Und dabei ist mir völlig egal, ob Sie ein großer Rockstar sind!« Ich streckte Idris, der das mit dem Rockstar irritiert aufnahm, von meinem Standpunkt neben Nita die Zunge heraus. Sam kugelte sich vor Freude fast auf dem Boden; es war anzunehmen, dass er für Nita unsichtbar war. Eine ziemlich gute Show, das musste ich zugeben.

Die ganze Situation war ein schwieriger Test für Idris. Hätte Sam es zugelassen, hätte er Nita wahrscheinlich ernsthaft zusetzen können. Aber es war strengstens verboten, magische Kräfte so gegen eine nichtmagische Person zum Einsatz zu bringen, dass sie Wind davon bekommen konnte, dass es bei der Sache nicht mit rechten Dingen zuging. Wenn er also versuchte, sie mit magischen Mitteln anzugreifen, hätte er endgültig mit der legitimen magischen Welt gebrochen. Doch dazu war er bislang offenbar doch noch nicht bereit. »Lassen Sie mich noch meine Sachen holen«, bat er, doch sie schwang drohend den Schläger. »Okay, dann komme ich später zurück, wenn die Wogen sich geglättet haben.« Damit rannte er zu seinem Mietwagen, der am anderen Ende des Motels parkte.

»Das tut mir aufrichtig leid«, sagte Nita. »Diese Typen benehmen sich schon die ganze Zeit daneben, seit sie angereist sind. Ich werde Dad und Ramesh Bescheid geben, damit sie sich heute Abend darum kümmern können.«

»Kein Problem. Und danke, dass du mir zu Hilfe gekommen bist.«

»So viel zu der Idee mit dem Rock-'n'-Roll-Motel«, gab sie achselzuckend zurück. »Aber ich glaub ohnehin nicht, dass sie so berühmt werden, dass sich das auszahlt.«

Während sie zurück zur Rezeption ging, brachte ich den Putzmittelwagen weg, nahm den Beutel mit den verfärbten Handtüchern heraus und warf ihn in den Kofferraum von Moms Auto. Dann machte ich mich rasch auf den Heimweg, um Owen zu berichten, was ich gefunden hatte.

Sam musste Owen schon angerufen haben, denn als ich in die Einfahrt abbog und hinter dem Haus parkte, wartete er dort bereits auf mich. Er legte besorgt seine Hände auf meine Schultern und fragte: »Alles in Ordnung?« Es wäre schön gewesen, wenn er einen Schritt weitergegangen wäre und mich richtig umarmt hätte – oder gar geküsst –, aber die Tatsache, dass Dean und Teddy bei ihm waren, hemmte ihn wahrscheinlich etwas.

»Ja, mir geht's gut. Ich hab größtenteils nur eine Show abgezogen, um Idris in Schwierigkeiten zu bringen. Er ist derjenige, der jetzt einen Eisbeutel braucht. Aber ich hab dir ein paar Geschenke mitgebracht.«

Er runzelte die Stirn. »Geschenke?«

Ich zog die Halskette aus meiner Jeans. »Da ist zum einen das hier. Er hatte eine ganze Menge davon in seinem Zimmer, und es scheinen mir keine ganz normalen Ketten zu sein. Sie fühlten sich magisch an, darum hab ich eine mitgehen lassen. Außerdem sah es so aus, als hätte er in der Badewanne Zaubertränke hergestellt und den Boden nachher mit den Hotelhandtüchern aufgewischt. Die habe ich im Kofferraum, für den Fall, dass du sie analysieren willst. Dann waren da noch einige Unterlagen …«

»Wie viele von diesen Dingern hatte er denn?«, unterbrach

Owen mich. Er hielt die Halskette hoch und starrte sie ängstlich an.

»Ich hab sie nicht gezählt, aber es waren einige.«

»Kein Wunder, dass ich heute Nachmittag so müde war. Um sie herzustellen, muss er alle magischen Kraftfelder der ganzen Gegend ausgesogen haben. Und wenn er eine davon schon vorher hatte, erklärt das auch, wie es ihm gelungen ist, sich zu teleportieren.«

»Was sind es denn für Ketten?«

»Er hat sie in Kraftmagneten verwandelt. Sie ziehen magische Energie an und leiten sie zu ihren Trägern um. So wird der Träger einer solchen Kette immer stärker, während alle anderen um ihn herum nur noch eingeschränkten Zugang zum Kraftfeld der Umgebung bekommen. Und du sagst, er hatte mehrere davon?«

»Ja, wahrscheinlich genug für jedes Mitglied seiner Gruppe. Er wollte also mogeln!«

»Das ist schlecht. Ich bin nicht sicher, ob wir dagegen ankommen werden.«

»Aber Idris hat im Augenblick keinen Zugang zu diesen Ketten. Nita hat ihn rausgeworfen und nicht mal mehr an seine Sachen gelassen. Er wird heute Abend zurückkommen, da bin ich sicher, aber vielleicht können wir sie vorher da rausholen. Denk dran: Ich habe einen Schlüssel zu seinem Zimmer.« An Teddy gewandt, fuhr ich fort: »Fahr zum Motel und pack alle Ketten ein, die du in seinem Zimmer finden kannst. Der Schlüssel liegt in der Schublade meines Nachttischs. Oh, und es kann sein, dass Nita sein Zimmer immer noch überwacht.«

»Ich erzähle ihr einfach, du hättest etwas verloren, als er dich angegriffen hat, und ich wollte es holen.« Er lief ins Haus.

»Ich glaube, ich weiß, welche Substanz in diesen Handtüchern ist, aber es schadet nicht, es trotzdem zu überprüfen«, sagte Owen und ging um das Auto herum zum Kofferraum. Ich schloss auf, und er öffnete den Beutel, um daran zu riechen. »Ja, das ist der Zaubertrank, der den Amuletten an diesen Ketten ihre Zauberkraft verliehen hat. Wir müssen sicherstellen, dass sie ihnen heute Abend nicht zur Verfügung stehen.«

Teddy kam wieder aus dem Haus gelaufen. Er schwenkte den Zimmerschlüssel und setzte sich in seinen Wagen. Während wir zusahen, wie er davonfuhr, reichte Owen die Kette an Dean weiter. »Da du später mitten im Getümmel sein wirst, solltest du sie haben. Sie müsste bewirken, dass jeder Schutzzauber von dir stärker ist als alles, was sie gegen dich zur Anwendung bringen. Er hat dir doch zumindest eine Schutzformel beigebracht, oder?«

Dean nickte. »Lektion drei.«

Owen schüttelte angewidert den Kopf. »Ich muss mir seinen Lehrplan wirklich noch mal genauer ansehen. Denn das ist nicht gerade das, was ich empfehlen würde.« Dann schaute er Dean an. »Du fährst jetzt besser. Aber sei vorsichtig, und versuch mich zu warnen, wenn irgendetwas Ungewöhnliches passiert.«

Als auch er losgefahren war, sagte Owen: »Ich glaube, er wird es packen. Nicht nur heute, sondern allgemein. Wir haben ihn gehörig abgeschreckt. Und ich glaube, dass er magiebegabt ist, wird ihn auch in anderer Hinsicht motivieren. Es wird ihn zwingen, disziplinierter zu sein. Meinst du, du kannst deine Mutter ablenken?«

Der abrupte Themenwechsel ließ mich stutzen. »Äh, was?«

»Wir müssen vor Sonnenuntergang aufbrechen, und ich sollte vorher unauffällig noch einige Sachen ins Auto schaffen. Aber vor deiner Mutter kann ich doch mit magischen Mitteln nichts verheimlichen.«

»Ich werde sehen, was sich machen lässt.«

Mom war in der Küche beschäftigt, als wir zurück ins Haus gingen. »Mm, hier riecht's aber gut«, sagte ich. »Was gibt es denn zum Abendessen? Ich bin am Verhungern.«

»Ich habe einen Schmorbraten auf dem Herd. Es dauert noch eine Stunde, bis wir essen können, aber lasst euch nicht einfallen, vorher schon was zu essen und euch den Appetit zu verderben.«

»Ich mache mich schnell ein bisschen frisch, dann helfe ich dir.« Owen folgte mir ins Wohnzimmer, und ich ging zur Haustür. »Diese Tür benutzen wir nie, aber wenn du dich hinausschleichen willst, ist die bestimmt besser geeignet, als durch die Küche zu kommen.« Ich zerrte vergeblich daran, doch er wedelte mit der Hand durch die Luft, und sie sprang auf. Dann gingen wir hoch auf mein Zimmer. Ich zog die Baseballkappe ab und ging ins Bad, um mir die Hände zu waschen. Währenddessen kramte er in dem Zauberkoffer unter meinem Bett herum. Ich ließ ihn im oberen Stockwerk zurück und ging wieder in die Küche.

»Du kannst die Möhren und die Kartoffeln schälen«, sagte Mom und zeigte mit der Fleischgabel, mit der sie gerade den Braten gewendet hatte, auf das Gemüse. Ich setzte mich an den Küchentisch und machte mich an die Arbeit. Mom nutzte jetzt, wo ich nicht entkommen konnte, sofort die Gelegenheit, mich zuzutexten. »Ich hoffe, ihr habt heute Abend noch was vor. Ihr solltet ausgehen und euch amüsieren. Ich kann gar nicht fassen, dass ihr während seines Besuchs so viel Zeit hier zu Hause verbringt.«

»Gleich nach dem Abendessen sind wir weg.«

»Das freut mich zu hören. Und ich hoffe doch, dass du noch vorhast, dich umzuziehen. Dieser junge Mann ist den weiten Weg von New York hierhergekommen, um dich zu sehen, und du läufst rum wie eine Landarbeiterin.«

»Ich ziehe mich noch um, bevor wir fahren. Das hier hab ich doch nur an, weil ich im Motel geputzt habe.«

»Und schmink dich auch ein bisschen. Ich hab eine neue Lippenstiftfarbe, die dir bestimmt gut steht.« Sie wischte sich die Hände an einem Tuch ab und wandte sich um, als wollte sie ihn sofort holen gehen. Und ausgerechnet in diesem Moment sah ich

Owen mit seinem Rucksack und einem Arm voller anderer Dinge die Treppe herunterkommen.

»Du brauchst ihn jetzt nicht zu holen«, sagte ich. »Ich gehe vor dem Essen noch unter die Dusche, und erst danach schminke ich mich.« Ich hielt den Atem an und hoffte, dass sie nicht darauf bestand, mir den Lippenstift sofort zu zeigen, wo sie noch eine ruhige Minute hatte. Owen war gerade am Fuß der Treppe angelangt. Offenbar hatte er nun doch Omas Zaubertrick angewendet, um die Stufen ruhigzustellen, denn ich hatte nichts quietschen gehört.

Da ging die Hintertür auf und Oma kam in die Küche gestürmt. »Was gibt es denn heute Abend Gutes?«, fragte sie.

Das lenkte Mom so weit ab, dass sie nicht bemerkte, wie die Haustür auf und zu ging. »Es gibt Schmorbraten, und du bist natürlich herzlich eingeladen, Mama«, antwortete sie.

Oma zwinkerte mir heimlich zu. »Ich hab Tee mitgebracht«, sagte sie. »Ich glaube, er könnte was für Owen sein. Wo ist er denn?«

»Ich bin sicher, er ruht sich noch ein bisschen aus«, erwiderte Mom. »Er fühlte sich nicht gut.«

»Deshalb hab ich den Tee ja mitgebracht. Damit es ihm bald besser geht.« Sie zwinkerte mir erneut zu und rauschte zur Tür. »Ich bringe ihm besser gleich welchen.«

Sie war zwar eingeweiht, aber ich traute ihr durchaus zu, dass sie nicht den Mund halten konnte, also stand ich auf und blockierte ihr den Weg. »Ist schon okay, Oma. Ich bin sicher, er kommt gleich runter. Warum hilfst du mir nicht mit den Möhren? Dann hab ich noch ein bisschen Zeit, um mich vor dem Essen noch etwas zurechtzumachen.«

»Ach ja, ich wollte dir ja den Lippenstift holen«, sagte Mom. »Mama, kannst du kurz auf den Braten aufpassen und dich um das Gemüse kümmern? Katie geht heute Abend mit Owen aus, und ich möchte, dass sie zur Abwechslung mal hübsch aussieht.«

»Ich glaube, er mag sie so, wie sie ist«, murmelte Oma.

Da ich annahm, dass dies das beste Zeitfenster war, solange Owen sich noch draußen aufhielt, schob ich Mom nach oben in ihr Schlafzimmer, wo sie ihre Proben aufbewahrte. Als ich die Tür hinter uns zumachte, wollte sie protestieren. »Aber ich möchte ihn überraschen«, erklärte ich.

»Oh, na dann!«, sagte sie lachend. »Setz dich hierher.« Sie klopfte auf das Fußende des Bettes, und dann musste ich aushalten, dass sie mir diverse Dinge ins Gesicht schmierte und pinselte. »Du solltest deine Augen stärker betonen, siehst du? Und ein bisschen Rouge lässt dich gleich viel frischer und lebendiger aussehen.« Sie wühlte auf der Suche nach einem winzigen Lippenstift in ihrer Tasche herum. »Ich glaube, Rosenblüte ist der beste Farbton für dich. Der wirkt sehr natürlich. Und jetzt schau mal. Findest du nicht auch, dass du so besser aussiehst?« Sie wies schwungvoll auf den Spiegel über ihrem Toilettentisch.

Ich zuckte innerlich zusammen, als ich mich darin erblickte, rang mir aber ein Lächeln ab. »Sieht toll aus. Aber jetzt helfe ich Oma besser beim Kartoffelschälen.«

Als wir wieder in die Küche kamen, saß Owen bei Oma am Tisch, und sie schenkte ihm gerade eine Tasse Tee ein. Er machte große Augen, als er mich so angemalt sah, und dann noch größere, als er den ersten Schluck Tee trank. Gedankenvoll die Stirn runzelnd zwang er sich, die Tasse ganz auszutrinken. Also musste er wohl glauben, dass Omas Tee ihm guttun würde.

Oma fuhr direkt nach dem Abendessen. Owen und ich verabschiedeten uns als Nächste, nachdem Mom meine Klamotten, meine Frisur und mein Make-up für gut befunden hatte. Wenigstens würde ich gut aussehen, ganz gleich was in der Schlacht geschah. Als wir in die Stadt kamen, stellte Owen den Wagen auf dem öffentlichen Parkplatz hinter dem Gerichtsplatz ab. Dann liefen wir gemeinsam zum Park, wo unser letztes Gefecht stattfinden sollte. Derselbe Bach, an dem wir am Abend zuvor die hiesigen magischen Wesen getroffen hatten, floss durch den hinteren Teil dieses Parks; eine steile Böschung führte zum Wasser hinunter. Vom Park aus verlief an diesem Bach entlang ein Weg durch die ganze Stadt. Mitten auf der freien Parkfläche stand ein kleiner Pavillon. Bäume säumten den Park ringsum und schützten ihn vor der Öffentlichkeit. Kurz gesagt: ein perfekter Platz für ein romantisches Picknick. Oder eine magische Schlacht.

Owen öffnete seinen Rucksack und breitete dessen Inhalt auf einem der Picknicktische aus. Dann zog er los und sicherte den Park ringsum mit Abwehrzaubern, um unbeteiligte Schaulustige fernzuhalten und alle Zauberer, die in die Falle zu locken uns gelingen würde, darin festzuhalten. Danach sagte er: »Wir sollten wohl besser unsere Freunde herbeirufen, damit sie auch genug Zeit haben, alle rechtzeitig hierherzugelangen.« Er nahm meine Hand und wir spazierten Hand in Hand auf den Bach zu. Obwohl ich mir gar nicht sicher war, ob er unsere Freunde auf die gleiche Weise herbeirufen wollte wie am Vorabend, zitterte ich bereits vor Vorfreude. Er spürte es bestimmt, und selbst wenn nicht, musste er bemerken, wie feucht meine Hand in seiner wurde.

Aber wenn es ihm auffiel, dann zeigte er es nicht. Wir gingen schweigend zum Wasser hinunter. Ich wappnete mich für den Fall, dass er etwas unglaublich Enttäuschendes tun würde, wie die Finger an die Lippen zu legen und einen lauten Pfeifton zu erzeugen oder einen Anziehungszauber zu murmeln. Stattdessen lief er rosa an und machte einen Schritt auf mich zu. »Du, äh, weißt doch noch, wie das gestern Abend ging?«

Ich markierte einen dramatischen Seufzer. »Wenn ich zum Wohl unserer Sache leiden muss, dann muss ich dieses Kreuz wohl tragen.«

Was er überraschenderweise mit einem Grinsen quittierte.

»Das war das am wenigsten Unangenehme, was ich bislang in Ausübung meiner Pflicht zu tun hatte, muss ich gestehen.« Ich wollte ihn fragen, warum er es, wenn es doch gar nicht so unangenehm gewesen war, nicht auch schon vorher und außer Dienst getan hatte, aber er küsste mich bereits, und ich vergaß, dass ich etwas sagen wollte.

Bei unserem ersten Kuss hatten wir unter dem Einfluss eines Zaubers gestanden. Der zweite hatte sich beim Weihnachtsfest unserer Firma ereignet. Seitdem hatte es noch einige mehr gegeben, aber in der letzten Zeit nicht mehr, bis auf den am Vorabend. Ich war mir nicht sicher, ob es an der langen Dürreperiode lag oder an der Magie in der Luft, aber dieser war einer der Besseren. Als wir uns schließlich voneinander lösten, flüsterte ich: »Das ist doch eigentlich noch für mehr gut als nur dafür, Naturgeister anzulocken.«

Seine Antwort konnte ich nicht hören, da eine plätschernde Stimme zu unseren Füßen sagte: »O Mann, warum nehmt ihr nicht gleich ein Megaphon? Wir haben doch gesagt, dass wir hier sein werden.« Als ich mich umwandte, erblickte ich die Wassernymphe vom Vorabend, die sich am Ufer des Baches festhielt.

»Danke, dass du gekommen bist«, sagte Owen. »Ich werde unsere Feinde hierherführen. Wenn sie da sind, solltet ihr ihnen einen gehörigen Schrecken einjagen. Aber es soll niemand ernsthaft zu Schaden kommen. Ich möchte nur, dass sie nie mehr irgendetwas mit Magie zu tun haben wollen.«

»Mit Vergnügen«, erwiderte die Wassernymphe. »Die Mannschaft ist unterwegs und sollte bei Sonnenuntergang hier sein.«

»Ist hier jemand?«, rief eine Stimme über uns. Es war Rod. Owen ließ meine Hand los, als wir über den Weg in den Park hochgingen. Merlin war auch da.

»Und? Können wir auf unsere Verbündeten zählen?«, fragte er.

»Sie sind auf dem Weg hierher«, antwortete Owen. »Ich habe

gerade mit der Wassernymphe gesprochen, die mit uns verhandelt hat.«

»Sehr gut. Dann sieht es so aus, als wäre alles bereit.«

In dem Moment traf Oma ein. Sie trug eine Flasche im Arm, um deren Hals ein scharlachrotes Band gewickelt war. Teddy folgte kurz hinter ihr. Er schien Mühe zu haben, mit ihr Schritt zu halten, und brachte etwas mit, das er in einen Kissenbezug gesteckt hatte.

Oma steuerte direkt auf Merlin zu. »Ich habe vor einigen Jahren einen Spirit gefangen«, sagte sie und hielt die Flasche hoch. »Wenn ich ihn freilasse, wird er mächtig wütend sein. Deshalb dachte ich, ich werfe die Flasche einfach unter die Bösewichter und warte ab, was passiert.«

Ich zuckte zusammen, als ich sah, dass Rod sich ein Lachen verkniff, aber Merlin verbeugte sich ganz galant vor ihr. »Vielen Dank für Ihre Bemühungen, Verehrteste. Ich bin sicher, dass uns das helfen wird.«

Sie schwang ihren Stock. »Und wenn es nicht funktioniert, kann ich ein paar Hintern verprügeln.«

Ich beugte mich zu Owen hin und flüsterte: »Einen Spirit?« Nach meiner Erfahrung war »Spirit« der moderne Begriff für eine männliche Fee, da Männer das Wort »Fee« als Makel empfanden, zumindest wenn sie es auf sich selbst anwenden mussten.

»Das hier ist eine legendäre wilde Kreatur«, flüsterte er zurück. »Nicht das, was du kennst. Manche Leute glauben sogar, dass sie gar nicht existieren. Sie stammen direkt aus dem alten Volksglauben, und darin werden sie für alle möglichen Dinge verantwortlich gemacht. Ich bin gespannt, was sie wirklich da drin hat.«

»Wenn überhaupt irgendwas drin ist.«

»Wenn sie einen Spirit gefangen hätte, könnte uns das nützlich sein.« Er wechselte zu einer normalen Lautstärke und wandte sich an Teddy: »Hast du die Sachen gefunden, die du in seinem Zimmer gesucht hast?«

Teddy hielt den Kissenbezug hoch. »Ja, hier drin. Es waren achtzehn Stück. Ich war in seinem Zimmer, kurz bevor er zurückkam, und hab alles eingepackt. Danach hat er ganz schön rumgetobt und gebrüllt, er sei ausgeraubt worden, das kann ich euch sagen. Aber als Ramesh schließlich mit seiner Schrotflinte rauskam, hat er doch auf eine formelle Beschwerde verzichtet.«

»Was ist denn da drin?«, fragte Rod.

Owen nahm Teddy den Kissenbezug ab und zog die Halsketten heraus. »Das.« Er warf sie Rod zu, der sofort beide Augenbrauen hochzog.

»Das soll ja wohl ein Scherz sein. Gut, dass wir die in die Finger bekommen haben. Sonst hätten wir einpacken können.«

Merlin beugte sich über Rods Hand, um die Kette zu begutachten. »Sehr interessante Arbeit, aber ziemlich unorthodox.« Dann richtete er sich wieder auf und sah Owen scharf an. »Was haben Sie denn damit vor?«, fragte er.

»Eine habe ich Dean gegeben, damit er sich schützen kann, wenn er mitten im Getümmel ist. Ich hoffe, wir können uns darauf verlassen, dass er sie nicht missbraucht. Ansonsten war meine Hauptsorge, dass Idris sie zum Einsatz bringen könnte. Diese Art von Magie ist mir zu heikel, als dass ich mich damit wohlfühlen würde.« Plötzlich lächelte er. »Aber ich habe eine Idee.«

Er ging zum Bach hinunter und nahm den Kissenbezug mit. Wir eilten ihm nach. Merlin hinkte in Begleitung von Oma hinterher. Die Wassernymphe begrüßte uns, klang aber nicht besonders begeistert, uns zu sehen. »Ich hab doch gesagt, dass wir kommen. Jetzt macht euch mal nicht ins Hemd.«

»Ich habe ein Geschenk für euch«, sagte Owen und drehte den Kissenbezug um. »Diese Ketten ziehen wie Magnete magische Kräfte an; das wird dir und deinem Volk helfen. Aber ich bitte euch, sie heute Abend noch nicht intensiv zu nutzen, da wir andere Reserven brauchen, die sonst versiegen. Aber in Zukunft sollten diese Ketten es euch ermöglichen, die magischen Elemente in dieser Gegend zu kontrollieren. Ihr werdet also keine Probleme mehr mit Außenseitern haben, die das Kraftfeld plündern.«

Sie stemmte sich halb aus dem Wasser und nahm eine der Ketten. Ihre Augen weiteten sich, als sie sie berührte. »Das ist aber ein großzügiges Geschenk«, sagte sie. »Wir stehen in eurer Schuld.« Sie drehte den Kopf und stieß einen hohen Ton aus, der mich an einen Delphin erinnerte. Kurz darauf waren wir von lauter winzig kleinen Lichtern umgeben, da alle magischen Wesen sich um uns versammelten. »Wir werden heute Abend auf eurer Seite kämpfen.« Dann sah sie Owen mit einem lasziven Augenaufschlag an, schob ihre Seegras-Haare von ihrem Hals weg und entblößte so ihren Oberkörper. »Wenn du jetzt wohl so freundlich wärst, mir eine davon anzulegen?«

Er tat ihr den Gefallen, errötete dabei jedoch und vermied es, zu mir hinzusehen. Wegen mir hätte er nicht verlegen sein müssen. Von einem im Wasser lebenden Mädchen fühlte ich mich nicht sonderlich bedroht; es sei denn, sie hatte vor, so eine Nummer abzuziehen wie die kleine Meerjungfrau, um mit ihm zusammen sein zu können. Die billige Halskette aus Metall sah an ihrer überirdischen Gestalt deplatziert aus, und ich versuchte mir nicht zu wünschen, dass sie grün anlief und ihre Haut verfärbte.

In dem Moment kam Sam angeflogen und rief: »Sieht so aus, als würde die Party drüben am Gerichtsplatz bald losgehen. Aber die Truppe ist erheblich geschrumpft.« Mit Federn am Leib hätte er sich in die Brust geworfen, so stolz sah er aus.

»Dann geh ich wohl mal Köder spielen«, verkündete Owen. »Ich brauche Katie an meiner Seite. Ihr anderen wartet hier.«

Merlin stellte sich Owen in den Weg und blickte ihm tief in die Augen. Die meiste Zeit über wirkte Merlin wie ein freundlicher, gutgelaunter älterer Herr; die Sorte, die im Kinderkrankenhaus jedes Jahr den Weihnachtsmann spielen könnte. Aber hin und wieder strahlte er, ohne irgendetwas Spezielles zu sagen oder zu tun, etwas aus, das einem sehr deutlich machte, dass er ein legendärer Zauberer aus längst vergangener Zeit war. Dies war wieder so ein Moment, und an Owens Haltung konnte ich ablesen, dass er es ebenfalls spürte. »Kann ich mich in dieser Sache auf Sie verlassen?«, fragte Merlin ihn.

»Ja, Sir.«

»Und Sie vergessen nicht, was Ihre Priorität ist und dass Ihre persönlichen Belange zweitrangig sind?«

Owen streifte mich ganz flüchtig mit einem Blick, dann sagte er: »Nein, das vergesse ich nicht.« Ich schluckte unwillkürlich. Im Grunde sagte Merlin ihm da gerade, dass er im Zweifel den Schurken fangen sollte, anstatt mich zu retten, und auch wenn ich das theoretisch guthieß, wurde mir doch mulmig, wenn ich an die Konsequenzen dachte.

»Gut, dann los!« Merlin trat zur Seite, und Owen beeilte sich, zu mir aufzuschließen.

Als wir am Gerichtsplatz ankamen, nahm er meine Hand. »Siehst du irgendwas?«

»Ja, der Bund der besonderen Blödmänner versammelt sich um das Kriegerdenkmal, und der Oberblödmann hält eine wichtigtuerische Rede, mit Schaum vorm Mund und allem. Warum siehst du sie denn nicht?«

Er schüttelte den Kopf. »Er muss einen Filter benutzen, der mich ausschließt.«

»Ich nehme an, das gehört dazu, wenn man der Staatsfeind Nummer eins ist.«

Wir gingen näher heran, damit ich hören konnte, was da vor sich ging. Das Wesentliche von dem, was ich hörte, gab ich an Owen weiter und fühlte mich dabei wie einer dieser Simultandolmetscher bei den Vereinten Nationen, die zugleich zuhören und reden müssen.

»Er klingt sehr aufgebracht«, sagte ich. »Er schreit sie an, sie hätten ihn enttäuscht, weil sie dich nicht geschnappt haben. Deshalb dürften sie sich nicht Zauberer nennen, aber immerhin seien sie noch besser als all jene, die noch schwächer seien und ängstlich weggelaufen sind.«

Idris arbeitete sich zum Höhepunkt vor und brüllte: »Wenn ihr diesen Zauberer heute Abend nicht schnappt, bin ich fertig mit euch!«

Als ich das an Owen weitergab, sagte er: »Klingt genau nach meinem Stichwort.« Ich stellte ihn so hin, dass er für die anderen gut sichtbar war, auch wenn er sie selbst nicht sehen konnte. Er räusperte sich und sagte dann laut und deutlich: »Wenn du mich so dringend haben willst, warum fängst du mich dann nicht selbst, anstatt mir deine Lakaien auf den Hals zu hetzen?«

20

Es dauerte einige Sekunden, bis sie reagierten. Zuerst drehten sich ihre Köpfe vage in unsere Richtung. Dann weiteten sich ihre Augen, bevor sie sie halb zukniffen und die Stirn runzelten, als verglichen sie den echten Owen mit dem Bild, das Idris ihnen gezeigt hatte. Diejenigen, die ihn im Tagesverlauf bereits leibhaftig während des Autorennens gesehen hatten, waren aus der Stadt geflohen; also konnte niemand aus dieser Gruppe Owens Identität bestätigen. Fairerweise muss dazugesagt werden, dass er im wahren Leben etwas kleiner war, als man sich ihn vielleicht anhand von Bildern vorstellte.

»Da ist er! Schnappt ihn euch!«, schrie Idris und zeigte auf Owen. »Keiner von euch wird jemals ein richtiger Zauberer, wenn ihr ihn nicht fangt und zu mir bringt.«

Owen neigte den Kopf und flüsterte mir zu: »Was ist los?«

»Er hat den Schleier also noch nicht gelüftet«, sagte ich. »Sie starren dich alle mit offenem Mund an, und Idris versucht, sie auf dich zu hetzen.«

»Ah, danke.« Dann rief er Idris zu: »Hast du Angst, ich könnte dich wieder besiegen?« Ich drehte ihn ein wenig, damit er der Person, mit der er sprach, auch zugewandt war. Wenn Idris nicht so ein Idiot gewesen wäre, hätte er Owen sehen lassen, was vor sich ging.

»Ich glaube, letztes Mal war ich der Sieger«, erwiderte Idris.

Als ich Owen diese Nachricht überbrachte, erwiderte er: »Du bist entkommen. Aber das würde ich nicht unbedingt ›siegen‹

nennen. Davonzuhuschen wie eine Kanalratte ist nicht das, was ich unter einem Sieg verstehe.«

»Meine Siegeschancen könnten jetzt kaum besser sein, denn du bist hier ziemlich in der Minderzahl.« Ich zählte, ohne Dean, achtzehn Zauberlehrlinge und Idris. Wenn man bedachte, von welchem Kaliber die Leute waren, die auf unserer Seite standen, hieß das, dass wir die besseren Chancen hatten. Aber das musste ich Idris natürlich nicht unter die Nase reiben. Das war Teil der Überraschung.

Idris wandte sich erneut an seine Leute. »Worauf wartet ihr? Die Person, die ihr fangen sollt, steht direkt vor euch. Muss ich euch noch eine Wegskizze zeichnen?«

Sie erhoben sich wie ein Mann und kamen in unsere Richtung. Zuerst waren es nur einige vorsichtige Schritte, aber dann gewannen sie an Dynamik und stürmten auf uns zu. Mir war nicht danach zumute, Owen über Idris' letzte Sätze zu informieren. Stattdessen zerrte ich an Owens Hand und rief: »Lauf!« Ich war nicht sicher, ob er die Zauberer sehen konnte, die auf ihn zukamen, aber ich wollte es auch nicht drauf ankommen lassen.

Idris' Schüler probierten alles aus, was sie aus ihrer Zauberfibel für Anfänger wussten, und bewarfen Owen mit einem Ding nach dem anderen, während wir flohen. Es lag so viel Magie in der Luft, dass ich eine Gänsehaut bekam. Sie mussten den Schleier gelüftet haben, denn Owen wehrte ihre Zauber ohne irgendwelche Fingerzeige von mir mühelos ab. Dass sie ihre Formeln laut und deutlich aufsagten wie Erstklässler, die aus ihrem ersten Lesebuch vorlasen, erleichterte ihm die Sache. So konnte Owen sich in aller Ruhe seine Gegenzauber zurechtlegen. Solche Arten des Angriffs zu parieren hatte er wahrscheinlich schon beim magischen Gegenstück zu den Pfadfindern geübt.

Die Zauberer hinter uns schrien triumphierend auf, als wir vom Platz auf den Park zuliefen, denn sie waren sicher, dass sie ihre

Beute vor sich hertrieben. »Lauft ihm nach!«, hörte ich Dean rufen. Dieser Aufforderung hätte es gar nicht mehr bedurft. Wegen ihrer Verdienste bei der in ihren Augen unmittelbar bevorstehenden Gefangennahme des Erzfeindes ihres Mentors wähnten die anderen sich ihrem Ziel, zu echten Zauberern ernannt zu werden, bereits ganz nah. Beinahe taten sie mir leid. Schließlich wussten sie ebenso wenig, worauf sie sich da eingelassen hatten, wie es Dean klar gewesen war, bevor wir ihm die Augen geöffnet hatten.

Wir liefen geradewegs auf den Bach zu und den Weg hinunter, der zu seinem Ufer führte. Als die ersten Zauberlehrlinge den Uferweg erreichten, brach die Hölle los. Die Anführerin der Wassernymphen stieg aus der Mitte des Baches auf und stieß diesen unheimlichen Delphinton aus. Und auf ihr Signal hin sprangen zahlreiche Nymphen in Ufernähe aus dem Wasser, packten die Fußgelenke der Zauberlehrlinge und zogen sie in den Bach, wo sie prustend nach Luft schnappten, während sie wiederholt untergetaucht wurden. Die restlichen Zauberlehrlinge bekamen daraufhin eine solche Panik, dass sie die Baumnymphen über sich gar nicht bemerkten. Diese ließen sich mit schauerlichem Geheul von oben auf die jungen Männer fallen. Andere verprügelten ihre Opfer mit Zweigen.

Als die Zauberlehrlinge hinter dieser ersten Gruppe sahen, was passierte, versuchten sie umzukehren, doch diejenigen, die die Nachhut bildeten, versperrten ihnen den Weg. Der dadurch entstehende Tumult machte sie zu einer leichten Beute für die Kobolde, die aus den Büschen sprangen und ihnen mit ihren spitzen Stöcken fröhlich glucksend in die Fußknöchel piekšten.

»Wir sollten mal nachschauen gehen, wie der Rest des Kampfes sich entwickelt«, sagte Owen.

»Müssen wir wirklich? Dieser Teil macht gerade so viel Spaß.«

»Diesmal will ich Idris schnappen, und das ist wahrscheinlich meine beste Chance.«

»Wenn er überhaupt auftaucht. Ich hab ihn nicht in der Gruppe unserer Verfolger gesehen.«

»Ich glaube nicht, dass er widerstehen kann. Er ist nicht dumm genug, um ernsthaft zu glauben, dass diese Bande viel ausrichten kann. Er will nur, dass sie mich müde machen, bevor er mir persönlich gegenübertritt.«

Da der Weg noch verstopft war, kraxelten Owen und ich die Böschung hoch und hielten uns dabei an Bäumen und Wurzeln fest. Als wir in den Park kamen, war die magische Schlacht schon voll entbrannt. Die Schüler von Idris, die den Weg zum Bach gar nicht mehr hatten hinuntergehen können, waren Rod, Merlin und Sam in die Arme gelaufen. Diese waren zusammen mit Teddy und Oma aus ihren Verstecken gekommen und blockierten den letzten nicht durch einen Zauber blockierten Ausgang aus dem Park, so dass niemand den Nymphen und Kobolden entkommen konnte. Diejenigen Möchtegernzauberer, die Panik bekamen und nicht mehr mitmachen wollten, vergrößerten das Chaos noch, indem sie denen im Weg standen, die fanatisch genug waren, Owen immer noch fangen zu wollen.

Als die Männer schließlich in wilder Panik im Kreis liefen und ich sah, wie Rod mit einem Grinsen im Gesicht lässig seine Hand durch die Luft schwang, gewann ich den Eindruck, dass er sie von schrecklichen Illusionen verfolgen ließ. Wahrscheinlich begegneten diese Männer gerade ihren schlimmsten Albträumen. Merlin stand ruhig neben Oma am Ausgang des Parks und wedelte hin und wieder ebenfalls mit der Hand durch die Luft, um einen Zauber umzulenken oder jemanden am Weglaufen zu hindern. Merlins Aufmerksamkeit schien mehr auf Owen gerichtet zu sein als auf den Kampf selbst. Womöglich betrachtete er diese Schlacht als einen groß angelegten Test, der über Owens Zukunft in der Firma entscheiden sollte, nachdem er durch sein unentschuldigtes Fernbleiben Zweifel an seiner Integrität ausgelöst hatte.

Momentan war Idris aber noch nicht da, und die Kobolde sorgten dafür, dass Owen aus der Schusslinie blieb. Das half ihm hoffentlich, seine Kraft für den Zeitpunkt aufzusparen, an dem er sie wirklich brauchen würde. Bislang behielten wir in dieser Schlacht die Oberhand; wir waren dem Gegner sowohl an Land als auch zu Wasser überlegen. Sogar über eine eigene Luftwaffe verfügten wir. Sam stieß vom Himmel herab und sauste über die Menge hinweg. Auf seinem Rücken ritt ein lachender Kobold, der die Hintern der Zauberlehrlinge mit magischen Funken bombardierte. Die Getroffenen sprangen panisch in die Luft. Inzwischen wimmelte es auf dem Boden nur so von magischen Kreaturen, die den Kämpfenden rechts und links Beinchen stellten. Die, die zu Boden gingen, bekamen ein ernsthaftes Problem. Denn ihnen wurden die Schnürsenkel zusammengebunden oder die Hosen aufgeknöpft, so dass sie im Aufstehen über ihre Hosenbeine stolperten und Opfer weiteren Kobold-Schabernacks wurden.

Dann erblickte einer der Schüler Owen und rief: »Da ist er!« Kurz darauf waren alle Zauberlehrlinge, die gerade nicht mit magischen Wesen rangen, vor Illusionen davonliefen oder im Tiefflug bombardiert wurden, hinter uns her. Owen warf einen Feuerball in die Gruppe, so dass die Verfolger wie von einer gut platzierten Bowlingkugel getroffene Kegel auseinandersprengten. »Habt ihr Anfänger wirklich geglaubt, ihr könntet es mit mir aufnehmen?«, rief er. Er klang schrecklich bedrohlich, wenn man nicht wusste, dass er ein großer Schatz war, der normalerweise so bescheiden mit Magie umging, dass er kaum auffiel.

Einer der Zauberlehrlinge schleuderte einen eigenen Feuerball in Owens Richtung. Er war allerdings wesentlich kleiner und weniger hell, als Owens es gewesen war, und flackerte auf seinem Weg bedenklich. Owen reckte den Arm hoch und schnappte ihn leichthändig. Dann ließ er ihn über seiner Hand schweben und immer größer und heller werden. Schließlich trieb er ihn mit einem Schnicken aus dem Handgelenk zurück zu dem Zauberer, der ihn gebildet hatte. »Netter Versuch«, rief Owen, da der Feuerball sein Ziel traf und der Schüler umfiel. Als er auf dem Boden lag, stürzten sich drei Kobolde begeistert auf ihn.

Während Owen kämpfte, hielt ich nach einem Anzeichen von Idris Ausschau. Ich glaubte zwar gern, dass er feige genug war, andere an seiner Stelle Schlachten schlagen zu lassen, aber ich konnte mir nicht vorstellen, dass er gar nicht zum Kampf erschien. Andererseits hatten wir es ja hier mit Idris zu tun. Und der besaß bekanntlich die Aufmerksamkeitsspanne einer Stechmücke. Es konnte also durchaus sein, dass er auf dem Weg vom Gerichtsplatz zum Park von irgendetwas Interessantem abgelenkt worden war. Wenn ein hübsches Mädchen seinen Weg gekreuzt hatte, mussten wir womöglich noch Stunden auf ihn warten – falls dieses Mädchen sich nicht von seinem Körperspray oder seiner Persönlichkeit abgestoßen fühlte. Ich konnte mir ohne weiteres vorstellen, dass er im Dairy Queen saß, einen Banana Split löffelte und sich erst, wenn er damit fertig war, daran erinnern würde, was für einen Kampf er entfesselt hatte.

Ich fühlte eine Woge magischer Kräfte auf mich zukommen und wirbelte herum, um zu sehen, was los war. In diesem Moment lenkte Owen den Zauber geschickt von mir weg. Er war inzwischen müde geworden, atmete schwer, und seine schweißnassen Haare klebten ihm an der Stirn. »Alles in Ordnung mit dir?«, rief ich.

Er nickte. Dann hob er eine Hand und murmelte etwas, worauf einer der Zauberlehrlinge davonwankte. »Mir geht's gut. Ich glaube nicht, dass ich so schnell schlappmache wie diese Typen.«

»Vielleicht hättest du doch eine der Halsketten für dich behalten sollen.«

»Nein!« Die Heftigkeit seiner Reaktion überraschte mich. »Sich auf dieses Niveau dunkler Magie zu begeben hieße, zu weit zu gehen.«

»Dean hast du aber eine gegeben. Du willst doch hoffentlich nicht riskieren, dass er Geschmack an der dunklen Magie findet und überläuft, oder?«

»Dean ist nicht ich.« Er zog mich aus dem Weg, da ein Angreifer auf mich zukam, und sorgte dann dafür, dass dieser rücklings auf dem Boden landete, wo er sofort von Kobolden umringt wurde. »Je mehr Kraft man besitzt und je mehr Kraft man aufwenden kann, desto gefährlicher ist dunkle Magie. Für Dean ist sie praktisch harmlos. Aber für mich ist sie eine Grenze, die ich nicht zu überschreiten wage.«

Owen war mit großer Wahrscheinlichkeit einer der nettesten Männer des bekannten Universums, und er war auch nicht besonders machtversessen. Daher vermochte ich mir nur schwer vorzustellen, dass er sich in das magische Gegenstück zu Darth Vader verwandeln könnte. Seine Pflegeeltern hatten ihm zur Vorsicht eine gesunde Furchtsamkeit eingeimpft. Böse Magie war so gefährlich, dass man nicht auf das Urteilsvermögen eines Einzelnen angewiesen sein wollte; jedenfalls nicht, wenn dieser Einzelne so mächtig war wie Owen.

Owen zupfte an meinem Ärmel. »Ich möchte, dass du einmal quer über das Schlachtfeld gehst. Sie alle kämpfen mit magischen Mitteln; dir kann also nichts passieren. Und da sie, wie ich annehme, nicht wissen, was Immunität ist, werden sie nicht verstehen, warum sie dir nichts anhaben können. Sei dabei so auffällig wie möglich. Und versuch Ted dazu zu bringen, dasselbe zu tun. Sie werden glauben, dass ihr die mächtigsten Zauberer überhaupt seid. Sie sollen sich so deklassiert fühlen, dass sie Angst haben, sich je wieder auch nur in die Nähe von Magie zu begeben.«

Auch wenn ich wusste, dass all diese umherfliegenden Feuerbälle und Beeinflussungszauber keine Wirkung auf mich hatten, erschien mir dir Vorstellung, munter auf sie zuzumarschieren, nicht gerade spaßig. Ich atmete tief durch, setzte eine abgeklärte

Miene auf und stürzte mich ins Getümmel. Es erforderte eine Menge Selbstbeherrschung, nicht zusammenzuzucken, wenn Dinge auf mich zugeschossen kamen. Aber anstatt so zu reagieren, wie meine Gegner es erwarteten, lächelte ich sie verzückt an, wenn sie ihre Hände in meine Richtung schwangen. Die Gesichter, die diese Männer zogen, wenn sie bemerkten, dass ihre Zauberei spurlos an mir vorbeiging, waren unbezahlbar. Ich konnte mich nicht entsinnen, jemals mit einer solchen Ehrfurcht betrachtet worden zu sein. Das gab mir das nötige Selbstvertrauen, um eine große Show abzuziehen. Von Zeit zu Zeit hob ich, statt einfach völliges Unbeteiligtsein zu simulieren, die Hand, als wollte ich wohlüberlegt einen Zauber von mir ablenken. Einmal blieb ich sogar stehen und legte einem der Schüler, der mich mit allem zu bewerfen schien, was nicht niet- und nagelfest war, nur leider vergeblich, meine Hand auf den Kopf. »Gib's auf«, hauchte ich ihm ins Ohr. »Deine armselige Magie kann mir und Meinesgleichen nichts anhaben.« Er wurde bleich und sank auf die Knie.

Schließlich kam ich bei Teddy an, der in der Nähe von Oma stand. »Was ist das denn für ein Auftritt?«, fragte er.

»Sie wissen offenbar nicht, dass es Leute gibt, die immun gegen Magie sind. Deshalb kam Owen auf die Idee, dass sie ausflippen, wenn sie mir nichts tun können.«

»Scheint zu funktionieren.«

»Willst du nicht mitspielen?«

»Ja, warum nicht? Sonst bin ich hier ohnehin zu nichts nütze. Ich habe Merlin und Rod vor einigen Dingen gewarnt, aber sie waren mir jedes Mal um Längen voraus. Hey, meinst du, irgendwer schreibt eines Tages mal Geschichten und Lieder über diesen heldenhaften Kampf von Gut gegen Böse?«

»Nein, es sei denn, dir juckt es in den Fingern. Außerdem ist es eher ein Kampf von Gut gegen Nervig, was nicht so sehr Stoff für Legenden ist.«

Ich blieb neben Oma stehen, während er sich in die Menge stürzte, und kurze Zeit später konnte ich an ihm sehen, wie ich selbst gewirkt haben musste. Da er nicht so viel Erfahrung mit magischer Immunität hatte wie ich, dauerte es eine Weile, bis er nicht mehr zusammenzuckte, wenn etwas auf ihn zuraste. Aber bald kapierte er, wie unangreifbar er war, und ab da warf er sich in angeberische Posen, um vermeintliche Angriffe abzuwehren. Endlich zahlten sich all die Jahre als Dungeon Master für ihn aus. Ich hätte wetten können, dass er sich wünschte, Dean hätte seinen alten Jedi-Umhang nicht geklaut.

Rod und Oma bewachten weiter den Ausgang. Die erschrockenen Mienen, mit denen einige Zauberlehrlinge zurück aufs Schlachtfeld gelaufen kamen, ließen mich vermuten, dass Rod sich einige eindrucksvolle Illusionen ausgedacht hatte. Oma schwang vor allem ihren Stock durch die Luft und schrie, und ich war ziemlich froh, dass ich nicht genau hören konnte, was sie schrie. Mit ziemlicher Sicherheit waren es irgendwelche Flüche, aber ob sie magischer Art waren, war in diesem Chaos nicht ganz klar.

Als hätte es noch eines letzten Beweises dafür bedurft, dass Idris seinen Schülern einige wesentliche Dinge vorenthalten hatte, wagten sich einige von ihnen an Merlin heran. Verglichen mit der Angeberei, die Owen betrieben hatte, schien Merlin keinen Finger zu rühren. Wenn man nicht wusste, dass er *der* Merlin war, hätte man ihn für einen gewöhnlichen alten Mann und für unser schwächstes Glied in der Kette halten können. Aber das war einer der größten Fehler, die man begehen konnte.

Vier Zauberlehrlinge umzingelten uns. »Hey, Opi!«, rief einer von ihnen. »Willst du nicht mitkämpfen anstatt einfach nur hier rumzustehen und mit Oma Maulaffen feilzuhalten?«

»Ihr könnt gar nicht wollen, dass er sich einschaltet«, murmelte ich zu leise, als dass sie es hören konnten.

»Ich genieße meine Zuschauerrolle«, antwortete Merlin fröhlich. »Das ist das Unterhaltsamste, was mir seit langem geboten wurde. Ja, es gefällt mir sogar besser als der letzte Film über diesen jungen Harry Potter, den ich gesehen habe.«

»Magische Kräfte gehören wohl zu den vielen Dingen, die man im Alter verliert, was, Opi?«, sagte ein anderer.

Ich schüttelte traurig den Kopf. *Dumm, dumm, dumm*, dachte ich. Das waren solche Flachpfeifen, dass sie keine Vorwarnung verdienten. Merlin wedelte einmal lässig mit der Hand durch die Luft, und die ganze Gruppe verwandelte sich auf einen Schlag in weiße Kaninchen. Ihre Näschen zuckten in einer Regung, die wohl Panik sein musste. Oma machte es auch nicht besser, indem sie einwarf: »Meine Großmutter hatte ein hervorragendes Rezept für Kaninchenschmorbraten. Das hab ich schon viel zu lange nicht mehr gemacht!« Sie hob den Stock, als wollte sie mehrere Kaninchen auf einmal erschlagen. Die Tiere hoppelten vor der furchteinflößenden Frau mit dem großen Stock davon, prallten aber gegen Owens Abwehrzauber und machten kehrt. Zitternd kauerten sie sich aneinander. In diesem Moment verwandelte Merlin sie zurück in Menschen, doch sie blieben, vor Angst gelähmt, trotzdem dort sitzen, wo sie waren. Nach dieser Einlage hielten die anderen Zauberlehrlinge sich von Merlin fern, was ihm Gelegenheit gab, weiter Owen zu beobachten.

Ich überquerte erneut das Schlachtfeld, um zurück zu ihm zu gelangen. Diesmal musste ich stärker darauf achten, wo ich hintrat, denn zahlreiche Zauberlehrlinge waren bereits zu Boden gegangen. Entweder waren sie am Ende ihrer magischen Kräfte, oder sie wurden von den Kobolden derart unter Beschuss genommen, dass sie sich nicht mehr bewegen konnten. Ihre zunehmende Zermürbung bedeutete eine Entlastung für Owen. Jetzt hatte er nur noch drei von ihnen zugleich gegen sich.

Aber auch das reichte offenbar. Es war keine Einbildung – Owen bewegte sich inzwischen tatsächlich nur noch sehr langsam. Ringsum war es vollkommen dunkel geworden; nur der Mond und die Sterne und das gelegentliche Aufflackern magischen Lichts erhellten den Park noch, aber ich war sicher, dass er blass war. Selbst seine Reserven mussten nach einer guten halben Stunde fast aufgebraucht sein.

Owen machte eine ungeduldige Handbewegung, die seine drei Angreifer durch die Luft segeln ließ, und während die Kobolde sich auf sie stürzten, hielt er kurz inne, um sich mit dem Ärmel den Schweiß von der Stirn zu wischen. Nur Sekunden später stürzten sich erneut Schüler auf ihn. Sie gehörten zu den Entschlosseneren, die sich bislang weder hatten abschrecken noch unterkriegen lassen. Ich hasste es mitanzusehen, dass Owen sich ihnen stellen musste, obwohl er bereits erschöpft war. Andererseits mussten die anderen ja auch müde sein.

Ich nahm seine Hand, während die Zauberlehrlinge uns umzingelten. Er nickte mir dankbar zu, dann wurden unsere Handflächen da, wo sie sich berührten, ganz warm. Die zusätzliche Kraft erlaubte es ihm, sich dieser jungen Männer zügig zu entledigen. Jetzt zog er keine Show mehr ab. Er wollte sie nur noch so schnell wie möglich aus dem Weg räumen. Die Männer sanken zu Boden und schliefen sofort ein. Sie bewegten sich nicht einmal mehr, als die Kobolde ihre Taschen durchwühlten.

Owen ließ meine Hand los. »Danke! Das war sehr hilfreich.«

»Bist du sicher, dass du noch kannst?«

»Ich bin erschöpft, aber ich habe nicht das Gefühl, in Gefahr zu sein.«

Auf der anderen Seite des Parks, da wo Merlin, Rod und Oma standen, ereignete sich plötzlich eine Explosion aus Lärm und Licht. Offenbar hatte sich der Kampf dort intensiviert, doch ich konnte keine Zauberlehrlinge erspähen. Inzwischen waren fast alle von ihnen aus dem Feld geschlagen. Owen erstarrte neben mir und machte einen Schritt auf die Bäume zu. »Was ist los?«, fragte ich.

Er schüttelte den Kopf. »Ich weiß es nicht, aber das gefällt mir nicht.« Er warf einen Feuerball hoch, der in der Luft explodierte wie ein Feuerwerk und den gesamten Park erhellte. »Was siehst du?«, fragte er.

Eine Gestalt wanderte durch den Park. Merlin, Oma und Rod schienen sie überhaupt nicht wahrzunehmen. Wie es aussah, war Idris fertig mit seinem Banana Split und trat nun zum Kampf an. »Da ist Idris«, sagte ich.

Er kam mit einem selbstgefälligen Grinsen direkt auf uns zu. »Entweder musst du bessere Schüler finden, oder sie brauchen einen besseren Lehrer«, sagte Owen, als ich ihn anstieß, um ihm zu signalisieren, dass Idris nun auf Hörweite herangekommen war.

»Du verlässt dich wohl immer noch auf deine Freundin, was, Owen?«, erwiderte Idris.

»Immer noch besser, als Lakaien zu engagieren, damit sie das tun, wozu ich selbst nicht in der Lage bin«, konterte Owen. Diese Antwort bedeutete offenbar, dass Idris sich Owen gezeigt hatte. »Warum gibst du nicht einfach auf? Deine Armee ist geschlagen, und die Kraftfelder sind nicht so stark, dass du viel gegen mich ausrichten könntest.«

»Unter normalen Umständen vielleicht. Aber wer sagt denn, dass dies normale Umstände sind?« Idris zog an einem Lederband, das er um den Hals trug, und präsentierte die Kette, die Nita auf ihrem Foto erspäht hatte. Als er unsere überraschten Mienen sah, höhnte er: »Was? Habt ihr etwa geglaubt, ich hätte noch keine für mich selbst angefertigt gehabt?«

21

Ich hätte es wissen müssen. Natürlich hatte Idris zuallererst eine Kette für sich selbst gemacht und sie anbehalten. Aber was hätten wir auch dagegen unternehmen können? Ihn von Teddy aller verdächtig aussehenden Dinge entkleiden lassen, während Ramesh mit der Schrotflinte und Nita mit ihrem Baseballschläger im Anschlag danebenstanden? Als ich das Foto von Idris gesehen hatte, hatte ich noch nicht mal gewusst, dass es magische Verstärker gab. Aber das alles erklärte noch immer nicht, warum er zum Teleportieren in der Lage war. Wahrscheinlich hätten wir einen Notfallplan vorbereiten sollen, aber das war jetzt, wo Idris uns frisch und munter mit dieser Kette gegenüberstand, während Owen erkennbar erschöpft war, eine zu späte Erkenntnis.

Ich nahm Owens Hand und nickte ihm zu. Gerade rechtzeitig, als Idris einen Schwall magischer Kräfte zu uns schickte, von dem ich eine Gänsehaut bekam. Unsere ineinanderliegenden Hände glühten heiß, während Owen die Kräfte umleitete, so dass Idris seinem eigenen Zauber ausweichen musste, der sich nun gegen ihn kehrte. Owen trat noch einen Schritt zurück, wieder ein Stück näher an die Bäume und den Bach heran. Entweder suchte er die Nähe unserer Verbündeten oder er wollte an eine der Ketten herankommen.

Eine magische Feuerwand schlug uns entgegen, und Owen löschte sie. Bislang war es angenehm gewesen, wenn er Kraft aus mir schöpfte – in gewisser Weise sogar sexy –, aber jetzt grenzte es an Schmerz. Es war wie der Unterschied zwischen einer schönen heißen Badewanne und einer Wanne mit siedend heißem Wasser. Ich spürte, dass er mir Energie entzog, und war nicht sicher, wie lange ich das noch aushalten konnte.

»Immer noch auf deine Freundin angewiesen, wenn es eng für dich wird, was?«, sagte Idris spöttisch grinsend. Owen verschwendete gar nicht erst seinen Atem darauf, ihm zu antworten. Stattdessen wedelte er mit der Hand durch die Luft, und die Erde unter Idris' Füßen begann zu beben, so dass er einen Schritt zurückspringen musste.

Während sie miteinander fochten, blickte ich mich verzweifelt nach unseren Verbündeten um. Man hätte meinen sollen, die Intensität dieses Zweikampfs würde Aufmerksamkeit auf sich ziehen. In der Zwischenzeit hätten wir eigentlich längst von Zuschauern umringt sein müssen, doch in dem nachlassenden Licht von Owens Feuerball erkannte ich, dass die anderen sich noch immer um den Ausgang scharten und die Zauberlehrlinge beobachteten, die sich wie Gefangene in einer Reihe aufstellten. Sie schienen gar nicht zu bemerken, was hier passierte.

Das ergab Sinn. Idris musste uns verschleiert haben. Nur so war er bereit, es mit Owen aufzunehmen. Das erklärte auch, wie er zu uns gelangt war, obwohl er unmittelbar an Rod und Merlin vorbeispaziert sein musste. Teddy hatte womöglich alles gesehen, aber er kannte Idris nicht und wusste demnach auch nicht, dass Owen in Schwierigkeiten war.

Gerade wollte ich laut um Hilfe rufen, als eine andere Stimme schrie: »Huhu! Da bist du ja!« Eine allzu vertraute Stimme. Ich zuckte reflexartig zusammen, als ich mich umdrehte und eine gute Fee in der Nähe schweben und mit ihrem Zauberstab auf Idris zeigen sah. »Du hast gedacht, du könntest mir entkommen, was?«, schimpfte sie. Das war Ethelinda. Dieselbe Ethelinda, die mich fast in den Wahnsinn getrieben hatte, als sie sich darin versucht hatte, die gute Fee für mich zu spielen. Inzwischen arbeitete sie im Auftrag von Idris' gelegentlicher Freundin, aber es sah nicht so aus, als hätte sie sich seit unserer letzten Begegnung sehr verändert. Sie hatte sich an einem Western-Look versucht; über den diversen Schichten aus anderen nicht zusammenpassenden Kleidern trug sie ein Dale-Evans-Outfit und auf dem Kopf einen ramponierten Cowboyhut, an den sich mit letzter Kraft ihr angelaufenes Diadem klammerte.

Idris reagierte heftiger auf sie als auf alle Zauber, mit denen Owen ihn bislang bombardiert hatte. »Du schon wieder! Was hast du denn hier verloren?«, rief er und wich mit einem panischen Gesichtsausdruck vor ihr zurück.

Sie kicherte. »Na, was schon? Ich habe ein wachsames Auge auf dich. Eine Geschäftsreise ist keine Entschuldigung dafür, deiner großen Liebe untreu zu werden.«

»Ich bin nicht untreu! Ich unterhalte mich gerade«, erwiderte er mit fast schon weinerlicher Stimme.

Sie schüttelte traurig den Kopf. »So fängt es immer an. Mit einem harmlosen Gespräch.« Dann bemerkte sie mich. »Katie! Und Owen, du auch! Schön, euch zusammen zu sehen. Das war einer meiner schönsten Erfolge.« Sie schwenkte ihren Zauberstab in die Richtung unserer ineinanderliegenden Hände.

Zur Abwechslung tat sie uns mit ihrem Auftauchen mal einen Gefallen. Uns hatte Idris vor unseren Freunden verbergen können, aber sie konnte er nicht verhüllen. Daher kamen Merlin, Oma und Teddy nun neugierig angelaufen, um zu sehen, was los war. Rod blieb am Ausgang des Parks stehen und bewachte die Gefangenen. Die besiegten Zauberlehrlinge, die es geschafft hatten, sich wieder vom Boden zu erheben, aber noch nicht offiziell festgenommen waren, kamen ebenfalls zu uns. Sie schwankten und taumelten, so erschöpft waren sie, aber die Neugier trieb sie an. Auch Dean war darunter. Er sah ein bisschen frischer aus als die anderen, benahm sich jedoch wie sie.

Auf der Erde wimmelte es nur so von Kobolden, die kamen, um einen Blick auf Ethelinda zu werfen, und blieben, um Idris zu quälen. Sie lösten seine Schnürsenkel und stopften Kieselsteine in seine Schuhe, dann zogen sie seine Socken nach unten und leierten die Bündchen aus, so dass sie lose um seine Knöchel hingen. Er führte einen wilden Tanz auf in dem Versuch, sie abzuschütteln. Von den Bäumen hinter uns kamen Eicheln und Zweige geflogen und trafen Idris beängstigend zielsicher. Owen ließ meine Hand los und schob mich von sich weg, dann lockerte er beide Hände, um wieder in den Kampf einzusteigen, während Idris abgelenkt war.

In diesem Moment erreichten uns auch unsere übrigen Mitstreiter. Teddy konnte nicht viel tun, und Oma schwenkte nur ihren Stock und ihre Flasche mit dem Spirit. Doch Merlin wusste, was zu tun war: Eine Sekunde später legte Idris eine ziemlich gute Imitation eines tanzenden Derwischs hin; er drehte sich um sich selbst und sprang in die Luft, um einerseits den Zaubern auszuweichen, die von Owen und Merlin gleichzeitig kamen, und andererseits den kleineren Bedrohungen zu entkommen, die von den Kobolden zu seinen Füßen ausgingen. Seine Kette mochte ja seine Kraft verstärkt haben, aber sie verlieh ihm nicht die Fähigkeit, verschiedenen Gefahren auf einmal zu begegnen.

Ich war völlig in den Anblick dieses Kampfes vertieft, als mich plötzlich jemand von hinten packte. »Hey, was soll denn das?«, protestierte ich, als mein Kidnapper eine Hand auf meinen Mund legte. Ich wollte ihn beißen, erwischte aber nur meine eigenen Lippen. Dann versuchte ich, ihm auf die Füße zu treten, doch da ich Turnschuhe trug, brachte das nicht viel.

»Gebt auf, oder ihr passiert was!«, rief mein Kidnapper. Ich konnte nicht sehen, wer es war, nahm aber an, dass es sich um einen von Idris' Schülern handeln musste. Wahrscheinlich einer von den besseren, denn er schien kapiert zu haben, dass Magie keine Wirkung auf mich hatte. Stattdessen wendete er brutale Gewalt an. Etwas Kaltes, Scharfes an meinem Hals sagte mir, dass er normale Waffen benutzte. Ich gab allen Widerstand auf, damit ich mir nicht selbst die Kehle durchschnitt.

Der Kampf endete abrupt. Der verzweifelte Ausdruck auf Owens Gesicht, als er meine missliche Lage sah, trieb mir Tränen in die Augen. Ich konnte nicht glauben, dass ich ihn erneut in diese Situation gebracht hatte.

Ethelinda war die Erste, die eine hörbare Reaktion zeigte. »Ach, du liebe Güte! Da kann ich gar nicht hinsehen!«, rief sie und verschwand. *Vielen Dank auch*, dachte ich. Die war ja echt eine super Hilfe.

Idris lachte; es klang fast hysterisch. »Wow, jetzt sitzt du in der Klemme, was«, verhöhnte er Owen. »Wenn du mich kriegen willst, bedeutet das, dass du zusehen musst, wie deine Freundin einen schrecklichen Tod stirbt von der Hand von … Wer bist du noch gleich?«, fragte er den Schüler, der mich festhielt.

»McCreary, Sir«, antwortete mein Kidnapper.

»McCreary. Guter Mann. Du hast bestanden.« Dann wandte Idris seine Aufmerksamkeit wieder Owen zu: »Wenn du irgendwie versuchst, mich festzuhalten, wird sie es ausbaden.« Er fuhr mit einem Finger über seinen Hals, um zu signalisieren, dass mir dann die Kehle durchgeschnitten würde. »Aber wenn du deine Freundin retten willst, musst du mich gehen lassen. Dann hast du schon wieder verloren.«

Möglicherweise hätte ich mich aus einer weniger eindeutigen Falle irgendwie befreien können, doch in diesem Moment war ich absolut machtlos. Und es sah auch nicht so aus, als hätte irgendwer anders eine bessere Idee. Selbst die Kobolde verhielten sich still und schauten Owen ratsuchend an.

Merlin war derjenige, der vortrat und sich feierlich an Idris wandte: »Ihre Unfähigkeit zum Mitgefühl mit anderen ist gefährlicher als jede Formel, die Sie jemals zu entwickeln versucht haben. Wenn das Ihre Weltsicht ist, wird jede Magie, die Sie betreiben, von Dunkelheit befleckt sein.«

Idris lachte ihn aus. »Netter Versuch, Opi. Weil das mit der Magie für dich in diesem Jahrtausend nicht so gut zu laufen scheint, solltest du's vielleicht mit dem Schreiben von Grußkarten versuchen. So, und weil niemand das Blut dieser jungen Dame vergießen zu wollen scheint, werde ich jetzt von hier verschwinden, und ihr werdet mich ziehen lassen.« Als er an mir vorbeikam, blieb er kurz stehen und sagte: »Nimm's nicht persönlich. Du hast dir einfach den falschen Freund ausgesucht. Zu schade. Wenn du mehr Make-up tragen würdest, wärst du nämlich eigentlich ganz ansehnlich.«

Wenn ich kein Messer am Hals gehabt hätte, wäre das mein Stichwort gewesen, um mich auf ihn zu stürzen. Aber so musste ich mich damit begnügen, ihn wütend anzustarren. Doch ich war nicht die Einzige, die wütend schaute. Merlin fixierte Owen mit einem strengen Blick, der klar und deutlich besagte, dass er derjenige war, der mit diesem Problem fertigwerden musste. Wenn wir diese Sache gut überstanden, würde Owen nie mehr gegen seinen Boss rebellieren, da war ich sicher. Der Preis war viel zu hoch. Dann sandte Owen mir einen Blick, der mir den Atem stocken ließ. Ich vergaß sogar fast, dass mir jemand ein Messer an den Hals hielt. Er schaute, als wäre er derjenige, der in Lebensgefahr schwebte, solche Qualen litt er. Das sollte wohl der Abschied sein. Ich hatte das Gefühl, etwas Bedeutungsvolles sagen zu müssen. Wie war das noch am Ende von *Eine Geschichte aus zwei Städten* gewesen? Irgendwas von wegen, dass es so einfach viel besser sei? Oder sollte ich doch lieber den Klassiker »Uns bleibt immer noch Paris« wählen? Das passte sogar irgendwie, wo *Casablanca* doch Owens Lieblingsfilm war.

Aber stattdessen kam etwas ganz anderes aus meinem Mund:

»Grüß die Drachen von mir!« Eigentlich hätte ich mir diesen Satz nicht unbedingt als meine letzten Worte ausgewählt, doch das Funkeln, das ich plötzlich in Owens Augen sah, ließ mich ahnen, dass dies vielleicht doch gar nicht meine letzten Worte gewesen waren.

Owen murmelte leise eine Formel, und sofort fühlte ich, wie das Messer von meinem Hals verschwand. Dann spürte ich, wie sich zwei Arme um mich legten, aber nicht auf eine bedrohliche Art, sondern eher wie bei einer Umarmung. »Oh, du bist so weich und kuschelig«, sagte McCreary in einem Tonfall, als wollte er mich jeden Moment streicheln und an sich drücken und mir Koseworte ins Ohr flüstern. Wenn die Drachen, die Owen mit Hilfe von Magie gezähmt hatte, hätten sprechen können, hätten sie wohl genauso geklungen. Im gleichen Moment, als das Messer meinen Hals verließ, knöpfte Owen sich Idris wieder vor.

Dann wurde ich von irgendetwas getroffen; ich spürte die Anwesenheit magischer Kräfte und ein Kribbeln am ganzen Körper. Auf meinen Kidnapper schien es eine andere Wirkung zu haben; er lockerte seinen Griff. Ich wandte meinen Blick von Owen ab und erspähte Dean, der dabei war, einen Feuerball zu bilden. »Lass die Finger von meiner Schwester, du Widerling!«, rief er. Darum musste er nicht zweimal bitten. Ich taumelte, als der Kerl mich losließ, doch Dean trat vor, um mich aufzufangen. »Alles in Ordnung?«, fragte er. Und als ich nickte, sagte er: »Gut, dass Owen mir die Kette gegeben hat. Sonst hätte ich das nie geschafft.«

Owen und Idris befanden sich wieder mitten im Gefecht. Merlin stand in ihrer Nähe, aber seine Aufmerksamkeit galt nicht dem Kampf. Stattdessen streckte er seine Arme aus und murmelte etwas. Die verbliebenen Zauberlehrlinge, inklusive der Gefangenen, blieben wie angewurzelt dort stehen, wo sie gerade waren, und sanken dann einer nach dem anderen zu Boden. Wie es aussah, wollte Merlin verhindern, dass sich noch mal jemand mit Magie oder anderen Hilfsmitteln in das Duell einmischte. Was ich sehr begrüßte. Als ich zu den Kämpfenden gehen wollte, hielt Dean mich zurück und legte schützend seine Arme um mich. »Du willst doch nicht riskieren, ihn noch einmal in so eine Klemme zu bringen«, sagte er. Ich wusste, dass er recht hatte, aber gut finden musste ich es ja trotzdem nicht. Ich schwor mir, die fieseste, raffinierteste aller Kampfsportarten zu lernen und mich darin zur Meisterin auszubilden. Auch wenn ich nicht zaubern konnte, würde ich dafür sorgen, dass derjenige, der als Nächstes versuchte, mich als Geisel zu nehmen, es bitter bereuen würde.

Der Kampf verlief nicht so gut, wie ich es mir erhofft hätte. Idris war aufgrund seines Magieverstärkers weitaus frischer als Owen, wodurch er Owens übliche Überlegenheit in puncto Kraft und Können kompensieren konnte. Owen sah vollkommen erschöpft aus, war aber offenbar entschlossen, nicht aufzugeben. »So kann er nicht weitermachen«, murmelte Dean. Er ließ mich los und zog seine Kette aus. »Owen, fang!«, rief er.

Die Kette segelte durch die Luft, und Owen schnappte sie mit einer Hand auf. Er schaute sie einen Moment lang nachdenklich an. Und als ich bemerkte, dass Merlin ihn genau beobachtete, fiel mir wieder ein, was Owen über die Risiken des Gebrauchs solcher magischen Gegenstände gesagt hatte. Aber rechtfertigten verzweifelte Umstände nicht verzweifelte Maßnahmen?

Offenbar nicht. Owen schüttelte den Kopf und warf die Kette beiseite. »Nein, nicht auf diese Weise«, sagte er leise, aber so deutlich, dass seine Stimme im ganzen Park zu hören war. Merlin nickte zufrieden, während er weiter die Zauberlehrlinge in Schach hielt. Diese Prüfung hatte Owen offenkundig bestanden; aber noch hatte er den Kampf nicht gewonnen. Ein lachender Idris setzte mit frischem Elan zum nächsten Schlag an. Owen zog sich zurück. Er lief in Richtung Bach, wo er auf die Hilfe der Naturgeister hoffen konnte, war jedoch zu erschöpft, um weit zu kommen oder schnell genug zu sein. Und als er stolperte und hinfiel, fand er nicht mehr die Kraft aufzustehen. Merlin kam Owen zu Hilfe, doch auch er bewegte sich langsam und wirkte müde. Merlin war zwar sehr mächtig, aber er war auch sehr, sehr alt. Er hob die Hände, um Idris zuzusetzen, doch der Zauber, den er ihm entgegenschleuderte, reichte nicht zu mehr als einer kurzen Irritation.

Ich ertrug es nicht, dem Ganzen zuzusehen, aber ich konnte mich auch nicht losreißen. Also schaute ich mich nach irgendetwas um, was Owen helfen konnte, und mein Blick fiel auf Oma und ihre Flasche mit dem Spirit. Sie war die einzige andere Magiebegabte, die noch aufrecht stehen konnte. »Oma, dein Spirit!«, rief ich in der Hoffnung, dass er nicht zu den Dingen gehörte, die sie sich bloß einbildete, sondern real vorhanden war. Sie ging prompt auf Idris zu, warf die Flasche hoch und schlug heftig mit ihrem Stock dagegen, als wollte sie einen Baseball treffen. Das Glas zersprang in der Luft und die Scherben regneten auf Idris herab. Owen blieb am Boden liegen, krabbelte aber aus dem Weg. Ich machte mich von Dean los und lief zu ihm, um ihm aufzuhelfen. Er legte seine Arme so eng um mich, dass ich fast keine Luft mehr bekam, aber ich war so froh, dass wir beide noch lebten, dass es mir nichts ausmachte. In dieser Umklammerung führte ich ihn zu der Stelle, an der Dean stand.

Idris war so damit beschäftigt sich zu schütteln, dass er sein fliehendes Opfer ignorierte. Zuerst dachte ich, er wollte die Scherben abschütteln, aber dann begriff ich, dass die Flasche tatsächlich nicht leer gewesen war. Es war etwas darin gewesen, und dieses Etwas war jetzt frei. Es war schwer zu sagen, worum es sich handelte, weil es sich so schnell bewegte, wie der Tasmanische Teufel aus dem Zeichentrickfilm, ein zerstörerischer Wirbelwind, der zusammenhangloses, wütendes und verrücktes Zeug von sich gab. Blut flog durch die Luft, zusammen mit Fetzen, die wohl von Idris' Kleidern stammten.

Oma stellte sich neben Owen, Dean und mich. »Sie hassen die Gefangenschaft, und sobald sie freikommen, lassen sie das an dem Erstbesten aus, den sie erwischen«, sagte sie mit grimmiger Genugtuung. »In so einer Flasche eingepfercht zu sein raubt jedem den Verstand. Ich hab schon völlig vergessen, wie lange es her ist, dass ich dieses Ding eingefangen habe.«

Idris sank auf die Knie. »Ich ergebe mich! Hört auf! Ich kapituliere!«, schrie er. Merlin sagte in einem sehr bestimmten Ton etwas in einer fremden Sprache und schnippte mit den Fingern, dann verschwand der Spirit und mit ihm das Chaos, das er verursacht hatte. Idris blieb blutverschmiert und mit zerfetzten Kleidern zurück. Als er begriff, dass der Spirit weg war, wimmerte er leise vor Erleichterung. Dann tat er etwas, was ich ihm nie zugetraut hätte: Er begann zu schluchzen. »O bitte, Sie müssen mir helfen. Ich brauche Ihren Schutz. Ich liefere mich Ihnen auf Gedeih und Verderb aus.«

Merlin trat einen Schritt zurück, bevor Idris seine Hosenbeine packen und ihm die Schuhe nassweinen konnte. Dann sagte er ernst zu ihm: »Sie ergeben sich also? Sie ordnen sich unserer Macht unter, so dass Ihre Kraft zu unserer wird und nicht mehr gegen uns verwendet werden kann?« Sein Tonfall und seine gestelzte Sprache sagten mir, dass dies eine Art Ritual sein musste, vielleicht sogar ein verbindliches.

Idris zog seine Halskette aus und übergab sie Merlin, dann legte er seine Hände zusammen und sagte: »Ich gebe mich geschlagen. Ich ordne mich Ihrer Macht unter, so dass meine Kraft zu Ihrer wird und nicht mehr gegen Sie verwendet werden kann.«

Merlin nickte. »Sehr gut. Und wovor sollen wir Sie beschützen?«

»Vor diesen Leuten, für die ich arbeite. Ich will nicht mehr. Das geht zu weit. Früher hat es mir Spaß gemacht, mein eigenes Ding zu machen, wissen Sie, aber sie machen ernst. Es ist, als wollten sie tatsächlich die Welt regieren und als benutzten sie mich, um die Sache ins Laufen zu bringen. Und raten Sie mal, wer schuld ist, wenn sie erwischt werden oder irgendwas schiefgeht. Aber ich wusste nicht, wie ich da wieder rauskommen sollte. Diese Leute werden mich aufspüren und mich verfolgen, wenn ich zu entkommen versuche. Sie sind wie diese Firma bei Grisham, wissen Sie, nur eben magisch. Niemand darf wieder gehen und so was. Ich stecke ganz tief in der Scheiße, weil ich das hier vermasselt habe. Vielleicht bringen die mich sogar um, weil ich es nicht geschafft habe, eine gescheite Armee auf die Beine zu stellen. Sie sind der Einzige, der mich vielleicht noch beschützen kann.«

Owen und ich traten dazu. »Wirst du uns alles sagen, was du weißt?«, fragte Owen.

Idris rutschte auf seinen Knien herum, um Owen anzuschauen. »Ich weiß nicht viel. Nur die Frau mit dem Geld hab ich mal persönlich getroffen. Ich glaube aber, sie hat noch jemanden über sich und das ist derjenige, der das Sagen hat. Aber ich weiß nicht, wer es ist. Ich weiß nur, dass ich Angst vor ihm habe.«

»Wir beschützen Sie im Gegenzug für sämtliche Unterstützung, die Sie uns leisten können.« Merlin bedeutete Rod näherzukommen. »Mr Gwaltney, kümmern Sie sich bitte um ihn.«

Rod machte irgendetwas Kompliziertes mit seinen Fingern, und kurz darauf wand sich ein Faden aus Licht um Idris' Handgelenke. Dann zog Rod Idris auf die Füße und brachte ihn zu den anderen Gefangenen.

Merlin stellte sich vor die versammelten Gefangenen und schnippte mit den Fingern. Daraufhin erwachten sie wieder zum Leben. Merlin sagte mit Bestimmtheit: »Es ist vorbei. Das Ganze hat jetzt ein Ende.« Seine Stimme hatte das Gewicht einer tausendjährigen Autorität und schien bei den Gefangenen entsprechend zu wirken, auch wenn sie nicht wussten, wer er eigentlich war.

Owen ließ mich los und trat einen Schritt vor. »Ich hoffe, ihr habt begriffen, dass ihr mit einer gefährlichen Macht gespielt habt, mit der man nicht leichtfertig umgehen sollte. Es gibt so vieles, was ihr nicht wisst, und dieses fehlende Wissen hätte euch umbringen können.«

Einer der Gefangengen ergriff das Wort: »Können Sie uns denn die Sachen beibringen, die wir wissen sollten?«

Owen wandte sich an Merlin und zog fragend eine Augenbraue hoch.

»Warum nicht?«, sagte Rod. »Ich bezweifle, dass wir ihr gesamtes magisches Ausbildungssystem zu Fall gebracht haben. Deshalb können wir genauso gut unsere eigene Ausbildung beginnen. Allerdings sollten wir die Sache richtig angehen, damit wir eigene Verbündete haben, die wir heranziehen können, wenn es nötig ist.«

»Vielleicht können wir euch ausbilden«, sagte Owen, der seine Aufmerksamkeit wieder den Gefangenen zuwandte. »Aber ihr solltet wissen, dass euch in dieser Stadt nicht viel magische Kraft zur Verfügung steht. Die Suche nach Kraftquellen wird voraussichtlich Teil eures überarbeiteten Lehrplans werden.«

»Sie dürfen jetzt gehen, wenn Sie geloben, Ihre magischen Kräfte nie wieder dazu zu verwenden, anderen zu schaden oder andere zu beeinflussen, um daraus persönliche Vorteile zu ziehen«, sagte Merlin. »Und der Schwur, den Sie ablegen, wird bindend sein. Wer nicht dazu bereit ist, wird Mr Idris in der Haft Gesellschaft leisten.«

Sie hoben alle die Hände und schworen. »Wer die Ausbildung fortsetzen möchte, nenne mir bitte noch seinen Namen und seine Adresse, bevor er geht«, sagte Rod. Dann postierte er sich mit seinem Palm Pilot in der Nähe des Ausgangs, um die Daten aufzunehmen. Die meisten blieben stehen, um sie ihm zu geben, doch einige rannten auch einfach davon. Ich war sicher, dass sie fortan leugnen würden, jemals mit Magie in Berührung gekommen zu sein.

Als alle weg waren, zogen wir geschlossen zum Ufer des Bachs, um uns bei unseren Freunden zu bedanken. »Soll ich meine Flöte mitnehmen?«, fragte ich Owen.

»Nein, ich glaube nicht. Diese Ketten sind Belohnung genug für ihre Unterstützung.«

»Gut, ich hab nämlich auch keine Lust, noch mal das Motivationslied aus der Schule zu spielen.«

»Heute Abend hätte es doch gut gepasst«, scherzte er und klang schon wieder etwas besser.

Die Anführerin der Wassernymphen erwartete uns bereits. »Ihr habt heute Abend einen großartigen Sieg errungen – mit unserer Hilfe natürlich. Mein Volk hat sich köstlich amüsiert. Sagt uns Bescheid, wenn ihr das nächste Mal in der Stadt seid.« Sie zwinkerte mir zu und fügte dann an: »Ich bin sicher, deine Freundin hat nichts dagegen, dir dabei zu helfen, uns herbeizurufen. Wir werden gut mit den Hilfsmitteln umgehen, die ihr uns geschenkt habt. Wir sind jetzt quitt, keine Seite schuldet der anderen noch etwas.« Damit verschwand sie unter der Wasseroberfläche, und die wenigen verbliebenen winzig kleinen Lichtlein zu beiden Ufern des Baches folgten ihr.

Wir drehten um und gingen zurück zu unseren jeweiligen Fahrzeugen. »Wir werden morgen nach New York zurückkehren«, sagte Merlin unterwegs zu Owen. »Ich erwarte Sie nicht vor Montag zurück in der Firma. Sie müssen sich ausruhen, und ich könnte mir vorstellen, dass Sie hier noch etwas zu Ende bringen müssen.« Er warf mir einen Seitenblick zu, als er das sagte, aber ich hatte Angst, dass Owen zu müde war, um den Wink zu verstehen.

Während Rod Idris auf die Rückbank ihres Mietwagens schob, nahm Merlin meine Hände und sagte: »Sie haben uns wie immer sehr geholfen, und es hat mich gefreut, Ihre Familie zu treffen.« Mit einem Augenzwinkern fügte er hinzu: »Wenn ich ein paar Jahrhunderte jünger wäre, wäre ich womöglich versucht, noch ein paar Tage zu bleiben, um Ihre Großmutter näher kennenzulernen.«

»Was machen schon ein paar Jahrhunderte aus, wenn man erst einmal ein gewisses Alter erreicht hat?«, erwiderte ich lachend, obwohl sich mir bei der Vorstellung, meine Oma wäre mit meinem Boss zusammen, die Nackenhaare sträubten. Oder mit meinem ehemaligen Boss. Vielleicht.

Er wurde wieder ernster. »Sie sind eingeladen, zu uns zurückzukehren, wann immer es Ihnen beliebt. Nach diesen Ereignissen bin ich nicht mehr davon überzeugt, dass Sie hier weniger gefährdet sind als anderswo, und Ihre Unterstützung macht die Ablenkung und das Risiko mehr als wett, das Sie möglicherweise darstellen. Aber Sie müssen tun, was Sie – und Mr Palmer – für das Beste halten. Er ist derjenige, der am meisten zu leiden scheint.«

»Danke, Sir. Ich werde das alles im Hinterkopf behalten.« Wie es klang, war ich jetzt am Ball. Oder vielleicht Owen. Ich wusste ja, was ich wollte, aber mir war immer noch nicht ganz klar, was er empfand. War er erleichtert, wenn ich aus dem Weg und vermutlich auch außer Gefahr war? Oder wollte er mich in seiner Nähe haben? Darüber würden wir wohl reden müssen, aber sicherlich nicht heute Abend.

Als ich mich von Rod und Merlin verabschiedet hatte, stand Owen bereits abfahrbereit vor seinem Mietwagen. »Möchtest du, dass ich fahre?«, fragte ich, da er aussah, als stände er kurz vor der Ohnmacht. Er nickte und setzte sich auf den Beifahrersitz.

Als wir zurück zum Haus kamen, wollte er unwillkürlich zu dem Baum neben der Veranda gehen, aber ich hielt ihn fest. »Wir haben das Haus völlig legal verlassen, vergiss das nicht. Außerdem ist es noch gar nicht besonders spät.« Es fühlte sich nur spät an, weil wir so viel erlebt hatten.

»Ach ja, gut«, erwiderte er seufzend. »Ich war auch nicht sicher, ob ich es da hinaufschaffen würde. Ich weiß nicht mal, ob ich es schaffe, die Treppe hochzugehen.«

Ich nahm seinen Arm. »Ich glaube, es ist mal wieder an der Zeit für Kuchen und vielleicht ein bisschen Eis. Und dann können wir die ganze Nacht schlafen, stell dir vor.«

»Wow, ich hab schon ganz vergessen, wie das ist.«

»Ich kann noch gar nicht glauben, dass jetzt alles vorbei ist.«

»Wir haben es mal wieder geschafft, die Situation zu retten«, sagte er mit einem Lachen, das klang, als wäre er betrunken. Er wurde schon ganz albern vor lauter Erschöpfung und Erleichterung. »Und jetzt ist es an der Zeit, wieder zur Normalität zurückzukehren.«

Das hatte ich befürchtet. Ich war nämlich zu dem Schluss gekommen, dass Normalität stark überschätzt wurde.

22

Am nächsten Morgen hatte ich überhaupt keine Lust, zur Arbeit zu gehen. Es wäre aber nicht ganz einfach gewesen zu erklären, dass dies der erste Tag seit längerem war, an dem ich keine zwei Jobs gleichzeitig zu bewältigen hatte. Rettung nahte, kaum dass Mom beim Frühstück einen Blick auf Owen geworfen hatte. »Ach, Sie Armer! Katie, du kannst deinen Gast nicht zu Hause allein lassen, wenn er so krank ist. Ich sage deinem Vater, dass du heute nicht zur Arbeit kommst. Du bleibst hier und kümmerst dich um deinen Freund.«

Kaum auszudenken, was sie bei seinem Anblick in der letzten Nacht gesagt hätte. Heute sah er bleich und müde aus, aber bei weitem nicht so fertig wie vor den sechs Stunden Schlaf, die er bekommen hatte.

»Mir geht es gut«, beharrte Owen. »Aber ich würde mich freuen, wenn Katie trotzdem hierbleiben könnte. Ich muss morgen abreisen, also ist heute mein letzter Tag hier.«

Damit löste er erneut jede Menge Aufregung bei mir aus. Ich hatte mitbekommen, wie Merlin ihm gesagt hatte, er bräuchte erst am Montag wieder in der Firma zu sein, und heute war erst Freitag. Also fragte ich mich, warum er so schnell weg wollte. Wahrscheinlich hatte er vor, sich zu Hause in Ruhe zu erholen und wenigstens einen freien Tag zu genießen, ehe er wieder ins Büro musste. Und sich im Kreis meiner Familie aufzuhalten war für niemanden eine Erholung. Wenigstens hatte er den Wunsch geäußert, den Tag mit mir zu verbringen. Das interpretierte ich als gutes Zeichen.

Als Mom zu ihren Meetings aufgebrochen war und Owen und ich mit der zweiten Tasse Kaffee allein am Küchentisch saßen, sagte ich: »Du fährst also morgen nach Hause?«

»Ja, ich glaube, das ist das Beste. Ich bin schon über eine Woche weg.«

»Das stimmt«, nickte ich. »Und ich nehme an, deine Katze und die Drachen vermissen dich.«

Er lächelte. »Bei den Drachen bin ich mir nicht so sicher, aber Loony lässt mich wahrscheinlich nicht mehr ins Haus zurück. Ich glaube, so lange hab ich sie noch nie allein gelassen. Zum Glück sieht es wenigstens danach aus, als würde ich meinen Job behalten. Nichts schafft einem besser Ärger vom Hals, als einem Schurken das Handwerk zu legen. Ich darf nicht vergessen, deiner Großmutter Blumen zu schicken – zum Dank für ihren Spirit.«

Ich hoffte, er würde sagen, dass ich ihn nach New York begleiten sollte, doch er tat es nicht. Zwar wusste ich jetzt, dass Merlin nichts dagegen hatte, aber ich musste herausfinden, was Owen wollte. »Möchtest du noch was Bestimmtes machen, solange du hier bist?«, fragte ich.

»Schlafen?«

Ich lachte und versuchte einen unbeschwerten Tonfall beizubehalten, obwohl ich tief enttäuscht war. War es denn zu viel verlangt, dass er zum Beispiel sagte, er wolle noch etwas Zeit mit mir verbringen, ohne sich dabei Gedanken über dunkle Magie machen zu müssen? Oder dass er vielleicht da wieder anknüpfen wollte, wo wir vor dem Auftauchen der Wassernymphe stehen geblieben waren? »Ja, schlafen hört sich gut an.«

»Hattest du genug Zeit, um auf der Veranda zu sitzen und dicke Bücher zu lesen?«, fragte er.

»Was?«, fragte ich mit einem Kopfschütteln.

»In New York hast du gesagt, du wolltest dich in Ruhe auf eine Veranda setzen oder vielleicht in eine Hängematte legen und eine

Zeitlang nichts mit Magie zu tun haben. Hat das geklappt, während du hier warst?«

»Ich glaub schon. Ich habe gar nicht darüber nachgedacht. In der ersten Woche nach meiner Rückkehr bin ich wie ein Gast behandelt worden. Ich wurde verwöhnt und hatte Zeit, mich zu entspannen – soweit das in dem Durcheinander hier geht. Ich hab mich mit meiner kleinen Nichte beschäftigt, das war schön. Aber als dann klar wurde, dass ich bleiben würde und nicht nur zu Besuch war, wurde ich vom Gast wieder zum ganz normalen Familienmitglied und musste arbeiten wie alle anderen. Es war eine magiefreie Zeit, zumindest eine Weile, aber ich weiß nicht, ob ich das wirklich als entspannend bezeichnen würde.« Ich seufzte. »Und bei dir? Ist der Wahnsinn weitergegangen, nachdem ich weg war, oder hat die Katastrophendichte in meiner Abwesenheit merklich nachgelassen?«

»Na ja, ich brauchte niemanden aus einem brennenden Gebäude oder zugefrorenen Teich zu retten. Ich bin in keine Drachenfalle gelockt, von keiner guten Fee verfolgt und von keiner Horde von Müttern belagert worden. Also könnte man schon sagen, dass sich die Lage beruhigt hat, nachdem du gegangen warst.«

Die danach eintretende Stille unterbrach ich erst einmal nicht, für den Fall, dass er noch etwas hinzufügen wollte. Zum Beispiel, dass er sich inzwischen nicht mehr sicher war, ob die verschiedenen Desaster wirklich direkt etwas mit mir zu tun gehabt hatten, oder dass ihm die ganzen kleinen Krisen eigentlich sogar gefallen hatten, weil sie unterhaltsam waren und immerhin besser, als sich allein zu langweilen. Aber er sagte nichts. Mir war klar, dass meine einzige andere Möglichkeit darin bestand, ihn direkt und unverblümt zu fragen, ob er wollte, dass ich mit nach New York zurückkam, doch ich konnte mich nicht dazu überwinden. Was, wenn er nein sagte?

Wir räumten den Frühstückstisch ab und machten dann eine kleine Rundfahrt durch die Stadt, um sicherzugehen, dass wieder alles normal war. Nitas Hotelgäste waren ausnahmslos noch während der Nacht oder früh am Morgen abgereist, und auf dem Gerichtsplatz tanzten keine verdächtigen Umhangträger herum. Als wir im Dairy Queen Mittagspause machten, ließen ein paar Jugendliche im Park Knallfrösche los, aber insgesamt sah es so aus, als hätte absolut niemand die große magische Schlacht bemerkt.

Mom richtete zu Owens Abschied eins ihrer großen Familienabendessen aus. Ich sah ihm von der anderen Seite des Raumes aus zu, wie er Lucy hielt und mit meinen drei Brüdern plauderte. Anfangs hatte es mich überrascht, wie gut er in meine Familie passte, aber inzwischen war mir klar, dass das gar nicht so verwunderlich war. Meine Familie hatte sich als ganz schön ungewöhnlich herausgestellt, und er passte perfekt dazu, mitsamt Magie und allem anderen.

Der Rest der Familie verabschiedete sich nach dem Essen, so dass wir allein waren, als Owen am nächsten Morgen abreiste. Die merkwürdige Distanziertheit, die mir schon kurz nach seinem Eintreffen aufgefallen war, hatte sich in vollem Umfang wieder eingestellt. Er holte den Zauberkoffer unter meinem Bett hervor und brachte sein Gepäck zum Auto. Dann schloss er den Kofferraumdeckel, klopfte darauf, drehte sich zu mir um und sagte: »So, ich glaube, ich fahre dann besser mal. Sag bitte deinen Eltern noch mal danke für die Gastfreundschaft.«

»Mach ich. Sie fanden es toll, dich hier zu haben. Ich bin mir sicher, dass sie mir sagen werden, dass ich dich jederzeit wieder einladen soll.«

»Vielleicht brauchen wir beim nächsten Mal keine magische Schlacht zu bestehen.«

»Hoffentlich nicht.«

»Teddy und deine Großmutter werden Dean im Auge behalten.

Ich glaube, er wird es packen, aber es kann nicht schaden, auf Nummer sicher zu gehen.«

»Ja, gute Idee.«

Es trat ein unbehagliches Schweigen ein, und ich wusste nicht, was ich tun sollte. Sollte ich ihm zum Abschied einen Kuss geben, ihn umarmen, ihm die Hand geben oder nur winken? Sollte ich die Initiative ergreifen oder es ihm überlassen? »Es war schön, dich zu sehen«, meinte ich schließlich. »Du hast mir wirklich gefehlt.« Das zählte dann wohl als verbale Initiative. Jetzt war er am Zug.

»Ja.« Er starrte auf den Boden und lief rot an. »Es war ohne dich nicht dasselbe.«

Ich könnte ja zurückkommen!, wollte ich schreien, aber ich würde nicht betteln, nicht einmal um ihn.

Er ging ums Auto herum, machte die Fahrertür auf und lehnte sich dann auf deren Oberkante. »Vielen Dank für deine Hilfe, wie immer.«

»Schöne Grüße an alle.«

»Richte ich aus.« Wieder trat eine unbehagliche Stille ein. Ich wusste nicht, was in ihm vorging, aber ich stellte mir gerade vor, wie ich mich auf ihn stürzen und ihm einen Kuss geben würde, der jede Wassernymphe im Umkreis der nächsten drei Landkreise anziehen musste. Seine Wangen färbten sich in einem noch tieferen Rot, so dass ich mich wirklich fragte, was er dachte. Er zögerte noch etwas und meinte dann: »Es tut mir leid, dass du weggehen musstest, weil ich einen Fehler gemacht habe.«

»Aber das war doch nicht …«

Er lächelte betrübt und schüttelte den Kopf. »Ich weiß, dass du nicht mir die Schuld gegeben hast, aber wenn wir ehrlich sind, war das doch der Grund. Ich neige leider dazu, den Kopf zu verlieren, wenn es um dich geht. Aber, weißt du, das passiert mir ganz unabhängig davon, ob du in der Nähe oder weit weg bist. Alles stehen und liegen zu lassen, um dir zu Hilfe zu kommen, ist allerdings viel leichter und lenkt mich viel weniger ab, wenn du in der Nähe bist und nicht weit weg. Wie's aussieht, kriege ich dich nicht aus dem Kopf, egal wo du bist.«

Mir verschlug es die Sprache – und ich hätte nie gedacht, dass mir so was passieren könnte. Bei Owen musste man oft zwischen den Zeilen lesen. Hatte er gerade das gesagt, was ich verstanden zu haben glaubte? »Also warst du nicht sauer auf mich, weil ich weggegangen bin?«

»Ich war sauer auf mich selbst, weil ich uns in eine Lage gebracht habe, wegen der du das Gefühl hattest, weggehen zu müssen. Und ich dachte, du wärst von mir enttäuscht, genau wie alle anderen.«

»Ich hab mir nur Sorgen um dich gemacht. Ich wollte verhindern, dass du so etwas noch mal durchmachen, noch einmal so eine Entscheidung treffen musst. Aber das hat nicht besonders gut funktioniert, nicht wahr?«

»Ende gut, alles gut. Wann immer du soweit bist, möchte ich dich gerne zurückhaben.« Bevor ich antworten konnte, stieg er ins Auto und machte die Tür hinter sich zu. Ich blieb in der Einfahrt stehen, bis sein Wagen außer Sicht war. Als ich mir nicht einmal mehr eine Spur von ihm einreden konnte, ging ich zu meinem Pick-up und fuhr in den Laden.

»Ist Owen pünktlich weggekommen?«, fragte Dad bei meiner Ankunft.

»Ja, sein Flug geht erst heute Abend. Er müsste genug Zeit haben, sogar wenn es an den Sicherheitskontrollen länger dauert.«

»Gut, gut. Und wann gehst du nach New York zurück?«

»Wie meinst du das?«

»Da möchtest du doch eigentlich sein, oder?«

»Ja, na ja, aber …«

»Meinst du, du kriegst das mit deinem Job wieder geregelt?«

»Bestimmt, aber …«

»Dann musst du wieder zurückgehen. Du hast dir da einen guten Mann ausgesucht, aber aus eurer Beziehung kann über eine so große Entfernung nichts werden. Oder hast du vor irgendwas Angst?«

Ich hatte Angst gehabt, dass er nicht wollte, dass ich nach New York zurückkehrte, aber darum brauchte ich mir nach seinen letzten Worten keine Gedanken mehr zu machen. »Nein, ich glaube nicht.« Dann wurde mir klar, dass ich mich vor anderen Dingen gefürchtet hatte. Ich hatte mir selbst nie erlaubt zu glauben, dass Owen mich wollen könnte. Die Entfernung war nur eine Ausrede gewesen. Ich konnte die Großmütige spielen und in Texas bleiben und so verhindern, dass sich unsere Beziehung in irgendeine Richtung entwickelte – sei es, dass wir einander näherkamen oder Schluss machten –, und kein Risiko eingehen. Oder ich konnte mich den Dingen stellen und entweder gewinnen oder verlieren. »Weißt du, ich glaube, er ist es wert, dass ich mein Glück versuche. Ich schau mal nach, ob ich noch ein Flugticket nach New York bekomme.«

Dad griff in seine Tasche und zog einen Umschlag heraus. »Du hast den ganzen Frühling über hart gearbeitet, da ist immer besonders viel los. Und du hast all unsere Unterlagen wieder in Ordnung gebracht. Ich hab dir nicht annähernd genug gezahlt, also schulde ich dir das hier noch. Kauf dir ein Flugticket und reise morgen ab, wenn du willst.«

Ich schluckte und kämpfte mit den Tränen, dann warf ich meine Arme um ihn. »Danke, Dad. Jetzt buche ich besser gleich einen Flug.«

Ich loggte mich auf der Website der Fluggesellschaft ein und benutzte dabei die Vielfliegernummer, die ich in meinem Optimismus vor meinem ersten Flug nach New York beantragt hatte. Damals hatte ich gedacht, ich würde eine richtige Jet-Setterin werden. Zu meiner Überraschung sah ich, dass bereits für den nächsten Nachmittag ein Ticket nach La Guardia für mich reserviert war. Ich wusste nicht, ob Merlin oder Owen dahintersteckte, weil alle beide diese unheimliche seherische Fähigkeit besaßen, aber so oder so war es ein deutliches Signal.

Ich raffte meine Sachen im Büro zusammen und eilte in den Laden hinaus. »Ich hab einen Flug für morgen. Also fahre ich besser nach Hause und packe«, rief ich im Gehen.

Zu Hause angekommen rannte ich die Treppe zu meinem Zimmer hoch und blieb wie angewurzelt in der Tür stehen. Auf meinem Bett lag ein einzelner roter Stöckelschuh. Ich hatte früher einmal ein komplettes Paar von diesen Schuhen gehabt, aber einer war mir auf einer besonders desaströsen Silvesterparty abhanden gekommen. Das musste dieser Schuh sein, und Owen hatte ihn offenbar die ganze Zeit gehabt. Den anderen bewahrte ich als Erinnerung an das bisschen Glamour, das ich während meines Lebens in New York genossen hatte, im Schrank auf. Ich öffnete den Schrank, um ihn herauszuholen, aber da war er nicht. Dann sah ich mir den Schuh auf meinem Bett genauer an. Es war der rechte, der, den ich die ganze Zeit gehabt hatte. Aber trotzdem musste es etwas zu bedeuten haben, dass der Schuh dalag.

Nachdem ich alles gepackt hatte, den Schuh eingeschlossen, machte ich mit meinem Pick-up eine letzte Runde durch die Stadt. Zuerst schaute ich bei Nita im Motel vorbei. »Wenn ich das nächste Mal was Aufregendes erleben will, hau mir bitte eine runter«, bat sie mich. »Es wird noch eine Weile dauern, bis ich mich von dieser verrückten Woche erholt habe.« Mir fiel auf, dass die Rock-'n'-Roll-Deko verschwunden war und die alten Fotos aus dem Kalender der Handelskammer wieder an der Wand hingen.

»Ja, das war schon verrückt. Ähm, ich muss dir was erzählen.«

Sie klatschte in die Hände. »Du gehst nach New York zurück!«

»Woher weißt du das?«

»Das hab ich dir an der Nasenspitze angesehen. So glücklich sahst du schon lange nicht mehr aus.«

»Du musst mich besuchen kommen. Ich weiß zwar nicht, wo wir noch eine Person unterbringen sollen, aber uns wird schon was einfallen.«

»Das mache ich, darauf kannst du dich verlassen. Und du schnappst dir diesen Kerl, will ich hoffen?«

»Ihn und eine Menge anderer Sachen.«

»Gut so. Weißt du, vielleicht inspiriert mich das dazu, ebenfalls etwas zu unternehmen.«

»Ich bin gespannt, was dir einfällt«, sagte ich und umarmte sie zum Abschied.

Am folgenden Tag brachte Teddy mich nach Dallas zum Flughafen. Ich war froh, dass er es war und wir auf der Fahrt offen sprechen konnten. »Dean bereitet schon eine Reise nach New York vor, um ein paar richtige Magie-Stunden zu nehmen«, berichtete er.

»Du passt aber auf ihn auf, ja? Ich glaube, er hat diesmal seine Lektion gelernt, und er hat ja auch zu unserem Erfolg beigetragen, aber du kennst ja Dean. Wahrscheinlich lässt er sich gehen, und dann siegt seine Faulheit.«

»Er wird mir nichts verheimlichen können, das verspreche ich. Müssen wir magisch Immunen eigentlich auch irgendeine Ausbildung machen oder so?«

»Nicht dass ich wüsste. Du musst nur lernen, Augen und Ohren immer offen zu halten und auf alles aufmerksam zu werden, was nicht mit rechten Dingen zuzugehen scheint. Mit der Zeit lernst du, die Magie zu erspüren. Es fühlt sich wie ein Kribbeln an oder wie ein Schauder, der dir über den Rücken läuft. Wenn Oma sagt, ihr ist, als ob einer über ihr Grab läuft, dann ist es genau das. Und bitte versuch Mom aus allen Schwierigkeiten rauszuhalten – und natürlich auch aus der Klapsmühle.«

»Das wird nicht leicht. Ich hoffe, dass es jetzt, wo alle Zauberer weg sind, keine Probleme mehr gibt.«

»Alles, was du brauchst, ist eine harmlose Erklärung, wenn dir irgendwas auffällt.«

»Ich bin froh, dass du nach New York zurückgehst«, meinte er, nachdem wir eine Weile Radio gehört hatten. »Nicht dass ich dich nicht gerne hier hätte, aber jetzt, wo ich gesehen habe, was los ist und was du bewirken kannst, finde ich, dass du dorthin gehörst.«

»Ich mache doch gar nichts.«

»O doch. Du bist der Kleber, das Rückgrat, der Stoff, der alles zusammenhält. Das hab ich bei der Schlacht gesehen. Ich war echt beeindruckt. Meine kleine Schwester ist erwachsen geworden.«

»Hör bloß auf, bevor ich mich übergeben muss. Ich kann nicht damit umgehen, wenn meine Brüder mich ernst nehmen.« Er streckte die Hand aus und wuschelte mir durch die Haare. Ich jaulte aus Protest auf, und die Welt war wieder in Ordnung.

Sobald das Flugzeug in La Guardia gelandet war, schien die Zeit praktisch zum Stillstand gekommen zu sein. Sämtliche Passagiere vor mir kramten in aller Seelenruhe ihr Handgepäck aus den Ablagefächern und schlichen dann den Flur entlang. Der Gang zur Gepäckausgabe erstreckte sich kilometerlang, doch schließlich war ich da. Ich schaute mich nach Gemma und Marcia um, die ich über meine Ankunft informiert hatte, aber sie waren nirgends zu sehen.

Da erblickte ich ein bekanntes Gesicht. Nein, zwei bekannte und ziemlich seltsame Gesichter, die zu einem Paar alberner Gargoyles gehörten. Ein magerer mit Glubschaugen stand auf den Schultern eines klobigeren und plumperen. Ich wusste, dass die anderen Leute an der Gepäckausgabe nur einen etwas schrullig wirkenden Chauffeur sehen konnten. Der obere Gargoyle hielt ein Schild, auf dem stand: »Katie Chandler«.

Ich ging zu ihnen. »Hallo, Rocky und Rollo!«

»Sei gegrüßt!«, erwiderte Rocky. Er hüpfte von Rollos Schultern und fügte hinzu: »Zeig uns dein Gepäck, und Rollo hier trägt es für dich.« Ich wollte gar nicht so genau wissen, was normale Leute sahen, wenn die beiden sich auf diese Weise voneinander trennten. Ich zog meine Koffer vom Band, und Rollo ließ sie zu Rocky schweben, der uns aus der Halle führte.

Als ich auf den belebten, lauten Vorplatz trat, der voll mit hupenden Taxis war, bemerkte ich im Augenwinkel einen leuchtend roten Gegenstand.

Ich sah genauer hin und stellte fest, dass es sich um einen roten Schuh handelte. Einen roten Stöckelschuh. Und der wurde von einem der bestaussehenden Männer gehalten, die ich im Leben gesehen hatte, dunkelhaarig und blauäugig, mit einem schüchternen Lächeln, das einem das Herz zum Schmelzen bringen konnte. Er lehnte an einer silbernen Limousine.

»Vielleicht kannst du mir behilflich sein«, sagte er. »Ich suche die Frau, der dieser Schuh passt.«

»Komisch, ich hab genauso einen.« Ich war ziemlich stolz darauf, wie gelassen und ruhig ich klang, obwohl mein Herz wie wild pochte und ich fürchtete, entweder ohnmächtig zu werden oder in Tränen auszubrechen.

Ich weiß nicht, wer die Initiative ergriff, aber kurz darauf lagen wir einander in den Armen und küssten uns, als wären wir Monate getrennt gewesen und nicht bloß einen Tag. Na ja, abgesehen von unseren Abenteuern der letzten Woche waren wir schließlich tatsächlich monatelang getrennt gewesen.

»Ich bin froh, dass du wieder hier bist«, sagte er, als wir uns schließlich voneinander lösten.

»Ich auch.«

Rocky und Rollo hatten inzwischen mein Gepäck im Kofferraum verstaut. »Okay, sollen wir dann fahren, Chef?«, fragte Rocky.

Owen öffnete die hintere Tür. »Nach dir«, meinte er.

Ich setzte mich auf den Rücksitz und hielt mich fest. Ich wusste, vor mir lag eine wilde Fahrt. So wild wie das Leben, das ich mir ausgesucht hatte.

Shanna Swendson

Hex and the City

Ein zauberhafter Roman

Aus dem Amerikanischen von Birgit Schmitz

Deutsche Erstausgabe

Band 16965

Magische Mission in Manhattan

Katie tauscht ihr Kleinstadtleben gegen den Glanz New Yorks ein. Doch ihr Büroalltag als Marketingassistentin ist wenig glamourös. Während sie irgendwann fürchtet, zu durchschnittlich zu sein, um in dieser Stadt Erfolg zu haben, erkennen andere ihre Stärken. Katie erhält ein phantastisches Jobangebot und entwickelt sich zur Geheimwaffe einer sehr traditionsreichen Firma. Auch in der Liebe scheint es jetzt auf magische Weise voranzugehen ...

Ein bezauberndes Großstadtmärchen. Nie zuvor machte es so viel Spaß, Frösche zu küssen!

Fischer Taschenbuch Verlag

fi 16965 / 1

Shanna Swendson

Alles außer Hex

Roman

Aus dem Amerikanischen
von Birgit Schmitz

Band 17717

Katie Chandler, die gegen jeglichen Hokuspokus immun ist, arbeitet bei einer magischen Firma. Bei einem Einbruch werden geheime Unterlagen gestohlen. Katie ermittelt. Doch allmählich schwindet ihre Immunität gegen Magie, und sie erliegt dem Charme von allem Möglichen in ihrer Umgebung. Katie muss ihren natürlichen Instinkt mobilisieren, um den Einbruch aufzuklären, ihre Kraft wiederzuerlangen und den Zauberer ihrer Träume zu gewinnen.

Ein modernes Märchen im vorweihnachtlichen Manhattan: lustig, phantasievoll, magisch und sehr süß.

Fischer Taschenbuch Verlag

fi 17717 / 1

Shanna Swendson

Verzaubert um Mitternacht

Roman

Aus dem Amerikanischen von Birgit Schmitz

Deutsche Erstausgabe

Band 18093

Eine gute Fee kommt selten allein ...

Weihnachtszeit in Manhattan: Endlich scheint Katie Chandler, die in einer magischen Firma arbeitet, den Mann ihrer Träume gefunden zu haben. Da taucht die unbeholfene gute Fee Ethelinda auf und mischt sich in ihr Liebesleben ein. Das Timing könnte nicht schlechter sein. Eine Verschwörung bedroht die Firma. Katie muss Prioritäten setzen: Die Bösen stoppen. Ihren Freund retten. Das perfekte Outfit für Silvester finden. Tapfer kämpft sie gegen faulen Zauber und einen fiesen Magier – bis in der Neujahrsnacht die Kristallkugel fällt und der Champagner strömt.

Eine Geschichte voller Romantik und Magie!

Fischer Taschenbuch Verlag

fi 18093 / 1